BIBLIOTHEEK
ZUIDOOST

D1389861

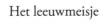

Het leeuwmeisje

© **Mixed Sources**

Productgroep uit goed beheerde
bossen, gecontroleerde bronnen
en gerecycled materiaal.

www.fsc.org Cert no. CU-COC-802528
© 1996 Forest Stewardship Council

FSC

Erik Fosnes Hansen

HET LEEUWMEISJE

Uit het Noors vertaald door
Kim Snoeijing en Lucy Pijttersen

DE GEUS

BIBLIOTHEEC·BRED·
Wijkbibliotheek Zuidoost
Allerheiligenweg 19
tel. 076 - 5657675

Deze uitgave is mede tot stand gekomen dankzij een bijdrage
van NORLA (Oslo)

De vertalers ontvingen voor deze vertaling een werkbeurs
van de Stichting Fonds voor de Letteren

Oorspronkelijke titel *Løvekvinnen*, verschenen bij
J.W. Cappelens Forlag A/S
Oorspronkelijke tekst © Erik Fosnes Hansen, 2006
Published by agreement with Leonhardt & Høier Literary Agency A/S,
Copenhagen
Nederlandse vertaling © Kim Snoeijing en Lucy Pijttersen en
De Geus BV, Breda 2008
Omslagontwerp Berry van Gerwen
Omslagillustratie © Arcangel Images/[Image]store
Druk Koninklijke Wöhrmann BV, Zutphen
ISBN 978 90 445 1115 4
NUR 302

Niets uit deze uitgave mag verveelvoudigd en/of openbaar
gemaakt worden door middel van druk, fotokopie, microfilm of op
welke wijze dan ook, zonder voorafgaande schriftelijke toestemming
van De Geus BV, Postbus 1878, 4801 BW Breda, Nederland.
Telefoon: 076 522 8151. Internet: www.degeus.nl.

Voor Daniël,
de duldzaamste onder de duldzamen

A lion among ladies, is a most dreadful thing

SHAKESPEARE

Aanprijzing

A ja ja jajajaja, dames en heren, komt dat zien, komt dat zien. U ook, beste man, en u dames, komt u maar verder, kom gerust verder. De gebroeders Schwan laten u vanavond kennismaken met de Beljajevs, een familie van koorddansers en acrobaten uit Kiev, van wie zelfs de jongste telg, de vijfjarige Pjotr, een buitengewoon lief en fraai gebouwd kereltje, de spectaculairste evenwichtskunsten vertoont; voorts laten wij u kennismaken met de olifanten Kerba en Bella, rechtstreeks uit Hyderabad, en hun *mahout* Abdul; en met onze amazone mejuffrouw Schumann uit Salzburg met haar vier Arabische hengsten, alle wit als sneeuw en snel als de weerlicht. Er is iets bij voor ieders smaak, voor de ganse familie. Kom verder, kom gerust verder. Ook goochelaar Victor el Greno is net als vorig jaar weer van de partij, met nieuwe, verbluffende illusies, die hij onlangs op het paleis in Stockholm aan de Zweedse koninklijke familie heeft vertoond.

Dat is waar, dat heeft hij echt gedaan. Dat doet hij elk jaar, ze kunnen maar niet genoeg van hem krijgen. Vreemd eigenlijk, want zijn trucs zijn heel eenvoudig.

Ja ja ja, kom verder, u ook, kom gerust verder. In de pauze presenteren wij u voorts Antonius uit Genève, de man met twee hoofden, en bovenal generaal Minuscolo, de kleinste mens ter wereld, die pijp rookt, pony rijdt en nog vele andere kunsten vertoont.

Een stomvervelend nummer, om eerlijk te zijn. Maar hij is inderdaad erg klein.

Kom verder. Toegangskaarten zijn er voor elke klasse en voor elke beurs, vanaf slechts 25 øre per stuk. Vergelijk uzelf met Simson Grimson uit Telemark, de langste man van Europa, en zie hoe de Hottentottenpotentaat Gareeb en zijn vrouw – ooit kannibalen maar nu bekeerd tot het christelijk geloof – in hun hut hun dagelijks leven leiden,

Volgens mij kwamen zij ook uit Telemark.

... en niet in de laatste plaats presenteren wij u Inghildur, de vrouwelijke weerwolf uit IJsland, opgevoed door wolven en wolventaal sprekend; mijne heren, haar hele lichaam is bedekt met haar, jazeker, u kunt dat zelf in de pauze controleren, haar hele lichaam. Bewonder ook ons wastableau van de geboorte van Jezus Christus in Betlehem en dat van het leven in een karavanserai, kom verder.

Kom verder. Kijk, daar hangt een rood gordijn. Kijk, daar brandt een booglamp in dramatische kleuren, hoor, daar klinkt tromgeroffel, almaar door. Nu. Nu gaat het rode doek open. Kijk. Kijk naar mij.

Kom verder, jij, die ik nooit heb ontmoet en die alleen ik ken. Ken je mij?

Kijk naar die gesloten deur.

Kom verder, dames en heren, jongens en meisjes, wij presenteren u een wereldsensatie, rechtstreeks uit de IJslandse wildernis, u kunt het zelf zien, met uw eigen ogen. Kom verder. Zij spreekt elf talen.

Ik spreek elf talen.

Ze heeft een stem zo schoon als een menselijke nachtegaal, volstrekt tegennatuurlijk.

Volstrekt tegennatuurlijk.

Ga naar de deur toe, naar die gesloten deur. Iemand klopt hard, duwt de kruk van de garderobedeur omlaag, het ruikt naar toneelstof en goedkope schmink, een stem zegt: Nu moet je komen, kleintje. Het is jouw beurt.

De deur antwoordt: Ik wil niet. Ik kan het niet.

De hand: Kom, kom. Nu moet je komen. Het is nu te laat om je te bedenken.

Maar de deur huilt: Ik kan het niet. Ik kan het gewoon niet.

De hand (geïrriteerd): Doe open! Hier hebben we geen tijd voor. Je gedraagt je als een klein kind.

Ik kan het niet. Kijk dan toch hoe ik eruitzie!

Ik kan niet door de deur heen kijken, zegt de stem, iets rustiger nu. Doe open en laat me eens kijken. Goed zo, dat is beter. Daar ben je dan.

Kijk dan! Ik kan het niet! Ik kan me hier toch niet in vertónen. Kijk dan hoe ik eruitzie!

Dat komt alleen maar omdat je er nog niet aan gewend bent, kleintje. Je ziet er prachtig uit, vind ik.

Maar iedereen zal naar me kijken.

Ja.

Ja, maar kijk dan toch naar me. Ik zie er toch niet …

Het staat je. Je ziet er exotisch uit. Nu moet je komen. Het is nu te laat om spijt te hebben. Je hebt er toch zelf voor gekozen.

Ik heb er zelf voor gekozen.

Kom verder. Zie de grote wereldsensatie, de menselijke pekinees, rechtstreeks uit Borneo, mijne dames en heren, rechtstreeks uit de Siberische wouden, van de toendra van Alaska, uit de moerassen van Sumatra, kom verder.

Kom verder. Dit is de waarheid, zo waarlijk helpe mij God de Almachtige en Alwetende. Over wat mijn leven en jonge jaren heeft gekenmerkt, wil ik niet langer leugens verspreiden. Mijn ouders kwamen uit Rusland, waren bovendien van goede afkomst; mijn vader was de graaf van Oblovsk-Trimovsk. Rijk waren we niet, hoewel onze familie grote achting genoot, en ons leven in het teken van religie en zuinigheid stond. Wij woonden in een woest gebied dat geteisterd werd door wilde dieren; toen mijn ouders op een avond in de trojka over de steppe naar huis reden, werden ze aangevallen door wolven, die de paarden verscheurden. Mijn vader, een voortreffelijk jager, verdedigde mijn moeder, eerst met de kogels uit zijn geweer, daarna met een mes en met vuur en ten slotte met de blote vuist. Toen bij het ochtendgloren hulp kwam opdagen, had mijn vader de strijd tegen de klauwen en tanden van de roofdieren moeten opgeven en lag hij aan stukken gescheurd in de sneeuw, maar mijn moeder was gered. Drie maanden later werd ik geboren. Arm maar eerlijk moest ik omwille van mijn moeder en mijn broers en zusters de dienst aanvaarden waarin u mij thans aanschouwt.

Je bent een poesje. Ik vind het heerlijk dat je kontje helemaal behaard is, dat je rug net die van een poezenbeest is. Ik geef je alles wat je hartje begeert.

Dit is de waarheid: ik zweer bij de grondwet van Arkansas, die ik als een heilig document beschouw, geschreven door verstandige en godvruchtige mannen, dat ik van Scandinavische afkomst ben zoals zovelen in dit land, maar dat mijn uiterlijk het gevolg is van de ontmoeting van mijn moeder met een lynx, die vreemde en zeldzame Scandinavische bosleeuw, de Felix Lynx, die ze tijdens een wandeling door het bos tegenkwam; juist op het moment dat ze mij voor het eerst voelde trappen en wist dat er leven in haar zat: toen ontmoette haar blik die van de lynx, op een kruising van wegen, vlak bij een waterval. En heren, u kunt straks zelf met eigen ogen zien dat mijn hele lichaam op dat van een lynx lijkt.

Zeer interessant, zeer zeldzaam. Ik wil u verzoeken of mijn collegae en ik een onderzoek zouden mogen verrichten, wanneer het u maar schikt, mejuffrouw, zodat de wetenschap voor eens en voor altijd …

Dit is de waarheid: ik verzeker u naar eer en geweten dat mijn ontvangenis plaatsvond op de Afrikaanse savanne, op de dag dat mijn ouders samen een leeuw velden; mijn vader was een Duitse jager op groot wild en mijn moeder een Engelse lady; hun liefde was verboden, want beiden waren getrouwd, maar de dood van de leeuw onder hun handen gaf hun een ongelooflijke inspiratie; terwijl de leeuw werd gevild, genoten zij van elkanders lendenen; zo is het gegaan, dames en heren, zo en niet anders vond mijn ontvangenis plaats.

Kom eens hier, leeuwtje, dan neem ik je zoals leeuwen dat doen.

Dit is de waarheid: mijn moeder geloofde zo in Jezus Christus dat zij op het moment van sterven Zijn beeltenis in mij heeft geprent, en ik geboren werd met de beharing en baardgroei van een man, nee, niet van een man, van een engel, en bovendien met haren als een aura over mijn gehele lichaam.

Jezus heeft met alles een bedoeling en ik vergeef jou je zonden.

Kom verder. Rechtstreeks uit een kleine, saaie provincieplaats, een doodgewoon, vertrouwd Scandinavisch stadje, waar nooit iets gebeurt en men de normen en waarden in ere houdt, komt dat zien, kom verder, sper uw ogen open, kom verder. Zo dadelijk gaat het doek open.

*

Kom verder, ook jij die ik niet ken en ongetwijfeld heb ontmoet. Zie je mij? Kun je me nu zien? Kom verder.

13

I

Het korte leven van Ruth Arctander

Het was de beeltenis van Christus maar ook iets anders. Terwijl ze, zo snel ze kon, over de kaarsrechte weg naar huis liep, dacht ze ook aan iets anders. De sneeuw knerpte onder de zolen van haar winterschoenen, in het blauwzwarte gewelf boven haar trok het noorderlicht een gelijkmatig stromende sluier van groen tussen haar en de sterrenhopen. Af en toe vlamde het op in een onverwachte kleurschakering. Ze bleef staan en keek omhoog, terwijl ze haar neus met haar want afveegde. Een spiraal van licht omgaf de wereld, en de wereld was een weg. Die weg strekte zich uit vanaf de heuvel waar Fredheim lag, dat iets boven de bebouwing uitstak, tot aan het stadje met het treinstation aan de rivier, waar ze woonde.

Wat is het mooi, dacht ze. De ronde blauwe golven van de sneeuw op de grond, slechts hier en daar onderbroken door verticale zwarte lijnen, bomen, kreupelhout en hekken. Het licht dat gestaag langs de hemel trok, als tere opwellingen. Opeens kon het veranderen, eerst in een gouden rozet, vervolgens in een roze gloed, maar zonder de tussenliggende schakeringen op het kleurenspectrum over te slaan. Ze stond stil. Wat een kleurenpalet, dacht ze. Ze glimlachte de hemel toe. Het wonderlijke, tere licht kwam in het noorden samen en vormde torens en kantelen. En in haar, ergens tussen haar hart en haar keel, weerklonk nog steeds het lied van de koorrepetitie van die avond, even zacht als het licht: *Gij poorten, heft uw hoofd omhoog, aloude deur, maak wijd uw boog. Een vaste burcht is onze God.* Wellicht, dacht ze, is die burcht gebouwd van heel glanzend en vluchtig materiaal. De beeltenis van Jezus in Fredheim was die avond zo mooi geweest; ze wist niet precies hoe dat kwam. Het was hetzelfde schilderij als anders, een eenvoudige schildering van Jezus die de kleine kinderen om zich heen verzamelt. Zijn ogen waren intens blauw geweest en zijn haar en baard, die glansden alsof ze pas gewassen waren, staken tegen zijn kiel af. Ze legde haar handen op haar buik, concentreerde zich; het was eigenlijk een tamelijk slecht schilderij, maar vanavond had het haar ontroerd. Jezus, dacht ze, is het licht en de verlosser van de wereld. Hij is de weg en de waarheid. Alle poorten en deuren gaan voor hem open. In zichzelf neuriede ze: 'Hij komt, Hij maakt bij ons Zijn woning.'

Het noorderlicht wenkte haar. Toen ze klein was had ze een oude Finse vrouw horen vertellen dat je er niet te lang naar moest kijken. En zingen mocht al helemaal niet wanneer het noorderlicht scheen. Dan kon je gehaald worden. Het was daarboven nu helemaal rood geworden en het poollicht leek vanaf één punt te schijnen, bijna in het zenit. Ze kwam weer in beweging, trok de sjaal steviger om haar hals tegen de snijdende kou en zong niet, maar neuriede in zichzelf. De weg liep door een vlakte met grote, kale akkers, nog één lage heuvel en dan kon ze op grote afstand haar huis zien liggen.

In de verte, net buiten haar gezichtsveld, meende ze de metalen klank van het noorderlicht te horen. Dat was natuurlijk niet zo, dat wist ze wel, het was de trein van half tien die afremde; als het zo koud was, zongen de wielen luider dan gewoonlijk. De trein was op tijd en Gustav zou verheugd zijn. Nee, niet verheugd, vergenoegd; stil en vergenoegd.

Ze glimlachte bij de gedachte.

Weldra zou de controleur alle wagons langsgaan, eerst aan de kant van het perron, daarna aan de andere kant, met een lamp en een stalen hamer met lange steel, om met grote precisie een paar keer op elk wiel te slaan, een ogenblik te wachten en aandachtig naar de nagalm van de klap te luisteren, om vervolgens weer verder te lopen. De locomotief zou geduldige pufgeluidjes uitstoten, de stoker en de machinist zouden op de stationsplee hun boodschap doen en in de restauratie een bord warme pap of soep naar binnen werken. Er waren waarschijnlijk niet veel passagiers, de machine zou worden bijgevuld, de hoofdconducteur en zijn assistent zouden de wagons aflopen en de naam van het station roepen; Gustav zou als stationschef in zijn uniform voor de toegangsdeur van het kantoor staan en bedaard toezicht houden. Stoker en machinist zouden terugkomen, erop toezien dat de tank volgens de voorschriften gesloten werd en dat de druk in orde was, naar de stationschef gaan en zich vriendelijk saluerend melden. Ongeveer op hetzelfde moment zouden de hoofdconducteur en zijn assistent hun voorbeeld volgen, terwijl Gustav daar kalm en tevreden stond en hun groet beantwoordde. Kalm en tevreden. Ze glimlachte. Dan zou hij de blinkende zilverkleurige fluit tussen zijn tanden steken en met de seinlamp in zijn hand naar de trein toe stappen. Hij zou een ogenblik vooroverbuigen, dacht ze, de lamp tussen zijn laarzen neerzetten en het groene glas ervoor draaien, net zo groen als het licht boven mij, nee, nog groener, fel en doordringend. Dan zou hij de lamp optillen en vervolgens op de fluit blazen.

Nog steeds hoorde ze de zangerige toon. De trein die afremde. Ze lag nu op haar rug. Het was niet goed te zeggen hoelang ze zo had gelegen. Ze deed haar ogen open. Nog steeds remde de trein af. Of was er al voor vertrek gefloten? Boven haar spande het licht zich uit over de wereld en de wereld was een weg. Daar lag ze. Het deinde zachtjes in haar, als een soort nagalm van de smak die ze had gemaakt toen ze op haar rug viel.

Het deed niet erg zeer, het stak een beetje en ze kalmeerde. Maar ze merkte dat ze moeilijk overeind kon komen en misschien was ze toch een beetje bang. Haar rug en heupen waren gevoelig. Haar naam was Ruth Arctander, ze was die avond, 13 december 1912, precies zevenentwintig jaar geworden, ze was de vrouw van de stationschef en pianolerares.

Ik kan hier niet lang gelegen hebben. Ik kan beter nog even blijven liggen, dacht ze. Zodat alles weer tot rust komt. Voor ik overeind kom. En ik heb het niet koud.

Het is eigenlijk wel mooi.

Daarboven trok het noorderlicht zijn bleekgroene spiralen eventjes terug achter de horizon, en Ruth Arctander kon de Grote Beer in zijn volle glorie in het noordoostelijk deel van de nachthemel zien. Volstrekt onbeweeglijk, als bevroren in zijn machtige sprong. Wat had die oude leraar van haar ook alweer verteld? Ja, ze wist het weer, ze werd eventjes helemaal warm van binnen, ach, die arme Callisto, dacht ze, die voor eeuwig in haar berenhuid moet rondlopen en zich op zo'n vreemde, onmenselijke manier verborgen moet houden. Toen dacht ze weer aan Jezus, die vanavond zo mooi was geweest, en aan de muziek. *Gij poorten, heft uw hoofd omhoog, aloude deur, maak wijd uw boog.* Help ons. Help mij. Jezus, verlosser en licht van de wereld, de weg en de waarheid.

Opeens hoorde ze geknerp van voetstappen op de weg achter haar en ze draaide haar hoofd om.

'Hallo?' zei ze tegen de duisternis, haar anders altijd zo luide stem klonk merkwaardig iel en zonder draagkracht. Nu leek hij alleen in haar hoofd te zitten of als een bel op haar lippen te liggen. Een vaste burcht. Toch moest die persoon haar hebben gehoord, of haar misschien hebben zien liggen, want de voetstappen versnelden en waren weldra bij haar.

Ze zette haar rechterhand neer op de grond, op de platgetrapte, gladde weg en hees zich een eindje overeind, terwijl ze zich half omdraaide. Het was de vrouw van apotheker Birgerson, die zich naar haar toe spoedde.

'Maar kind toch', zei ze.

'Ik ben geloof ik gevallen', zei Ruth Arctander.

'Ach, lieve hemel. En dat in jouw toestand.'

'Het is glad.'

Mevrouw Birgerson hielp Ruth in een zittende positie. Ze hurkte naast haar neer, ondersteunde haar door een hand behoedzaam tegen haar onderrug te leggen. Onmiddellijk voelde Ruth haar hele lichaam pijn doen.

'Je hebt geluk gehad', zei mevrouw Birgerson met haar hese, raspende stem, 'dat ik hier langskwam. Anders had je hier nog heel lang kunnen liggen. Het is al laat.'

'Dan moeten we zeker dezelfde kant op.'

'Ik ben net bij Pedersen geweest om medicijnen te brengen. Voor ik naar huis ga, moet ik naar de trein om een pakje op te halen. Mijn man heeft geen antitoxineserum meer.'

'Is er iemand ziek?'

'Kleine Jan van Pedersen heeft difterie en overleeft het misschien niet. Er zijn trouwens nog twee andere kinderen die eraan lijden.'

'De stakkers.'

'Ja, zeg dat wel. Het loopt meestal fataal af.'

'Als de medicijnen maar helpen.'

'Vast en zeker. Maar nu genoeg gepraat. Eerst moeten we jou weer overeind zien te krijgen. Doet het pijn?'

'Nee hoor, het gaat prima. Een klein beetje maar.'

'Zo, ja, nog een stukje. Eerst je ene been. Zo. Daar ben je dan. Wanneer komt het?'

'Over een week of twee, drie.'

'Maar kind, je moet in jouw toestand toch niet in het holst van de nacht alleen op pad gaan!'

'Het koor heeft alten nodig.'

'En ook tenoren, naar ik gehoord heb. Maar ik heb me nog niet aangemeld', zei mevrouw Birgerson met haar rauwe stem.

Ruth moest lachen. Mevrouw Birgerson veegde de sneeuw van haar mantel van schaapsbont.

'Kun je lopen?'

'Ik denk het wel.'

'Nu gaan we jou eerst naar huis brengen,' zei mevrouw Birgerson, 'doe maar rustig aan, en daarna bellen we dokter Levin.'

'Dat is denk ik niet nodig', zei Ruth. 'Het gaat goed, echt waar.'

Ze begonnen langzaam de flauwe helling op te lopen. Opeens merkte Ruth dat een deel van het tere licht in haar was achtergebleven en nu weg begon te stromen. Het sijpelde uit haar en kwam in de sneeuw terecht, eerst voorzichtig, als een zacht kietelend stroompje vanuit haar binnenste, daarna in zachte golven.

'Ach kind toch', hoorde ze mevrouw Birgerson van heel ver weg zeggen. 'Ach kind toch.'

'Misschien moeten we dokter Levin toch maar bellen', zei Ruth Arctander.

'Ik weet waar hij is', zei mevrouw Birgerson.

'Ik hou zo veel van Jezus.'

'Sst, kindje, niet praten.'

'Ik denk de hele avond al aan Hem.'

'Sst, sst. Sla je arm maar om mijn schouders, dan gaat het wat gemakkelijker. Zo, ja.'

'Denkt u dat Hij me zal helpen?'

'Stil maar. Niet huilen.'

'Maar Hij moet me helpen.'

'Stil. We bellen de dokter. Ik weet waar hij is.'

Nu konden ze het station zien liggen.

*

Het duurde een hele tijd voor dokter Levin kwam. Ondertussen dommelde Ruth in haar bed weg in een roes van kleuren en pijn. Ze hadden haar de trap op gedragen, ze herinnerde zich Gustavs gezicht, bezorgd, vlak bij het hare, met zijn witte bakkebaarden onder zijn spoorwegpet; het gouden wiel glansde. Ze herinnerde zich dat Knudtzon zich had verontschuldigd toen hij haar laarzen uittrok voor ze haar naar boven droegen.

Mevrouw Birgerson was ergens bij haar in de kamer, ze maakte zich nuttig, bracht een waskom met warm water, handdoeken en doeken, ze verpleegde haar, verzorgde haar, troostte haar. Ruth vatte opeens een merkwaardige genegenheid op voor mevrouw Birgerson, hoewel ze doorgaans toch geen bijzonder sympathieke indruk van haar had. Ten eerste was daar die stem van haar, die zo vreemd hard en rauw was en die in geen enkel koor zou passen, zelfs niet als tenor; en bovendien geloofde ze niet in Jezus of in wie dan ook, net als de apotheker. Ze kwam een beetje stug over, zakelijk, net als haar stem. Ruth had haar nooit echt gemogen. Maar nu zocht ze steun bij die zakelijkheid, en de ruwe, droge hand van mevrouw Birgerson was als een rots in de

22

branding. Ze bewoog zich voort over golven van pijn en klampte zich vast aan die hand, hield hem stevig vast.

Mevrouw Birgerson veegde haar voorhoofd af met een doek.

'Een zeker mens', mompelde Ruth, 'daalde af van Jeruzalem naar Jericho en viel in handen van rovers.' Verder kwam ze niet, een nieuwe golf van pijn overviel haar en sleurde haar mee. Mevrouw Birgerson streelde haar voorhoofd.

Wanneer ze haar eigen geluiden niet hoorde, hoorde ze de stilte in de kamer. Het was helemaal stil. Ergens buiten, achter de deur, klonk met geregelde tussenpozen het doffe, zware geluid van rusteloze uniformlaarzen die in slepende pas over houtwerk en vloerkleden traden.

'Zal ik de stationschef halen?'

'Gustav? Nee. Nee. Niet nu.'

Het is zijn schuld, dacht ze.

'Ik kan hem denk ik toch beter halen.'

'Nee, niet weggaan. Niet weggaan.'

'Goed, dan blijf ik. Ik blijf hier.'

'Worden niet vijf mussen verkocht voor twee duiten, en niet één van die is vergeten voor God.'

'Sst, stil maar. Je moet niet bang zijn. Het gaat vast goed.'

De pijn zakte weer. Ruth bleef steun zoeken bij de hand van mevrouw Birgerson. Vlugge voetstappen op de trap, een deur die openging. Ruth gilde. Nu was ze bang. Af en toe zonk ze weg in een sluimering. Die was als warm, glinsterend water. Maar regelmatig bracht de pijn haar weer naar de oppervlakte.

*

Mevrouw Birgerson maakte zich zorgen. Af en toe liep ze naar het raam om te kijken waar de bakslee van de dokter bleef. Een keer liep ze de kamer uit om stationschef Arctander te vragen nogmaals te bellen. De dokter moest van ver komen, dat was wel zo, hij had in het noorden een patiënt bezocht, maar het was goed weer om te rijden.

Als hij maar gauw hier is, dacht mevrouw Birgerson.

Het gezicht van de stationschef zag er grauw en ontdaan uit. Zijn meestal zo vriendelijke, blozende uiterlijk was opeens veranderd en hij had de knoopjes van de hoge, strakke kraag van zijn uniform losgemaakt. Hij knikte ernstig, liep weg om opnieuw te bellen. De wallen onder zijn ogen waren rood aangelopen, terwijl de rest van zijn gezicht, zijn wangen en kin, grijs zag.

Voor hij de trap af liep om te bellen, draaide hij zich om naar mevrouw Birgerson.

'U denkt toch niet dat ik haar zal verliezen?' vroeg hij.

'Rustig maar, het gaat vast goed.'

'Ik kan haar niet missen. U moet uw uiterste best doen.' Er klonk wanhoop in zijn stem.

'Bel nu maar en vraag hoe ver de dokter is gevorderd.'

'Ja,' zei hij, 'dat zal ik doen.' Hij draaide zich om en wilde gaan, keek toen weer om naar mevrouw Birgerson, wilde iets zeggen, veegde met een hand over zijn gezicht en vertrok.

'We hebben meer water nodig', zei mevrouw Birgerson.

Ze keerde terug naar de barende vrouw en werd bang. Er was veel bloed gekomen. Dit gaat verkeerd, dacht ze. Mevrouw Birgerson had een zekere ervaring als vroedvrouw en ze was niet voor een kleintje vervaard, maar nu voelde ze zich niet op haar gemak. Als de dokter nu maar opschoot. Ze pakte de hand van de jonge vrouw vast. Die was koud en klam.

Zodra stationschef Arctander op de deur klopte, deed ze open.

'Geen nieuws,' zei hij hijgend, 'maar hij is onderweg. Het laatst is hij gezien bij het kruis van Åremo, zeiden ze op de Centrale.' Hij haalde zwaar adem, hij was geen jonge man meer.

'Belt u ook maar naar mijn man', zei mevrouw Birgerson. 'Hij is thuis of in de apotheek. Vraag hem of hij snel hierheen komt en aluin meeneemt. De dokter heeft het misschien niet bij zich.'

'Aluin?'

'Juist. Hij moet opschieten. Laat iemand hem rijden. Het heeft haast.'

'Aluin', zei de stationschef beslist en hij draaide zich spoorslags om. Maar hij keerde zich weer om en keek net zo smekend als de vorige keer, hij probeerde over de schouder van mevrouw Birgerson heen een glimp van het bed op te vangen.

'Is het …?'

Nu keek ze hem indringend aan. 'Het is ernstig. U moet u haasten.'

Hij vertrok. Even later klonken buiten paardenbellen, de apotheker was gekomen. Vlak daarna arriveerde ook de dokter.

*

Ondertussen verkeerde Ruth in een sluimering, waaruit ze af en toe ontwaakte wanneer de pijn te erg werd, om daarna weer weg te zakken. Elke keer was het alsof de pijn iets meer zijn best moest doen om haar mee te krijgen en haar uit de warme, behaaglijke toestand waarin ze zich bevond los te trekken. Heel in de verte hoorde ze stemmen, maar ze kon niet goed onderscheiden wat ze zeiden; om haar heen gebeurden dingen, ze kon een zwak, koud gerinkel horen, dat stoorde een ogenblik, maar even later doezelde ze weer weg in haar warme sluimering, alsof ze nu echt in open zee was gekomen, in de bodemloze diepte waar sterke stromingen heersten, en eindelijk hield de pijn op, ebde weg, hij gaf het op en daar, daar was Jezus. Daar was Hij weer. Jezus die vanavond zo mooi was geweest, aan wie ze had gedacht en naar wie ze de hele avond had verlangd, totdat ze viel, Jezus tot wie ze had gebeden, die ze had aangeroepen, naar wie ze had verlangd, die ze had gewild; hier was Hij eindelijk bij haar, hier in de diepte, ze kon Zijn aanwezigheid voelen. Een kort moment deed ze haar ogen open, het was veel te licht in de kamer waarin ze zich bevond, en ze hoorde een vreemd, onaangenaam knarsend geluid dat ze niet precies kon thuisbrengen, maar daar, in het licht van de lamp, zag ze het, ze zag het gezicht, het was het gezicht van Jezus, heel anders dan ze zich had voorgesteld, zachter en kleiner, maar toch heel mooi en stralend, met haren van goud en een baard die vochtig was van pijn en smart. Ze glimlachte. Toen stierf ze.

*

Toen het kind als een bloederige haarbal uit de moeder was geglibberd, wist de dokter niet hoe snel hij steun moest zoeken op een stoel. Zijn gezicht had alle kleur verloren. Alleen mevrouw Birgerson had zich staande weten te houden en hield het hoofd koel.

'Abraham,' zei ze tegen de dokter, 'verman je. Ze gaat dood!'

Dokter Abraham Levin vermande zich. Hij kwam weer overeind.

'Ik heb zoiets nog nooit eerder gezien', zei hij, zich verbijtend. Mevrouw Birgerson, die behalve een vrijdenker ook goed bekend was met de inhoud van de vele farmaceutische boeken en tijdschriften van haar man, poogde hem gerust te stellen.

'Het komt heel af en toe voor', zei ze. 'Na verloop van tijd verdwijnt het. Na een paar weken. Hou vast, zo, dan knip ik de navelstreng door en verbind ik het.' De dokter hield het kind vast. Het jammerde.

'Nu moet je de bloeding proberen te stelpen', zei mevrouw Birgerson zachtjes en ze hield het kind omhoog zodat Ruth het kon zien. Mevrouw Birgerson hoopte althans dat er nog iets tot de halfgesloten ogen van de jonge vrouw kon doordringen. Op hetzelfde moment kwam de nageboorte en daarmee een golf van bloed, die de blote onderarm van de dokter overspoelde toen die voorovergebogen en tevergeefs een inwendig kompres probeerde aan te brengen.

Ruth Arctander deed twee keer haar ogen open, mompelde iets; toen was het voorbij.

Opnieuw moest de dokter gaan zitten.

'Allemachtig', zei hij. 'Allemachtig!' Hij boog zijn hoofd en schudde het langzaam. Zijn snor glom van het zweet. Zijn armen, die bloot waren tot aan de ellebogen, zagen dieprood van het donkere, slagaderlijke bloed, ook de manchetten van de op-gestroopte mouwen zaten eronder. Mevrouw Birgerson stond be-sluiteloos met het kind in haar armen, dat haastig in een laken was gewikkeld. Het kind kreunde wat, maar huilde niet.

De laarzen op de gang sloften niet meer, ze stonden stil. De dokter zat voorovergebogen op de stoel, zij stond. Het zakhor-loge van de dokter was uit zijn vestzakje gegleden en bengelde tussen zijn benen; mevrouw Birgerson kon het horen tikken. Van het lichaam op het bed klonk een zacht, sissend geluid. Mevrouw Birgerson schrok op, maar de dokter hief zijn hoofd op en keek haar bedroefd aan, terwijl hij langzaam het hoofd schudde. Toen kwam hij vastbesloten overeind en begon de meest bebloede handdoeken en lakens uit het zicht te leggen. Mevrouw Birger-son keek om zich heen op zoek naar een schone handdoek. Die doopte ze in de teil met warm water en daarmee begon ze het kind van bloed en andere resten te reinigen.

'Het is een meisje', zei ze zacht.

'Zo?' zei de dokter.

Toen het kind in aanraking kwam met het water, begon het te huilen.

'Stil maar', zei mevrouw Birgerson, een beetje afwezig, terwijl ze het kind met onvaste hand probeerde te wassen.

De dokter legde een schoon laken over de dode heen en trok het beddengoed op tot aan haar borst, hij bond de bloedige lap-pen samen tot een grote knoedel die hij met zijn voet onder het bed schoof. Daarna pakte hij zijn stethoscoop, zette deze tegen de borst van de krijsende pasgeborene en luisterde, terwijl me-vrouw Birgerson haar best deed het kind af te drogen. Na een paar seconden knikte hij kort.

'Denk je dat het pijn doet?' vroeg mevrouw Birgerson. 'Geloof je dat ze er last van heeft?'

De dokter bekeek het kind, nu met een mengeling van fasci-natie en weerzin.

'Ik weet het niet', zei hij afwezig.

Mevrouw Birgerson droogde het kind zo goed ze kon en wikkelde het opnieuw in. Ze keek naar de deur. Ze keek naar de dokter. Hij beantwoordde haar blik met een sombere uitdrukking op zijn gezicht. Toen zuchtte hij diep.

'Ik zal het doen', zei hij zacht.

*

Gemompel op de gang. Een geluid, een soort uitbarsting, een kreun, een vreemd gesmoorde kreet dringt door de gesloten deur heen; van woede, verdriet, of van beide. Dan wordt het stil. Al die tijd staat mevrouw Birgerson te kijken naar het kind dat ze in haar armen heeft, ze kijkt alsof ze niet kan geloven wat ze ziet. Ze prent zich het beeld in, steeds opnieuw, alsof ze het bij elke nieuwe blik voor de eerste keer ziet. Het kind ligt zo rustig en stil, knippert met haar ogen, kromt de kleine vingertjes daadkrachtig nergens omheen, sputtert wat en gaapt vermoeid na het harde werk. Het ruikt naar zuigeling in haar armen en in de kamer, zoet en bloemerig, de wrange lucht van het bloed wordt er bijna door weggedrukt.

Melk, denkt mevrouw Birgerson, dat was ik helemaal vergeten, we moeten melk opwarmen. En een fles, hoe komen we aan een fles met een speen? Ach, mevrouw Arctander heeft zeker, had zeker ...

Mevrouw Birgerson draait zich om naar de dode Ruth Arctander die daar heel wit en vredig ligt. Het komt doordat ze er niet meer zíjn, denkt mevrouw Birgerson, dát maakt het zo moeilijk om ermee om te gaan.

Nog steeds maakt het gezicht van de jonge vrouw een zeer levende indruk, alsof ze in een diepe slaap verkeert en geluidloos door halfgeopende lippen ademt. Haar trekken zijn zacht en ontspannen, nog zonder de strenge, afwijzende indruk die dode mensen later maken. Alsof ze nog steeds in de kamer is, denkt mevrouw Birgerson. Of alleen maar eventjes weg is.

Het vreemde kleine meisje jammerde, knipperde weer met haar ogen. Mevrouw Birgerson tilde haar op en hield haar omhoog voor de dode, alsof ze het beeld van de moeder wilde inprenten in het kind, in dit eerste en laatste uur. Toen liet ze haar armen zakken en schudde het hoofd over zichzelf.

De deur ging open. De dokter verscheen eerst, gevolgd door stationschef Arctander die zwaar op Knut Birgerson, de apotheker, leunde. De stationschef was in elkaar gekrompen en zag grauw, hij liet de arm van de apotheker los, bewoog zich apathisch in de richting van het bed, wankelde bijna. Een ogenblik dacht mevrouw Birgerson dat hij zou instorten, op zijn knieën zou vallen, maar hij bleef staan, met zijn rug naar de anderen gekeerd en hij huilde geluidloos, terwijl hij onafgebroken naar zijn dode vrouw staarde. Zijn gesnik was nauwelijks hoorbaar, als een zwakke fluittoon. Het was ongewoon om die grote, evenwichtige man zo te zien, de andere drie wisten niet goed raad met hun houding. Eindelijk klonken er een paar diepe zuchten en een soort hikje, toen veegde hij een paar keer met zijn hand over zijn gezicht en haar, waarna hij zich weer tot hen wendde.

'Ach, ach, Arctander', zei apotheker Birgerson hulpeloos, terwijl hij hem de hand drukte.

'Bedankt', zei Arctander zacht. 'Bedankt.' En, heel zacht, terwijl hij zich opnieuw kort tot de dode richtte: 'Jij ook bedankt, kleintje.' Zijn stem was verstikt door tranen. Opnieuw veegde hij met een hand over zijn gezicht.

De dokter legde een hand op zijn schouder: 'Het spijt me. Ik heb werkelijk alles gedaan wat ik kon', zei hij. 'Maar er was niets aan te doen. Het spijt me.'

'Bedankt', zei de stationschef weer en drukte hem de hand. 'Bedankt.'

'Maar het kind leeft, Arctander', zei dokter Levin voorzichtig.

'Ja', zei de stationschef.

'Wilt u het niet zien?'

Gustav Arctander staarde hem bedrukt aan. Toen vermande hij zich, liep naar mevrouw Birgerson. Hij wierp een vlugge blik op het kind in haar armen.

'Allemachtig', zei hij slechts en hij wendde zijn blik af.

'Ik begrijp dat u geschokt bent,' zei de dokter geruststellend, 'maar ik heb u al verteld dat ...'

'Is het ... levend?' vroeg de stationschef zacht. 'Ik bedoel, is het levensvatbaar?'

'Ja', zei de dokter. 'Het is iets te vroeg geboren, maar het vertoont alle tekenen van vitaliteit.'

'Allemachtig', zei de stationschef opnieuw. Hij wierp opnieuw een blik op het kind.

'U zult zien dat over een paar dagen ...' begon mevrouw Birgerson.

'Weg ermee', zei de stationschef luid. 'Ik wil het niet zien. Dat is geen kind. Dat is verdorie een ... boskat. Weg ermee.'

'Maar beste Gustav,' drong mevrouw Birgerson aan, 'ik verzeker je, over een paar dagen of weken ...'

'Elsa ...' zei de apotheker waarschuwend.

'Een gedrocht', riep Arctander luid. 'Weg ermee, zeg ik! Overigens ben ik geen "beste Gustav" voor u. Voor niemand hier.' Hij keek verongelijkt alsof zij zich hadden opgedrongen. Vervolgens richtte hij zijn blik naar beneden. 'Neem me niet kwalijk', zei hij zacht. 'Neem me niet kwalijk.' Hij draaide zich spoorslags om en snelde de deur uit.

De andere drie keken elkaar besluiteloos aan. Dokter Levin maakte aanstalten om achter de treurende man aan te gaan, maar de apotheker hield hem tegen.

'Op dit moment kun je niet zo veel voor hem doen, Abraham', zei hij.

'Maar hij is totaal van de kaart', zei de dokter.

'Is dat zo gek?' zei de apotheker. 'Laat hem betijen.'

'Melk', zei mevrouw Birgerson. 'En een fles.'

'Ja', zei haar man, alsof hij van ver moest komen. 'Abraham, we moeten ons nu om de praktische zaken bekommeren ...' Hij keek naar het lijk.

'Is er iemand die kan komen helpen?' vroeg de dokter weifelend.

'Nee', zei mevrouw Birgerson. 'Arctander heeft geen familie meer, voorzover ik weet. En Ruth ... zij kwam uit het noorden.'

'Het stationspersoneel dan?' zei de apotheker, in een poging vastbesloten te zijn.

'Ja', zei de dokter. 'Ik zal met hen praten. Ik moet alleen eerst de papieren invullen. En ik zal de dominee bellen.'

'Ja', zei de apotheker.

'Misschien kun je straks ook met het personeel praten, Elsa?' vroeg dokter Levin.

Ze keken elkaar aan.

'Melk', zei mevrouw Birgerson. 'En een fles. Het kind heeft verzorging nodig.'

'Ja', zei dokter Levin.

*

De dokter trof de stationschef aan in zijn kantoor, waar hij in de duisternis zat. Hij had de rolgordijnen voor de ramen naar de expeditieafdeling neergehaald en niet gereageerd toen dokter Levin op de deur klopte.

'Hier bent u', zei de dokter, die zich moeilijk een houding wist te geven toen hij de grote gestalte op de stoel zag zitten.

Arctander gaf geen antwoord, knikte slechts.

De dokter ontstak de lamp zonder te vragen.

'Hebt u iets nodig?' vroeg hij. 'Iets te eten? Of te drinken misschien?'

De stationschef schudde het hoofd.

'Een biertje misschien?'

'Nee, bedankt', zei de stationschef. 'Ik drink niet onder diensttijd.'

Ze zwegen. Achter de ramen klonk het getik van het seinpaneel en de telegraaf.

'U hebt bewonderenswaardig personeel', zei de dokter. 'Ze helpen de praktische zaken te regelen.'

31

'Ja', zei Arctander. 'Dat is goed. Ik … ben vanavond niet tot veel in staat.'

'Is er iemand in het bijzonder die u wilt laten komen? Moet ik iemand voor u bellen? Een vriend? Een familielid?'

'Nee, bedankt', zei Arctander. 'Ik heb geen familie. In leven.'

'Ach.'

'Ze gaan dood. Allemaal.'

De dokter schraapte zijn keel.

'Wat uw pasgeboren dochter betreft,' zei hij, 'apotheker Birgerson heeft zich bereid verklaard haar de eerste dagen in zijn huis op te nemen, mocht u dat wensen.'

'Ja', zei de stationschef.

'Zodat ze verzorging en voeding krijgt.'

'Ja', zei de stationschef.

'Totdat u zich hebt kunnen beraden op maatregelen om de praktische kant van de zaak af te handelen.'

De stationschef knikte weer.

'U moet een voedster zien te vinden. In elk geval een kindermeisje. Maar daar hoeft u zich op dit moment niet om te bekommeren', zei de dokter.

'Dokter Levin,' vroeg de stationschef, 'wat is er mis met het kind?'

'Er is niets mis mee', zei de dokter zo overtuigend mogelijk. 'Heel af en toe komen ze zo ter wereld. Later komt het dan vanzelf goed.'

'Ach', zei de stationschef. 'Ach zo.'

'Maakt u zich nu maar geen zorgen', zei de dokter. 'Het regelt zich vanzelf. U moet proberen wat te slapen. Hebt u iets nodig om te slapen?'

'Nee', zei Arctander. 'Ik neem nooit medicijnen.'

'Voor de zekerheid laat ik toch een doosje broom achter', zei de dokter.

'Bedankt.'

'Wilt u echt niet liever even op bed gaan liggen? De vrouw van Knudtzon heeft voor u een bed opgemaakt op de logeerkamer.'

'Nee', zei de ander bedrukt. 'Nog niet. Ik denk dat ik hier nog even blijf zitten.'

'Zoals u wilt. Zoals u wilt.'

'Wilt u de lamp uitdoen als u vertrekt?' vroeg stationschef Arctander.

*

Zo kwam het dat het pasgeboren meisje haar eerste nacht in een vreemd huis doorbracht. De Birgersons namen haar mee, verschoonden haar en de apotheker haalde een doos gepatenteerde spenen uit zijn winkel. In de commode van Ruth Arctander hadden ze kleertjes en luiers gevonden, keurig opgestapeld.

Ze kookten een flesje uit, zetten er een speen op, verwarmden melk en gaven haar haar eerste maaltijd. Zelf hadden ze geen kinderen en ze vonden het vreemd om zo'n kleintje in de wasmand te hebben liggen. En nog wel zo'n merkwaardig wezentje. Het kleine meisje was blond en had donkerblauwe ogen die mevrouw Birgerson aandachtig aanstaarden. Ze had op haar hele lichaam haar, lang goudwit, zijdezacht haar, bijna als van een langharige poes, alleen nog zachter en fijner. De haren bedekten alle delen van haar lichaam, armen en benen, rug en buik. Ook haar gezicht was bedekt met een dichte vacht. Alleen de ogen waren vrij, net als de handpalmen en voetzolen. Mevrouw Birgerson vond het net alsof ze een diertje vasthield. Ze aaide de kleine, liet haar handen door de zachte haren glijden, keek naar haar. Het gezichtje was door al dat haar maar moeilijk te onderscheiden. Alleen de ogen waren duidelijk te zien, grote, heldere ogen.

'Een andere stem dan de mijne had vanavond voor jou moeten zingen', zei Elsa Birgerson aangedaan. Toch bromde ze iets wat op een liedje leek, woordeloos en hees, terwijl ze de kleine naamloze in slaap wiegde.

Het verdriet van stationschef Arctander

Waar ben jij in deze nacht, jij, die mij het leven schonk? Waar ben je gebleven? Verdween je naar het noorderlicht, het ongrijpbare schijnsel dat langs de hemel zwalkt? Ging je het paradijs binnen terwijl je de hemelse harpen een vreugdezang hoorde spelen? Kwam je die Jezus tegen, als een koordirigent van een hogere orde? Of ben je bij mij gebleven, ben je me die nacht en alle volgende nachten gevolgd? Ben je vanaf dat moment altijd bij me gebleven?

Heb je ooit bestaan? Echt? Of diende je slechts als een reden voor het verdriet van de stationschef?

*

Stationschef Arctander bleef geruime tijd in het donker zitten. Hij huilde niet, bewoog niet, haalde nauwelijks adem. Zwijgend keek hij naar het verleden. Hij zag gewone beelden, dingen die alleen hemzelf aangingen, en de vrouw die net gestorven was. Bijvoorbeeld een blauwe jurk, drie koffers en een kar voor de bagage.

'Pardon, kunt u mij de weg naar het pension wijzen?'

'Maar natuurlijk, mejuffrouw.'

'U hoeft voor mij niet te salueren, hoor!'

'Kom, ik help u even.'

'U bent al te vriendelijk.'

'Maar dit is toch veel te zwaar voor u. Knudtzon! Knúdt-zon!'

'U hoeft werkelijk geen moeite ...'

'Neemt u me niet kwalijk. Wacht, ik kijk of ik Knudtzon kan vinden. Hij zal u met de koffers helpen. Het is een aardig eind lopen.'

'Het is erg vriendelijk van u, maar ik kan mijn bagage echt wel zelf ...'

'Geen sprake van, mejuffrouw. Ik zal er persoonlijk voor zorgen.'

'U bent werkelijk al te vriendelijk.'

'Altijd tot uw dienst bereid, mejuffrouw, altijd tot uw dienst bereid.'

Ja. Was het zo gegaan? Of waren zijn herinneringen veranderd? Waren deze beelden pas naderhand ontstaan? Had zij inderdaad ooit gezegd: 'U moet beslist een keer op proef komen. U hebt vast een prachtige bas.'?

Zoiets, in elk geval. Hij had bedankt; nee, echt, ik ben zo muzikaal als een lorrie, dat zei hij toch altijd? Ze liet hem met tegenzin gaan. Dat was nog maar veertien dagen na haar aankomst, toen was ze al bezig met dat koor.

'Waarschijnlijk zo'n donkerbruine Russische bas', dat had ze wel gezegd. Hij herinnerde zich de toon, haar gezicht, de gebaren die ze daarbij had gemaakt. Hij stopte het beeld zwijgend terug in de duisternis, om het niet te verknoeien of te veranderen. Hij kon er later naar kijken. Hij zou er later naar kijken. Hij wist dat hij er later naar zou kijken.

'Mijn kam, Gustav, vergeet mijn kam niet.'

De hotelkamer in de badplaats, hij pakt de koffers in. Zij heeft een dikke bos rood haar, het is een en al krullen. In dat haar kan hij helemaal verdwijnen, erin wonen. Ons haar, noemt hij het. Het einde van de huwelijksreis. 'Mijn kam, Gustav ...'

Alleen dat. Een eenvoudig zinnetje. Ook dat stopt hij weg, hij zal er later nog een keer naar kijken.

Naar dergelijke dingen en vergelijkbare eenvoudige beelden zat hij die nacht te kijken, terwijl het seinpaneel zacht de uren wegtikte en het noorderlicht geleidelijk aan wegstierf in de lucht boven het station, de spoorwegrails, de stad en de weg. In die nacht stelde hij zichzelf – iets wat hij daarna in vele volgende nachten regelmatig zou doen, terwijl hij stilletjes het ene beeld na het andere uit zijn herinnering tevoorschijn haalde om er een kort moment naar te kijken – voor het eerst serieus de vraag: wat is verdriet?

De stationschef was, in tegenstelling tot zijn vrouw, lang niet zo bezig met God en de grote levensvragen, ofschoon hij wel christelijk was, zoals het hoorde voor een man in zijn positie. Maar hij had weinig belangstelling voor de metafysica. En met verdriet, wanneer dat een enkele keer in zijn leven was gekomen, was hij altijd als een volwassen man omgegaan; dat was in ieders leven onontkoombaar. Zo had hij erover gedacht. Maar nu werd hij gedwongen zich af te vragen wat het precies was.

Wat is verdriet.

Van jongs af aan had hij veel tijd doorgebracht in de bossen en op de velden, eerst met zijn eigen vader en grootvader, daarna met kameraden, en eenmaal volwassen in zijn eentje, puur voor zijn genoegen. Hij had altijd veel interesse gehad voor de natuur, een goede eigenschap voor iemand die gewend was alleen te zijn. Nu hij in alle eenzaamheid met het begrip 'verdriet' zat te worstelen, terwijl de beelden van zijn herinnering in flarden aan hem voorbijtrokken, kwam het hem als vanzelfsprekend voor om zijn toevlucht te zoeken tot de eenvoudige, op parabelen lijkende voorbeelden uit de natuur: een groep reeën wordt aangevallen door wolven, een hinde wordt van de kudde afgescheiden. De andere dieren verdedigen hun soortgenote wanhopig, ze stoten met hun gewei en proberen de roofdieren te verjagen, maar tevergeefs, ze wordt gepakt en valt. Die zomeravond staat haar kalf lange tijd hartverscheurend te loeien, snikkend en jammerend, het klinkt bijna menselijk. Uit verlangen, niet alleen naar de warme, voedzame melk, maar ook naar iets anders, naar iets intiems, vertrouwds, naar iets wat bijna persoonlijk is. Dát is verdriet, dat kan iedereen zien. Of iets wat er sterk op lijkt. Maar toch, na een paar uur loopt het kalf verder, het volgt de kudde; Arctander zelf had ooit een reekalf in een zwoele, behekste nacht zo horen loeien.

Maar dan gaan we verder terug in het dierenrijk, in de families en de ordes, we verlaten de groep van de zoogdieren en komen terecht in het luchtruim, bijvoorbeeld tussen de bomen van een park in een stad, waar elke dag dramatische voorvallen plaatsvinden die de meeste mensen doorgaans interpreteren als 'gekwetter', of zelfs als 'gezang'. Opeens: een klepperend, krijsend geluid uit een dozijn lijsterkelen, het wordt onrustig in de boomkruinen, een grote witte meeuw is tussen de berken terechtgekomen en heeft een jong uit een nest gekaapt. De lijsters vliegen in wilde razernij op hem af, bijna net als de reeën uit de vorige parabel, ze vallen de meeuw van alle kanten aan, ze duiken vanuit de boomtoppen naar beneden en stijgen weer op, terwijl ze de meest angstaanjagende geluiden produceren die lijsters maar kunnen maken.

Maar de meeuw vliegt omhoog en ontsnapt met het jong bungelend uit zijn snavel, hij weet de open ruimte te bereiken waar zijn brede, lange vleugels tot hun recht komen; de kleine vogels blijven achter hem aan vliegen, wanhopig van woede, ze pikken naar hem, proberen het jong terug te pakken, ze jagen achter de meeuw aan totdat hij te veel snelheid krijgt en er met zijn buit vandoor zeilt.

Nog een poosje scheren de lijsters radeloos snerpend door de lucht, er verschijnt een andere meeuw, hoog boven hen, een kapmeeuw die geen andere bedoeling heeft dan voorbijvliegen, en opnieuw neemt het spektakel een aanvang en verwordt tot een klepperend koor van gevederde ergernis. Langzaam neemt het af, ten slotte klinkt er alleen nog wat geluid uit het nest waaruit het jong is geplukt. Dan wordt het ook daar stil, na misschien een minuut of tien, en zoeken de lijsters het luchtruim weer op voor hun dagelijkse bezigheden, op jacht naar insecten voor de jongen die nog over zijn. En mocht de eerste meeuw, de kinderrover, plotseling weer opduiken, twintig minuten later, ja, zelfs wanneer hij rustig op een stronk zou gaan zitten in de buurt van de bomen waar de lijsters nestelen, dan zouden ze niet langer in blinde razernij of uit wraakzucht op hem af vliegen; hun verdriet is voorbij.

Nog verder terug in het rijk der dieren treffen we de volstrekt zorgeloze existenties aan, die een en al onverschilligheid zijn: de krokodil die zijn eigen kroost verslindt en de spinnen die het leven uit hun eigen partner zuigen, en nog verder terug, naar de kleine, eenvoudige organismen die er niet eens bezwaar tegen lijken te hebben dat ze zelf verorberd worden.

Op dat niveau is verdriet iets totaal vreemds, het bestaat niet meer, net zomin als het geheugen en de herinnering.

*

Zo diep daalt stationschef Arctander die nacht met zijn gedachten af, het doet hem goed om helemaal terug te denken naar een plaats waar verdriet niet bestaat. Daar zoekt hij zijn heil en als het stationspersoneel om een uur of drie bij hem gaat kijken, slaapt hij. Ze laten hem zo zitten tot de volgende ochtend, wanneer hij uit zijn droom ontwaakt met het vreemde gevoel dat het zondag moet zijn. Hij heeft gedroomd van een grote optocht met muziek en plechtig kijkende mensen. Hij heeft het gevoel dat het zondag is. Pas na een poosje ziet hij dat men de dominee bij hem heeft binnengelaten. Diens gezicht staat ernstig. Ik heb een boskat als kind, denkt de stationschef, opeens staat het hem weer helder voor de geest. Hij komt overeind, ze drukken elkaar de hand. De stationschef glimlacht beleefd.

'Goedemorgen dominee,' zegt hij, 'erg vriendelijk van u om te komen. We hebben het een en ander te bespreken.'

*

In de *Tijding* stond onder meer het volgende:

... Maar velen van ons zullen zich meer over mevrouw Arctander herinneren dan de feitelijke, biografische details ons kunnen vertellen. In deze bescheiden herdenkingswoorden zal ik mij ertoe beperken haar te bedanken voor de vele goede uren die ze ons heeft bezorgd, met haar prachtige, gevoelige pianospel, zowel tijdens concertoptredens als in huiselijke kring, en als zangeres, zowel als soliste als in het gemeentekoor; met name haar bezielende vertolking van religieuze koralen en psalmen ontroerde ons, maar bij feestelijke

gelegenheden toonde zij dat zij ook de kunst van de romance verstond, en gaf zij haar gevoelige, subtiele vertolkingen ten beste van componisten als Schubert en Grieg. Als muziekpedagoge heeft zij zich buitengewoon ijverig ingezet voor de verbreiding van de muzikale geest in ons district, ofschoon zij hier niet zo lang heeft mogen werken.

Alle kinderen in onze gemeente zullen zich hun vriendelijke, altijd glimlachende zondagsschooljuffrouw blijven herinneren die hun de blijde boodschap verkondigde. Onvermoeibaar liep zij op koude avonden de huizen langs waar de minder bedeelden verbleven om ervoor te zorgen dat zij en hun kinderen de minimale benodigdheden voor de winter kregen. Tegelijkertijd had zij voor iedereen een bemoedigend woordje over. Andere kinderen zullen zich haar herinneren als hun altijd attente en onvermoeibare pianolerares, die hen wegwijs maakte in de wereld van de muziek. Terwijl nog weer anderen zich haar van het kerkkoor herinneren, dat vanaf de allereerste dag in onze stad haar lust en haar leven was, ja, men kan terecht stellen dat zij er met haar onvermoeibare enthousiasme sterk aan heeft bijgedragen dat het koor er zowel wat klank als wat instrument betreft op vooruit is gegaan. Ze werd terstond een drijvende, leidende kracht. Met kalme volharding bezocht ze iedereen die ook maar over een beetje geschikt stemmateriaal leek te beschikken, en onvermoeibaar actief, ook op het gebied van taarten bakken en bazars organiseren, zorgde Ruth Arctander ervoor dat het muziekleven van onze gemeente nieuw leven werd ingeblazen. Als cantor kan ik mijn hoofd slechts in diepe dankbaarheid buigen voor haar inzet, ik zie hoezeer de andere zangers en ik de blik machteloos en hulpeloos naar de Hemel opslaan met de vraag: hoe moeten wij nu verder? Maar Ruth Arctander zou niet hebben gewild dat wij zulk een vragende en twijfelende houding aannamen, zij zou ons, met haar diepe christelijke geloof, hebben gezegd: vertrouw op God! Leg uw zorgen bij Hem neer als de Koning der koningen en toon Hem uw wanhoop, dan zal Hij u in genade aanschouwen en voor de Zijnen zorgen.

En toch, toch blijven ons verdriet en ons 'waarom' even groot, nu deze levenslustige en begaafde jonge vrouw in de bloei van haar leven uit ons midden is weggerukt. Onze gedachten gaan heden uit naar de heer Arctander, de stationschef, en naar zijn pasgeboren dochter die haar eerste sacrament, de doop, zal ontvangen op dezelfde dag dat haar moeder naar haar laatste rustplaats wordt gebracht. Dat kleine meisje, dat door haar ouders zozeer was gewenst, zal haar hele leven lang een verlangen naar haar moeder bij zich dragen. Met haar in gedachten zullen wij ons Ruth Arctander in vrede blijven herinneren.

L. Swammerdamm
Cantor

Cantor Ludvig Swammerdamm was een romantische ziel, hij kende zijn Heine en was een bewonderaar van Novalis. Voor een gedeelte kan men die aspecten van zijn persoonlijkheid opmaken uit de necrologie van Ruth Arctander, die hij de avond na haar dood al had geschreven toen de hele stad op de hoogte was en hij nog natrilde van de schok.

Wat men er niet noodzakelijkerwijs uit kan afleiden is dat hij bittere tranen stortte terwijl hij zijn herdenkingswoorden schreef, ja, hij zat zo te schreien dat het sierlijke handschrift waarmee hij de muzieknoten noteerde, netjes gekalligrafeerd met lange halen op geschept papier, sporen vertoonde van zoute druppels, waardoor redacteur Jahnn en zetter Nygren van de plaatselijke krant het stuk, dat de volgende dag al werd gepubliceerd, maar nauwelijks konden lezen. Zetter Nygren, die het manuscript moest interpreteren, had weinig tijd (cantor Swammerdamm was altijd laat met zijn kopij). De zetter moest daarom op de meest met traanvocht doordrenkte stukken improviseren. Daardoor kwam er bijvoorbeeld te staan 'zowel wat klank als wat instrument betreft' in plaats van 'zowel wat zangers als wat dirigent betreft', en 'een drijvende, leidende kracht' in plaats van 'een drijvende, levende kracht', wat op zich wel goed geraden was, maar de cantor toch behoorlijk irriteerde toen hij zijn stuk de volgende dag in de krant zag staan.

Die edelmoedige en romantische musicus was zijn eigen tranen echter niet meester, hij was dan ook nog een tamelijk jonge man; de tranen drupten zacht op het geschepte papier en bleven nog lange tijd stromen. De oorzaak hiervan was niet alleen gelegen in het feit dat de overledene zo veel had betekend voor het plaatselijke muziekleven dat onder de verantwoordelijkheid van de cantor viel (een taak die in zo'n klein plaatsje nogal eens ondankbaar en eenzaam kon zijn), maar ook (iets wat de cantor voor zichzelf nauwelijks zou hebben toegegeven) dat hij, in het diepst van zijn hart, graag met de weduwnaar van plaats had geruild.

In werkelijkheid ergerde hij zich een beetje toen hij zag hoe praktisch en weinig idealistisch de stationschef met zijn verdriet omging. Die man had duidelijk zijn Novalis niet gelezen. In de dagen na het sterfgeval hield de stationschef zich het meest onledig met concrete zaken, het was werkelijk opvallend, hij bevestigde een rouwband om de mouw van zijn uniform waarvan de knopen, de insignes en de laarzen glommen en glansden als nooit tevoren. Toen cantor Swammerdamm, oprecht en diep getekend door verdriet, een kort condoleancebezoek aflegde, niet in de laatste plaats om te overleggen over de muziekkeuze tijdens de begrafenis en de doop, sprak Arctander lang en geestdriftig over de keuze van de kist (van kersenhout, met leeuwenvoeten en uitgesneden bloemen) en het lijkkleed, en wat de kosten daarvan waren. Arctander had op die punten duidelijk voor de meest luxueuze mogelijkheden gekozen. De cantor probeerde het gesprek in de richting van de meer eeuwige dingen te sturen, over de muziek en de manier waarop het verdriet daarin tot uitdrukking kwam, maar Arctander begon daarop uitgebreid te beschrijven wat er aan brood en andere gerechten op de begrafenisdis zou staan en hoeveel moeite hij zich had getroost om tot een goede keuze te komen: verschillende soorten ingelegde haring, patés, gerookte paling, rendiertong, gehakte biefstuk en koud vlees met mierikswortelsaus. Er zou wijn, bier en port geschonken worden. De stationschef had Fredheim afgehuurd en er zou voor honderd mensen worden gedekt.

'Reusachtig', zei Swammerdamm, pijnlijk getroffen.

'En op elke tafel komen witte anjers, dezelfde bloemen als in de kerk. En in de grote bloemstukken op de tafels witte rozen. In de kerk zal er aan het einde van elke bank in het middenpad een boeket zijn, en bij het altaar komen twee grote bloemstukken te staan', zei de stationschef, bijna monter.

'Wat prachtig', zei Swammerdamm beduusd.

'Bloemenkoopman Horne heeft uiteraard extra bloemen moeten bestellen', meldde de stationschef. 'Ze worden met de goederentrein van vanavond in een koelwagen bezorgd. Ja, ik krijg natuurlijk korting, onder ons gezegd.'

'Heel praktisch', zei Swammerdamm zuur en hij werd nog nijdiger toen hij besefte dat de oorzaak van al die kostbare plechtigheden, Ruth, Ruth met haar mooie stem en de wonderschone, ingetogen glimlach, een verdieping hoger op het lijkstro lag; Ruth, die nu het middelpunt van een vorstelijke begrafenis werd, betaald van het salaris van een stationschef, Ruth, die ...

'Maar u bent hier natuurlijk niet gekomen om met mij over grafmaal en bloemstukken te praten!' zei de stationschef vaderlijk.

'Nee', gromde de discipel van Novalis. 'Ik ben gekomen om over de muziek te overleggen. Het koor, ik bedoel het koor van Ruth, van mevrouw Arctander, staat vanzelfsprekend tot uw beschikking om tijdens de plechtigheid te zingen, indien u dat wenst.'

'Maar natuurlijk wens ik dat, dat begrijpt u zeker wel', zei Arctander warm, terwijl hij de hand van Swammerdamm drukte. 'Dat is buitengewoon vriendelijk. Ja. Buitengewoon vriendelijk en een mooie gedachte. En welke vergoeding verlangen het koor en u daarvoor?'

'Pardon, wat bedoelt u?'

'Hoeveel kost het? U krijgt doorgaans toch betaald om op begrafenissen en bruiloften te zingen, of vergis ik me? Mijn vrouw heeft een jaar lang de financiën van het koor gedaan, dus dat weet ik me nog te herinneren.'

'Ach, meneer Arctander', zei Swammerdamm, tamelijk geschokt. 'U zult begrijpen dat ik en het koor, het koor en ik bedoel ik, voor deze keer, omdat het nu eenmaal om … omdat het deze keer om mevrouw Arctander gaat … dat wij niets hóéven te …'

'Maar mijn beste cantor', onderbrak de stationschef hem, vriendelijk, bijna ontroerd. 'Iéts moet u toch krijgen. Zoals gezegd heeft Ruth heel wat te stellen gehad met de financiën van het koor, dus ik ken de situatie.'

'Meneer Arctander, ik kan werkelijk niet …'

'Jawel, uiteraard, beste man, uiteraard kunt u dat. Zou vijfenzeventig kronen een passende vergoeding zijn? Ik kan u mij niet gratis een dienst laten bewijzen, ook al was Ruth lid van het koor. Zo veel betekende het koor nu ook weer niet voor haar …'

Alsof hij geen macht meer over zichzelf had, hoorde Swammerdamm zijn eigen stem antwoorden: 'Vooruit, vijftig kronen dan.'

'Uitstekend, uitstekend.'

'Hebt u … hebt u wat de muziek aangaat nog bijzondere wensen?'

'Nee, dat laat ik geheel aan u over, u moet maar kiezen wat mijn vrouw mooi gevonden zou hebben.'

'Goed', zei Swammerdamm, iets milder gestemd nu, omdat hij niet alleen in gedachten, maar ook al door middel van een extra koorrepetitie met de voorbereidingen van het programma was begonnen. 'U … en Ruth … zullen tevreden kunnen zijn', verstoutte hij zich te zeggen.

'Uitstekend.'

'Wat betreft de opzet van de eerder die dag te houden plechtigheid, zal het koor uiteraard – zonder dat het u … iets extra's zal kosten – bereid zijn …'

'Waar doelt u op?'

'Op de doop. De doop van het kind.'

Onmiddellijk betrok het gezicht van de stationschef.

'O ja', zei hij somber. 'Die vindt in alle beslotenheid hier thuis

43

plaats. Bij het krieken van de dag. Vóór de begrafenis.'

'Ach …' zei Swammerdamm, 'maar wilt u niet, nu u toch eenmaal een etablissement hebt gereserveerd en … de kerk hebt gedecoreerd …'

'O nee', zei de stationschef. 'Dat wordt te veel. Met de begrafenis en alles wat daarbij komt. Op één dag. Nee, de doop vindt in alle eenvoud plaats.'

'Ik begrijp het', zei Swammerdamm niet-begrijpend. 'Maar wilt u niet dat een zanger – of wellicht een zangeres – uit het koor als voorzanger bij de doop aanwezig is? Ik kan op het positief van mevrouw Arctander spelen, en …'

'Nee', zei de stationschef. 'Alleen een paar eenvoudige psalmen. "Een vaste burcht is onze God." Zoiets.'

'Juist ja. Ja, meneer Arctander, dan zal ik niet verder beslag leggen op uw tijd in deze moeilijke dagen. Ik dank u hartelijk dat u mij hebt willen ontvangen.'

'Ik ben u zeer erkentelijk.'

'Waar is de kleine trouwens? Is alles goed met haar?'

'Ze is bij meneer en mevrouw de apotheker. Voorlopig. Zij zijn zo vriendelijk geweest mij te helpen nu ik, als man alleen, in deze situatie terecht ben gekomen. Totdat ik een voedster heb geregeld. Of een kindermeisje. Alles is goed met haar.'

'Dat is fijn om te horen. O, u zult zien, meneer Arctander, dat die kleine u in de toekomst evenveel vreugde zal schenken als u nu …'

'Zeker, zeker.'

Het werd stil. Swammerdamm stond een tijdje met de hoed in de hand te talmen, en zei ten slotte: 'Zou u er iets op tegen hebben dat … ik bedoel … hebt u er bezwaar tegen dat ik … afscheid neem van de dode in de kist? Ik bedoel, voordat men haar …'

'Alleen de naaste familie', zei de stationschef en hij schudde vriendelijk maar beslist zijn hoofd.

'Ja, ja. Ja, natuurlijk, ik begrijp het.'

'Maar ik ben oprecht dankbaar voor uw deelneming.'

44

'Ja. Ja, tot ziens dan, meneer Arctander. En ... gecondoleerd. Nogmaals.' Ze gaven elkaar een hand.

'Ik ben u zeer erkentelijk', zei de stationschef.

*

Het was werkelijk een imposante begrafenis, die de stad nog weken bezighield. De stationschef had kosten noch moeite gespaard. De bloemen waren prachtig, het papier waarop het programma was gedrukt, had een watermerk, de kist was glanzend goudbruin (bijna dezelfde kleur als het haar van mevrouw Arctander, zei men), daarbovenop prijkte een grote, witte krans van de stationschef; alle andere kransen en bloemengroeten die ernaast lagen, reikten tot ver in het middenpad van de kerk. Naast de kist stond een erewacht bestaande uit leden van het koor en het stationspersoneel; een wagoncontroleur droeg zelfs de vlag van de Spoorwegbond. Er waren er die net als cantor Swammerdamm vonden dat Arctander overdreef. De redacteur van de krant was er, en meneer en mevrouw de burgemeester, piekfijn gekleed. Ook alle onderwijzers en de overige notabelen van de stad eerden de gestorven muzieklerares met hun aanwezigheid. De kraag van de dominee was opnieuw gebleekt en pas gesteven, zijn toespraak was bewogen en lang, en boven alles uit donderde het orgel, en het koor zong onder leiding van cantor Swammerdamm. 'Venit creator spiritus', 'Jesu bleibet meine Freude', 'Vreugde en smart gaan altoos samen' (samenzang), 'Genageld aan een kruis op aarde' (dito), en daarnaast een aangrijpende vertolking van het Lacrimosa uit het *Requiem* van Mozart; de ontroering en bezieling van de uitvoering maakten de tekortkomingen van het koor ruimschoots goed. Als slot een treurmars van onbekende herkomst, uitgevoerd op het orgel door de cantor zelf (het werk was inderdaad van zijn eigen hand).

Vervolgens het buffet met de ingelegde haring en de gerookte paling, en daarnaast nog een heel, geglaceerd speenvarken (de stationschef was kennelijk op het laatst gaan twijfelen of het koude vlees met de mierikswortelsaus wel zou voldoen als middelpunt van het buffet), dat alles in de versierde eetzaal van Fredheim; het was een weergaloos grafmaal en meer dan eens werden de wenkbrauwen gefronst, vooral bij de aanblik van het speenvarken.

Cantor Swammerdamm zat enigszins terneergeslagen in zijn eentje aan het einde van de grote hoofdtafel, hij had tijdens de maaltijd namens het koor een paar treffende woorden ter herdenking gesproken, in feite een variatie op het stuk dat hij in de krant had geschreven; het viel hem zwaar om in die opulentie van treurnis appetijt op te brengen.

Het grafmaal was nu de tweede fase in gegaan; sommige heren waren al merkbaar opgemonterd en hadden hun rookgerei tevoorschijn gehaald, terwijl anderen rondliepen en zichzelf van haring en paling bedienden. Van het varken was slechts de kop nog over. De bijeenkomst kreeg steeds meer het karakter van een gewone festiviteit, en dat maakte de cantor nog neerslachtiger. Hij was zesentwintig jaar en dacht aan Ruth, ze hadden haar begraven en ze was in de zwarte aarde verdwenen; tot nu toe had hij zich beziggehouden met hectische koorrepetities om het programma zo goed en zo kwaad als het ging rond te krijgen, maar nu besefte hij met een verschrikkelijke zekerheid dat zij in de zwarte aarde lag.

Nur, wer die Sehnsucht kennt, dacht hij, hij keek om zich heen waar de uitgang was, dit werd hem te veel. Maar hij begreep snel dat hij niet kon vertrekken zo lang de weduwnaar aan tafel zat. Apotheker Birgerson was al vertrokken, maar hij moest naar zijn vrouw en het kleine pleegkind, wat beslist een legaal excuus was.

De cantor keek naar de stationschef. Waardig, groot, met zijn witte haardos en in een kreukvrij uniform, kennelijk was hij in een opbeurende conversatie gewikkeld met de domineese aan zijn linkerhand.

Men liep rond. Een paar heren in een hoek schaterden het opeens uit, maar wisten elkaar onmiddellijk weer tot kalmte te manen.

Iets zwaars plofte neer in de vrije stoel naast hem. De cantor keek op, het was niet mejuffrouw Hadeland, het was Jahnn, de redacteur van de krant, met een glas port in de hand.

'Goedendag', zei de redacteur, terwijl hij zijn vette vossengrijns toonde, als er tenminste zoiets bestaat als een vette vos, dacht de cantor, die de groet wat afgemeten beantwoordde.

'U hebt een fraai herdenkingswoord geschreven, Swammerdamm', zei de redacteur. 'Dat wilde ik u nog even zeggen.'

'Bedankt,' zei Swammerdamm, 'dat is vriendelijk van u.' Eén ding moest je de redacteur nageven, dacht hij, het klopt wat de mensen van hem zeggen: hij heeft intuïtie.

'Ik hoop dat het bij de weduwnaar in goede aarde is gevallen', zei de redacteur, terwijl hij een slok port nam.

'Hm. Ik hoop het. Eerlijk gezegd heeft hij zich er tegenover mij niet over uitgelaten', zei de cantor.

'Kijk eens aan.'

'Maar dat kan hij natuurlijk vergeten zijn. Arctander heeft zijn handen de afgelopen dagen waarschijnlijk meer dan vol gehad, kan ik me zo voorstellen.'

'Ja, dat kan men wel stellen. Dat kan men wel stellen.' De redacteur keek om zich heen, nam opnieuw een slok, en keek de musicus opeens indringend aan. 'Wel, wat vindt u ervan?' vroeg hij zacht.

'Wat ik ervan vind?'

'Ja, van het geheel, van dit alles?' Hij maakte een kleine beweging met zijn hoofd naar de zaal en glimlachte veelbetekenend, bijna frivool. Instinct, dacht Swammerdamm.

'Tja', zei hij. 'Ik wist wel dat hij erg veel van zijn vrouw hield, maar ...'

'Ja, is het niet merkwaardig?' zei Jahnn zachtjes. 'Je zou denken dat het zijn suikertante was, of de koningin van Sheba die ter aarde werd besteld, en niet een mens op wie hij was gesteld. Dat is toch bijzonder vreemd, vindt u niet?'

'Ja, misschien', zei Swammerdamm behoedzaam, want hij was, zijn vurige, romantische aard ten spijt, in wezen een voorzichtig man, in elk geval in het openbaar. 'Het is wellicht zijn manier om het te tonen. Zijn verdriet, bedoel ik.'

'Hm. Tja. Mogelijk. Mogelijk. Het verdriet van de stationschef. Denkt u?'

'We hebben allemaal zo onze manieren', zei cantor Swammerdamm diplomatiek.

'Zal ik u zeggen wat ik denk?' zei redacteur Jahnn, terwijl hij zich naar de cantor toe boog.

'Nou?'

'Ik zal u zeggen wat ik denk, namelijk dat dit om de dooie dood geen begrafenis is. Het is een afleidingsmanoeuvre. Dát is het geval.' Hij zette zijn glas met een klap op de tafel.

De cantor keek hem niet-begrijpend aan.

'Zo, nu neem ik nog een laatste stuk speenvarken,' zei de redacteur en hij kwam overeind, 'en dan ga ik condoleren en neem ik afscheid, voor het hier uit de hand gaat lopen. Tot ziens, Swammerdamm. Uitstekend herdenkingswoord. Uitstekend.'

'Tot ziens', zei Ludvig Swammerdamm verbaasd, zich afvragend of het instinct van de redacteur het toch liet afweten, wellicht omdat hij te veel had gedronken. Swammerdamm begreep niet waar de redacteur op had gedoeld. Hij zuchtte en stond op om toch maar een beetje met appel ingelegde haring te gaan proeven.

*

Of het instinct van de redacteur echt zo indrukwekkend was als vaak werd beweerd, of dat er op een of andere wijze iets was uitgelekt, is niet bekend, maar eerder die dag, om negen uur 's ochtends, had de werkelijke, belangrijke en in wezen intrieste ceremonie plaatsgevonden, in de eetkamer van de stationschef. Alleen de stationschef, apotheker Birgerson en zijn vrouw, en dokter Levin en de dominee waren aanwezig geweest. En natuurlijk de dopeling, die door mevrouw Birgerson ten doop werd gedragen, zij en haar man waren peetouders; de dokter was om confessionele redenen niet gerechtigd peetvader te zijn.

De vader kon het niet opbrengen het kind vast te houden.

Aldus, op deze wijze, vond het plaats, bijna als een samenzwering in de witte wintermorgen; de dominee keek zo vol besef en ernst naar hen, hij stelde voor dat ze een psalm zongen, het werd inderdaad 'Een vaste burcht is onze God'. Niemand speelde op het positief dat in de hoek stond, want niemand van de aanwezigen kon het bespelen, de enige die dat kon lag in de lange, goudbruine kist die het midden van de kamer in beslag nam, en was niet meer. De deksel was erop geschroefd, de krans lag erbovenop en geurde al te zoet.

Op de eettafel, die tegen de wand was geschoven, had de dominee zijn spullen opgesteld, de kaarsen brandden en een doopvont was gevuld met wijwater.

'Ik weet dat het kind mogelijk ziek is', zei de dominee ernstig. 'Maar het is niet zo ziek dat ik me gedwongen voel de rituelen voor de nooddoop te volgen. Ik wil een gewone huisdoop houden.'

Aangezien de stationschef geen teken gaf dat hij het wel of niet met de procedure eens was, kuchte apotheker Birgerson en knikte bevestigend. De dominee knikte ook.

'In de naam van de Vader, de Zoon en de Heilige Geest! Geliefde christenen! Laat ons horen naar wat onze Heer Jezus Christus voorschrijft voor de doop ...' begon hij zijn inwijdingspreek.

Uit de ogen van de stationschef stroomden tranen van vertwijfeling, onophoudelijk en onhoorbaar.

'... en zij brachten de kinderen tot Hem, opdat Hij ze zou aanraken; doch de discipelen bestraften hen. Toen Jezus dat zag, nam Hij het zeer kwalijk en zeide tot hen ...'

Weer zongen ze. De dominee bad. Vervolgens sprak hij over de afzwering en het geloof waartoe de doop ons verbindt, en las hij de geloofsbelijdenis voor. Buiten ontwaakte de dag, met een oranje gloed boven al het witte en lichtblauwe. Het kind jengelde. Stationschef Arctander wierp een vlugge blik op het kind en op het wollige, maskerachtige gezicht, waarna hij zich weer afwendde en naar buiten keek. Hij huilde.

De dominee vroeg wie het kind ten doop zou houden, waarop mevrouw Birgerson naar voren stapte. 'Wilt gij dat dit kind gedoopt wordt in de naam van de Vader, de Zoon en de Heilige Geest, dat het het kwaad afzweert en dat het opgevoed wordt in de christelijke leer?'

'Ja', zei mevrouw Birgerson. De dominee richtte zich tot het kind en stak zijn hand uit.

'De Heer zal uw uitgang en ingang bewaren van nu af aan tot in eeuwigheid. Ik zegen u met het teken van het Heilige Kruis op uw voorhoofd en borst, als getuigenis dat u gelooft in Jezus Christus, de gekruisigde.'

Hij voltooide de handeling en trok zijn hand weer terug.

'Wat is de naam van het kind?'

Mevrouw Birgerson keek hem een ogenblik verward aan. Ze schraapte haar keel en keek vragend naar stationschef Arctander. Zover waren ze nog niet gekomen.

'Wat is de naam van het kind?' vroeg de dominee opnieuw, zacht en kalm.

Gustav Arctander keek naar buiten. Vaag besefte hij dat iemand iets van hem wilde, iemand en iets in deze kamer, hij wendde zijn blik af van de buitenwereld met zijn zilveren glans en gouden gloed en keek hen aan.

'Pardon?' zei hij.

'Wat is de naam van het kind?' vroeg de dominee nu voor de derde keer, met nadruk.

'Dat ... eh ... weet ik niet', zei Gustav Arctander.

De dominee staarde hem een hele poos aan. 'Weet u het niet?' vroeg hij.

'Nee, nee ... ik moest aan zo veel dingen denken.'

De anderen keken elkaar aan, maar zeiden niets.

De blik van de stationschef bewoog onrustig door de kamer, vestigde zich toen weer op het raam.

'Gustav,' zei de dominee, terwijl hij hem voorzichtig bij zijn arm vatte, 'ik moet eigenlijk wel een naam hebben.'

'Ja', zei de stationschef verward en hij vermande zich. 'Natuurlijk', zei hij. Hij zweeg en dacht na. 'Mijn vrouw', begon hij, terwijl hij naar de kist knikte, 'wilde dat het een goede, christelijke naam zou worden. Als het een meisje zou zijn ...' hij knikte naar het bundeltje in de armen van mevrouw Birgerson, 'ging haar voorkeur uit naar Rebecca, of Christina, of Maria, geloof ik.'

Opnieuw zweeg hij. De dominee kuchte.

'Maar onder deze omstandigheden vind ik het moeilijk om voor zo'n naam te kiezen. Misschien is dat zelfs onchristelijk?' Hij keek weifelend naar de dominee.

'Beste Gustav,' zei de dominee, 'God wil in de allereerste plaats dat je dochter een náám krijgt.'

'Ja,' zei de stationschef, 'maar ...' Hij wachtte even met antwoord geven. 'Als ze nu niet gezond is, misschien wel gebrekkig is, en als ze dat afschuwelijke, dat, dat ... blijft houden, ja, dan ...'

'Gustav, ik verzeker je dat over een paar weken ...' begon mevrouw Birgerson, maar de stationschef ging door: '... dan is het misschien wel hoogmoed om een christelijke naam te verspillen aan een wisselkind. Ja, neem me niet kwalijk,' zei Arctander, 'ik kan alleen maar zeggen wat ik voel.'

In de kamer viel een diepe stilte. De anderen keken elkaar aan, richtten hun blik naar de vloer.

'Het is goed, Gustav', zei de dominee begripvol en behoedzaam. Hij vouwde zijn handen. Het bleef een tijdje stil.

Toen schraapte de dominee zijn keel: 'Wat denk je van Ruth?' zei hij. 'Naar haar moeder?'

Arctander keek hem ontzet aan. 'Nee', zei hij. 'Nee. Dat is te veel. Dat gaat niet. Dat gaat gewoon niet. Het spijt me.'

Opnieuw stilte.

'Ylva dan?' zei mevrouw Birgerson. 'Dat is een goede, Oudnoorse naam.'

'Is dat niet te heidens?' vroeg haar man. 'En denk eens aan de betekenis. Het heeft iets wolfachtigs. De mensen zouden kunnen gaan denken dat …'

'Ach, de ménsen …' zei mevrouw Birgerson.

'Eva', stelde dokter Levin opeens voor. De anderen keken hem aan.

'Abraham!' zei apotheker Birgerson.

'Ja,' zei de arts verontschuldigend, 'het is weliswaar een bijbelse naam, de naam van ons aller stammoeder, een naam die "vrouw" betekent en het toppunt van vrouwelijkheid vertegenwoordigt. Maar als … als de wetenschap gelijk heeft, dan zag onze stammoeder die eonen geleden leefde, er niet zo heel anders uit dan dit kindje.'

De dominee staarde hem aan. 'Eva zag er toch niet uit als een aap!' Het ontglipte hem. Hij zweeg abrupt en kleurde. Nu staarde iedereen hem aan.

'Tja', zei Birgerson langzaam. 'Tja, tja. Er valt iets voor te zeggen.'

Stationschef Arctander, die zich erbuiten leek te hebben gehouden, mengde zich weer in het gesprek en zei met een bedachtzaam glimlachje: 'Eva is misschien zo gek nog niet.' Zijn glimlach had haast iets ironisch.

'Nee', kuchte de dominee verlegen. 'Nee. In wezen is het een goede naam. Heeft iemand er bezwaar tegen?' Hij keek om zich heen. 'Goed. Goed.' Hij knikte naar mevrouw Birgerson, die het kind voor zich uit hield. 'Eva', zei hij, terwijl hij water over het hoofdje goot. 'Ik doop je in de naam van de Vader, de Zoon en de Heilige Geest. Amen.'

Het kleine meisje huilde niet, ze sliep nu.

'Eva', zei de dominee, terwijl hij zich tot mevrouw Birgerson richtte: 'Verzaak je de satan en al zijn werken en heel zijn wezen?'

'Ja', zei mevrouw Birgerson.

'Eva, geloof je in de Vader, de Zoon en de Heilige Geest?'

'Ja', zei mevrouw Birgerson.

De tranen van de stationschef stroomden weer, en opnieuw

richtte hij zijn blik naar buiten. In de witte sneeuw waren een paar zwarte paarden verschenen, twee, nee, vier stuks, ze trokken een wagen met een katafalk, ook die was helemaal zwart als glanzende kolen, het was een lijkwagen, ja, het was de lijkwagen, en daarnaast liepen de dragers met hun hoge hoed op en daarachter volgden nog meer mensen; nu wist hij het, nu vermande hij zich, nu begint het, dacht hij, nu gaat het erom. De dominee sloot de doopceremonie af, de almachtige God en de vader van Jezus Christus, onze Heer, die jou door middel van de heilige doop tot Zijn kind heeft gemaakt en je heeft opgenomen in Zijn geloofsgemeenschap, Hij sterke jou met Zijn genade tot het eeuwige leven, vrede zij met je; voor meer was geen tijd, de dominee schudde ieder de hand, ook Gustav Arctander drukte nu allen de hand, hij wierp een vlugge blik op het kind, dat door mevrouw Birgerson haastig in een deken werd gewikkeld en een mutsje op kreeg; ze droeg het de achterdeur uit en ging in de bakslee van de apotheker zitten die bij het perron gereedstond; op dat moment werd er plechtig en langzaam geklopt op de voordeur, die aan de kant van de stad lag, de mannen met de hoge hoeden kwamen binnen, aan de andere kant van het huis gleed de bakslee ervandoor, de mannen namen hun hoed af, groetten, daarna tilden ze de kist op, ze droegen hem naar buiten de grote, zwarte hoofdingang door; opnieuw schudde de stationschef de hand van de dominee, hij trok zijn jas aan, deed zijn spoorwegpet op, keek of de rouwband goed bevestigd was en begaf zich met de dominee, de dokter en de apotheker in zijn kielzog naar buiten, de witte, heldere dag in, waar de halve stad in het zwart gekleed op hem stond te wachten; de rouwprocessie kon beginnen.

Een gesprek van mannen onder elkaar

De eerste dagen na de begrafenis liet men de stationschef met rust; ook het apothekersechtpaar en de dokter, de beschermers en helpers van het merkwaardige kleine meisje, lieten de tijd geworden. Naar verluidt had stationschef Arctander op de dag van de begrafenis alweer een avonddienst gedraaid, en mensen die hem waren tegengekomen zeiden dat er nauwelijks iets aan hem te zien was, op de rouwband om zijn mouw en misschien een wat afwezige blik na. Maar verder was hij dezelfde beleefde, attente en correcte, maar ook wat terughoudende functionaris als voorheen. Hij zag erop toe dat de treinen op tijd vertrokken en ontfermde zich over de reizigers, maakte zijn rondes op het perron en om het station, groette zijn ondergeschikten en anderen die hij tegenkwam waardig, maar ietwat afstandelijk. Dus net als anders.

Aanvankelijk was men opgelucht, ja, zelfs ronduit verheugd over die houding; men waardeerde het dat de man in deze moeilijke tijd zo duidelijk zijn ambt en zijn plicht als ankers gebruikte en niet zijn toevlucht zocht in drank of melancholie, maar zich vermande en zijn werk deed, ja, men zei het zelfs hardop tegen elkaar, godzijdank dat hij het zo goed opneemt; dergelijke dingen zegt men nu eenmaal; inderdaad, hij houdt zich kranig, dat moet je hem nageven; dat soort dingen. Ondertussen deed stationschef Arctander zijn ritmische rondes op het perron, hij zag erop toe dat de treinen op tijd vertrokken, maakte aantekeningen, controleerde of het personeel zijn werk deed. Maar naarmate de dagen verstreken, begon zich onvermijdelijk een zekere bezorgdheid te verspreiden.

Ondertussen lag het kleine meisje, dat nu Eva heette, in de wasmand van het apothekersechtpaar. Daar sliep ze, jammerde, boerde en huilde ze, en in de armen van Elsa Birgerson dronk ze haar flesje. Onderwijl pruttelde en gaapte ze, ze deed haar ogen open en keek mevrouw Birgerson vanuit die dikke vacht met grote, ernstige en onderzoekende kijkers aan. Het was, vond Elsa Birgerson, aandoenlijk en weerzinwekkend tegelijk. Bij elke verschoning, ja, elke keer dat ze het kind uit de mand pakte, liet ze haar vingers door de haren glijden. Op die behandeling reageerde Eva met duidelijke voldoening; zodra men haar ging krauwen, sloot ze haar ogen en viel in slaap. Haar vacht gaf overigens problemen bij het wassen en verschonen, de fijne haren gingen snel klitten, vooral als er ontlasting of opgeboerde melk in terecht was gekomen, en dit vergde extra en langdurige inspanningen bij de wastobbe. Het was ook moeilijk haar goed droog te krijgen; de huid bleef altijd een beetje vochtig, maar was verder, voorzover mevrouw Birgerson kon zien, volstrekt normale, roze babyhuid (wat haar sterkte in het vertrouwen dat Eva's toestand van voorbijgaande aard was). Droogwrijven met een handdoek bleek te ruw te zijn, dan gilde Eva het uit en het duurde vervolgens een hele tijd voor ze weer tot rust kwam. Na een paar dagen begon mevrouw Birgerson haar voorzichtig te borstelen, met een zachte kinderborstel met een versierd zilveren handvat, die ze zelf als klein meisje had gehad, terwijl ze tegelijkertijd de haren met haar vingers kamde, ondertussen voorzichtig blazend om ze te drogen.

Het was overigens erg vreemd om haar aan te raken. Als de vacht ergens aan deed denken, dan was het aan iets wat het midden hield tussen een poezenvacht en kinderhaar. Toch leek het op niets wat ze eerder met haar vingers had aangeraakt.

De verschoning van het kind kostte om die reden veel tijd en kleine Eva trok vaak een ontevreden snoetje. Of misschien was dat haar eigen interpretatie, dacht mevrouw Birgerson; bij zulke jonge kinderen is men maar al te geneigd om er een persoonlijkheid in te zien en gezichtsreflexen voor werkelijke gelaatsuitdrukkingen te houden. Omdat dit kind een masker van haar had, was het helemaal moeilijk om uitdrukkingen te kunnen onderscheiden. De haren bewogen de hele tijd, vielen alle kanten op en zorgden voor schijnuitdrukkingen; nu eens leek de kleine op een ernstige oude man met een treurige hangsnor en het volgende ogenblik op een sluwe, gladde charmeur, dan weer leek ze schaapachtig dom en vlak daarop streng als een bijbelse profeet. En dat allemaal zonder dat het kind eigenlijk een andere uitdrukking had aangenomen, zelfs in de slaap. Mevrouw Birgerson moest haar best doen om achter die façade van haren te kijken en de echte gezichtshuid te zien die de werkelijke gelaatsuitdrukkingen toont, maar de vacht was zo dicht dat het moeilijk was om ze te onderscheiden. Maar wanneer mevrouw Birgerson met de zachte borstel kwam of met haar vingers het haar aanraakte en zachtjes blies, merkte ze meteen aan de geluiden en bewegingen van Eva hoe zij zich voelde.

Ze kon niet zien dat de beharing was afgenomen. Ook de dokter, die een paar extra onderzoeken had gedaan, had geen verandering kunnen constateren. De vacht was eerder nog dichter en langer geworden; als het kind net was gewassen, viel het als volle, goudkeurige manen om haar heen, als een stralende aura. Als mevrouw Birgerson zachtjes blies, golfden de haren als een korenveld in de wind.

Toen er tien dagen waren verstreken en de stationschef nog steeds even plichtsgetrouw zijn werk deed, maar zonder ook maar in de buurt van het huis van de apotheker te zijn geweest, begon mevrouw Birgerson tegen te sputteren toen haar man 's middags na het kopje thee voor de zoveelste keer zei: 'Werkelijk waar, hij houdt zich kranig.'

'Inderdaad', zei dokter Levin die op theevisite was (wat hij wekelijks ettelijke keren deed). 'Dat moet ik hem nageven.'

Mevrouw Birgerson kuchte.

'Het is toch wat merkwaardig', zei ze ietwat wrevelig, 'dat hij zich hier nog niet één keer heeft vertoond.'

'Tja. Vanmiddag nog', zei de dokter, 'was ik met een pakket op het station. Die dappere stumper stond daar op het perron toezicht te houden. Alsof er niets was gebeurd.'

'Heb je hem gegroet?' vroeg mevrouw Birgerson.

'Ik knikte,' zei de dokter, 'maar hij had een afwezige blik in de ogen. Hij leek me niet op te merken. Concentreerde zich op zijn taak.'

'Flink hoor', zei de apotheker.

Zijn vrouw kuchte opnieuw.

'Zijn dochter ligt in een wasmand op de slaapkamer van mijn man en mij', vertelde ze. 'In totaal heeft hij haar maar twee keer gezien.'

De mannen wisselden onderling een blik.

'Misschien heeft hij tijd nodig om het verdriet aan te kunnen, Elsa', zei de dokter langzaam. 'Denk je niet?'

'Dat mag zo zijn,' zei mevrouw Birgerson, 'maar toch moeten we het binnenkort met hem opnemen. Dit kan zo niet blijven doorgaan.'

'Hij heeft tijd nodig om weer bij zinnen te komen en … de situatie te overzien', zei dokter Levin. 'Het kost tijd om zich aan te passen, om alles te verwerken, dat is gebruikelijk voor een weduwnaar met kinderen, is mijn ervaring. Ik heb het eerder gezien. Ze hebben vaak hulp nodig in het begin. Hij heeft geen familie of – nu ja – in elk geval niet véél vrienden. Hij moet nadenken om een oplossing voor de praktische zaken te vinden.'

'Ja, hij houdt zich kranig', zei de apotheker.

'Jawel, maar heeft hij al iets gedáán?' vroeg mevrouw Birgerson. 'Heeft hij nu al een, hoe noemde je dat ook alweer, oplossing voor de praktische zaken gevonden? Heeft hij daadwerkelijk iets gedaan behalve zich kranig te houden?'

'Nou, nou', zei de apotheker terwijl hij overeind kwam. Hij liep naar de buffetkast en haalde een fles met een groene inhoud tevoorschijn. 'Zo lang is het nu ook weer niet geleden', zei hij op verzoenende toon.

'En het kind is immers in goede handen', zei de dokter.

'Dat is een ding dat zeker is', zei de apotheker en hij keek zijn vrouw liefdevol aan. Hij schonk hun alle drie in.

Maar mevrouw Birgerson bleef bij haar standpunt. 'Dat is nu precies wat ik bedoel', zei ze streng. 'Hij kan hier niet zomaar als een koekoek een kind deponeren. Als hij nog niet bedacht heeft hoe hij de zaken moet regelen, dan moeten we dat binnenkort met hem opnemen.'

'Maar Elsa, ik dacht dat je het fijn vond om haar hier in huis te hebben', zei haar man.

'Dat is nu net het probleem', zei mevrouw Birgerson.

'Dat begrijp ik niet', zei de dokter.

'Abraham,' zei Elsa Birgerson terwijl ze hem ernstig aankeek, 'jij noch wij hebben kinderen. Birgerson en ik krijgen ze waarschijnlijk ook niet meer.' Haar man sloeg zijn blik neer en kleurde. Maar mevrouw Birgerson was niet beschroomd aangelegd. 'Ach, Abraham is arts', zei ze zakelijk. 'Maar één ding meen ik toch zeker te weten, en dat is dat kleine kinderen vooral baat hebben bij gewoonte en regelmaat. Dat wordt vroeg opgebouwd. Daarom mag deze regeling niet te lang duren. Noch voor Eva's welzijn, noch voor het onze.'

'Hm', zei de arts.

'Tja', begon haar man.

'En bovendien', ging mevrouw Birgerson verder, 'is er nog dat … dat stilzwijgende, dat onuitgesprokene. Dat het vooralsnog geheim moet blijven.'

'Niemand heeft toch met zoveel woorden gezegd dat …' begon dokter Levin, maar een schuine blik van mevrouw Birgerson bracht hem tot zwijgen.

'Ik vind het lastig', zei ze. 'We hebben een dienstmeisje. Zij begint het allemaal maar eigenaardig te vinden. Ze mag de slaapkamer opeens niet meer in.'

'Het is niet zo gemakkelijk', gaf de apotheker toe. 'De mensen praten. En sommige klanten stellen me er in de winkel al vragen over.'

'Lastig', zei de arts. 'Heel lastig. In een dergelijk geval kan het dikwijls nuttig zijn om met vrienden of familie van betrokkene te overleggen. Maar in het geval van de stationschef is er nu eenmaal nauwelijks sprake van …'

'Alleen personeel', zei de apotheker. 'Het personeel is er nog het meest direct bij betrokken. Neem nu die Knudtzon. Een man uit één stuk. Misschien dat we het met hem kunnen opnemen.'

'Vergeet die Knudtzon', zei mevrouw Birgerson. 'Heren, ik vind dat een van jullie maar eens een hartig woordje met Arctander moet wisselen.' Ze keek haar man aan. 'Zijn dochter verblijft onder jóúw dak.' Ze wendde zich tot de dokter. 'En jíj hebt haar ter wereld gebracht. Bovendien zijn Birgerson en ik de peetouders. Wie kan er nu nog directer bij betrokken zijn?'

'Goed, dat is dan afgesproken', zei de apotheker met enige tegenzin.

Toch gingen er opnieuw bijna twee weken voorbij. De stationschef meldde zich niet maar liep op zijn perron, verdrietig, maar desondanks keurig verzorgd. Hij schonk iedereen een vriendelijke, zij het weemoedige glimlach. Hij scheef dankbrieven aan de begrafenisgasten, met zijn fraaie, enigszins hoekige en duidelijke handschrift op dure kaarten waarop een engel stond afgedrukt.

Mevrouw Birgerson keek haar man een hele tijd aan toen hij de kaart met het bedankje voor de condoleance en het getoonde medeleven bij de begrafenis had opengemaakt. Ze zei niets. Birgerson sloeg zijn blik neer.

Maar toen de apotheker drie opeenvolgende nachten door Eva's gehuil uit zijn slaap werd gehouden, verliet hij de apotheek in de middagpauze en ging hij op weg naar het station. Hij werd bij stationschef Arctander binnengelaten en bleef een hele tijd in diens kantoor. De middagpauze was allang voorbij toen hij met een verbeten trek op zijn gelaat weer van het station vertrok en zich met snelle pas naar de apotheek begaf. Daar trof hij zijn vrouw aan achter de balie, lichtelijk wanhopig, met een grote stapel recepten die ze niet kon afhandelen en ongeduldig wachtende klanten. Vanaf de bovenverdieping klonk kindergehuil.

Het echtpaar wisselde een korte blik. Mevrouw Birgerson ging naar boven en Birgerson begon onmiddellijk met de uitgifte van de geneesmiddelen. De wachtenden keken hem nieuwsgierig aan, ze keken elkaar aan, keken naar buiten, naar hun voeten.

Pas een half uur na de gewone sluitingstijd was Birgerson klaar en deed hij de deur achter de laatste klant op slot. Hij maakte de kas op, handelde het papierwerk af, deed het licht uit en ging naar boven naar het woonhuis. Zijn vrouw was bezig met Eva.

'En', zei ze. 'Heb je hem tot rede kunnen brengen?'

'Ja', zei Birgerson somber.

'Het duurde lang.'

'Ja, zeg dat wel.'

'En?' Ze wierp hem een blik toe terwijl ze de luier verwisselde. Haar man ontweek haar blik.

'Maar nu is alles in orde', zei hij. 'Hij gaat op zoek naar een voedster. Of naar een kindermeisje.'

'Als hij het zich maar kan veroorloven', zei mevrouw Birgerson. 'Na die begrafenis.'

'Foei', zei de apotheker. 'Dat is niet aardig om te zeggen.'

'Nee', zei mevrouw Birgerson.

'Overigens gaan wij hem helpen ... zullen wij hem behulpzaam zijn bij het vinden van een geschikt meisje.'

'O ja?'

'Ja. Samen met dokter Levin. Een geschikt iemand. Die bovendien wíl.'

'Ja', zei zijn vrouw. Ze keken naar het kind.

'Ze ziet er raar uit met kleren aan', zei de apotheker nadenkend. 'Een beetje eigenaardig.'

'Ik vind haar er lief uitzien.'

'Het lijkt haast ... te veel met al die kleren aan', zei de apotheker. 'Alsof je een ... eh ... ja, iets ... hebt aangekleed.'

Zijn vrouw keek hem streng aan.

'Ik denk dat ik er nu wat beter tegen kan', zei ze.

*

Hanna Olsen heette ze, ze had bruin krullend haar, donkerblauwe, levendige ogen en een stompe neus; dokter Levin had haar gevonden, hij wist nu eenmaal van dergelijke gevallen af.

Zeventien jaar was ze en al in zonde gevallen met een of meerdere jongemannen; noch de arts noch de dominee slaagde erin haar de naam van de vader te ontfutselen, misschien wist ze die zelf niet eens. Het kind stierf drie dagen na de geboorte, mogelijk was het te vroeg geboren. Tussen Hanna, de derde van zeven kinderen die in de krappe woning van dagloner Johan Olsen en zijn vrouw Marie woonden, en haar strenggelovige ouders was ten gevolge daarvan onmin ontstaan.

Ze was wanhopig toen de dokter haar kwam opzoeken. Iets opgeluchter werd ze toen hij haar uitlegde dat er desondanks voor haar toch nog mogelijkheden waren. Een poosje liet ze haar blik heen en weer gaan van de wieg van het dode kind naar dokter Levin. Toen knikte ze instemmend, in diepe ernst.

'Goed,' zei de arts, 'maar je moet wel beseffen dat het niet zomaar een kind is.'

'Nee,' zei Hanna, 'dat weet ik wel.'

'O ja?' zei de dokter.

'Dat weet toch iedereen?' zei Hanna. 'Het is het kind van de stationschef.'

'Wat is er dan met haar?' vroeg de dokter gelaten.

'Ze zeggen dat ze overal haar heeft, net als een dier', zei Hanna.

*

Drie dagen later verscheen Hanna plichtsgetrouw bij de stationschef. De dokter wachtte haar op voor de expeditieafdeling, ging met haar mee naar binnen en stelde haar voor aan Arctander, die haar beleefd maar afwezig begroette. Over de voorwaarden werd men het snel eens; de stationschef deed zijn mond nauwelijks open en ze kreeg goede condities. Daarna liet de dokter haar het zolderkamertje zien, dat op aanwijzingen van dokter Levin in alle haast en dankzij de inzet van de rangeerders in gereedheid was gekomen.

Hanna was zichtbaar tevreden met de kamer, met liefdevolle

blik bekeek ze de pasgeverfde witte commode met de spiegel, het kleine naaitafeltje, de tafel onder het raam, de stoel, het nachtkastje, de kapstok en het bed, ze streek voorzichtig met een hand over het nieuwe behang. De stationschef was niet mee naar boven gegaan. Laat me maar weten als ze vindt dat er nog iets ontbreekt, had hij gebromd.

'Ontbreekt er nog iets, denk je?' vroeg de arts nors.

Ze schudde het hoofd en keek hem aan. Hij kon zien dat ze nerveus begon te worden.

Even later arriveerde mevrouw Birgerson met het kind op het station. Arctander had zich vanwege een of andere verplichting onzichtbaar gemaakt en zo kwam het dat Eva door Hanna werd welkom geheten in een huis dat voor beiden even vreemd was. Dat gebeurde in het kleine kamertje op de eerste verdieping dat uitkeek op het perron, dat eveneens in alle haast was ingericht als kinderkamer, de stationschef kon Eva natuurlijk niet op zijn slaapkamer hebben wanneer de voedster haar op alle uren van de dag kwam halen.

Hanna beet zich weifelend op de lip toen mevrouw Birgerson het kind van dekentjes en kleding ontdeed. De dokter trok zich terug en deed de deur van de kinderkamer achter zich dicht. Het was doodstil in het stationsgebouw, geen geluid van de expeditieafdeling op de begane grond drong in de kamer door, het was alsof het hele huis luisterde, wachtte, op een uitroep, op een kreet, die niet kwam. Het bleef stil achter de deur van de kinderkamer; even was gepruttel van een baby hoorbaar, maar dat was alles, en toch kwam het de dokter voor dat hij Hanna's huivering kon voelen toen ze het behaarde kleine kindje voor de eerste keer aan haar borst legde.

Een wetenschappelijk verslag

Het viel echter niet te ontkennen dat het nieuws behoorlijk snel was uitgelekt. Een opmerking van de dokter hier, een woord van de meid van de Birgersons of het stationspersoneel daar en weldra was iedereen op de hoogte. Al twee weken na de begrafenis gonsde het in het stadje van de geruchten over het kind dat nog bijna niemand had gezien, tot groot ongenoegen van de dokter en het apothekersechtpaar.

Aanvankelijk vertrouwden ze op de woorden van mevrouw Birgerson en beschouwden ze het als een speling van de natuur. Mevrouw Birgerson was er zeer stellig over en klampte zich langer dan de andere twee aan die overtuiging vast.

'Het verdwijnt vanzelf', zei ze gedecideerd tijdens de middagthee. 'Ik heb erover gelezen. Het is een stadium in de ontwikkeling van het embryo.'

'Ik heb het ook gelezen', zei apotheker Birgerson. 'Het valt na een poosje uit.'

'Maar beste Elsa,' bracht de arts er voorzichtig tegenin, 'er is nu al een maand voorbijgegaan en er is nog steeds geen verandering opgetreden. De toestand is eerder verergerd.'

'Let op mijn woorden', zei Elsa Birgerson. 'Het is een stadium in de ontwikkeling van het embryo.'

'Dat weet ik!' riep de dokter geïrriteerd. De toon van mevrouw Birgerson herinnerde hem aan zijn eigen radeloosheid in de nacht dat het meisje was geboren. 'Maar volgens alle literatuur die ik heb geraadpleegd, is er slechts sprake van een verhoudingsgewijs dunne haarbedekking, betrekkelijk korte haren die redelijk snel horen te verdwijnen. Je bent het toch met me eens dat ...'

'Dan is dit een bijzonder geval', onderbrak mevrouw Birgerson hem met een zakelijke trek op haar gezicht.

' ... een heel bijzonder geval, mag je wel stellen', zei de dokter, die zijn kopje leegdronk en het rinkelend neerzette.

'Let op mijn woorden', zei mevrouw Birgerson, iets toegeeflijker.

'Mijn vrouw heeft het meestal bij het rechte eind', zei apotheker Birgerson berustend, terwijl hij de fles tevoorschijn haalde; dat placht de gemoederen te bedaren. Dokter Levin was vrijgezel en kwam dikwijls bij hen op bezoek, er waren weinig plaatsen waar hij zich kon laten gaan. Van erg boeiende gespreksonderwerpen was er hier in de provincie trouwens nauwelijks sprake, voor geen van hen; het draaide altijd weer om dezelfde dingen: tuberculose, difterie, armoede en gebrekkige hygiëne. Die onderwerpen hadden ze al zo vaak besproken, vanuit alle mogelijke invalshoeken, dat deze min of meer uitgeput waren geraakt. De dokter was een determinist, terwijl het apothekersechtpaar idealistischer en progressiever was ingesteld, en op de kruising van mild cynisme en voorzichtige hervormingsgezindheid laaiden er tussen hen af en toe verbazingwekkend antithetische discussies op, met als uitgangspunt zulke simpele zaken als de preventie van cariës of de uitbreiding van de schoolplicht. Ze kenden elkaars standpunten maar al te goed. Toch stelden ze elkaars gezelschap op prijs en al die opschudding rond het dochtertje van de stationschef was nu een belangrijk punt op hun agenda geworden en in veel opzichten een welkome afwisseling. Het was nu eenmaal uitermate verkwikkend om zich in het middelpunt van een sensatie te bevinden.

'We moeten het wat tijd gunnen', zei de arts op verzoenende toon toen hij een glas met een groene, compromisopwekkende inhoud had gekregen.

Elsa Birgerson knikte en reikte hem de schaal met gebak aan.

'Het moet gewoon zijn tijd hebben', zei ze.

*

Maar de weken werden maanden en nog steeds zag het kleine meisje er precies zo uit als toen ze uit het lichaam van haar stervende moeder was gekomen. Haar uiterlijk is nader beschreven in het verslag aan het Geneeskundig College in de hoofdstad, waartoe de dokter zich na drie maanden verplicht verklaarde, of liever gezegd genoodzaakt voelde, ondanks het dringende verzoek van mevrouw Birgerson tijdens de avondthee om het nog een paar weken aan te zien. Maar ook na ettelijke groene glaasjes moest dokter Levin concluderen dat het nu hoog tijd was en dat een verslag niet langer op zich kon laten wachten.

'Ik kan het niet langer uitstellen', zei hij. 'Vroeg of laat komt dit het college op andere manieren ter ore en dan kan ik zelf in de problemen raken omdat ik het niet heb gerapporteerd.'

Dat was het moment waarop mevrouw Birgerson de profetische woorden sprak dat de dokter slechts aan zijn professionele welzijn dacht en 'van de kleine een spectaculair schouwspel voor de anatomen wilde maken'. De dokter raakte geïrriteerd, nog het meest omdat hij heimelijk hetzelfde had gedacht.

'Let op mijn woorden', zei mevrouw Birgerson opnieuw, maar deze keer wilde de dokter niet toegeven: 'Stel dat er een remedie bestaat? Een verlichting? Een kuur die buiten de kennis valt van eenvoudige plattelandsmedici zoals wij? Heb je daar wel aan gedacht? We zitten hier maar met de handen in de schoot en doen helemaal niets.'

Daar kon mevrouw Birgerson niets tegenin brengen, en ze reikte hem de schaal met gebak aan.

Naderhand ging de dokter naar huis, hij sloot zich op in zijn kantoor en schreef zijn verslag.

Op de dertiende december van het afgelopen jaar is er in mijn district een meisje geboren met een bijzonder ongewone lichamelijke anomalie, die ondergetekende niet kan terugvinden in de literatuur waarover hij de beschikking heeft.

De moeder van het kind overleed bij de geboorte na hevige bloedingen die naar alle waarschijnlijkheid door een val zijn veroorzaakt. De val wekte ook zeer krachtige barensweeën op. Ze was ongeveer in de dertigste week en ze beviel aldus iets te vroeg, maar het kind was verder gezond en bijna voldragen en toonde noch toont tekenen van schade of beperkingen in haar ontwikkeling. Het heeft over het geheel genomen normale proporties en normale reflexen, neemt zonder problemen voedsel tot zich, en het gebruik van ledematen en stem is hetzelfde als van andere zuigelingen van dezelfde leeftijd. Maar het kind is geboren met, en lijdt nog steeds aan, een totaal hirsutisme, aangezien het bedekt is met een dichte vacht van zachte, dunne haren, van verschillende lengte en dichtheid op de diverse lichaamsdelen, maar nergens korter dan een duim. De verdeling van de haren is evenwichtig en harmonisch, en wel zo dat de groei op hoofd en rug sterker is dan in het gezicht, en langer op de frontale kanten van de extremiteiten dan op de dorsale kanten. De langste haren die ik heb gemeten bevinden zich op de rug en bereiken een lengte van 3½ duim. Enkele plekken zijn onbehaard, zoals de oogleden, de lippen, de ellebogen, de handpalmen en de voetzolen. De huid onder de beharing maakt een normale indruk. De haren zijn blond, voor een deel geel van kleur, ze doen wat zachtheid betreft denken aan zuigelingenhaar, ze zijn niet stijf of krachteloos en lijken evenmin een symptoom te zijn van tegennatuurlijke mannelijkheid, waarvan ik beschrijvingen heb gelezen in de korte artikelen over hirsutisme waarover ik de beschikking heb. Het uiterlijk van het kleine meisje heeft eerder wat weg van de beharing van een pelsdier met een gracieuze en volledig volgroeide vacht.

Het behoeft waarschijnlijk niet nader te worden verklaard dat de kleine in de volksmond, ofschoon men geprobeerd heeft haar af te schermen, al menige fantasievolle bijnaam heeft gekregen, zoals wolvenkind, gedrocht en – om een of andere reden – de Spaanse. Het kindje vertoont echter geen uitgesproken gelijkenis met wolven of met mensen van het Iberische ras, maar is, zoals gezegd, verder normaal ontwikkeld, zonder andere anomaliteiten dan de extreme beharing. Het is gelukt een jonge vrouw te vinden die tegen een vergoeding de taak van noodmin op zich heeft willen nemen.

U zult begrijpen dat de vader, naast het verdriet over het verlies van zijn echtgenote, zich vanzelfsprekend grote zorgen maakt dat hij een dergelijk kind heeft gekregen, en zeer terneergeslagen is.

Ik heb hem tot nu toe geadviseerd het een tijd aan te zien, daar ik heb gemeend dat de toestand van het kind van voorbijgaande aard kon zijn, aangezien een zekere overbeharing bij pasgeborenen af en toe voorkomt, ofschoon ik nooit heb gehoord van een geval waarbij dat zo extreem was. Maar naarmate de weken zijn verstreken zonder dat er enige verandering is opgetreden, deel ik nu de zorgen van de vader; het is onmogelijk te voorspellen of de mentale en lichamelijke ontwikkeling van het kind in de toekomst normaal zal verlopen, of in hoeverre de hypertrichose toch tijdelijk zal blijken te zijn, iets wat ik helaas betwijfel aangezien de beharing eerder krachtiger en meer uitgesproken wordt. Ik vraag daarom uw hulp om beter in staat te zijn een diagnose te kunnen stellen en eventueel een behandeling te vinden.

De beharing verwijderen met behulp van een scheermes heb ik om redenen van voorzichtigheid afgeraden, gedeeltelijk uit vrees dat de huid van het kind beschadigd zou raken, gedeeltelijk omdat ik het resultaat niet kan voorspellen, in esthetisch noch geneeskundig opzicht, voor het geval de haren toch weer zouden blijken aan te groeien.

Ik tast in het duister met betrekking tot dit geval en richt me om die reden tot u, in de hoop dat uw interesse wordt gewekt voor dit geval dat ik bij dezen heb gerapporteerd, en evenzo in de hoop dat u mij dienaangaande zult kunnen adviseren wat er in deze waarlijk opmerkelijke casus kan worden gedaan.

Met de meeste hoogachting en erkentelijkheid teken ik,

Abraham Levin, arts

Cantor Swammerdamm ziet iets merkwaardigs

Dat cantor Swammerdamm degene zou zijn die de definitieve getuigenis omtrent de zaak aan de openbaarheid zou prijsgeven, was niet de uitdrukkelijke bedoeling van Swammerdamm noch van iemand anders; het geval was dat de cantor bij de stationschef op de deur klopte, maar pas drie maanden na de begrafenis. Een zekere fijngevoeligheid was, aldus de cantor, geboden. Hij had geen andere intentie dan, ondanks alles, de stationschef zijn vriendschap en zijn muzikale bondgenootschap aan te bieden, of liever nog, deze te vernieuwen; er was hem het een en ander ter ore gekomen, maar naar praatjes en geruchten luisterde hij niet. Hij wilde de herinnering in stand houden aan de jonge vrouw die zijn meest geliefde alt was geweest.

De stationschef was echter niet thuis. Swammerdamm was er in het geheel niet op bedacht dat een jong meisje de deur opendeed, met het kind op de arm. Ze keek hem verschrikt aan, zonder te weten wie hij was. Het kind keek naar hem.

'Excuseer,' zei de cantor, net zo geschrokken als zij, 'is Arctander aanwezig?'

'Nee', zei het meisje. 'Hij is ... het spoor aan het inspecteren, dacht ik.' Vanaf haar arm hield de kleine nog steeds de ogen op hem gericht, die te midden van al dat haar een ernstige, onderzoekende indruk maakten.

'O', zei Swammerdamm verontschuldigend. Hij wist niet wat hij verder nog moest zeggen, want hij had nog nooit, werkelijk nog nooit zoiets merkwaardigs gezien. 'Ja, neem me niet kwalijk', zei hij. 'Wil je dan tegen hem zeggen dat ik ben ... dat ik een andere keer terugkom?'

'Namens wie moet ik de boodschap doorgeven?' vroeg het meisje, maar Swammerdamm had zijn muts al opgezet en was er struikelend vandoor gegaan.

Een tijdje liep hij de Storgate op en neer, terwijl hij nadacht over het merkwaardige schepsel dat hij had gezien.

Verschrikkelijk, zei hij tegen zichzelf. Het is dus waar wat ze zeggen.

Na de straat een aantal keren op en neer te zijn gelopen, besloot hij dat hij het beste naar huis kon gaan om van achter zijn bureau zijn werk te hervatten; hij moest een koorarrangement maken van een religieus volksdeuntje.

Redacteur Jahnn sloeg de hoek om. De cantor zag hem pas toen ze met de gezichten vlak bij elkaar waren.

'Goedendag cantor', zei de redacteur. 'Hoe gaat het ermee?'

'Goed, dank u', wist de cantor uit te brengen, terwijl hij aanstalten maakte om door te lopen.

'U ziet er enigszins ontdaan uit, Swammerdamm', zei de redacteur, die hem staande hield.

'Ja, dat is zo', zei de cantor overstuur. Vervolgens beschreef hij wat hij had gezien. Hij moest het twee keer vertellen en de redacteur stelde gericht en onderzoekend vragen, en zei ten slotte: 'Dus het klopt wat de mensen zeggen.'

'Ja', zei Swammerdamm.

'Maar ze had toch geen slangenogen?'

'Slangenogen? Nee!'

'Of slagtanden?'

'Nee, bent u gek!'

'Hm. Ik geloof dat de *Tijding* er een paar regels aan moet wijden.'

De cantor keek hem geschrokken aan.

'Ja, om een einde aan al die praatjes te maken', zei de redacteur. 'Vaststellen hoe de zaak eigenlijk in elkaar steekt. Goedemiddag, meneer Swammerdamm.'

Een merkwaardige speling der natuur

Na zorgvuldige overwegingen heeft de redactie besloten tot dit hoofdartikel, om een einde te maken aan de speculaties die de laatste tijd in ons district de ronde doen. Praatjes en geruchten zijn zoals bekend een kwaad dat op één lijn staat met bijgeloof, en onze krant is, zoals alle serieuze journalistieke organen, een noodzakelijke en natuurlijke tegenstander van dergelijke weinig eerbare activiteiten. De laatste zullen elke voorlichting, elke rationaliteit en elke stap voorwaarts in onze maatschappij enkel maar schaden en tegenwerken. Evenzo zijn wij de mening toegedaan dat gebeurtenissen die het persoonlijke leven van de individuele burger betreffen geen algemeen belang dienen, ongeacht de vraag of ze de volksfantasie bezighouden, en om die reden geen kostbare ruimte in onze krant waard zijn.

Het kan echter bij wijze van uitzondering gebeuren dat persoonlijke gebeurtenissen van zo'n bijzondere aard zijn, dat de geruchten daarover een buitensporige omvang bereiken die alleen al om die reden verantwoorde journalistieke aandacht vereisen.

Zo ook in dit geval. Wij zien het als onze plicht, juist om de drang tot speculeren de kop in te drukken, om het publiek in te lichten over de feitelijkheden van deze zaak. Onlangs is er in onze gemeente een kind van het vrouwelijk geslacht geboren, en inderdaad lijdt dit meisje aan een omvangrijke en extreme haargroei op het gehele lichaam, een zogenaamd hirsutisme. Maar volgens de behandelend arts van het meisje is dat een natuurlijke, ofschoon zeldzame, variatie, die uit zichzelf weer kan verdwijnen. Velen weten waarschijnlijk niet dat het embryo in de loop van de zwangerschap een fase doormaakt tijdens het ontstaan in het moederlichaam – nader bepaald in de zevende maand – waarin het geheel behaard is, mogelijk als een reflecterende herhaling van de ontwikkeling van de mens van primitief organisme naar een hoger wezen. Wat men ook van dergelijke theorieën mag vinden, de beharing van het embryo in de zevende maand is een medisch feit, en velen zullen weten *dat het haar bij de geboorte niet altijd geheel is verdwenen, zodat zuigelingen inderdaad ter wereld kunnen komen met een zekere beharing, vooral op rug en benen. Het kleine meisje dat nu tot de verbeelding spreekt van het volk is echter veel zwaarder behaard, de haren zijn langer en bedekken het gehele lichaam. Over de oorzaak kan men niets met zekerheid zeggen. Maar het is verder een fit, gezond en normaal kind, nog steeds volgens haar arts, en haar beharing mag onder geen voorwaarde anders worden beschouwd dan als een merkwaardige speling der natuur, die niets te maken heeft met weerwolven, bovennatuurlijke verschijnselen of andere niet nader te noemen hypothesen die de laatste tijd in de volksfantasie zijn ontstaan, en wij raden onze lezers aan verantwoordelijkheid en nuchterheid te betrachten, niet in de laatste plaats omwille van de naasten en getroffene zelf.*

Red.

Journalist Hansen

Begin april komt een vreemdeling in de stad, een fraai geschoeide jongeman in een elegant reiskostuum van tweed met een enkele rij knopen. Hij stapt uit de trein van 11.20 uur en alleen al aan de manier waarop hij zijn ogen tegen de zon dichtknijpt is te zien dat hij hier nog nooit eerder is geweest. Hij reist duidelijk eenvoudig, slechts één koffer en een tekenmap, over zijn arm hangt een met bont afgezette jas, weliswaar overbodig in de plotse voorjaarswarmte, maar het staat goed. Hij vraagt beleefd de weg naar het hotel waar hij een kamer heeft gereserveerd en weet het te vinden; 'Hansen, journalist', staat op zijn visitekaartje te lezen. Nee, hij weet niet hoelang hij blijft, maar in elk geval twee nachten. Hij spreekt gesoigneerd en beschaafd, hij is uitermate correct en vriendelijk en de directeur van het hotel ziet onmiddellijk af van de eis om vooraf te betalen. Hansen installeert zich, hij trekt een ander overhemd aan, kamt zijn haar en zijn moustache, borstelt zijn schoenen en gaat zonder jas naar buiten, het kleine straatje in, waar het nu in de namiddag aangenaam van temperatuur is geworden. Eerst wandelt hij een half uur rond en bekijkt de plaatselijke bezienswaardigheden, wat snel gedaan is: het plein met de fontein en het stadhuis, het politiebureau en de school. Wanneer hij de Storgate een paar keer op en neer heeft gelopen, neemt hij beleefd zijn hoed heeft af voor een passerende vrouw in voorjaarstenue, toevallig mevrouw Birgerson, hij vraagt heel gewoon de weg naar de krant, dat is alles, maar er is iets speciaals aan de manier waarop hij knikt, aan zijn charmante glimlach, zijn beschaafde, zorgvuldige woordkeuze, wat maakt dat ze haar bruuskheid een ogenblik opzij zet en netjes antwoord geeft op zijn vragen; ze is blij dat hij het haar vraagt, ze legt uit: de tweede weg links, naar de rivier, een geel gebouw. Hij maakt opnieuw een buiging, ze voelt haar wangen gloeien. Hij bedankt haar en loopt verder. Ze draait zich nog een keer naar hem om.

Spoedig zit hij in de wachtkamer van de redacteur, hij wacht geduldig, hij heeft zich al verontschuldigd omdat hij geen afspraak heeft, de kantoorjuffrouw is een en al bereidwilligheid en heeft hem een kop koffie gegeven. Nu zit hij te wachten.

Eindelijk beent redacteur Jahnn met grote, zware passen zijn kantoor uit. Hij ziet eruit alsof hij het druk heeft. Hansen veert op van zijn stoel, hij stelt zich voor, groet voorkomend, haalt zijn credentialen tevoorschijn. De doorgaans nauwelijks vermurwbare Jahnn voelt zich gestreeld door de beleefde verschijning van de jongeman en is zeer onder de indruk van de aanbevelingen die hij uit zijn binnenzak heeft gehaald. Hij smelt, wat maar uiterst zelden gebeurt, en nodigt de jongeman ter plekke uit om 's avonds met hem te dineren, alsof die zijn gelijke is. En om zeven uur 's avonds zitten de twee heren aan de beste tafel van het restaurant in het hotel, ieder boven een chateaubriand. De ober zwermt om hen heen, schenkt hun glazen vol met medoc. Daar zitten ze dan. Ze hebben het een hele tijd over de politiek, ze hebben het over de papierindustrie, over de houthandel en de uitbreiding van het spoorwegnet, ze hebben het over de aanstaande verkiezingen. Redacteur Jahnn voelt zich gesterkt in zijn mensenkennis. De jonge Hansen is geen charlatan, evenmin een pluimstrijker, integendeel, hij heeft een aantal weldoordachte en deskundige, kritische vragen gesteld, alle met groot retorisch vernuft, vragen waarvoor de redacteur werkelijk al zijn *flux de bouche* en scherpzinnigheid heeft moeten mobiliseren om overtuigende en deugdelijke antwoorden te geven. Redacteur Jahnn voelt zich vanavond een intelligent, wijs man, en ook een groothartig man, aangezien hij de jonge scribent op een aantal punten gelijk heeft moeten geven; Hansen heeft hem met zijn argumenten tot het uiterste gedreven. Het is een goede, uitermate bevredigende, ja, stimulerende gedachtenuitwisseling. Het is langgeleden dat redacteur Jahnn zulk aangenaam tafelgezelschap heeft gehad, vindt hij nu, hij is het gezelschap van de burgemeester en de bovenmeester allang beu, om nog maar te zwijgen van het apothekersechtpaar. De dokter kan hij niet uitstaan en de dominee zoekt hij alleen op als hij er absoluut niet onderuit kan; nee, hij heeft het naar zijn zin, ze zijn aan de chocoladepudding toe, hij en die jongeman met zijn doodgewone achternaam en zijn buitengewone welbespraaktheid en hoofdstedelijke credentialen. De redacteur vindt het gepast om bij de koffie een cognac te bestellen van een oudere jaargang dan gebruikelijk. En daarnaast een nieuwe fles medoc. Daar zitten ze dan, de twee courantiers, en ze hebben een formidabele avond; Hansens gezicht straalt van plezier, van het genoegen van het discussiëren en van oprechte vreugde over het samenzijn met zijn oudere collega, wanneer redacteur Jahnn hem ten slotte vraagt wat hij voor hem kan doen.

De jongeman komt snel ter zake en het duurt niet lang of de redacteur laat zijn reserves varen.

'Uiteraard begrijp ik uw standpunt', zegt de redacteur edelmoedig. 'Het is vanzelfsprekend van grote betekenis voor het algemeen belang dat …' Hij zwijgt, steekt een sigaar op. 'Ja,' zegt hij nadenkend, 'in dat opzicht dus, uiteraard.'

'Ik verzeker u', zegt journalist Hansen, 'dat het in mijn verhaal strikt om de feiten zal gaan.'

'Precies. Precies. Ik denk er precies zo over. U begrijpt dat dat kleine huishouden zwaar getroffen is. Heel zwaar. En de stationschef, de vader van het kind, is al op leeftijd …'

'Dus het is de stationschef?'

'Ja, wist u dat niet?'

'Nee,' zegt Hansen, 'dat wist ik niet.'

'Het is een tragische geschiedenis, heel tragisch. En interessant.'

'Vertelt u eens, alstublieft.'

'Ach ja. Stationschef Arctander … ach ja. Tussen ons gezegd en gezwegen had niemand gedacht dat hij nog eens zou trouwen, hij was een oude zonderling. Bekwaam, zonder meer bekwaam, plichtsgetrouw en nuchter, uitermate capabel, maar – hoe zal ik het zeggen – ietwat eenvoudig. Eenvoudig, niet simpel. Rechtlijnig. Enigszins beperkt in zijn interesses, als u begrijpt wat ik

74

bedoel. Ietwat gesloten in zijn omgang met anderen. Daarentegen gefascineerd door techniek en natuur. Kwam niet veel onder de mensen. Weliswaar koesterde hij een tijdje belangstelling voor muziek, maar dat was waarschijnlijk vooral vanwege zijn vrouw. Zij was muzieklerares.'

'O? Dat is interessant.'

'Ze kwam hier om les te geven. Oorspronkelijk kwam ze uit het noorden. Knap meisje. Viel goed in de smaak hier, ook bij de heren, als u begrijpt wat ik bedoel. Ruth heette ze. Maar ze was zeer godsdienstig, dus niemand gaf zichzelf veel kans om het land Kanaän te bereiken.' De redacteur lacht besmuikt. De jonge journalist glimlacht. 'Moet u nagaan, opeens was ze met stationschef Arctander verloofd en liep ze gearmd met hem door de Storgate. Zeer verbazingwekkend. Hebt u hem vandaag misschien op het station gezien?'

'Ik geloof van niet.'

'Hij zou u opgevallen zijn. Een ietwat elementaire natuur, maar tamelijk imposant van uiterlijk met een witte haardos. Hij had haar vader kunnen zijn. Men was natuurlijk blij voor hem, maar niemand kon het helemaal begrijpen. En nu dit. Hoelang was Adam in het paradijs? Het was een kortstondig geluk. Een bijzonder tragische geschiedenis in feite.'

'Ik snap het', zei Hansen vol begrip.

'Ik vertrouw u dit toe opdat u zich een juist beeld kunt vormen. Toen wijzelf enkele regels aan de zaak wijdden, deden we dat in zeer discrete en voorzichtige bewoordingen, zonder namen te noemen, eigenlijk voornamelijk om de dingen in het juiste perspectief te plaatsen, want u begrijpt natuurlijk wel welke praatjes er hier in het district de ronde doen.'

'Ja, dat kan ik me voorstellen', zei de journalist dromerig.

'Ik weet niet of het de instemming van de stationschef had, hij heeft er in elk geval niets van gezegd, maar ik geloof dat we hem een dienst hebben bewezen. We hebben naam noch positie genoemd. Niet dat men niet weet wie het betreft, want het is in de hele omgeving bekend. Maar de verhoudingen zijn nu eenmaal, tja, precair, en dergelijke zaken moet men met een zekere omzichtigheid behandelen. Af en toe komt men elkaar in het gezelschapsleven tegen. U weet hoe dat gaat.'

'Ik begrijp het en ik verzeker u dat wat u mij nu toevertrouwt, onder ons zal blijven.'

'Goed, goed.'

'Die stationschef, de heer Arctander, kunt u mij misschien wat meer over hem vertellen, de gewone dingen? Met wie hij omgaat, wie hij in dienst heeft, en vanzelfsprekend iets meer over dat arme kind, mocht u er nog iets aan toe te voegen hebben?'

'Ja natuurlijk,' zegt redacteur Jahnn, 'met alle plezier.'

Het was werkelijk een fantastische avond en hoewel beide mannen behoorlijk wat gedronken hadden, kon redacteur Jahnn de volgende dag met genoegen vaststellen dat er niet per ongeluk grenzen waren overschreden, dat ze elkaar nog steeds met 'u' aanspraken toen ze afscheid namen en dat er geen zakelijke of persoonlijke indiscreties van enige aard waren voorgevallen. Bovendien had hij bewondering gekregen voor de jonge courantier omdat hij geen aantekeningen had gemaakt. Redacteur Jahnn sliep zijn roes uit, vol harmonie en gemoedsrust.

*

Ook de jonge Hansen bracht de volgende dag evenwichtig en productief door. De eerste uren was hij wederom te vinden op het marktplein, waar hij contact legde met deze en gene en met marktkooplui, venters, huisvrouwen en dienstmeisjes over koetjes en kalfjes praatte. Een poosje zat hij in het restaurant van het hotel sodawater te drinken, terwijl hij met de obers sprak. Vervolgens ging hij naar zijn kamer, hij kamde zich opnieuw en zocht daarna stationschef Arctander op in zijn kantoor. Niet alleen zijn goede manieren, maar ook de referenties die hij kon tonen, nu tevens van redacteur Jahnn, zorgden ervoor dat Hansen wederom vriendelijk werd ontvangen en een stoel kreeg aangeboden. Maar weldra stuitte hij op weerstand. Hij vertelde waarvoor hij kwam en bracht zijn zienswijze met overtuigende kracht onder woorden, punt voor punt, en de stationschef luisterde, schonk koffie in, maar zei niets. Elke keer dat Hansen zijn welbespraaktheid een nieuwe ronde gunde, leek de stationschef nog dieper weg te zinken in zijn zwijgzaamheid. Zelfs de gewone kleine woordjes, zoals ja en nee, en het schrapen van de keel bleven achterwege. Zijn stilte was monumentaal.

'En daarmee ... daarmee, met een dergelijke goed uitgebalanceerde en weloverwogen presentatie, ben ik van mening dat dit voor het grote publiek van belang is. Vindt u ook niet?'

Maar de man met de witte haardos liet nog steeds niet het minste geluid horen. De stationschef keek de journalist slechts aan, of langs hem heen, haast alsof hij niets had gehoord. Het was alsof Hansen tegenover een berg zat. Hij verzamelde kracht om een nieuwe poging te wagen, maar merkte nu dat hij in herhalingen verviel en dat het er niet beter op werd. Ten slotte dronk hij zijn koffie in één slok op.

Toen hij een tijdje had gezwegen, schudde de stationschef uiteindelijk zijn hoofd en begon te spreken: 'U moet één ding goed begrijpen, meneer Hansen,' zei hij rustig, 'en dat is dat ik een hoge functionaris bij de Spoorwegen ben.' Het kwam er met nadruk uit. 'En als zodanig kan ik geen enkele vorm van menagerie toestaan rond mijzelf of mijn gezin ... dat wil zeggen, wat daar nog van over is.'

Opgewonden doordat er eindelijk antwoord kwam, zei de journalist: 'Dat begrijp ik, dat begrijp ik, maar u kunt ervan verzekerd zijn dat ik ...'

'Ik moet uw verzoek daarom afwijzen.' Het klonk vriendelijk maar beslist.

'Maar als ik u nu verzeker dat het publiek ...' hij aarzelde even bij dat woord, 'dat het publiék een natuurlijke, ja, een natuurlijke drang naar kennis heeft, om maar te zwijgen van het wetenschappelijk ... u bent per slot van rekening een man met een wetenschappelijke belangstelling, en ...'

De stationschef was echter schijnbaar weer bezig in zijn toestand van lethargie te verzinken en wendde zijn gezicht af. De journalist was wanhopig: '... ik kan u verzekeren dat uw naam, positie en woonplaats niet zullen worden vermeld.'

De stationschef draaide zijn hoofd langzaam weer naar hem toe.

'Het spijt me dat u voor niets zo'n verre reis hebt gemaakt', zei hij kalm. Hij kwam overeind. De journalist kwam overeind.

'De plicht roept', zei Arctander en hij stak zijn hand uit. 'De goederentrein naar het westen.' De scribent drukte de grote spoorwegknuist zo stevig als hij durfde en zei: 'Ik blijf nog een paar dagen in de stad. Ik logeer in het hotel, mocht u van mening veranderen ...'

De stationschef keek hem aan.

'Dan wens ik u een aangenaam verblijf toe.'

*

De journalist ging rechtstreeks naar het telegraafkantoor, waar hij een lange brief naar zijn superieuren verzond, en bleef vervolgens nog een hele week in de stad. In die tijd ondernam hij het een en ander. Hij nuttigde een beleefdheidslunch zonder spiritualiën met redacteur Jahnn en bedacht allerlei redenen om bij mensen op bezoek te gaan. Hij bezocht hoog en laag, geen huiskamer was hem te min en overal was hij even vriendelijk en attent. Hij werd niet overal op dezelfde manier ontvangen, op sommige plaatsen wees men hem de deur, maar over het algemeen vond men het aangenaam om met de jongeman te praten. Bij dokter Levin werd hij relatief snel de deur uit gegooid, maar mevrouw Birgerson, die alleen thuis was, liet hem binnen; ze herinnerde zich die beleefde jongeman nog van hun korte ontmoeting op straat, en ze sprak een tijdje met hem, wat ze achteraf zou betreuren. Ook ging hij bij enkele leden van het stationspersoneel langs, bij de dominee en bij cantor Swammerdamm (die lang en zorgvuldig – volgens hemzelf – sprak over het uiterlijk en de persoonlijke eigenschappen van Ruth Arctander), bij spoorwegarbeiders, wasmeisjes en boodschappenjongens. Niet elk bezoekje leverde noodzakelijkerwijs veel op, maar overal wist hij kleine brokstukjes te bemachtigen. Alhoewel hij ook bij Hanna aanklopte toen zij op haar vrije dag bij haar ouders was, moet gezegd worden dat zij tot op de dag van haar dood heeft volgehouden dat ze de man al voor het water in de ketel warm was geworden de deur wees, toen ze doorhad waar het hem om te doen was. Weliswaar liep ze vlak na Hansens bezoek aan de stad met een nieuwe hoed te pronken, maar dat kon komen omdat ze spaarzaam was, en het was algemeen bekend dat Arctander haar goed betaalde.

Na dit alles, wat bijna vijf dagen in beslag had genomen, installeerde Hansen zich op zijn kamer en haalde hij zijn schetsblok en potlood tevoorschijn. Hij bleef enige tijd op zijn kamer. Daarna ging hij naar buiten, hij zocht een naaistertje op dat in de buurt woonde en net een kindje had gekregen, hij bleef een paar uur bij haar, keerde vervolgens terug naar het hotel en ging verder met tekenen. Zo bracht hij zijn zesde dag in de stad door. Op de zevende dag kwam hij de stationschef op straat tegen.

Nu was de spoorwegman niet geheel onkundig gebleven van de gangen van de scribent en hij begroette Hansen deze keer dan ook aanmerkelijk gereserveerder.

'Ik heb gehoord dat u informatie inwint', zei hij.

'Meneer Arctander, u wilde immers niet met mij praten.'

'U hebt vrienden van mij bezocht.'

'Uw vrienden zijn uiterst loyaal geweest tegenover u.'

'U hebt verscheidene mensen van mijn personeel bezocht. Dat kan ik niet goedkeuren.'

'Dat begrijp ik, meneer Arctander, maar u kunt mij niet verhinderen mijn werk te doen.'

De stationschef keek hem aan. Zijn blik was zo dof dat hij bijna asgrauw zag.

'U bent een zwijn', zei hij.

'In geen geval, meneer Arctander', zei de journalist. 'In geen geval. U moet me geloven. Ik ben hier in opdracht, dat moet u begrijpen. Ik kan hier niet vertrekken voordat ik mijn werk heb gedaan. Als u niet met mij wilt spreken, moet ik met anderen praten.'

'Toch vind ik dat u zich als een zwijn gedraagt.'

'Tja. Dat spijt me dan.'

'Ja, dat hoop ik van harte.'

Zo namen ze afscheid.

*

Hansens begaafdheid als tekenaar was bepaald niet gering, wellicht overtrof die zijn kwaliteiten als journalist, in elk geval wat zijn professionele fijngevoeligheid betrof. Als tekenaar was hij, binnen zijn genre, beslist niet de minste en zijn zwart-wit inkttekeningen waren duidelijk, realistisch en dramatisch in vorm en uitvoering. Aan deze inkttekeningen had hij zijn positie als hooggewaardeerde medewerker van *De Geïllustreerde* te danken, vooral omdat hij een fijne neus had om bij elk verhaal de best te illustreren situaties te vinden en te benadrukken. Bovendien was hij snel en betrouwbaar in zijn werk. Zijn arbeidsterrein was breed en zijn professionele status was hoog, hoger dan redacteur Jahnn besefte; Hansen was namelijk aangesloten bij een persbureau. Weliswaar niet onder de naam Hansen, maar onder die van Hazle, en grote delen van Europa hadden onlangs kennisgenomen van zijn ontroerende geïllustreerde, vierdelige weergave van de laatste reis en de ondergang van de Titanic, verbeeld in zulke frappante momentopnames dat men haast het gevoel had zelf aan boord te zijn. De sterren. De nacht. De ijsberg. De marconisten. De reddingsboten. Enzovoort, enzovoort. Eveneens had het in vorstenhuizen geïnteresseerde publiek op het hele continent zijn herdenkingsserie over het leven van Edward VII kunnen volgen. Hansen had er de meer politieke momenten of heroïsche ogenblikken, zoals de persoonlijke moed van Edward en Alexandra bij de aanslag in Parijs, zo zorgvuldig uitgelicht, dat vrijwel niemand er aanstoot aan kon nemen dat de tekenaar – op een prent die een zeegezicht moest voorstellen – een naamloze, opvallende vrouw met laag uitgesneden kledij had afgebeeld, die verdacht veel op Alice Keppel leek.

Goed gelijkende portretten waren altijd geliefd bij het grote publiek en het was Hansens specialiteit. Deze keer moest hij echter improviseren op basis van de spaarzame inlichtingen die zijn mannelijke en vrouwelijke informanten hem hadden kunnen verschaffen, en het bescheiden historische beeldmateriaal dat hij voor zijn vertrek uit de hoofdstad had kunnen vinden. Professor Strøm had zich zeer bereidwillig en zelfs enthousiast betoond, maar was er niet in geslaagd om veel meer te vinden dan reproducties van een paar schilderijen uit de zeventiende eeuw, en, meer recent, een nogal onduidelijke Russische foto die sterk geretoucheerd was, en een iets scherpere foto uit het Midden-Oosten.

Had Hansen het corpus delicti in ogenschouw kunnen nemen, waar hij zo uitermate zijn best voor had gedaan, dan zou het resultaat mogelijk meer in overeenstemming met de werkelijkheid zijn geweest. Maar niemand van de tienduizenden en nog eens tienduizenden trouwe lezers van geïllustreerde bladen uit heel Europa kon bestrijden dat het door hem verbeelde verhaal bijzonder treffend en dramatisch was weergegeven. De hele geschiedenis was afgebeeld, vanaf het pasgevonden geluk van het ongelijke paar tot aan de bizarre geboorte van het kind. De oude stationschef was in een kolonel veranderd, maar verder geleek hij sprekend. Ruth Arctander zag er daarentegen uit als een kruising tussen de eerdergenoemde Alice Keppel en de maagd Maria op de dag van de Boodschap (de inlichtingen van cantor Swammerdamm hadden daarvoor de doorslag gegeven), mevrouw Birgerson als een kloeke matrone (waarover ze zich meer ergerde dan ze durfde toe te geven) en dokter Levin was voorzien van een forse, kromme neus (als dank voor zijn ongastvrijheid).

Eva Arctander bood een opmerkelijke aanblik. Hansen had zijn ziel en zaligheid in de voorstelling gelegd – in principe niet anders dan de gemoedstoestand waarin de meesters van de Renaissance zich moesten zien te brengen om goede portretten te schilderen van heiligen die reeds lang als martelaar waren gestorven, om hun gezichten om het zo maar te zeggen vanuit het stof naar de altaarstukken te kunnen overbrengen, tot lering en vermaak van de gemeente. Hoewel Hansens voorstelling niet erg op Eva leek, was zijn getekende weergave ontegenzeggelijk fantasievol, met veel te lange, dikke haren, een tamelijk vormeloos hoofd en de aanduiding van een spitse snoet.

Natuurlijk waren de namen van zowel de plaats als de personen zorgvuldig veranderd, zodat vrijwel alleen de lezers van geïllustreerde bladen uit het district (dat waren er beduidend meer dan de lezers van redacteur Jahnns hoofdartikelen) de handeling en de personen met zekerheid tot de werkelijkheid konden herleiden. En – dit was van groot belang – daardoor konden zij ook de conclusie trekken dat een afbeelding als basis voor een vergelijking van veel grotere waarde is dan een vluchtige zintuiglijke waarneming; die eerste wordt als het ware wérkelijker dan de werkelijkheid. Want terwijl de afbeelding lange tijd op de krantentafel blijft liggen, of op de plee, of zelfs in knipselboeken, en steeds opnieuw tevoorschijn kan worden gehaald, is een klein, behaard meisje iets wat men slechts zelden in het echt te zien krijgt, in een korte flits, stevig ingepakt, op de arm van het kindermeisje dat de deur in- of uitloopt, achter de voorhang van een kinderwagen, of door een matglazen ruit in een stationsgebouw.

Moeder Berg

De stationschef was nooit bijzonder bijgelovig van aard geweest, integendeel, hij was zijn hele leven trouw gebleven aan het ene en ware, lutherse geloof, maar zonder te overdrijven; dat was niets voor hem. Hij miste het vuur van de overtuiging dat zo kenmerkend voor zijn vrouw was geweest. Vanzelfsprekend was hij de mening toegedaan dat bijgeloof en magie van kruidenvrouwen niet te verenigen waren met een respectabele levenswijze, net zomin als vrijdenkerij en godloochening. Bovendien was de stationschef een man van stand, een man van de Spoorwegen, van de telegraaf en de standaardtijd, en instinctief keurde hij alle irrationele of overtrokken lijkende fenomenen af.

Op school was hij goed in wiskunde, scheikunde en mechanica, zo goed zelfs dat zijn leraren verkondigden dat hij ingenieur had kunnen worden als zijn familie de opleiding had kunnen bekostigen. Maar in plaats daarvan had hij zich via zijn betrekking opgewerkt, hij was begonnen als stationsknecht, en had al snel op de avondschool van de Spoorwegen de opleiding tot telegrafist gevolgd. Hij viel op door precisie en betrouwbaarheid, bleek ook over goede administratieve vaardigheden te beschikken, hij kon zijn superieuren met boekhouden en corresponderen helpen en was zodoende naar hogere posities gepromoveerd, werd ten slotte tweede stationschef in een tamelijk grote stad en uiteindelijk had hij gesolliciteerd naar de betrekking van stationschef in zijn geboorteplaats, toen daar een vacature was gekomen. Zo kon hij voor zijn oude moeder zorgen, tot zij een paar jaar later stierf. Stationschef Arctander was gesteld op precisie en betrouwbaarheid. Hij hamerde erop dat zijn eigen telegrafisten elke dag om twaalf uur aan de hoofdstad moesten vragen wat de correcte spoorwegtijd – de rijkstijd, zoals dat nu heette – was, ook al hoefde er volgens de voorschriften slechts een keer per week geijkt te worden.

De telegrafisten moesten een beetje om hem lachen, maar niet wanneer hij tegen twaalf uur 's middags op het telegraafkantoor verscheen met zijn eigen chronometer in een gevoerd etui, dat hij behoedzaam opende, het instrument gereedmaakte voor ijking en hun vroeg naar een open lijn om het tijdsignaal door te krijgen. Vervolgens deed hij zelf de ronde en inspecteerde hij met de chronometer in de hand alle uurwerken op het station. Hij kon lange tijd naar de wijzers van een klok staan kijken om zich ervan te vergewissen dat alle uurwerken tot op de seconde gelijk liepen. Achter ramen en om hoeken glimlachte men als men hem daar zo geduldig zag staan wachten tot de grote wijzer in beweging kwam. Men noemde hem wel de Secondewijzer.

In andere zaken was hij net zo; de controleurs moesten hun werk met precisie verrichten en hij hechtte er veel waarde aan dat ze daar genoeg tijd voor hadden; zelf had hij talloze malen in koude winternachten met hen de ronde gedaan en met de klok in de hand bijgehouden hoeveel tijd ze per wielstel en wagon nodig hadden, waarna hij een uitgebreide brief aan de autoriteiten schreef waarin hij voor de langste treinen om vijf minuten meer oponthoud had gepleit. Het was, zoals hij in zijn verzoek omstandig had uitgelegd, niet verantwoord, zeker niet 's winters, om op een station in een omgeving met veel sneeuwval en waar de afstand tot het volgende station groot was en de lijn daarenboven door een door weer en wind geteisterd gebied liep en waar de wielen door de bijtende vrieskou gemakkelijk schade konden oplopen, ervan uit te gaan dat een oponthoud van elf minuten voldoende was. Na een uitvoerige correspondentie kreeg hij zijn zin, omdat er inhoudelijk gezien niets op zijn argumentatie viel af te dingen, het klopte tot op de seconde. Hij kreeg zijn zin, ondanks het feit dat dit tot gevolg had dat de dienstregeling op een groot aantal lijnen moest waren aangepast en de wachttijd bij wissels op kruisende lijnen moest worden verschoven. Om kort te gaan, hij bezorgde het centrale gezag een fikse legpuzzel opdat zijn eigen controleurs vijf minuten extra de tijd kregen om wielen en wagons te kunnen inspecteren, en om die reden werd hij bij het personeel buitengewoon populair. Als tegenprestatie verlangde hij van de controleurs dat zij zich aan die nieuwe tijd zouden houden, ook al loeide er een orkaan. En mocht een trein met uren vertraging het station binnenlopen, dan wilde stationschef Arctander er niet van horen dat er op zijn station of op zijn lijn nog meer vertraging zou ontstaan. Daarom had hij zijn mannen 's winters ook tientallen keren vergezeld als zij er tijdens de ergste sneeuwstormen met de ploeg en de rotorploeg op uittrokken, om zelf te kunnen aanschouwen waar de lastigste trajecten waren, en opnieuw: op dezelfde onweerlegbare manier kreeg hij het na talloze verzoekschriften voor elkaar dat er in het winterseizoen twee extra personeelsleden werden aangesteld, en bovendien kreeg hij de beschikking over een nog grotere sneeuwploeg, naast de twee die er al waren. Dus ook al lachte men een beetje om hem en noemde men hem de Secondewijzer, dat deed niets af aan het respect dat men voor hem had. Hij had elke kilometer spoorlijn verkend door zich er per lorrie over te laten rijden, en hij kende elke raillas, elke wissel, elke bocht en elk seinlicht uit zijn hoofd; hij wist precies wanneer het in augustus warm genoeg was om zijn mannen de rails op uitzetting te laten controleren, hij verwelkomde altijd zelf de treinen als hij dienst had, bezag met grote regelmaat het seinpaneel, zorgde ervoor dat de restauratie schoon en netjes was, zowel voor passagiers als voor personeel, zag erop toe dat de closets elke dag met chloor gereinigd werden; van achter het raam van zijn kantoor hield hij toezicht op het komen en gaan en hij was bovendien altijd paraat als hij zag dat een passagier hulp nodig had of als hij op een uniform een open knoopsgat ontwaarde. Al bij zijn aanstelling maakte hij de indruk een oude vrijgezel te zijn en met de jaren werd die indruk alleen maar sterker. Dus toen hij opeens trouwde, en nog wel met zo'n jonge vrouw, maakten de mannen zich haast zorgen om hem, omdat ze voor een versoepeling van het morele regime op het station vreesden. Maar hun pasgetrouwde chef voerde zijn taken met dezelfde nauwgezette plichtsbetrachting uit, zijn arbeidsdag vertoonde geen enkel moment van postnuptiale verslapping; wel oogde hij gelukkiger, iets minder streng. De 54.000 seconden die hij nu dagelijks als echtgenoot kon doorbrengen, verzoetten de 32.400 seconden waarin de spoorbaan al zijn aandacht opeiste. Maar erg plooibaar was hij niet en hij zou zelf de eerste zijn om dat te onderschrijven. Daar had hij simpelweg de tijd niet voor. Terwijl zijn vrouw naar de repetities van het kerkkoor in Fredheim ging, bleef hij op dezelfde locatie natuurwetenschappelijke voordrachten bijwonen.

Maar nu was alles anders geworden.

Het was Hanna's voorstel. En in tijden van nood kan zelfs een stationschef zich gedwongen voelen zijn trots en andere insecten in te slikken.

'Meneer de stationschef', zei Hanna op een dag tegen hem, toen ze klaar was met het opruimen na de avondmaaltijd en Eva naar bed had gebracht. Ze had een diepe frons tussen haar wenkbrauwen. 'Het is natuurlijk niet … ik bedoel … het is natuurlijk niet mijn zaak om zoiets voor te stellen, in het geheel niet, maar …' Ze keek in het bedje, waar Eva een aantal tevreden en voldane geluidjes maakte.

De stationschef kwam haar de wekelijkse vergoeding geven. Hij keek haar vragend aan. 'Ga door, Hanna, toe maar.'

'U moet niet boos worden.'

'Rustig maar, Hanna. Zeg maar wat je op je hart hebt.'

'Nou, dus, we hebben het er thuis over gehad.' Ze bloosde. 'De stationschef weet natuurlijk wel dat er overal gepraat wordt, en …'

'Ga door, Hanna.'

'We hadden het erover, mama en ik. En mama zei dat het zo merkwaardig was dat de stationschef moeder Berg niet had laten komen, nu hij in zo'n … ja, nu het kind is zoals het is.' Ze sloeg haar ogen neer.

'Ga door, Hanna', zei de stationschef zacht.

'Zo'n wisselkind, zei mama. Ja, dat waren haar woorden hoor, niet de mijne; ik wil niet dat u dat zou denken.' Het kwam er snel uit.

De stationschef hield zijn blik een poosje omlaag gericht. 'Het is in orde, Hanna', zei hij kalm. 'De mensen zullen nog wel ergere woorden gebruiken.'

Hanna stak onverwachts haar hand uit en legde die een ogenblik op de mouw van zijn uniform. Toen trok ze hem weer terug, keek omlaag.

'Ik vind Eva een lief kindje', zei ze slechts.

'Ik heb ook wel gehoord wat ze zeggen', zei hij. 'Af en toe denk ik hetzelfde.'

'Ja-a', zei Hanna.

'Dus jouw moeder vindt dat ik moeder Berg moet laten komen?'

'Ja.'

'Vind jij dat ook?'

...

'Vind jij dat ook, Hanna?'

'Het kan geen kwaad, toch?'

'Hm.'

'Moeder Berg heeft velen geholpen. Denk maar aan die jongen van Anttonen, die de tering had. Levin had hem al opgegeven, niets meer aan te doen, zei hij. Maar moeder Berg las uit de Bijbel en smolt lood boven zijn hoofd en het was nota bene twee dagen voor Kerstmis en niemand dacht dat het jongetje het nieuwe jaar zou halen. Maar toen het zomer werd, was hij weer gezond en dat is hij nog steeds. Dat is nu drie jaar geleden. En nu gaat hij een vak leren.'

'Zo.'

'Of toen in de herfst, die arbeider bij de zagerij, zijn naam weet ik niet meer, die zichzelf in zijn been sloeg, het bloed spoot eruit, om hem heen was het zaagsel helemaal rood. Maar moeder Berg was toevallig in de buurt, de mannen haalden haar snel op, en ze wist het bloed te stelpen tot de dokter kwam.'

'Ik begrijp het. Ja, Hanna, ik heb over haar gehoord.'

'Ja, het is toch zo?' zei Hanna, opeens fel en een beetje uit de hoogte. 'Iedereen heeft over moeder Berg gehoord. Zij heeft de Gave.'

'Dus jij vindt dat een goed idee?'

'Het kan in elk geval geen kwaad', zei Hanna, plotseling weer verlegen.

'Nee', zei stationschef Arctander nadenkend en boog zich over de wieg heen. Hanna wist niet goed wat ze van de uitdrukking op zijn gezicht moest vinden. 'Het kan inderdaad vast geen kwaad', zei hij.

'Nee', zei Hanna.

'Welnu. Ik zal erover denken.'

Moeder Berg kwam op een dag aan het einde van april. Stationschef Arctander had zijn personeel om inlichtingen over betrokkene gevraagd, en iedereen had wel een verhaal over een merkwaardige gebeurtenis of een miraculeuze geschiedenis te vertellen. Daarna was hij tijdens zijn eenzame avondmaaltijd bij zichzelf te rade gegaan. Hij merkte bij zichzelf een grote scepsis op ten opzichte van het geheel. Maar aangezien die moeder Berg klaarblijkelijk bijzondere dingen had verricht, had hij zijn bedenkingen laten varen en Hanna gevraagd of ze de dame wilde vragen naar het station te komen, maar in alle stilte, zodat er geen praatjes van kwamen. Hoewel ... praatjes kwamen er toch wel, dacht stationschef Arctander gelaten.

Moeder Berg maakte haar entree dan ook midden overdag, zodat iedereen het kon zien, en terwijl hij zelf in het kantoor zat. Want al konden haar kunsten het daglicht misschien niet verdragen, ze was niet blind voor de nimbus van de reclame.

De stationschef wist niet precies wat hij had verwacht; kennelijk iets ouds en wanstaltigs met een lange neus, en toen Knudtzon verlegen had gemeld dat ene mevrouw Berg in de expeditieafdeling stond en ze bij Arctander werd binnengelaten, dacht de stationschef dat het op een vergissing moest berusten en dat dit een andere mevrouw Berg was. Hij kon zijn voorstelling van een kruidenvrouw niet onmiddellijk in verband brengen met de slanke vrouw van middelbare leeftijd die voor hem stond. Ze had blond haar, grijze ogen en aan haar linkerarm hing een tas van wollen stof. Ze was tamelijk lang en haar rug was recht. Haar kleren waren niet nieuw, maar schoon en goed onderhouden. Ze stond rustig en onaangedaan in het vertrek en stak haar hand uit. Hij kwam overeind en liep op haar af, nam haar hand aan en groette. Ze keek hem van onder zwarte wenkbrauwen onderzoekend aan.

'Goedendag', zei ze.

'Goedendag', zei de stationschef onzeker. 'Ik had u vandaag niet verwacht. Ik … eh … heb dienst, begrijpt u?'

'O?' Ze keek hem aan met iets wat op een glimlach leek.

'Maar het was goed van u dat u wilde komen', zei hij snel.

'Ik kom wanneer ik word gevraagd.' Ze had een bijzondere stem, met een klank die tegelijkertijd helder en zacht klonk, maar die toch vast en welluidend overkwam.

'Ja. Jaja.' Hij schraapte zijn keel. 'Ja, wat een prachtig weer hebben we, nietwaar?' begon hij.

'Wat is er in dit huis gaande?' vroeg moeder Berg.

'Tja …' Arctander was even stil. 'Dat hebt u waarschijnlijk wel gehoord.'

'Maar ik wil je graag verzoeken het in je eigen woorden te vertellen', zei moeder Berg.

De stationschef kuchte, werd rood.

'Zullen we niet gaan zitten?' vroeg moeder Berg.

'Ja, natuurlijk. Waar zit ik met mijn gedachten? Ga … ga zitten.' Hij bood haar een stoel aan.

'De stationschef heeft vast ook wel de koffie klaar?'

'Ja, natuurlijk. Ik haal een pot voor ons op.'

Moeder Berg dronk haar koffie van het schoteltje. Maar verder maakte ze een beschaafde en beleefde indruk, en nauwelijks geheimzinnig. Onder het drinken van haar koffie keek ze hem aan, nog steeds met diezelfde onderzoekende blik.

'Nu moet je vertellen', zei ze zacht.

'Tja', zei de stationschef terwijl hij naar de klok keek.

'Neem de tijd', zei ze vriendelijk.

'Ja, ja, natuurlijk. Ik weet alleen niet goed …'

'Begin gewoon bij het begin.'

'Ja', zei stationschef Arctander ongemakkelijk. 'Zoals u zeker wel hebt gehoord, ben ik een paar maanden geleden vader geworden …' Hij zocht naar woorden, ze klonterden samen en hij voelde zich opeens vreselijk moe.

'Wacht even', zei ze terwijl ze iets uit haar tas haalde. 'Neem hier eentje van.' Ze hield hem een blikje voor. Hij keek er achterdochtig naar. 'Het zijn gewoon lavendelzuurtjes, het is geen heksenbrouwsel', zei ze ter geruststelling.

'Goed … dank u wel', zei de stationschef en hij pakte een zuurtje uit het blikje.

'Ik neem er zelf ook een, denk ik', zei moeder Berg. 'Lekker zijn ze, vind je ook niet?'

Het zuurtje smaakte inderdaad erg lekker, een weldadig zachte, bloemige zoetheid vulde mond en neus. De stationschef zoog erop, liet het op zijn tong rondgaan. De smaak had een verkwikkende en tegelijk kalmerende werking.

'Ja,' zei hij, 'het smaakt echt heerlijk.'

'Goed zo', zei moeder Berg.

'U zou een zuurtjesfabriek moeten beginnen, mevrouw Berg', zei hij schertsend, maar de ernstige grijze ogen onderbraken hem.

'Stil nu', zei ze. 'Je hoeft niet bang voor me te zijn, Arctander, beschouw me maar gewoon als een bezoeker die het beste met je voorheeft.'

'Goed', zei de stationschef verbouwereerd.

'Vertel gewoon heel rustig en neem er alle tijd voor. Kijk, ik zet het blikje hier op tafel, dan kun je er nog eentje nemen als je er behoefte aan hebt.'

'Fijn, dank u', zei de stationschef en hij voelde weer dat hij rood werd.

'En onthoud maar dat ik gemakkelijk vergeet. Dat is erg belangrijk bij de dingen waar ik me mee bezighoud.'

'Zo.'

'Hier in de stad ben ik in allerlei huizen geweest. En ik heb van alles gezien en gehoord. Maar dat ben ik allang weer vergeten als ik degene die het betreft opnieuw tegenkom. Of anderen, wat dat betreft. Hoe zou het mij anders zijn vergaan, denk je?'

'Nee,' zei de stationschef, 'daar kunt u wel gelijk in hebben.'

'Vooruit, vertel', zei moeder Berg.

En de stationschef vertelde, helemaal vanaf het begin. Hij vertelde over de bevalling en – kort, in eerste instantie – over de dood van zijn vrouw. Hij vertelde over het vreemde uiterlijk van de kleine Eva en wat de dokter en de apotheker en zijn vrouw hadden gezegd over de vooruitzichten. Moeder Berg onderbrak hem niet, maar luisterde aandachtig. Toen hij klaar was, bleef ze een tijdje stil. Vervolgens vroeg ze hem het nog eens te vertellen. En nu informeerde ze naar details, ze vroeg hem om de gebeurtenissen tot in de puntjes te beschrijven.

En opeens, kleine Eva, vroeg ze naar je moeder, ja, of je moeder een moedervlek op haar buik had. Een grote.

Vroeg ze daarnaar, vader?

Ja, dat was zo vreemd. Ze vroeg ernaar alsof ze het wist.

Had ze er een?

Wie?

Moeder, bedoel ik. Een moedervlek.

Ja, dat was juist zo raar. Die zat eigenlijk een beetje op … ach, het maakt niet uit waar die zat, die zat ongeveer op haar buik. En toen vroeg moeder Berg of die misschien ook een bijzondere vorm had en dat was zo.

Was dat zo, vader?

Ja. Maar … nee, ik zou je dit soort dingen eigenlijk niet moeten vertellen.

Ach, toe nou …

Nee, nee. Maar het was zo vreemd, alsof ze het wist.

Welke vorm had die dan?

Ze vroeg trouwens ook naar heel veel andere dingen.

Terwijl hij daar zo zit, voelt Gustav Arctander een grote rust over zich neerdalen; het is goed om zich uit te spreken tegen die vreemde vrouw tegenover hem, die bezoeker die het beste met hem voorheeft. Plotseling merkt hij dat hij haar dingen begint toe te vertrouwen, haar van alles vertelt wat hij nooit eerder aan een ander heeft verteld, gebeurtenissen uit zijn huwelijksleven, zorgen en vreugdes, dingen die hij voor en tijdens zijn huwelijk heeft gedacht, maar ook voorvallen die verder terug in het verleden liggen, uit de tijd dat hij een jonge man was en zelfs uit zijn jongensjaren.

Moeder Berg luistert naar zijn woordenstroom, af en toe beaamt ze iets, of knikt ze, ze kijkt hem ernstig aan en lijkt graag nog meer te willen horen of hem soms een vraag te willen stellen, maar ze laat hem vertellen.

Dus ze had een moedervlek op haar buik, ach zo, op die plek dus. Ach, dat maakt ook niet uit. En had die misschien de vorm van – ze kijkt hem oplettend aan – van een bel, nee, wacht, niet een bel, niet zeggen, misschien leek het meer op een dier – ja? – op een hond? Had die de vorm van een hondenkop? Ik begrijp het.

De stationschef vertelt over zijn liefde en zijn verdriet …

Ze luistert verder, een hele poos, en stelt hem nog meer vragen, of Ruth misschien ook lange, blanke handen had, ja, dat was zo, ja, vanzelfsprekend, ze knikt, ja…

Ze vraagt naar de dag van hun ontmoeting, in welke tijd van het jaar het was, en opnieuw knikt ze veelbetekenend …

Ik begrijp, zegt ze, dat je lang eenzaam bent geweest.

Ja, zegt hij.

Dat allen die je na stonden, stierven.

Ja, zegt hij, aangedaan. Daar heb je gelijk in.

Maar dat je dacht dat je voortaan nooit meer eenzaam zou zijn.

Ja, zegt hij.

Dan vertelt de stationschef over zijn zorgen en zijn woede. De woorden stromen gewoon zijn mond uit, en hij laat ze stromen.

Ach vader, papa, domoor die je bent. Een truc, dat was het. Dat zou ik je nu kunnen vertellen want nu weet ik dat, ik ken die truc ook. Je was het slachtoffer van een doodgewone truc.

Weet je niet wat voor truc dat was? Dat heb je met de meeste mensen gemeen. Die truc is het belangrijkste wapen van waarzeggers en kruidenvrouwen. Het voornaamste werktuig van spiritisten, mystici en paranormalen. Het is het breekijzer, nee, dat woord is te grof, die truc is de sleutel tot je ziel en je geloof. Nee, niet een sleutel, dat woord is te mooi. Die truc is de loper tot je ziel.

Hier ben ik, zegt de profeet, en alleen al met de keuze van zijn kleren begint hij met zijn truc. Misschien draagt hij een geheimzinnig aandoend gewaad, maar wellicht ook niet, hij kan opvallend gekleed gaan of juist bewust eenvoudig, het ligt eraan wie hij om de tuin probeert te leiden. Maar het is altijd anders. In een bepaald opzicht anders en onverwacht. De naam en faam van de waarzegger hangt samen met zijn kleding. Dan nog zijn stem en de gebaren, en tot slot nog zijn blik; geloof me, vader, dat is echt alles. Echt alles. Als ze eenmaal je vertrouwen hebben gewonnen, ben je in hun macht en dan laten ze hun kunsten pas goed op je los.

Wacht, zegt de waarzegger, en jij bent een jonge man, wacht, ik zie iets aan jou. Ik zie … niet bang worden hoor, en neem me niet kwalijk dat ik zo brutaal ben, maar ik zie dat je linkerbal lager hangt dan je rechter. Klopt dat? Ja, daar maak je je zorgen om, hè? Ja? Ja. Maar laat ik je geruststellen, het is niet erg en je kunt veel kinderen verwekken.

Wacht, zegt de waarzegger, en jij bent een oude vrouw, dik, met een fletse blik en niet meer volgens de laatste mode gekleed; ik zie iets aan je. Ik zie … o ja, ik zie, ik zie dat je je om iemand zorgen maakt. Klopt dat? Ja? Ja. Je hebt misschien een zoon …? Een zoon. Ja, ik had gelijk. Hij heet, wacht even, er zit een r in zijn naam, klopt dat? Geen r? Ook niet in zijn tweede voornaam? Ja. Kristian. Dat is het. Maar in zijn roepnaam zit een n. Ja, zie je wel. En ook een o? Johan, denk ik. Johan? Johannes, ja, dat is het. En je maakt je zorgen om Johannes, je hoort heel weinig van hem. Klopt dat? Woont hij misschien in een andere stad? Een ander land? Ja? Dat

klopt. En hij schrijft bijna nooit. Maar binnenkort krijg je een brief
van Johannes. Het gaat goed met hem in Amerika. Hij heeft geld-
zorgen gehad, maar nu gaat het wat beter.

'Zullen we niet eens naar de kleine gaan kijken?' vroeg moeder
Berg.

'Ja, natuurlijk,' zei de stationschef, 'uiteraard.' Hij kwam overeind, liet haar zijn kantoor uit en liep met haar mee de gang
door langs de expeditieafdeling en naar boven naar zijn eigen
vertrekken.

Door het glas van de ramen vermoedde hij nieuwsgierige blikken, maar hij dwong zich niet die kant op te kijken, hij liep
langzaam met een rechte rug voor zijn bezoekster uit, opende de
deur en liep voor haar de trap op.

Aan de keukentafel zat Hanna koffie te drinken. Ze schoot
overeind toen Arctander in de deuropening stond.

'Excuses,' zei ze, 'ik wist niet dat de stationschef zou komen,
dus …'

'Goedendag Hanna', zei moeder Berg terwijl ze haar beide
handen pakte en haar onderzoekend aankeek. 'Hoe gaat het nu
met jóú?'

'Dank u wel', zei Hanna terwijl ze naar de vloer keek. 'Het
gaat wel.'

'Beter, hoop ik', zei moeder Berg.

'Ja-a', zei Hanna. 'En nu ben ik hier terechtgekomen.'

'Is stationschef Arctander goed voor je?'

'Ja', zei Hanna, nog steeds met haar blik op de vloer gericht.
'Hij is erg vriendelijk.'

'Mooi zo', zei moeder Berg en ze keek Gustav Arctander gemaakt streng aan.

Arctander schraapte zijn keel.

'We wilden naar Eva kijken', zei hij.

'Ze slaapt. Ze heeft net gegeten en een verschoning gekregen.'

'Het is goed, Hanna,' zei moeder Berg, 'maar we gaan toch
maar even naar haar kijken.'

'Ja, logisch', zei Hanna en ze keek de stationschef weifelend aan. 'Moet ik eh … mee naar binnen?'

'Kom maar mee', zei moeder Berg, zonder Arctanders antwoord af te wachten.

In de kamer van Eva was het donker en stil. Vanuit de wieg was de zachte, snelle ademhaling van een zuigeling hoorbaar. Moeder Berg liep naar de wieg, tilde voorzichtig het dekentje op en bekeek het kindje aandachtig. Ze stak voorzichtig een hand uit, tilde het hemdje op en mompelde wat in zichzelf.

'Zo is ze over haar hele lichaam?' vroeg ze, zonder haar blik van het kind af te wenden.

'Ja', zei Gustav Arctander zachtjes.

'Hm', zei moeder Berg en ze mompelde weer iets onverstaanbaars. 'Verder is ze gezond?'

'Ja', zei Arctander. 'Zoals ik zei. En voorzover we weten. Voorzover de dokter weet.'

'Vriendelijk? Blij?' Moeder Berg draaide haar gezicht naar hem toe. De stationschef ontweek haar blik, keek naar Hanna.

'Ja hoor', zei Hanna zacht. 'Ze is kwiek en opmerkzaam. Ze kruipt en doet en maakt precies dezelfde geluidjes als andere kindjes. Dát weet ik wel', voegde ze eraan toe.

'En haar humeur?' Moeder Berg keek nog steeds naar Arctander, die op zijn beurt weer naar Hanna keek.

'Nou ja,' zei Hanna, 'ze begint nu wat te lachen, dus daar is niets mis mee. Het enige is dat het weleens moeilijk is, soms, om te kunnen zien hoe ze zich voelt. Ik bedoel, als ze niet huilt of lacht of jengelt.'

'O?'

'Ja, aan haar gezicht dus', zei Hanna. 'Of ze glimlacht of zo. Dat verdwijnt gewoon in al dat haar. Het is moeilijk te zien of ze vrolijk is. Dat is eigenlijk wel naar. Het is trouwens geen gewoon haar, zoals moeder Berg wel kan zien, het lijkt meer op …'

'Ik zie het, Hanna,' zei moeder Berg, 'maar ze glimlacht wel?' Opnieuw keek ze naar Arctander, maar Hanna antwoordde onmiddellijk: 'O ja, je moet er alleen oog voor hebben. Eva is een echt lief kindje, dat is het niet.'

'Dus je bent van haar gaan houden?' vroeg moeder Berg, zonder een van hen aan te kijken.

'O ja', antwoordde Hanna enthousiast. Toen vervolgde ze, op zachtere toon: 'Dat wil zeggen … in het begin vond ik het wel eng … ik vond het afschuwelijk om haar de borst te geven.' Ze bracht haar handen even naar haar wangen. 'Maar nu vind ik het fijn. Ik ben eraan gewend geraakt.'

'Ik begrijp het', zei moeder Berg. 'Maar andere mensen vragen er zeker naar?'

'Ach ja, u weet wel …' Het kwam er heel voorzichtig uit. 'Dat gebeurt natuurlijk wel. Maar ik zeg niets, hoor.'

'Hanna, kun je haar optillen zonder dat ze wakker wordt?'

'Ik kan het proberen', zei Hanna en even later stond ze met het slapende kleine meisje in haar armen.

'Ze slaapt goed', merkte moeder Berg op.

'Slapen is geen enkel probleem. Als haar buikje vol is, merkt ze niets.'

'Met jouw permissie, stationschef Arctander,' zei moeder Berg plechtig, 'zal ik nu lood gieten boven Eva en uit de Bijbel lezen.'

'O, gaat u dat doen?' zei de stationschef, een tikkeltje achterdochtig. Maar vervolgens knikte hij berustend. 'Welaan', zei hij slechts.

'Het is het beste als de vader het kind vasthoudt', zei moeder Berg en ze rommelde in haar grote tas.

'O', zei de stationschef opnieuw, deze keer beslister. 'Nee, het is beter als jij haar vasthoudt, Hanna. Dat is veel beter.'

'Ik?' vroeg Hanna terwijl ze haar blik onzeker van de een naar de ander liet gaan.

'Ja hoor, Hanna. Dat kan best', zei moeder Berg. 'Als de vader dat beter vindt, dan …'

Hanna keek naar beneden.

'… dan is er niemand die hem kan dwingen', voltooide moeder Berg haar zin. Ze haalde haar spullen tevoorschijn en zette ze neer op de commode waar Eva doorgaans verschoond werd.

Arctander keek naar haar. Naarmate de spullen tevoorschijn kwamen en voor haar neer werden gelegd, was het, vond hij, alsof ze van karakter en uiterlijk veranderde. Bij elk voorwerp veranderde ze een klein beetje. Een kleine uitgave van het Nieuwe Testament, een witte altaarkaars in een kandelaar, een paar kleine blikjes van dezelfde soort als het blikje waar de lavendelzuurtjes in hadden gezeten – maar het rammelde anders – en bovendien een zwarte doek zonder borduursel of motief. Toen kwamen er een gietlepel met een lange steel uit de tas en een hoge, aardewerken kruik met een kurk, die veel weg had van een jeneverkruik. Ten slotte een stevige tinnen beker waarin een anker was gegraveerd, zo een waar men in vroeger tijden bier uit dronk; de beker en de kruik maakten een komisch misplaatste indruk, wat het geheel een verzoenende sfeer gaf. Dit was, dacht hij, in het ergste geval allemaal pure flauwekul.

Moeder Berg leek langer geworden, in het zwakke licht zag ze er grijzer en bleker uit. Haar gezicht leek wel door het vertrek te zweven, er lag een onbestemde uitdrukking op en ze bewoog zich volstrekt geluidloos, alsof de rest van haar gestalte slechts een aanhangsel van haar gezicht was.

Ze gleed naar het raam toe, bleef daar staan. Toen trok ze de gordijnen dicht met een vastberaden, snelle ruk, waar de roede van knalde. Hanna en de stationschef schrokken ervan.

Moeder Berg stond alweer bij de commode, met haar rug ernaartoe.

'Nu moet je niet bang zijn, Hanna', zei ze en ook haar stem klonk anders, dieper. 'En jij ook niet, Gustav Arctander. Geen van jullie mag zijn stem verheffen voor ik het zeg. Als ik iets vraag, antwoord dan alleen met ja of nee.'

Ze draaide zich om naar de commode, vouwde de doek uit en plaatste er de kaars, de beker, de gietlepel en het Nieuwe Testament op, ze haalde een doosje lucifers uit de zak van haar japon en stak de kaars aan. Ze wachtte tot de vlam niet meer flakkerde, pakte toen het Nieuwe Testament met beide handen, maar zonder het te openen, en hield het een tijdje voor haar borst vast terwijl ze iets onhoorbaars fluisterde, haast alsof ze uitademde. Ze wiegde langzaam heen en weer, terwijl haar gefluister als een rookwolk de kamer vulde. De stationschef huiverde een ogenblik. Toen wendde ze zich kalm tot hen, nog steeds met het boek in haar handen, ze tilde het op tot kinhoogte en zei, met een verrassend schelle, harde en zangerige stem: 'In naam van Jezus!'

Ze schrokken op.

'In naam van Jezus roep ik. In naam van Jezus ontbied ik. In naam van Jezus lees ik.'

Ze liet het Nieuwe Testament zakken, boog zich voorover, alsof ze zich om het boek heen vouwde en liep kromgebogen op Hanna af. Het was alsof ze een zware last droeg. Hanna beefde.

Moeder Berg stond over het kind gebogen. Weer fluisterde ze iets wat ze niet konden horen. Toen kwam het: 'Bij Jezus bent gij en in Gods schoot rust gij en in Zijn aangezicht staat gij als zodanig geschreven.' Ze stak een hand uit en tekende iets op het voorhoofd van het kind.

De stationschef dacht: zover is het dus gekomen. Wat zou Ruth wel niet hebben gezegd?

Moeder Berg mompelde iets. Toen ze opnieuw hardop sprak, weergalmde haar stem als daarnet. Nog steeds stond ze kromgebogen boven het kind.

'Gustav Arctander! In naam van God, wilt gij dat uw dochter Eva verlost wordt van haar kwaal en haar plaag?'

'Ik ...' begon de stationschef onzeker. Ruth, dacht hij.

'Ja of nee!'

'Ja', capituleerde hij en hij slikte.

'Bid dan voor haar bij Jezus!' Ze mompelde weer iets. 'Hanna Olsen!'

'Ja!' riep Hanna.

'Evenzo in naam van God vraag ik u, zoals gij daar in de plaats van de moeder van Eva staat, wilt gij dat zij verlost wordt van haar smart en haar plaag en gezond wordt?'

'Ja', zei Hanna, luid en duidelijk.

'Bid dan voor haar in naam van Jezus!' zei moeder Berg, en

opnieuw stak ze haar hand uit en liet die een ogenblik op het hoofdje van het kind rusten.

Daarna draaide ze zich om naar de commode, ze legde het boek neer en maakte de twee blikjes open. In het ene lagen een paar donkere brokken, in het andere zat wit poeder. De kruidenvrouw nam wat van het witte poeder tussen haar vingers en strooide dat boven de kaars, die zachtjes siste. Ze goot wat uit de kruik in de tinnen beker. Opnieuw strooide ze wat poeder, ditmaal in de beker.

Toen nam ze de gietlepel in haar rechterhand en hield die boven de kaars, zodat de vlam de onderkant likte. Met haar andere hand legde ze een donkere brok in de lepel, en nu fluisterde ze weer, ze wiegde heen en weer tot het in de lepel begon te sissen en te walmen, en de kamer gevuld werd met een viezige, metalen stank, die deed denken aan de lucht van warme munten.

Eva werd wakker, begon te jammeren.

'Hou het kind gereed,' zei moeder Berg, nu weer met een schelle, doordringende stem, 'zodat ik in naam van Jezus mijn werk kan doen!'

Hanna stak het kind naar voren.

'Bastam, Basti, Biori, Anex, Anexis, Arabs! Drijf die gevaarlijke schavuit uit die zich in Eva heeft genesteld en laat hem naar de Hekkenberg vertrekken, zodat hij nooit meer kan terugkeren, hetwelk gebeuren zal in naam van de heilige Drie-eenheid! Amen!' Moeder Berg draaide zich plotseling om, hield de beker boven Eva, tilde de gietlepel met het knetterende metaal omhoog en goot een lange, glanzende straal uit de giettuit in de beker.

Het siste kort maar hevig, toen werd het stil. Moeder Berg legde de gietlepel neer, doopte haar vinger in de beker en tekende wederom met een vochtige vinger iets op Eva's voorhoofd. Vervolgens stak ze haar hele hand in de beker en viste er het metaal uit. Ze hield het tegen het licht, bestudeerde het zorgvuldig in het schijnsel van de vlam en draaide het tussen haar vingers rond. Het was een langwerpig klompje, met grillig gevormde uitsteeksels.

Ze sloot haar ogen, fluisterde weer en legde het klompje voor de kaars neer. Ze deed een nieuwe greep in het blikje met het witte poeder, nam een snufje tussen haar vingertoppen, liep naar Hanna en bracht haar vingers naar de lippen van het kind.

De stationschef veerde op. 'Wacht even', zei hij.

'Het is maar zout hoor, gewoon fijn zout', zei moeder Berg, bijna weer met normale stem, terwijl ze hem aankeek, alert en haast goedkeurend. Ze stak een korreltje tussen Eva's lippen, was in twee vlugge stappen bij Gustav Arctander en bracht haar hand naar zijn mond: 'Proef zelf', zei ze en voor hij het goed en wel besefte had ze wat zoutkorrels tussen zijn lippen gestopt. 'Jij ook, Hanna', zei ze. Het meisje boog haar hoofd, opende langzaam en gehoorzaam haar mond.

'Zo!' zei moeder Berg, ze glimlachte en aaide Hanna over haar wang. 'In naam van Jezus danken wij, bidden wij en gehoorzamen wij. Amen.' Ze vouwde haar handen, knikte, sloot eventjes haar ogen en zuchtte. Daarna liep ze naar het raam en deed de gordijnen met een snelle, zakelijke beweging open. Wit licht stroomde de kamer binnen. Eva jengelde ontevreden in de armen van Hanna, die haar al wiegend probeerde te troosten.

'Zo!' zei moeder Berg nog een keer terwijl ze zich tot de stationschef wendde. Haar stem was bijna weer normaal, maar nog steeds enigszins schel.

'Gustav Arctander,' zei ze, 'nu heb ik gedaan wat ik kon, nu ligt de zaak in kundiger handen dan de mijne en daar moeten wij op vertrouwen.'

Verbaasd hoorde de stationschef zichzelf vragen: 'Wordt ze beter?'

'De mens wikt,' zei moeder Berg, 'maar God beschikt. Wat het lood vertelt of niet vertelt is niet altijd duidelijk en kan twee kanten op worden verklaard. Maar als je goed voor haar zorgt, is de kans groot dat het beter met haar zal gaan.'

Gustav Arctander knikte.

'Maar dit kan ik je wel zeggen,' ging moeder Berg verder, 'ze zal jou veel zorgen geven. Eerst veel zorgen. Maar later vreugde.

Grote vreugde. Ze zal een afwisselend en bewogen leven krijgen en ze zal vaak reizen naar andere landen maken. Ik zie geluk en rijkdom, ik zie twee grote gevaren, een van water en een van vuur. Maar ook verlossing daarvan, redding en bevrijding.'

'Ja', zei de stationschef, van zijn stuk gebracht.

'Maar je moet goed voor haar zorgen', zei moeder Berg, nu bijna gewoon, terwijl ze haar spullen verzamelde en water uit de beker in de emmer liet lopen. 'En nu, stationschef, hoop ik dat je mij de weg naar buiten wilt wijzen.' Ze drukte Hanna's hand, aaide haar over haar wang. 'Tot ziens, Hanna, en veel geluk. En jij ook tot ziens', zei ze, terwijl ze het jengelende kleine meisje over haar hoofdje streelde.

De stationschef moest helemaal met haar mee naar de straat lopen. Daar drukte ze hem stevig de hand, glimlachte vaag en wenste ook hem geluk. Toen verdween ze, terwijl passanten hen nieuwsgierig aanstaarden.

Wacht, zegt de waarzegger, en je wacht, je bent misschien een jonge vrouw, en hij zegt: Jij denkt nu aan een bepaald iemand. Hij heeft blauwe ogen, is het niet? Ja? Hij heet Arvid? Hij heeft blauwe ogen en een witte glimlach? En jij denkt aan hem?

Ja, ik denk aan hem. Aan Arvid.

Een truc, papa, het was gewoon een truc.

Hanna's huishouding

Er gebeurde niet veel in hun huis. Hoewel, hun huis? Hanna was al aardig gewend om zo te denken, ook al was dat niet correct. Hun huis? Het was veeleer het huis van de stationschef of van de Spoorwegen. Maar toch. Hun huis. Zij woonde daar nu eenmaal. Zij, Eva en Arctander, die altijd met zijn gedachten ergens anders was. 's Ochtends nadat ze Eva had verschoond, maakte ze in de keuken het ontbijt voor hem klaar en zette ze koffie. Hij had er niets op tegen dat ze haar ontbijt aan dezelfde tafel at, had zelfs uitdrukkelijk gezegd dat ze dat moest doen, maar toch was het alsof hij daar in zijn eentje ontbeet. Afgezien van een beleefd 'goedemorgen' en af en toe een opmerking over een praktische aangelegenheid, sprak hij geen woord. Hij at, las de krant, dronk koffie. Hij was in zichzelf verzonken; ze vermoedde dat hij de krant min of meer als voorwendsel gebruikte. Hij bedankte altijd netjes voor het eten, trok het jasje van zijn uniform aan, klopte zijn pet af en ging aan het werk.

Daarna was ze de hele ochtend alleen met Eva, tot half een, wanneer Arctander weer naar boven kwam voor de middagmaaltijd en een nieuwe kop koffie. Ook die zette ze voor hem neer, maar ze zorgde er wel voor dat ze zelf al gegeten had, zodat ze ontkwam aan de last van het dubbele zwijgen.

Ze praatte met Eva. Voedde haar. Verschoonde haar. Er was niet veel anders te doen. Het was een vreemd kindje. Grote, ernstige ogen tussen al dat haar. Opmerkzaam. Rustig. Ze glimlachte vooral wanneer Hanna haar krauwde als het bedtijd was, of wanneer ze een liedje voor haar zong. Al vroeg had Hanna de stationschef gevraagd of ze het kind niet in een wagentje mee naar buiten mocht nemen, zodat ze tegelijkertijd boodschappen kon doen. Dat deden andere kindermeisjes en voedsters altijd, dat wist ze wel, 's ochtends kon je hen in de Storgate tegenkomen; Hanna bedacht bij zichzelf dat ze dan ook wat afwisseling zou krijgen.

'Voorlopig schrijf je maar op een briefje wat we nodig hebben,' zei Arctander, 'dan zorg ik er wel voor dat het in huis komt.'

'Maar het is toch niet goed', probeerde Hanna, 'dat Eva geen frisse lucht krijgt. Ze wordt bleek om haar snoetje. Ze gaat ook slechter slapen en eten.'

'O?' zei de stationschef niet-begrijpend.

'Dus ik dacht dat als ik met haar naar de Storgate kan en misschien elke dag met haar een wandeling naar Fredheim kan maken, dan ...'

'Ik zal erover denken', onderbrak Arctander haar.

Drie dagen later stond er een prachtige nieuwe wandelwagen klaar, net zo een als Hanna had gevraagd, maar de route werd een beetje anders. De instructie van de stationschef was zo nauwkeurig alsof hij een speciale trein liet vertrekken. Om 10.15 uur, wanneer er niemand op het perron was, mocht Hanna met Eva in de wagen naar buiten, ze mocht naar het einde van het perron lopen, het spoor op de personenoversteekplaats oversteken en het terrein op lopen. Daar liep een pad, dat deels achter een houten schutting schuilging, helemaal naar de locomotiefloods. Bij de loods was een muur die in de zon stond, en daar was een bankje, en met het personeel dat daar zat, mocht ze praten. Terug mocht ze dezelfde weg nemen, als ze tenminste meer dan een uur buiten was geweest, of, in het geval ze niet meer dan veertig minuten buiten was, via de volgende spoorwegovergang, langs een ander pad, voorbij de goederenexpeditie, maar over het smalle goederenperron langs het zijspoor, en vervolgens terug langs het hoofdperron, waar ze niet mocht blijven staan of iemand mocht aanspreken. Iets anders was *strengstens verboten*, zoals hij het uitdrukte.

Dit arrangement werd door de stationschef op dezelfde vanzelfsprekende manier gepresenteerd als zijn voorstellen aan de autoriteiten, en bood geen ruimte voor tegenspraak. Die ene keer dat ze haar kans schoon had gezien en met Eva naar de stad was gegaan omdat ze absoluut brood moest hebben, had haar bijna haar baan gekost. Dat nam ze tenminste aan omdat het gezicht van de stationschef nog verscheidene dagen daarna op onweer had gestaan, maar uiteindelijk ging het over. Bovendien had Hanna tijdens dat korte wandelingetje wel beseft dat Arctander gelijk had. De nieuwsgierige blikken en het gefluister toen ze passeerde, waren in het geheel niet aangenaam geweest. Het andere meisje met een kinderwagen dat ze was tegengekomen, had haar nauwelijks gegroet maar onmiddellijk haar hoofd in Eva's wagen gestoken om te kijken. Hanna was snel doorgelopen.

Dus liep ze met het kind en de wandelwagen haar rondje op het stationsterrein waar alleen het personeel mocht komen. De mannen waren vriendelijk voor haar en als ze al nieuwsgierig waren, lieten ze dat niet merken.

De stationschef zelf ging zelden uit. 's Avonds, na de maaltijd die Hanna had bereid, zat hij te lezen, of gewoon wat in zijn stoel. Hij legde lange rijen kaarten uit voor een spel patience dat zelden uitkwam. Vrijwel nooit ging hij Eva's kamer binnen om haar goedenacht te wensen. De dokter en het apothekersechtpaar kwamen ongeveer een keer per week langs, voor een avond- of een zondagse visite. Een enkele keer was Swammerdamm er ook bij. Dan ging Arctander plichtsgetrouw mee naar binnen om het kind te zien. Mevrouw Birgerson was aardig voor Eva, en ook voor Hanna. Als de tijd het toeliet, kwam ze 's ochtends weleens een paar uurtjes bij Hanna op bezoek. En dat was maar goed ook, want anders had Hanna de eenzaamheid nauwelijks kunnen verdragen. Nu had ze iemand om mee te praten, aan wie ze haar grote en kleine zorgen kon toevertrouwen. Mevrouw Birgerson, discreet en belezen als ze was en bovendien een stuk ouder, was weliswaar geen gelijkwaardige vriendin maar ze bekommerde zich om Hanna en vrolijkte haar op. Aanvankelijk had Hanna zich bij de verzorging van het kindje onzeker en onhandig gevoeld, en ook al keek de stationschef niet zo nauw, de eisen die aan de maaltijd werden gesteld waren toch wat hoger dat zij van huis uit gewend was. Maar mevrouw Birgerson hielp haar en gaf haar tips en adviezen, op haar enigszins norse, zakelijke, maar goedbedoelende manier. Naarmate de tijd verstreek, werd Hanna flinker. De uren dat mevrouw Birgerson dagelijks langskwam werden haar lievelingsuurtjes; ze babbelden wat, speelden met het kind en dronken koffie. Op een dag had mevrouw Birgerson een notitieboek met ruitjespapier bij zich, en doeltreffend en nauwgezet leerde ze Hanna hoe ze een eenvoudig huishoudboekje moest bijhouden (in de apotheek deed mevrouw Birgerson de boekhouding). Als Eva of Hanna ziek was, nam ze kamferdruppels, borstbalsem en andere middeltjes mee uit de geheime voorraad van de apotheek en als Hanna haar wekelijkse vrije dag had, paste zij op Eva. 's Avonds kwam ze ook weleens langs, zodat Hanna met leeftijdgenootjes kon uitgaan.

De stationschef vragen om zich over Eva te ontfermen was verspilde moeite. Als hij een enkele keer de deur van de kinderkamer opende en een blik wierp op wat daar gebeurde, stelde hij zich zo hulpeloos en niet-begrijpend op alsof hij in een pygmeeendorp in de jungle was beland.

De twee vrouwen maakten zich er zorgen over; zelfs dat Eva begon te kruipen had bij hem geen enthousiasme gewekt; 'wat fijn', had hij slechts gezegd, waarna hij zich had omgedraaid. Zijn gebrek aan deelname aan zijn eigen leven joeg Hanna angst aan en baarde mevrouw Birgerson zorgen. 's Avonds zat hij maar in de kamer, met zijn uniform aan. Zoals hij daar zat leek hij op een formeel, afstandelijk portret met een zwaar versierde lijst, waar het verdriet van afdroop.

Of hij aan zijn vrouw dacht, wilde Hanna weten. Hij dacht toch zeker aan haar?

Hij heeft veel om aan te denken, meende mevrouw Birgerson.

*

Eind mei kregen ze een dag met verschrikkelijk weer. Vanaf 's ochtends vroeg was het een en al onweer met hagelbuien, een loodgrijze lucht en felle, ijskoude rukwinden. Het werd binnen onaangenaam donker. Hanna had het licht aangedaan. Eva huilde. Buiten was een blauwige lichtflits zichtbaar, op hetzelfde moment klonk een knetterende donderslag en daar viel de stroom uit.

Onthutst liep Hanna de kamer door om petroleumlampen aan te steken. Eva krijste nu, en ze moest haar op de arm nemen. Tegelijkertijd werd er op de voordeur gebonsd. Hanna liep snel de trap af om open te doen, nog steeds met Eva op de arm, in haar hart opgelucht dat mevrouw Birgerson kwam, net nu het zo akelig was.

Maar uiteraard was het niet mevrouw Birgerson die zo'n entree had bewerkstelligd. Het was een lange, erg bleke man met zwart haar, gekleed in een elegant pak met een brede, zwarte stropdas voor, een openhangende jas en een paraplu in zijn linkerhand. Hanna keek hem verschrikt aan, alsof de wind hem het voorportaal in had geblazen. Eva krijste nog steeds op volle sterkte. De vreemdeling wierp snel een blik op het kind, glimlachte zwak en vroeg vervolgens beleefd of hij de stationschef kon spreken, hoewel hij dat niet met die woorden vroeg, hij zei: 'Excuseert u mij, mejuffrouw, maar zoudt u zo vriendelijk willen zijn mij te vertellen of de stationschef ontvangt?'

Iets in die beleefde, overbeschaafde woordkeus maakte Hanna argwanend. Net als de zangerige toon. Alsof hij niet degene was voor wie hij zich uitgaf. Hoewel hij zich helemaal niet als een bepaald iemand had voorgedaan, hij was gewoon een vreemdeling die tijdens hagel- en regenbuien was verschenen.

'De stationschef is op zijn kantoor', zei ze.

'Ik begrijp het. En naar ik vermoed is zijn kantoor te vinden door aan te kloppen bij de stationsexpeditie?' Weer glimlachte hij, zwak en vaag. Hij maakte een kleine buiging voor haar en het kind.

'Dat klopt', zei Hanna, licht ontdaan. Er was iets aan de vreemdeling wat haar uit haar evenwicht bracht en ze was op haar hoede.

'Bedankt voor de informatie', zei de man in het zwart. Hij maakte opnieuw een buiging, deed twee stappen naar achteren, stak zijn paraplu op en volgde het grindpad om het huis om aan de andere kant aan te kloppen. Hanna bleef hem een paar tellen nakijken, en deed toen de deur weer met een beslist gebaar dicht.

Het slechte weer gaf zich na een poosje gewonnen en buiten klaarde het op. Even later kwam mevrouw Birgerson. Eva kreeg nu pap en de vrouwen vonden het vermakelijk om te zien hoe ze de lepels naar binnen werkte. Met al dat haar in haar gezicht was het nog aparter en schattiger om te zien dan bij andere kinderen, ook al bleef de pap aan het haar van haar kin kleven en was het nog een hele toer om het schoon te maken. Hanna stond de hele tijd op het punt om mevrouw Birgerson te vertellen over de vreemdeling die had aangeklopt, ze had het gevoel dat ze dat moest doen, maar ze kon zich er niet toe zetten. Voortdurend kwam er iets tussen, steeds wanneer ze haar mond open wilde doen. Iets praktisch, iets concreets, iets wat voorrang had. Ten slotte was het bijna alsof ze niet meer zeker wist dat er werkelijk iemand had aangeklopt toen het onweer op zijn hevigst was. Vlak voordat mevrouw Birgerson vertrok wilde ze het zeggen, maar precies op dat moment deed het licht het weer, en toen hadden ze het daarover.

Een uur voor etenstijd kwam de stationschef binnen en vroeg Hanna, heel ongebruikelijk, of ze in haar eentje wilde eten: hij had voor de verandering een gast die bleef eten.

Ze knikte gehoorzaam, ja, vanzelfsprekend, natuurlijk, maar we eten gewoon viskoekjes, aardappels en groente, dus als de stationschef een gast heeft, dan …

'Het geeft niet, Hanna', zei hij. 'Ga maar gewoon eten, er is vast wel genoeg.'

Ze at samen met Eva, ruimde af en dekte opnieuw voor twee personen. Ze bracht Eva naar bed en trok zich vervolgens op haar eigen kamer terug. Toen ze later die avond naar beneden kwam om naar het kind te kijken, verbaasde het haar niet dat ze opnieuw de stem van de in het zwart geklede vreemdeling hoorde, ditmaal slechts als een gebrom door een gesloten deur, nu af en toe onderbroken door het gebrom van Arctander; de stem van de vreemdeling leek verder te dragen dan die van de stationschef, ook al was die zachter, het was een doordringende, aangename en melodieuze stem die haar met een merkwaardige mengeling van genoegen en onrust vervulde.

Met geen woord repte de stationschef de volgende dag of de daaropvolgende dagen over zijn gast. Evenmin vertelde Hanna mevrouw Birgerson over het bezoek, hoe graag ze dat af en toe ook wilde. Ze hadden het trouwens druk genoeg, Eva werd groter, het haar werd langer, het moest gekamd en verzorgd worden en Eva jengelde en was prikkelbaar.

De wetenschap spreekt

Geachte dokter Levin,

Het Geneeskundig College wil u bedanken voor uw zeer interessante uiteenzetting, en zich ervoor verontschuldigen dat wij u niet eerder hebben geantwoord; de reden daarvan is dat uw brief het onderwerp van veel gesprekken en discussies tussen de dermatologen in ons College is geweest.

Wij zijn tot de slotsom gekomen dat de toestand die u beschrijft bij het genoemde kind naar alle waarschijnlijkheid gediagnosticeerd moet worden als een uiterst zeldzame afwijking, te weten Hypertrichosis lanuginosa congenita, *ook wel* de ziekte van Gonzales genoemd. *Deze is zo zeldzaam, dat er uit de afgelopen vierhonderd jaren slechts een handvol bevestigde gevallen bekend zijn, en uw brief heeft dan ook grote interesse bij ons college gewekt, ja, de geruchten over deze zeldzame vondst zijn reeds de grenzen overgegaan en hebben zowel in Londen als Berlijn opzien gebaard.*

Met uw toestemming en die van de bewindvoerders van het kind verzoek ik u of mijn assistent dr. Mathisen en ik u zo spoedig mogelijk mogen bezoeken om het kind nader te onderzoeken, zodat wij kunnen vaststellen of er hier werkelijk sprake is van een echt geval van de ziekte van Gonzales, en om tevens testen en de noodzakelijke observaties te kunnen verrichten, aangezien in de moderne tijd slechts uiterst weinig patiënten met deze diagnose aan grondig medisch onderzoek zijn onderworpen.

Met de meeste hoogachting,
namens het Geneeskundig College,
professor Johan Q. Strøm

*

Dokter Levin kon zijn geluk niet op en liet de brief onmiddellijk aan de Birgersons zien. De wetenschap had eindelijk, na drie maanden, haar keel geschraapt en gesproken, en de wetenschap had het geval interessant en opzienbarend gevonden, zo opzienbarend zelfs dat zij in hoogsteigen persoon naar de stad zou komen om het fenomeen nader in ogenschouw te nemen. Dat gaf hoop en een zeker vertrouwen, en tijdens de thee koesterde Abraham Levin zich in de bewondering van zijn vrienden. 'Fantastisch, Abraham', zei mevrouw Birgerson, waarna Levin zich naar het station begaf om de stationschef het verheugende nieuws mee te delen.

Ook Gustav Arctander begon te stralen toen hij de brief las, hij kon het bijna niet geloven, zo blij was hij, het was gewoonweg aandoenlijk, en de dokter voelde zich een hele piet.

'Denkt u ... denkt u echt dat die ... specialisten ... mij kunnen helpen en ...'

De stationschef stotterde haast van opluchting over de brief met het mooie logo en de ferme ondertekening.

'Welaan,' zei de dokter zo nuchter als hij kon, maar zonder zijn eigen hoop helemaal te verbergen, 'eerst moet de wetenschap zich uitspreken, dan moeten we maar eens kijken wat er gedaan kan worden.'

'We sturen ze meteen een telegram', zei Arctander.

'Maar ... is het telegraafkantoor dan niet gesloten ... op dit tijdstip?'

'Nee, niet de telegraaf in de stad', zei Arctander energiek. 'Dat duurt bovendien eeuwen. We nemen de telegraaf op het station en sturen het bericht via de Spoorwegen.'

Samen gingen ze naar het kleine, raamloze telegraafkantoor op het station, de stationschef joeg de dienstdoende telegrafist weg, ging achter het bureau zitten en formuleerde de volgende mededeling: *Zie uw aanstaande bezoek tegemoet op het tijdstip dat u gelegen komt en verzoek om bericht aangaande uw aankomst. Levin.*

Vervolgens pakte de stationschef de seinsleutel en verstuurde het bericht eigenhandig naar de hoofdstad, met de opmerking het de geadresseerde zo spoedig mogelijk ter hand te stellen.

*

Een paar telegrammen, twee telefoontjes en acht dagen later stonden dokter Levin en de stationschef in hun zondagse kleren op het perron. Het was de ochtend van 12 juni.

De wetenschap bleek te spreken door de mond van een heer van een jaar of veertig, die een zwart jasje droeg met glimmende plekken onder aan de mouwen, een strikje aan zijn groezelige boord en een grote, volle, bruine, zwaargekrulde baard, waarachter een pokdalig gezicht schuilging. Hij had een misnoegde, afwezige uitdrukking op zijn gezicht. Professor Johan Q. Strøm begroette dokter Levin louter plichtmatig, vervolgens Arctander iets hartelijker en stelde hen voor aan zijn metgezel, dokter Mathisen, die jonger was en geen baard droeg en die druk bezig was om de bagage uit de trein te tillen.

De professor onderbrak hun welkomstwoorden en vroeg of zijn hotelkamer over een bad beschikte, zoals hij had gevraagd.

'Ik kan me niet herinneren dat ...' begon dokter Levin. De professor wierp hem een lange blik toe en Levin corrigeerde zichzelf. 'Ik ben bang dat ik het over de telefoon niet goed heb gehoord', zei hij verontschuldigend.

Ze liepen naar het hotel. Het miezerde, dus de stationschef hield een grote, zwarte paraplu boven de specialisten die op bezoek waren, terwijl Levin met de bagage liep en nat werd.

De kamers die de arts had gereserveerd, bleken helaas niet over een bad te beschikken, de gasten moesten gebruikmaken van een badkamer op de gang. Arctander keek verwijtend naar Levin, die verontschuldigend zijn armen spreidde en meteen bij de balie van de receptie aan het onderhandelen sloeg. Ondertussen wisselden Mathisen en Arctander enige woorden, terwijl professor Strøm bij de palm (de trots van het hotel) was gaan staan en onafgebroken naar buiten naar de Storgate staarde, waar behalve het grauwe weer niets te zien viel. Na lang delibereren lukte het een kamer met bad te bemachtigen; die werd aan professor Strøm toegewezen. Dokter Mathisen verklaarde zich tevreden met de status quo.

Strøm ontving zijn sleutel en marcheerde zonder een woord te zeggen naar zijn kamer, op de voet gevolgd door de piccolo met de bagage.

'De professor houdt er niet van om met de trein te reizen', verklaarde Mathisen. 'Hij voelt zich snel onpasselijk.'

'Des te verheugender is het dat hij zich desondanks die moeite heeft getroost', zei dokter Levin hoffelijk en de stationschef bromde instemmend.

'Nu neem hij een bad', zei Mathisen en hij vertoonde iets wat mogelijk de aanzet tot een glimlach was. 'Ik stel voor dat de heren later terugkomen.'

'O ja, natuurlijk, natuurlijk … zullen we … over een uur afspreken?'

Dokter Mathisen keek hen met dezelfde vreemde uitdrukking aan.

'Over twee uur, dunkt me', zei hij. Daarna pakte hij zijn koffer en ging naar boven.

*

De stationschef en de arts hadden gehoopt dat het bad de professor wat milder had gestemd, maar dat bleek niet het geval. Tweeënhalf uur later daalde hij nog even zuur, maar onmiskenbaar naar lavendel geurend, af naar de receptie, waar zijn gastheren samen met dokter Mathisen al een flinke tijd zaten te wachten.

Arctander en Levin waren oorspronkelijk van plan geweest de twee gasten uit te nodigen voor een lunch in het restaurant van het hotel. Hoewel het nu eigenlijk al een uur te laat was voor de lunch, had de stationschef de gerant weten over te halen om de kok te vragen de keuken in gereedheid te houden. Maar de uitnodiging van Arctander werd gedecideerd weggewuifd door de professorale expertise.

'We mogen onze tijd niet aan dat soort nonsens verknoeien', riep de frisgewassen heer uit met een geïrriteerde uitdrukking op zijn gelaat. 'Laten we naar de patiënt gaan kijken. Meneer de stationschef, u wijst ons de weg.' Hij gebaarde naar de uitgang.

'Vanzelfsprekend, vanzelfsprekend', zei de stationschef, terwijl hij naar de mahoniehouten deur snelde. 'Meneer de professor, laat mij ...'

Levin spreidde zijn armen verontschuldigend naar de gerant, die ongeduldig bij de ingang van het restaurant stond.

'Is meneer de professor altijd zo?' mompelde Levin tegen dokter Mathisen.

'Meestal wel', zei Mathisen, die afgezien van een korte, hongerige blik in de richting van de eetzaal geen spier vertrok.

Ook bij aankomst in het huis van de stationschef was de professor even afgemeten en onvriendelijk, hij begroette de Birgersons nauwelijks en volstond met een knikje in Hanna's richting. Pas toen Hanna het kind uit bed had gehaald en had uitgekleed, trad er een verandering bij hem op. Hij slaakte een zucht van verrukking, riep 'oh!' en 'ah!' en achter zijn baard bewoog iets; vermoedelijk glimlachte hij. Dokter Mathisen opende de dokterstas en het onderzoek nam een aanvang. De professor bestudeerde het kind zorgvuldig, van alle kanten, hij tilde de ledematen op, keek in oren en mond, mat de haarlengte en knipte met een schaartje stukjes haar af als monster, terwijl hij voortdurend korte opmerkingen tegen dokter Mathisen mompelde, die vlijtig aantekeningen maakte.

'Geheel bedekt ... dorsaal en frontaal... geen teken van haargroei op de tong ... niet in de handpalmen ... een lengte van vijfendertig tot vijfenveertig millimeter, geen, absoluut geen ingegroeide haren ... ziet u, dokter Mathisen, dat is heel opvallend ...' De twee medici namen nog wat haarmonsters en een bloedmonster, terwijl Eva het uitschreeuwde.

Toen ze een tijd met het onderzoek bezig waren geweest zonder zich om de andere aanwezigen te hebben bekommerd, vatte de stationschef moed en zei: 'Meneer de professor, kunt u mij de oorzaak van dit fenomeen vertellen?' De professor keek verdwaasd op van zijn proefnemingen. Wel maakte hij een toeschietelijker, haast opgewekte indruk.

'Nee. Maar dit is uitermate fascinerend. Uitermate fascinerend. Zeer fraai. Overal haar.' Hij keek alsof hij op het punt stond een cadeau uit te pakken.

'Maar ... de oorzaak?'

'De oorzaak, de oorzaak', zei professor Strøm belerend. 'Ik kan u in elk geval tot op zekere hoogte uitleggen hoe het in elkaar steekt. Een mens, u of ik, man of vrouw, dat speelt geen rol, heeft een bepaald aantal haarzakjes over de gehele oppervlakte van het lichaam verspreid zitten, de zogenaamde follikels. Dat aantal is zeer groot, en als u goed kijkt, zult u ontdekken dat u ook haar hebt op plekken waarvan u helemaal niet gedacht had dat daar haar groeide! De haarzakjes zijn in zekere zin de bakermat van de haargroei. Ze dienen verschillende doelen – uit sommige groeit hoofdhaar, uit andere baardhaar, dat zijn de zogenaamde terminale haren. Sommige brengen het zachte donshaar voort dat op onze armen en benen zit, de zogenaamde vellusharen, terwijl weer andere – ja, neemt u mij niet kwalijk – de basis vormen voor het intieme lichaamshaar.'

De stationschef kuchte, maar zei niets.

'Welnu. U zult ongetwijfeld hebben gemerkt dat al die haren zeer verschillend zijn; of het wenkbrauwharen zijn, of hoofdharen, of ..., nu goed, die haren verschillen qua lengte, zachtheid en dikte, en voor een deel ook qua kleur, bij een en dezelfde persoon. De haren hebben ook een verschillend groeitempo. Kunt u het volgen?'

'Ik denk van wel.'

'Er groeien enorm veel haren op een mensenlichaam.'

'Ja.'

'U kunt zich volstrekt niet voorstellen hoeveel. Raad eens.'

'Meneer de professor,' viel dokter Levin hem in de rede, 'stationschef Arctander is vast niet ...'

'Honderdduizenden', vervolgde professor Strøm geestdriftig. 'Overal. En ze hebben elk hun eigen functie. Dacht u bijvoorbeeld dat de wenkbrauwen uitsluitend bedoeld zijn om te voorkomen dat zweet of regenwater in de ogen stroomt? U vergist zich! Wenkbrauwen hebben een veel subtielere functie. Stelt u zich eens een gezicht zonder wenkbrauwen voor. Het zou volstrekt uitdrukkingsloos op u overkomen, moeilijk te duiden. Hoeveel mimische kunst, ja, welke emoties kan een groot actrice niet overbrengen door domweg een wenkbrauw op te trekken! De wenkbrauwen zijn aldus evenzeer een spraakorgaan als dat zij dienen ter bescherming tegen vocht. Had de natuur de ogen tegen regen willen beschermen, dan had zij wel iets veel effectievers en druipgroefachtigers bedacht dan die armzalige wenkbrauwen. Dat kan ik u wel vertellen. Maar ook de vellusharen ...'

Dokter Levin schraapte zijn keel, opende zijn mond, maar slaagde er niet in professor Strøms welluidende woordenstroom over de functie van de haargroei te stoppen.

'... de vellusharen, die heel fijne, o zo fijne, piepkleine donshaartjes die wij op ons lichaam hebben, ook op plaatsen waarvan we denken dat er geen haren groeien, wat voor functie hebben díé, vraagt u zich af.'

'Ik ...' begon de stationschef.

'Inderdaad. Dat vraagt u zich af. En die vraag kunt u blijven stellen. Waar zijn die kleine snerthaartjes nu goed voor, vraagt u zich af. Ze verwarmen niet, ze zijn niet zichtbaar, ze voorkomen niet dat regenwater stroomt naar plekken waar regen geen enkele boodschap aan heeft. Een simpele en vulgaire theorie zou luiden dat die haartjes, net als al het andere lichaamshaar van een mens, slechts rudimentaire overblijfselen zijn van de vacht die wij ooit hadden. Von Uexküll zou zeggen dat zij de resten zijn van een deel van de menselijke *Reiz-Schutz*. Atavismen. Met een ander woord: restanten. Nakomelingen. Maar dat is fout. Hoort u? Fout. Ha! Onherroepelijk en jammerlijk fout!'

'Ik begrijp het.'

'Ze zijn de helpers van ons sensorische apparaat. Onze tast-zin. Jawel. Als piepkleine groeisteeltjes zitten ze in onze huid bevestigd en fungeren ze in de onmiddellijke leefomgeving van het menselijk organisme als een soort van schild. En komt er – laten we zeggen – een vrouw, in de erotisch actieve leeftijd, verlokkend en verleidelijk op ons af, die onze huid beroert met de hare, dan zou onze zintuiglijke sensatie door die beroering een heel stuk minder… eh, stimulerend zijn, indien wij die fijne laag vellushaartjes niet hadden. U kunt eens proberen uzelf te stimuleren …'

Nu schraapte dokter Mathisen zijn keel.

'… bijvoorbeeld de achterkant van uw benen, die ongetwijfeld met de jaren hun haren hebben verloren zoals bij een oude haas het geval is; daar zult u veel minder voelen dan aan de voorkant van de benen.'

'Dat heb ik niet geprobeerd.'

'Zie eens aan. Maar om kort te gaan, u hebt een heleboel haren op uw lichaam. U hebt echter nog meer haarzakjes, follikels dus. Een mens heeft bijna overal follikels. In het gezicht. Op de rug. Op de buik. Overal. De meeste follikels zijn namelijk inactief, en daar mogen we blij om zijn. U hebt dan geen last van lange haren in de oren of op de rug. Of een vacht op de rug van de hand. Maar de follikels zitten overal, of er nu haar uit groeit, of dat ze, laten we zeggen, in slaaptoestand verkeren. Bij sommige mannen gaan grote delen van de hoofdbeharing op een relatief vroeg tijdstip slapen, ze stoppen met groeien zonder dat we kunnen verklaren waarom. Het heeft geen enkele zin om de hoofdhuid te besprenkelen met asperge-extracten of tincturen of vergelijkbare heksenbrouwsels. De follikels zijn en blijven inactief. Maar ook al zijn ze inactief, ze zijn er wel degelijk. En hun aanwezigheid is een overblijfsel van de vacht die de mens ooit in de oertijd heeft gehad, maar die nu gereduceerd is tot restanten op bepaalde delen van het lichaam. Begrijpt u waar ik het over heb?'

'Ja', zei Gustav Arctander. 'U zegt dat de mens zich door de eeuwen heen ontwikkeld heeft uit een lagerstaand wezen.'

'Zoals u weet, duurt de ontwikkeling van het embryo tweehonderdzesenzestig dagen, of achtendertig weken, van ontvangenis tot geboorte. Gedurende die tijd is het alsof de foetus zelf in sneltreinvaart dezelfde ontwikkeling van de mens als soort door de eeuwen heen doormaakt. Van het eencellige wezen, via de weekdieren, het kikkervisje, de amfibie en het reptiel tot aan het behaarde zoogdier. En op een zeker moment, meneer Arctander, vlak voor de zevende maand, wil het geval dat alle follikels in de huid, werkelijk allemaal, een sterke haargroei vertonen, die het hele lichaam bedekt. Allemaal tegelijk, alsof het organisme wil testen of ze in orde zijn. De haren zijn allemaal gelijk, dun en zacht als zijde. Die proefhaartjes – als ik ze zo mag noemen – worden lanugoharen genoemd, dus wolhaar. In de zevende maand raakt het embryo al die haren echter weer kwijt ...'

'Als een dier dat in de rui gaat?'

'Mja. Zoiets. Het is overigens heel typisch, wanneer de foetus alle haren kwijt is, dan blijven die haren in vruchtwater zweven en dan slikt de foetus ze in. De eerste, groene ontlasting van een pasgeborene, het meconium, de zogenaamde darmpek, bestaat voornamelijk uit de overblijfselen van die haren. Daarna begint pas de haargroei die het kind moet hebben als het ter wereld komt, meest hoofdhaar. Soms blijven er nog wat restanten van het lanugohaar zitten, als plukjes wol, bijvoorbeeld op de rug. Dus toen eh ... dokter Levin, was het toch ... en de vrouw van de apotheker van mening waren dat het kind die haren na een tijdje zou verliezen, was dat geen geheel ongegrond vermoeden, ook al was het niet juist.'

'Dus?'

'Wat wij hier zien, bij uw kleine meisje, is iets volkomen anders. Dit is geen gewone, aangeboren behaardheid. Waar wij hier getuige van zijn, dat zijn de lanugoharen zelf, in al hun pracht, de haren die de foetus in de zevende maand had horen kwijt te raken. Maar ze zijn door blijven groeien. Almaar door.'

'Dus ze heeft ze eenvoudigweg behouden?'

'Exact. Het is buitengewoon zeldzaam. Meneer Arctander, ik moet u zeggen, ik heb in al mijn levensdagen nog nooit zoiets fantastisch gezien. Ik spreek natuurlijk als vakman. Dit is een medische sensatie. Een fysiologisch unicum.'

'En ... wanneer raakt ze die kwijt?'

'Wanneer? Nee, ze raakt ze niet kwijt.'

De stationschef deed zijn mond open maar zei niets; hij staarde de specialist aan die onverstoorbaar doorging: 'De haren die ze eigenlijk had moeten hebben, die zijn nooit gekomen en zullen ook nooit tot ontwikkeling komen. En alle follikels waaruit nooit een haar had moeten groeien of die pas tegen de volwassenheid actief hadden moeten worden, daar groeien nu allemaal lange, blonde lanugoharen uit. Het is fantastisch. Ongelooflijk. En dat zal haar hele leven zo blijven.'

'Haar hele leven?!'

'Vermoedelijk.'

'Ze blijft er dus altijd zo uitzien?'

'Naar alle waarschijnlijkheid: ja. Maar het is zoals gezegd een buitengewoon zeldzame toestand. In de geschiedenis zijn slechts een handvol bevestigde gevallen bekend. Ik weet zo gauw niet of er op dit moment nog andere gevallen in leven zijn, mogelijk een in het Verre Oosten. Nee, meneer Arctander, dit is werkelijk een unieke, uiterst zeldzame gebeurtenis. Ik ben u heel dankbaar dat wij mochten komen.'

'En er bestaat geen ... hoop dat er nog een verandering optreedt?'

'Men kan nooit weten. Hoewel ik het betwijfel. Ze heeft de haargroei die ze moet hebben, en die zal altijd zo blijven. Wat een zeldzaamheid. Wat een curiositeit. Staat u mij toe een foto te nemen.'

2

Rukkers en plukkers

Boer, boer, vrouw, aas. Klaverzeven, klavervijf. Kleine Hans, hartenvijf, nare Ida, Ilma-Il, klaverboer. Arima. Lieve Arima.

Ze liggen in ingewikkelde patronen voor haar op tafel uitgespreid. Vaders speelkaarten. Ze zijn kostbaar, zegt haar vader, kijk eens hoe fraai ze zijn bedrukt. Ze zijn bedoeld voor deftige partijen whist, zegt hij.

Seidenfaden Spielkarten GmbH Wien staat er op de schoppenaas. Ze kan lezen. Ze is zeven jaar. Ze kan ook kaarten, maar op haar vader na is er niemand die met haar een spelletje kan doen, en hij heeft bijna nooit tijd, dus heeft ze patience geleerd. Whist kan ze toch niet. Hanna kaart niet, dat vindt ze zondig.

Drie spellen in een mooie doos met gouden randen en bekleed met lichtgroen velours. Ze zijn kostbaar. Ze wast altijd haar handen voor ze ermee gaat spelen. Haar vader zegt wel dat ze bedoeld zijn voor deftige partijen whist, maar die houdt hij toch nooit, dus de doos ligt daar maar in de rechterla van de salontafel, samen met een doosje pijpenragers, een beker dobbelstenen, het dominospel, het kistje met de schaakstukken en een doos kurkdroge sigaren waar de hele la naar ruikt.

Maar ook de speelkaarten hebben een speciale geur. Geparfumeerd, een beetje zoetig, als frambozen, als ze ze naar haar neus brengt. Boer, vrouwe Mona, heer Johan. Kostbare kaarten, drie spellen met een rode, groene en blauwe achterkant. Kijk eens hoe fraai ze zijn bedrukt. Het is kunstdruk, zegt haar vader. De kaarten met afbeeldingen lijken haast te leven, niet zoals bij gewone kaarten; ze hebben rozerode wangen en golvend, lang haar. De kronen en de scepters van de koninklijke figuren hebben een gouden glans, het fluweel is diepblauw.

Ze kan patiencen, maar de variaties die ze kent komen bijna altijd uit. Als ze niet uitkomen, zijn ze nog saaier. Maar als haar vader avonddienst heeft en ze het eten opheeft dat Hanna haar heeft voorgezet en ze in de kamer zit, onder de maneschijnlamp, dan haalt ze de kaarten tevoorschijn, alle drie de spellen, ze zet de lege fruitschaal en de kandelaar aan de kant en legt de kaarten uit als voor een spel patience. Alle kaarten, van alle spellen. Op verschillende plekken, sommige aan de rand, andere in het midden, sommige open, andere in kleine stapeltjes. De tafel is namelijk een land. Dat heeft ze langgeleden ontdekt toen ze op een avond een spelletje deed. Met al die tekeningen en knoesten in het hout is het tafelblad een land, een groot eiland, dat ver weg ligt. Er zijn veel steden en kastelen op dat continent, er zijn rivieren en hoge bergen, blauwe, diepe zeeën en grote vlaktes.

Drie grote legers heersen over de steden en de kastelen, drie partijen, met elk een hofhouding, een legeraanvoerder, prinsen en prinsessen. Het is de tijd van de ridders en de troubadours; daar heeft ze over gelezen. Ze kan lezen. Ze is zeven jaar, maar ze gaat nog niet naar school. Hoe het met school moet, is een beoordelingszaak, zegt haar vader. Lezen heeft ze zichzelf geleerd. Elsa Birgerson heeft haar een beetje geholpen. En haar vader, als ze op schoot zit en hij haar voorleest. Soms doet hij dat, als hij in een goede bui is. Ze leest veel. Lhase heet het land, de hoofdstad heet Kebesh. Dat is de stad van de blauwen en van hen zijn de klaver het voornaamst. Maar ze heten niet klaver, dat is gewoon hun schild, ze behoren tot het geslacht Korsaga. En niet de heer is het belangrijkst, maar de boer, Arima. Want de heer is oud en heeft een witte baard en hij is een beetje de weg kwijt in zijn hoofd, zoals Hanna zou zeggen, en de vrouw is chagrijnig en ziet er gemeen uit (waarschijnlijk is ze dat altijd al geweest), maar Arima, de boer, is gezond en slim, heeft een goede, rustige en aardige glimlach en draagt mooie fluwelen kleren, ze is altijd blij als ze dat plaatje ziet bij het uitleggen; dan gaat het meteen bij haar kriebelen. Ze kan er een hele tijd naar blijven kijken.

Arima is jongen noch meisje. Net als zij. Lange tijd noemde ze elke boer in het kaartspel 'zij'. Haar vader glimlachte er alleen maar om, totdat ze op een avond zaten te kaarten en Eva de schoppenboer opgooide terwijl ze riep: 'Daar is ze dan.' Haar vader lachte wat en zei: 'Híj, Eva. De boer is een man, zie je dat niet?'

Ze keek hem verongelijkt aan, vervolgens keek ze naar de schoppenboer, maar ze zei niets. Hij heeft natuurlijk gelijk. Hij heeft altijd gelijk. Ja, ze ziet dat hij gelijk heeft. Maar de boeren hebben van dat lange, krullende haar en hun gezichten zijn zo meisjesachtig, ook al hebben ze haar op hun gezicht.

Ze denkt: misschien zijn er twee soorten mensen. De soort die uit jongens en meisjes bestaat en dan nog een soort. Zoals de klaverboer uit het blauwe spel. Lieve Arima.

Zo zit ze 's avonds met de kaarten als een aparte wereld voor zich op tafel in alle stilte te spelen. Het mooie van dit spel is dat wanneer Hanna staat te kijken, ze alleen een klein meisje ziet dat haar avondeten opheeft en nu in haar eentje patience speelt. Ze kan de kaarten ook bij elkaar brengen, letterlijk, en haar vrienden in de juiste volgorde opbergen tot de volgende avond. Daar weet haar vader ook niets van; wanneer ze af en toe een spelletje doen en de kaarten geschud worden, is het geen enkel probleem om ze naderhand weer op volgorde te leggen. Ze kan goed onthouden, vooral volgorden. Ze kent alle maanden uit haar hoofd en kan ook het rijtje koningen van Noorwegen al opdreunen, net als de tafels, tot en met die van zeven. Ze is bezig met de tafel van acht.

*

Er zijn trouwens sowieso twee soorten mensen, rukkers en plukkers. De rukkers, dat zijn de mensen die aan haar haren rukken. Het zijn vooral de andere kinderen. Ze hebben lege ogen. Ze zeggen niets, op hooguit korte, raadselachtige, als wratten zo harde woorden na. Dan opeens stoten ze haar aan, ze trekken aan haar haren en zeggen plotseling van alles tegelijk.

Ze gaat niet met andere kinderen om.

Dan heb je de plukkers. Dat zijn vooral volwassenen. Zij doen hun uiterste best om haar bij zich op schoot te krijgen. Of ze proberen haar te lokken, om haar beter te kunnen bekijken. Misschien denken ze dat ze een pop is. De blik in hun ogen wordt als gelei en ze gaan aan haar plukken. Ze denken dat ze haar aaien, maar ze is geen poes en ook geen pop. Het is erg onaangenaam. Haar vader vindt het ook onaangenaam. Daarom gaan ze nauwelijks met volwassenen om.

*

Haar vader steekt hoog boven haar uit en is ver weg. Hij heeft wit haar en is waarschijnlijk behoorlijk oud, zegt Hanna. Hij kijkt naar haar, vanuit de verte en vanuit de hoogte. Heel soms buigt hij zich naar haar toe, komt op gelijke hoogte met haar gezicht en glimlacht naar haar. Dan voelt ze zich gelukkig. Maar meestal heeft hij geen tijd; haar vader moet op de treinen passen, zegt Hanna, hoe zou het gaan als niemand dat deed?

Hij past op de treinen. Maar soms leest hij haar voor, hij leest haar de boeken voor die hijzelf mooi vond als jongen, daarom vindt zij ze ook mooi, ook al begrijpt ze ze niet altijd. *De oude woudloper, Robinson Crusoë. De laatste der Mohikanen.*

Maar meestal moet hij op de treinen passen.

's Avonds na het eten zit hij graag in zijn eentje bij de secretaire, met de rug naar haar toe. Hij leest de krant of papieren, het is net alsof hij er niet is. Of hij is er inderdaad niet, omdat hij dienst heeft. Dienst, dat betekent dat hij op de treinen past.

*

Als haar vader een kamer uit gaat, doet hij de deur altijd zachtjes maar beslist achter zich dicht; hij trekt hem aan tot je een klik hoort. Hij heeft haar laten zien hoe dat moet. Het ergste wat hij zich kan voorstellen, zegt hij, zijn deuren die niet goed zijn dichtgedaan. Een deur moet goed dichtzitten. Dat heeft haar vader tegen haar gezegd.

Er zijn veel deuren op de bovenverdieping van het stationsgebouw waar ze wonen, twaalf stuks, als je de deur naar het kamertje op de zolder niet meetelt. Ze heeft ze geteld. Ze houdt van getallen. Ze heeft geleerd om ze allemaal goed dicht te doen, elke deur apart, ze heeft met elke deur geoefend.

Sommige gaan gemakkelijk, zoals de keukendeur, andere lijken onwillig, daar moet ze uit alle macht aan de deurkruk trekken voor ze het klikje hoort dat aangeeft dat de deur goed dicht is, maar zelfs dan weet ze het niet zeker. De deur naar haar vaders slaapkamer is bijvoorbeeld erg weerbarstig.

Hun huis is er een van gesloten deuren, twaalf stuks, en ze zitten allemaal goed dicht.

*

Soms, als haar vader in een goede bui is, vertelt hij van toen hij nog een jongen was. Hij vertelt over wandelingen in de bergen en door het bos, alleen of met vriendjes. Hij vertelt over kikkers en kikkervisjes die hij in een beek ving.

Dan luistert ze extra goed, want het komt niet vaak voor dat hij over dat soort dingen vertelt, en bovendien weet ze dat zij nooit in de bergen of door het bos zal wandelen; dat kan nu eenmaal niet, zegt haar vader.

Dus stelt ze zich tevreden met luisteren. Haar vader kan er mooi over vertellen, over kikkervisjes en kikkers, hazelwormen en vossenholen. Over mensen kan hij niet zo mooi vertellen. Ze zou graag een vossenhol willen zien.

Ja, nee, Arctander heeft zo veel om aan te denken, kindje, zegt Hanna.

Zo werkt een locomotief

Zo werkt een locomotief. Je zet een fluitketel met water op het vuur en laat hem warm worden, tot het water kookt en de ketel fluit en de stoom in een lange, wollige straal uit het ventiel ontsnapt. Dan kun je een zelfgemaakt papieren molentje tussen twee pijpenragers bij de stoomstraal houden en dan draait het molentje door de druk van de stoom als een razende rond. Grofweg gezegd bouw je er dan een machine omheen en zet je er wielen onder. Zo heeft haar vader het aan haar uitgelegd.

Hanna

Hanna is aardig. Ze kookt voor haar en haar vader, ze wast en strijkt hun kleren, ze houdt het huis op orde. Een keer per dag maakt ze een wandeling met Eva. Ze heeft haar eigen kamer op zolder, daar woont ze zes dagen per week, dan is ze een dag weg en gaat ze bij haar familie op bezoek. Eva heeft Hanna's familie nooit ontmoet en vindt het moeilijk om zich voor te stellen dat Hanna een familie heeft, terwijl ze hier thuishoort en op zolder woont. Daar woont ze samen met haar jassen, haar hoeden en de gitaar. 's Avonds speelt ze weleens voor Eva of hoort Eva haar op haar eigen kamer op zolder zingen. Het zijn lange, treurige liedjes met veel dood en verdriet erin. Eva vindt ze prachtig.

Soms gaat ze bij Hanna op zolder op bezoek. Het is een lichte, beetje kille kamer, met groene gordijnen en een grote naailamp op tafel; die was waarschijnlijk van Eva's moeder.

Af en toe mag Eva Hanna's hoeden en moffen proberen. Hanna is dol op elegante hoeden. Ze vindt het erg dat ze zo veel spaargeld aan dat soort malligheid besteedt. Maar een paar pleziertjes mag een eenzame huishoudster toch wel hebben, zegt Hanna. Ze spreekt het woord plechtig uit, bijna alsof ze het niet durft te zeggen: huis-houd-ster.

Hanna is een ster.

Hanna's hoeden, moffen en jassen passen vindt Eva bijna het leukste wat er is. Hanna heeft een grote spiegel waarin Eva zichzelf kan zien als ze zich verkleed heeft.

Ze ziet bijvoorbeeld dit: een grote bonthoed. Bruin, met pompons. Prachtig is hij, en lekker zacht tegen haar handpalmen. Onder de hoed staat een klein meisje met blond haar op haar hele hoofd en haar gezicht. Het haar begint bij haar neusrug en golft mooi en regelmatig naar beide helften van haar gezicht. Het haar glijdt verder naar haar hals en verdwijnt onder haar blouse.

'Je lijkt wel een prinsesje', zegt Hanna en ze omhelst haar
even.

Ze heeft haar op haar hele lichaam. Elke avond moet Hanna
haar in bad doen en haar goed afdrogen met grote, zachte handdoeken. Daarna moet ze het haar met een grote borstel ontwar-
ren en vaak met olie behandelen als het te droog is. 's Ochtends
moet Hanna haar opnieuw borstelen. Haar vader en Hanna zijn
doodsbenauwd voor luizen en ongedierte. Het is een hele toestand, 's ochtends en 's avonds, en af en toe raakt Eva haar geduld
kwijt. Toch vindt ze dit fijne uurtjes wanneer Hanna de haren op
haar rug of achter op haar benen en dijen kamt en maar doorgaat
tot elk stofje of knoopje is verdwenen. Als de ergste knopen eruit
zijn is het een heerlijk zacht en rustgevend gevoel, en ze kan met
Hanna praten terwijl die aan het kammen is, soms vertelt Hanna
van toen ze een klein meisje was, of ze zingt, of Eva vertelt wat
ze die dag uit haar raam heeft gezien: mensen die op het perron
aankwamen en vertrokken. Ze kent van veel mensen de naam,
ook al heeft ze hen nooit gesproken.

Het is niet erg praktisch, al dat haar, want de verzorging vergt
veel tijd. Het is ook warm onder haar kleren. Ze zou het liefst
zonder kleren lopen, met name 's zomers, wanneer het warm is
in huis, maar dat kan nou eenmaal niet, mensen moeten altijd
kleren aan, zegt Hanna streng, wanneer Eva op een warme middag in juni stiekem haar blouse heeft uitgetrokken.

Er komt gauw viezigheid in de haren, vooral op haar gezicht
en op de bovenkant van haar handen: etensresten en waterverf
en dergelijke. En de haren blijven overal aan haken. Aan kie-
ren, speelgoed of naaispullen. Dus heeft ze zich aangewend haar
handen op te tillen, zodat ze alleen met haar vingertoppen de
dingen aanraakt waar ze mee bezig is, of ze nu aan het eten of
aan het spelen is.

Als de rukkers en de plukkers maar niet in haar buurt komen.
Want dan gaat het weer net zo als op het kerstboomfeest.

Het kerstboomfeest in Fredheim

Dat kerstboomfeest was eigenlijk door Hanna gekomen, zij begon erover, ook al bedoelde ze er niets verkeerds mee. Ze waren nota bene de boom aan het optuigen in de kamer, Hanna en zij, terwijl haar vader zat toe te kijken. Toen merkte Hanna opeens op dat het haar deed denken aan de kerstboomfeesten in Fredheim, toen ze zelf nog een kind was.

'Wat is een kerstboomfeest, Hanna?'

'Weet je dat niet?'

'Is het misschien een feest voor de kerstboom?'

Hanna kijkt haar aan, glimlacht en zet haar handen in de zij. Hanna is lief. Dan gaat ze vertellen over de kerstboomfeesten en over een boom die veel groter is dan die ze nu aan het optuigen zijn. Zo'n hoge boom dat hij bijna tot in de hemel reikt. Vader, die op de bank uitrust van het zware werk om de boom op de standaard te krijgen, kijkt Hanna half vragend, half waarschuwend aan terwijl ze aan het vertellen is.

Eva is zeven jaar. Hanna vertelt zo mooi, over guirlandes van rood crêpepapier en gouden ballen, over sterren aan het plafond en grote lampen.

'Was die boom echt zo groot als een huis, Hanna?'

'Ja. En het waren geen gewone slingers, zoals deze van zilverpapier, maar van echt zilverdraad. En gouddraad.'

'Echt goud, Hanna? En waren er ook dilimanten?'

'Dilimanten? Ja hoor. Ja, die waren er ook.'

'Net als in de grotten', zegt Eva dromerig.

'En ik had mijn mooiste jurk aan, helemaal rood was die, met blauwfluwelen lint afgezet. En mama had gespen op mijn schoenen gezet, zodat ze fonkelden, net als de boom.'

'Leek je net een prinses, Hanna?'

'Ja, vast wel. O, het was zo mooi.' Hanna zuchtte even en hing nog een versiering in de boom.

'Had je ook een kroon op?'

'Nee, maar ik had wel een grote blauwe strik, in precies dezelfde kleur als het lint aan mijn jurk. Alle meisjes hadden strikken. En de jongens droegen matrozenpakjes, als ze die hadden tenminste, de voorname kinderen dan, maar iedereen droeg zondagse kleren en gepoetste schoenen. Iedereen was zo mooi mogelijk, ter ere van de boom. Alsof we hem dag kwamen zeggen. We herkenden elkaar bijna niet, zo netjes zagen we eruit. We stonden maar wat te giechelen. Je zou bijna niet geloven dat het dezelfde kinderen waren als door de week. Maar iedereen mocht komen.' Hanna lacht, denkt even na en hangt dan een bal hoog in de boom.

'Hanna,' klinkt het brommerig vanaf de bank, 'zou je die niet wat lager hangen?'

Daar staat hun boom dan en langzaam ondergaat hij de metamorfose van een gewone spar naar een kleurige kerstwereld vol schittering, figuurtjes van peperkoek en kerstmannetjes die je op kunt hangen. Het is een mooie, hoge boom en Eva houdt van hem, alsof er een vreemde, vriendelijke en grote persoonlijkheid in huis is gekomen, die als een kruidige geur in alle kamers doordringt.

Wekenlang had ze samen met Hanna slingers geplakt en mandjes gevlochten, de haren van haar vingers kwamen onder het plaksel te zitten, en eindeloos lang moest ze zitten wachten in een periode die de grote mensen 'advent' noemen, een soort voorproefje van de eeuwigheid, maar ook al staat de boom er nu, ze wil toch meer horen over een boom die nog groter is, nog hoger, nog feestelijker dan de hunne. Aangezien de kerstboom een wezen is, een vriendelijk, geurend en lichtgevend wezen dat één keer per jaar in hun huis verschijnt, waardoor de tijd zonder kerstboom eindeloos lang lijkt te duren, komt het Eva niet onnatuurlijk voor om daar een feest voor te geven. Dus vraagt ze door en Hanna vertelt gewillig: 'En dan was er nog de kerstboomdans.'

'Ging de boom dansen?' Eva kan niet echt geloven dat zoiets kan, maar je weet maar nooit.

'Of de boom ging dansen? Nee, malle, dat snap je toch wel, die stond stil, net als deze. Wíj dansten eromheen.' Dan bedenkt Hanna opeens iets. 'Het is niet zo dat je vader en jij met Kerstmis om de boom heen kunnen dansen, daar zijn jullie met te weinig voor. Maar als er genoeg mensen zijn, dan kun je om de boom heen dansen.'

Eva is teleurgesteld. Ze kan zich best voorstellen dat zo'n boom, net als de speelkaarten, een geheim leven leidt en gaat dansen, 's nachts bijvoorbeeld, wanneer iedereen slaapt. Een beetje dan.

'We liepen er zingend omheen. En daarna deden we spelletjes. Ik heb een stuiver in mijn hand, Schipper mag ik overvaren, en nog veel meer spelletjes. En toen kwam de Kerstman en hij had zakken vol met lekkers voor de kinderen. En er was ook nog een goochelaar, hoewel, die kwam nog voor de Kerstman.'

'Wat is dat, een goochelaar?'

Eva's vader roept vanaf de bank: 'Hoor eens, nu moeten we opschieten met die boom, het is al laat.'

'Dat is een soort tovenaar,' zegt Hanna, 'iemand die trucs laat zien. Ja, gewoon voor de lol, hoor. Weet je, hij toverde zomaar bloemen uit de lucht.'

'Bloemen …'

'En grote veren, geloof ik, en zakdoekjes! En flessen! Uit een gouden buis. En hij goot water uit een lege zak, kan ik me nog herinneren.'

'Echt waar?!'

'En hij maakte het water helemaal rood, gewoon door het van het ene glas in het andere te gieten, en nog veel meer dat ik me niet meer kan herinneren. Ik word oud.'

Vader schraapt zijn keel. 'Moeten we die boom niet eerst eens afmaken, Hanna?' zegt hij. En Hanna en Eva zorgen dat de boom afkomt. Het wordt een mooie boom, die zacht fonkelend de volgende dag afwacht.

Maar 's nachts, als Eva in bed ligt en niet kan slapen omdat ze morgen Kerstavond gaan vieren, denkt ze aan het kerstboomfeest en aan de goochelaar die bloemen en veren tevoorschijn toverde, nu kan ze hem duidelijk voor zich zien. Hij tovert gouden appels en grote, blauwe bloemen tevoorschijn, en het plafond van Fredheim is opeens heel hoog geworden, en daar staat de boom, het is dezelfde boom als in de kamer, alleen veel en veel groter. Hij is zo groot dat ze de top bijna niet kan zien en hij is helemaal bedekt met zilver en er lopen een heleboel mooie kinderen omheen, andere kinderen dan normaal, kinderen die bijna net zulke mooie gezichten hebben als de figuren op de speelkaarten, en bovendien een lange rij kinderen die ze nooit eerder heeft gezien, maar die vriendelijke ogen hebben en met haar spelen.

De volgende dag vieren ze Kerstavond en de dag gaat als gebruikelijk voorbij. Eerst gaan ze op bezoek bij de Birgersons en bij dokter Levin, ze geven elkaar cadeautjes en daarna is er een korte bijeenkomst voor het personeel, in Slurpen, de kantine, waar Eva ook bij mag zijn.

Haar vader zegt dingen die ze niet goed begrijpt, over nauwkeurigheid en plicht, waarna opnieuw cadeautjes worden gegeven en iedereen elkaar een zalig en gezegend Kerstmis wenst. Eva krijgt net als altijd een pakje van het personeel, dat wil zeggen van de mannen, en haar vader heeft voor iedereen kleine pakjes; het is elk jaar hetzelfde: een pak koffie en een pakje tabak als er geen kinderen zijn; als er wel kinderen zijn ook een stukje chocolade, en voor alle mannen de Universiteitsalmanak.

Dan gaan ze naar de kerk. Dat vindt Eva niet leuk, net zomin als op gewone zondagen, omdat het zo warm is; ze moet de mof omhouden en de sjaal moet goed om haar hoofd gewikkeld blijven, dat wil haar vader nu eenmaal. Naar de kerk gaan brengt bepaalde problemen met zich mee, omdat ze óf vroeg moeten gaan, zodat ze als eersten naar binnen kunnen, en dan moet ze een hele tijd met die warme mof en sjaal om zitten, óf ze moeten bijna als laatsten komen. Dan rekt iedereen de hals uit en gluurt naar hen. Dat heeft Eva wel door. Dus gaan haar vader en zij niet zo vaak naar de kerk als zou moeten, hoewel Eva de muziek wel mooi vindt. Maar nu het Kerstmis is, gaan ze natuurlijk wel, en

Hanna kamt haar eerst, schikt het haar van haar handen en haar hoofd, ze verlaten het huis met de boom en de pakjes die eronder liggen en ze gaan als laatsten, of bijna als laatsten de kerk binnen en iedereen gluurt en de dominee houdt een lange, mooie preek en het koor van cantor Swammerdamm zingt prachtig. Swammerdamm deint op en neer als hij dirigeert, met schokkerige, grootse bewegingen; het is een grappig gezicht. Ze verlaten de kerk als een van de eersten, en iedereen rekt de hals uit en dan zijn ze weer thuis, Hanna heeft het vlees gebraden en de klokken luiden. Hanna eet niet mee, want zij gaat naar haar eigen familie, ze zingen alleen nog 'Stille nacht' met elkaar, en dan gaat Hanna ervandoor met haar cadeautjes in een net. Het is een beetje vreemd. Dan gaan Eva en haar vader aan tafel. Na het eten krijgt Eva haar cadeautjes, een puzzel van het personeel, een verfdoos en nieuwe schetsboeken van haar vader, en een exemplaar van *De hut van Oom Tom*, nog meer boeken van de dokter en de Birgersons, een zelfgebreide sjaal en muts van Hanna en een vlooienspel.

Haar vader is in een goede bui en leest bij de koffie met dadels voor uit Kipling, de boom schittert en geurt, ze hoort hem lezen zonder echt te luisteren of te begrijpen wat er met Kim gebeurt, maar toch luistert ze omdat vader voorleest en een goed humeur heeft, hij leest lang en mooi voor, en als hij klaar is pakt hij een dadel en smakt vol welbehagen, en dan vraagt ze dromerig: 'Vader, kunnen we niet naar het kerstboomfeest in Fredheim gaan?'

Heeft ze dat gezegd? Het moet haar ontglipt zijn, want hij stopt meteen met het sabbelen op zijn dadel.

Nee, zegt hij kortaf, kleine Eva, dat is niets voor ons.

Maar Hanna zei dat het voor iedereen was.

Hanna heeft jou het hoofd weer op hol gebracht, zoals gewoonlijk.

Geïrriteerd drinkt hij zijn koffie op.

Ze zegt niets, glijdt geruisloos van haar stoel en gaat op de vloer naar haar cadeaus zitten kijken. Die indruk wil ze hem tenminste geven.

*

Waar kijk je naar?

Zie je een klein meisje zonder vrienden? Dat hier altijd in haar eentje zit en de tijd doodt met een kaartspelletje of met domino en het ene na het andere schetsboek vol kladt? Dat haar gezicht half afwendt, ook al kun je toch niets uit haar gezichtsuitdrukking opmaken?

Waar denk je aan?

*

'Je weet toch hoe de mensen zijn, Eva', zegt haar vader voorzichtig vanaf zijn stoel.

'Ja hoor. Het geeft niet, vader.' Dun stemmetje.

'Ik zal erover nadenken. Kom Eva, dan breng ik je naar bed.'

Vanavond kamt haar vader haar en helpt haar bij het wassen van handen en gezicht. Hij doet het zorgvuldig, maar een beetje onhandig, want meestal doet Hanna het. Zij heeft er maar twintig minuten voor nodig. Vader doet er aanzienlijk langer over, bijna een uur en bovendien krijgt hij de knopen in het haar niet zo gemakkelijk los. Maar dat geeft niet, omdat hij het doet. Dan brengt hij haar naar bed. Hij zit op de rand van het bed. Hij zingt niet, zoals Hanna. Wanneer haar vader haar naar bed brengt, leest hij meestal voor, of vertelt hij van toen hij nog een jongen was. Slechts een enkele keer vertelt hij over haar moeder, als ze hem er op de juiste manier naar vraagt, haast zonder echt te vragen, als ze de weg naar haar moeder via andere dingen weet te vinden. Vanavond gaat het bijna vanzelf.

'Hadden jullie een kerstboom voordat ik werd geboren, vader?'

'Ja, natuurlijk. Dat weet je toch wel. Je moeder heeft die ster gemaakt en de engeltjes die in de boom hangen.'

'Dat was ik vergeten.'

Hij werpt even een blik op haar, dan kijkt hij weer strak voor zich uit, terwijl zijn stem verder vertelt. 'Je moeder was daar heel goed in. De eerste Kerstmis, toen ze ontdekte dat ik geen kerstspullen had, ging ze meteen aan de slag met lijm en papier, om de zaak in orde te maken.'

Hij valt stil. Om hem door te laten vertellen, vraagt ze: 'Vierde je dan geen Kerstmis voor je moeder had ontmoet?'

'Ja, dat wel, maar …'

'Je had geen boom.'

'Ach, ik was vrijgezel, dus ik draaide veel diensten met Kerstmis, zodat de mannen wat meer vrij hadden. Toen had ik ook geen boom nodig, dat snap je wel.'

'Maar toen?'

'Ja, toen kwam Ruth.' Hij zwijgt. Ze durft niets te zeggen terwijl ze in bed ligt, ze durft nauwelijks adem te halen.

'Drie Kerstmissen werden het', zegt hij dan. 'En alle keren zat ze op Kerstavond achter het positief te zingen. Alle kerstliedjes.'

'Allemaal?'

'Nou ja, bijna allemaal dan.'

'En wat deed jij als moeder zong?'

'Ik luisterde. Ze had een mooie stem. Ik bromde een beetje mee, als ze dat vroeg.'

'Zing eens een liedje, vader', vraagt ze opeens.

'Nee,' zegt hij, 'ik kan niet zingen.' Een ogenblik is Eva bang dat hij welterusten zal zeggen, maar dan gaat hij verder: 'Ze zong, maakte de kerstmaaltijd en versierde het huis. Drie Kerstmissen werden het.'

'Dacht ze aan mij, denk je, toen ze de versieringen maakte?' Ze zegt het heel zacht.

'Aan jou?' Hij kijkt met een vreemde blik naar haar.

'Nee, ik denk het niet.'

Eva doet snel haar ogen dicht.

*

Kon hij alles zien wat er gebeurde toen hij het zei? Of zag hij alleen wat anderen zagen? Ze weet zich goed te verstoppen, zoals een vogel in het nest, maar hij heeft dan ook nooit echt goed gekeken. Of wel?

*

Hij blijft een tijdje zitten. Ze kan zijn blik op haar voelen.

'Welterusten, kleintje', zegt hij dan. Hij streelt voorzichtig over haar hoofd. Hij geeft haar geen kus, dat doet hij bijna nooit. Hij komt overeind, loopt naar de deur.

'Welterusten', mompelt ze.

'Ik zal er nog eens over nadenken, over het kerstboomfeest in Fredheim', zegt hij dan. Hij doet het licht uit en gaat de kamer uit. Hij trekt de deur stevig aan, zodat die goed dichtzit.

*

Kerstmis gaat voorbij; stille, eentonige dagen; ze speelt met haar cadeautjes en leest. Op feestdagen gaan er minder treinen, dus heeft haar vader meer tijd om thuis te zijn. Hij leest haar nog wat voor, vooral uit Kipling. Het is bovendien mooi helder, de sporen zijn schoon en goed te berijden.

Als Hanna de dag na Kerstmis terugkomt, slaat het weer om en gaat het hard vriezen. Vader vindt het niet prettig. Als hij het boek neerlegt, loopt hij naar het raam en kijkt naar het smalle, glinsterende spoor. Hij kan zo een hele tijd blijven staan, zonder iets te zeggen. Ze zorgt er wel voor dat ze hem niet stoort. Als hij weer gaat zitten en verder leest, is hij ver weg met zijn gedachten en zijn stem klinkt niet als anders. Ze weet, en heeft altijd geweten, dat hij op dergelijke momenten aan haar moeder denkt.

*

Haar moeder is een foto aan de wand boven de secretaire. Het is een foto in een verzilverd lijstje, een beetje groenachtig, zo zag ze er eigenlijk niet uit, zegt haar vader, het is niet zo'n goede foto. Ze draagt een bontmuts en een mof en kijkt langs de fotograaf heen, een beetje dromerig. Op de achtergrond een hek. Ze staat met haar handen tegen een stoel geleund. Haar mantel zit vrij strak en is afgezet met knopen, kettinkjes en persianer en doet denken aan de kleding van Arima. Zo zag ze er eigenlijk niet uit, het is geen goede foto, zegt haar vader met een zucht. Eva vindt haar mooi. Ze heeft grote, ronde ogen en het haar onder de bontmuts is hoog opgestoken. Ze heeft een kleine, fraai gebogen neus en een ronde, geprononceerde kin. Eva kijkt vaak naar de foto. Het lijkt niet, het is eigenlijk geen goede foto, maar toch probeert Eva het te laten lijken. Soms, als ze een hele poos naar de foto heeft staan kijken, denkt ze opeens een beweging te zien, alsof de vrouw op de foto even haar arm optilt of haar hals strekt.

's Nachts droomt Eva van haar. Af en toe. Niet vaak. Dan ziet ze er heel anders uit: mooier, stralender en met intens blauwe ogen. En haar stem. Zacht en indringend. Ze glimlacht en zegt dingen tegen haar, dingen die ze niet meer weet als ze wakker wordt. Eva is blij dat ze die dromen niet te vaak heeft, want als ze wakker wordt, voelt ze altijd een soort snik in haar borst. Toch vindt ze het fijne dromen.

Als Eva naar de foto kijkt, kan ze niet zien dat ze op haar lijkt. Niet wat ogen betreft of iets anders. Als Eva in de spiegel kijkt, ziet ze iets heel anders, iets wat nérgens op lijkt. Ze weet het maar al te goed, ze heeft het altijd geweten. Anderen hebben gezichten, maar zij niet. Zij heeft … ja, ze heeft natuurlijk wel een gezicht, maar dat zit verstopt. Slechts af en toe vangt ze er een glimp van op. Die haren zijn ook allemaal zo vreselijk lang. Ze weet niet hoe ze er zelf uitziet. Een keer droomde ze dat haar moeder haar op haar gezicht had, en zijzelf niet. Het was een rare droom, het voelde heel glad en vreemd aan, maar toen ze wakker werd en voor de spiegel ging staan, was alles weer hetzelfde.

Ze wilde dat het niet zo was. Ze lijkt nergens op. Op niemand.

Ook niet op haar moeder. Maar de foto van haar moeder lijkt ook niet. Het is vast geen goede foto.

*

Ze is een slecht kind. Ze weet het maar al te goed. Ze doet haar best om lief te zijn, maar het is onmogelijk. Het kan gewoon niet. Af en toe maakt ze alles kapot. Ze heeft een hele serie borden en kopjes kapotgemaakt, ook vaders kopje met het aardbeienmotief dat hij nog van zijn eigen moeder had gekregen. Ze heeft een grote karaf van Boheems kristal kapotgemaakt en een fotolijstje. Ze heeft heel veel boeken als fladderende vogels tegen de muur gegooid, en puzzels en spelletjes. Ze heeft veel spiegels gebroken.

Daarom moet haar vader haar vaak straffen. Soms haat ze hem als hij met de riem komt aanzetten, maar ze weet dat het nodig is om lief te worden. Eindelijk lief te worden. Ze heeft geprobeerd erachter te komen waarom ze zo boos wordt dat ze dingen kapotmaakt. Het overkomt haar gewoon. Waarschijnlijk heeft ze een boos hart.

Erger vindt ze het wanneer hij haar in de kast opsluit, onder de zoldertrap. Daar bewaart hij zijn ski's, oude, ingedroogde ski's met de dof rinkelende Huitfeldtbindingen, die als twee oude, magere trollenvrouwen in de kast staan opgeborgen. Ze zou eraan gewend moeten zijn om opgesloten te zitten, ze komt immers nauwelijks buiten, maar als hij haar in de kast stopt, zit ze nog dieper opgesloten.

Niet in de zolderkast, vader, roept, nee, gilt ze het uit, maar hij duwt haar de ruimte in waar de ski's staan en doet de deur achter haar dicht.

Ze blijft nog een tijd gillen, maar dan kruipt de duisternis in haar keel en kan ze geen geluid meer uitbrengen. Buiten is het altijd doodstil, met uitzondering van aankomende en vertrekkende treinen. Gewoonlijk is dat een vertrouwd geluid, maar in de kast klinkt het anders: gedempt en dreigend. Een keer hoorde ze

Hanna een goed woordje voor haar doen, maar later nooit meer. Pas als het helemaal donker in haar is geworden, wanneer al het zwarte is gegroeid en opgezwollen en haar ogen en haar hoofd en buik heeft gevuld, pas dan kan het wachten beginnen, terwijl ze de donkerte in- en uitademt. Dan begint ze te tellen. Zingen heeft geen zin, fantaseren evenmin, want haar stem klinkt niet in die duisternis en van fantaseren wordt ze alleen maar bang. Dus ze telt. Ze houdt van getallen. Ze moet niet te snel tellen maar na elk getal even wachten, een ogenblikje, om langzaam en gestaag verder te kunnen. Als ze het goed doet, kan ze de hele rij getallen voor zich zien. De eerste, tot en met de 6, zijn lichtgroen, ze beginnen ergens rechtsonderaan in de duisternis en klimmen langzaam omhoog naar links. Boven de 6 krijgen ze een andere kleur, dan worden ze een beetje rozegeel. De 10 zit recht voor haar ogen en is helemaal geel, de 11 is wat bleker. Vanaf de 12 worden ze groener en dan buigen ze weer in een mooie rij naar rechts, tot aan de 20, die een gekke, doffe kleur heeft en die vlak boven haar rechterslaap zit. De getallen van de 30 zijn meteen weer veel lichter van kleur en daarvandaan stromen ze in een lange, oplichtende rij naar links, helemaal tot de 70, die heel donker is. De 80 laait rood op. De 90 is óf geel óf rood of iets ertussenin, maar niet oranje. De beweging zet zich door naar boven, voortdurend naar links tot ze bij de 100 komt, die zowel donkerblauw als goudkleurig is. Niet twee kleuren naast elkaar, maar in elkaar. Het vreemde van die rij getallen is dat die de hele tijd omhooggaat en steeds langer wordt en toch steeds recht voor haar ogen zit, terwijl ze tegelijkertijd de hele rij kan zien. Ze ziet de rij acht of twaalf getallen verspringen, vooruit of achteruit; 45, 53, 61 – 99, 87, 75, razendsnel, de rij wordt langer en langer. Vanaf de 100 buigt die weer naar rechts, maar nu zijn de kleuren anders, neigen meer naar paars of turquoise, en nu voelt ze ook dat de rij omhooggaat. Zo stijgen de getallen verder, tot de heldere 500 of de oranje 600, van links naar rechts en weer terug, helemaal tot de stralende 1000.

Als ze goed geteld heeft en bij elk getal lang genoeg gewacht heeft, regelmatig en langzaam, doemt de 1000 zo fel en helder op dat ze in die duisternis bijna haar handen kan zien.

Meestal laat hij haar weer uit de kast voor ze bij de 3000 is. Dan is ze helemaal rustig, en is haar vacht nat van al die getallen.

*

Maar in de kersttijd is ze lief en inschikkelijk, en dan gilt ze niet.

*

Zo zal ze zich ook altijd het kerstboomfeest in Fredheim blijven herinneren, zo zal het altijd diep in haar blijven rondzweven, als een fonkelende, glasheldere droom.

De grote dag brak aan en ze hadden zich grondig voorbereid; Eva wilde een rode jurk met blauwe linten, net zo een als Hanna had gehad toen zij naar het kerstboomfeest ging, en schoenen met gespen. Eva's vader had Hanna naar de Storgate gestuurd, en Hanna had een prachtige rode jurk uitgezocht die aan de lange kant was, maar wel ingekort kon worden en die nam ze mee naar huis, waar Eva hem paste.

Stil en ernstig stond Eva in de grote spiegel op Hanna's kamer te kijken, terwijl Hanna op de vloer om haar heen kroop en met de mond vol spelden tegen haar praatte.

Daarna ging ze met blauwfluwelen lint aan de gang, hier wat en daar wat; Hanna was handig met naald en draad, dus maakte ze een mooie rozet op de linkerschouder, en net zo een op knie-hoogte aan de rechterkant.

Haar vader kocht zelf de schoenen; witte schoenen, had hij besloten, dat was het mooist, ook al had Eva liever zwarte of rode gehad, dat stond wat ouder. Maar de schoenen waarmee hij thuiskwam, waren uitstekend, dat was het niet, ze bedekten alles, hadden geen bandje maar veters, zodat de wreef helemaal verborgen bleef. En hij had twee piepkleine zilveren gespen gekocht, die ze pas na veel moeite op het leer wisten te bevestigen.

Toen Hanna klaar was op de naaimachine en Eva de schoenen aanhad, stond ze opnieuw voor de spiegel, met vader en Hanna bewonderend op de achtergrond. Ze had een strik in het haar, een beetje schuin bij haar linkeroor vastgemaakt, ook blauw, en uit Hanna's sieradenkistje had ze een parelmoeren halsring mogen lenen, die Hanna als meisje zelf had gedragen.

Eva zag geen prinsesje in de spiegel.

*

Het is een oude spiegel. In het matte onderzeese licht ziet ze zichzelf. Ze knippert een beetje met haar ogen. De jurk valt zacht en vlammend rood om haar heen, de blauwe linten zijn als de naderende schemering, zo uit de hemel geknipt. Het parelmoer van de halsring glanst als een dun maansikkeltje om haar hals. En boven de kraag, die Hanna op vaders aanwijzingen heeft veranderd, zodat die wat hoger is en het vele haar van haar nek en hals verbergt, ziet ze haar eigen glanzende, golvende, blonde haren, pas gewassen en geroskamd, als een zon te midden van al dat rode oprijzen. Groenblauwe ogen omkranst door goud en rode, gespannen lippen.

'Wat ben je mooi, Eva', zegt Hanna trots vanaf de achtergrond, en haar vader bromt instemmend.

Haar vader heeft vervoer besteld om hen vanaf het station helemaal naar Fredheim te brengen. Zelf ziet hij er piekfijn uit in zijn gala-uniform, met glimmend gepoetste laarzen en knopen. Hanna draagt een eenvoudige zwarte jurk. Ja, want Hanna gaat ook mee, dat kan best, want het is jouw idee, Hanna, zegt vader.

Buiten zet de koetsier grote ogen op als ze aan komen schrijden. Hij kijkt vooral naar Eva, die er zo mooi uitziet, ze heeft een witte wollen mantel aan en het lichte bont van de kraag past erg goed bij het golvende haar van haar hoofd. Het geheel wordt afgerond met een bij de mantel passende, witte wollen hoed, ook met licht bont afgezet, die heeft haar vader gekocht, het moet hem een fortuin gekost hebben. De ogen van de koetsier volgen Eva vanaf het stoepje naar de slee, maar hij zegt niets, hij helpt hen instappen, gluurt terwijl hij de plaid over Eva's knieën legt; haar vader kucht even en dan hijst de koetsier zich op de bok en gaan ze op weg.

*

Rinkelende belletjes begeleiden hen de hele weg, het sneeuwt zacht, fijne, bijna onzichtbare vlokjes in de donkere kou en, dat zal Eva zich ook altijd blijven herinneren, de hele weg naar Fredheim waar de ramen in de winteravond warm en geel oplichtten, voelt ze zich als een prinses. De mensen draaien zich naar hen om wanneer ze voorbijrijden.

Misschien waren de dingen anders gelopen als ze niet volgens vaders gewoonte als een van de laatsten arriveerden. Of misschien had het niet uitgemaakt, was het net als anders gegaan; hoe het ook zij, toen ze hun entree maakten, was de zaal bijna vol. De vrouw van de dominee heette hen welkom en Eva merkte meteen dat zij een plukker was; de zaal was bijna vol met kinderen en ouders, en de menigte week voor hen uiteen. Het deed denken aan de kerk, net zo'n zee van loerende ogen en nieuwsgierige, achterdochtige gezichten. Maar nog steeds geloofde ze erin, ze zette haar benen met de mooie witte schoenen recht vooruit onder het lopen en zo schreed ze door de zaal van Fredheim, met haar hand in die van haar vader; in zijn gala-uniform zag hij er altijd schitterend en een beetje ontzagwekkend uit; erg mooi, vond ze. Ze begaven zich naar de verste tafels langs de muur en opeens zag Eva de boom, die midden in de zaal stond.

Eva keek omhoog. Ze bleef staan en ook haar vader moest halt houden. Hanna had niet overdreven. De boom was getooid met goud en zilver en myriaden kaarsjes, en ook met iets wat wit oplichtte en op warme sneeuw leek. De boom strekte zich helemaal uit tot aan het plafond, en daar hingen de guirlandes die zich naar alle kanten uitspreidden, en aan zuilen en balken hingen ballonnen en gekleurde lampen.

De geur van Kerstmis was bijna bedwelmend.

Een ogenblik, één ogenblik nog, had Eva alleen maar oog voor alles wat zo wonderlijk en plechtig geurde en glansde.

Toen waren ze bij de verste tafel bij de lange muur aangekomen, onder de balustrade, waar de volwassenen zaten. De Birgersons en dokter Levin hadden plaatsen voor hen vrijgehouden en mevrouw Birgerson glimlachte bemoedigend en enthousiast toen ze Eva zag, ze trok haar naar zich toe en zei: 'Wat ben je mooi, meiske. En wat een prachtige jurk.' Vervolgens, iets luider: 'Is dat Hanna's werk?'

'Hanna heeft hem ingekort', vertelde Eva. 'Maar papa heeft hem gekocht.'

'Nee maar,' zei mevrouw Birgerson, 'dan heeft hij werkelijk de mooiste jurk van de hele stad gekocht.'

'Ja, maar Hanna heeft hem uitgezocht.'

Mevrouw Birgerson lachte. Hanna ook.

In de zaal gingen de kinderen in groepjes bij elkaar zitten, een groepje voor het podium aan de ene kant van de zaal, maar ook ging er een klein groepje in de buurt van hun tafel zitten.

'En wat een mooie halsring', complimenteerde de dokter haar en hij aaide haar over haar wang.

Twee tafels verderop rekten een paar pas gearriveerden hun hals uit, iemand kwam half overeind en wees.

'Kijk', zei Hanna, terwijl ze naar het toneel wees. 'Nu gaat de dominee ons welkom heten.'

De dominee stond bij de rand van het podium. Hij leek een beetje raar, vond Eva, alsof er iets aan hem ontbrak. Opeens begreep ze dat hij gewone kleren droeg en niet het speciale domineesgewaad met de grote witte kraag, waarvan Eva nooit snapte hoe hij daar zijn hoofd doorheen had gekregen.

'Lieve kinderen', begon hij, 'en lieve ouders. Ha, ja, stil nou, ha ha, een beetje stil, kinderen, ik weet dat jullie zitten te popelen van ongeduld, maar eerst wil ik een heel kort woord van welkom uitspreken.'

Verscheidene minuten gingen voorbij. Terwijl de dominee maar praatte en praatte, nam Eva de andere kinderen op die in de zaal waren.

De andere kinderen. Die ze vanuit haar raam in het stationsgebouw zag wanneer ze zich op het perron met rappe pas achter hun ouders aan spoedden, of vanuit de verte in de kerk, of wanneer ze zelf een enkele keer met haar vader of Hanna door de Storgate liep, op weg naar de Birgersons of de dokter.

Dan gebeurde het weleens dat ze naar haar keken. Lange, onderzoekende blikken. Zoals nu. Andere kinderen.

'... En ten slotte, kinderen, nu het na al die jaren eindelijk vréde is in de wereld, vréde, die maakt dat onze zeelui zich vanavond op de koude winterzee veilig kunnen voelen, en de loopgraven in Europa eindelijk tot zwijgen zijn gebracht ... op deze avond zijn ook júllie welkom, ieder apart en allemaal tezamen, en in het bijzonder ...' hij wierp een blik in de richting van hun tafel, '... in het bijzonder degenen die hier nog niet eerder zijn geweest en die dit jaar voor het eerst het kerstboomfeest in Fredheim meemaken. Hartelijk welkom!'

Toen begon het feest. Eerst gingen ze spelletjes doen.

'Ga maar naar de andere kinderen toe, meiske', zei Elsa Birgerson bemoedigend, terwijl ze Eva een duwtje in de rug gaf.

De andere kinderen. Langzaam gleed Eva de zaal in, naar een halve cirkel die zich tussen de boom en het toneel had gevormd, waar een kordate oude dame de kinderen commandeerde groepjes te vormen, ze zouden een spel doen dat 'stoelendans' heette en ze moesten twee groepen vormen, omdat er zo veel kinderen waren.

Eva kende de regels niet en liep stilletjes terug naar de tafel. Daar gaf Hanna haar een korte, theoretische uitleg over de principes van het spel. Daarna sloop Eva de zaal weer in.

Ze kreeg een snoezig meisje in het oog, dat iets kleiner was dan zijzelf, een lichtblauw rokje droeg en er lief uitzag. Ze liep op haar af en fluisterde: 'Ik ben Eva.'

Het meisje met het lichtblauwe rokje keek haar verschrikt aan, verstijfde, deed met haar blik op Eva gericht een paar stappen terug, draaide zich toen om en verdween uit zicht achter een laaghangende tak van de kerstboom.

'Opgelet allemaal!' blafte de vrouw gebiedend, 'we hebben nu twee rijen stoelen en twee groepen, dus het zal niet ál te lang duren. Wie zit er nu nog niet in een groep?' Ze keek naar Eva, probeerde te glimlachen. 'Aha. Juist, ja.' Eva stond tussen de twee clubjes die zich hadden gevormd. 'Jij kunt hierbij, kleine meid', zei de vrouw en ze wees naar een van de groepen.

Eva ging een beetje opzij van de groep staan.

Op het podium troonde Swammerdamm achter de piano. Stoelen en kinderen waren geteld en er waren twee rijen en twee groepen gevormd. De kinderen gingen om de stoelen heen staan en de muziek begon. Swammerdamm speelde een vrolijke länd-ler. Als sluwe dieren liepen de kinderen om de stoelen heen, ze gingen snel om de laatste stoel heen en bleven rondlopen, almaar door, en op het moment dat Swammerdamm zijn vingers van de toetsen haalde, wierpen alle kinderen zich op de dichtstbijzijnde stoel. Ook Eva, want ze snapte het nu. Het was een leuk spel en ze vermaakte zich. Degene die op het einde de laatste stoel bemachtigde, kreeg vast een prijs.

De eerste twee, drie keer ging het goed. Ze wist razendsnel op de dichtstbijzijnde stoel te gaan zitten. Swammerdamm speelde nu een mazurka. De vierde keer dat de muziek ophield, kreeg ze ruzie met een donkerharige jongen die achter haar liep. Ze reageerde net iets eerder dan hij en ze voelde de zitting al onder haar dijen, toen hij haar zomaar hard bij haar arm beetpakte, van de stoel trok en vervolgens op de vloer smeet.

De kordate dame kwam tussenbeide en stuurde de donker-harige jongen weg. Ze hielp Eva overeind. Het spel ging verder, weer een pauze en nog een pauze, Swammerdamm had nu een mars ingezet.

Twee pauzes later gebeurde weer precies hetzelfde, deze keer was het een spichtig, bleek meisje met rood haar dat haar zo hard van de stoel trok dat ze op de vloer plofte. Of het nu kwam doordat ze het niet gemerkt had of omdat het roodharige meisje kleiner was dan Eva, deze keer greep de zelfbewuste vrouw niet in en liet het spel doorgaan. Beteuterd sloop Eva terug naar de tafel.

Bemoedigende blikken en opmerkingen van de volwassenen, zo gaat het nu eenmaal, Eva, meiske, dat kan gebeuren. Toe, ga maar weer naar de anderen terug.

En, zacht, terwijl Eva schoorvoetend naar de kinderen terugliep en ze dachten dat zij het niet kon horen: Ze is ook helemaal niet gewend om met andere kinderen om te gaan.

Andere kinderen. Het volgende spel was 'Witte zwanen zwarte zwanen'. Dat spel had Eva kinderen weleens op de markt zien doen, dus ze kende de spelregels en het liedje. Met angstige vreugde stapte ze achter de anderen aan, in een lange rij naar de poort waar de twee langste meisjes klaarstonden om iemand te vangen, het ene meisje had donker haar en de andere was zo blond dat het bijna wit leek. Eva hoorde haar eigen stem, trillend van vreugde samen met de anderen de bekende woorden zingen:

Witte zwanen, zwarte zwanen
Wie gaat er mee naar Engelland varen

De rij liep voort. Een voor een werden de kinderen onder veel gejoel en gejuich door de lange meisjesarmen gevangen. Terwijl Eva erdoorheen glipte en de gevaarlijke poort ontweek, steeds weer –

Is er dan geen smid in het land
Die de sleutel maken kan
Laat doorgaan, laat doorgaan
Wie achter is moet voorgaan …

146

– totdat zíj ten slotte in de poort terechtkwam en door de armen werd ingesloten. Bang en blij tegelijk liet ze zich gevangennemen. Maar terwijl de andere kinderen even door de grote meisjes werden vastgehouden om vervolgens te worden doorgestuurd naar een van de twee rijen die zich achter de beide grote meisjes vormden, liet het donkerharige meisje de handen van de ander meteen los zodra Eva was gevangen, ze deinsde achteruit en veroorzaakte chaos in haar eigen rij.

'Díé mag jij hebben!' siste ze en ze wreef zich over haar linkerarm, alsof ze zich gebrand had. Het blonde meisje wierp een duistere blik op Eva, pakte haar toen hard bij haar hand beet en trok haar pardoes naar achteren. Het deed zeer.

Bedremmeld liep ze naar het eind van de rij, maar de jongen bij wie ze haar handen op de schouders moest leggen, wrong zich los uit haar greep. Even bleef ze aan de zijkant staan met een hoopvolle blik naar de kordate dame, maar die lette kennelijk helemaal niet meer op en de volwassenen aan hun tafel hadden net koffie gekregen.

Voor het trekken begon, liep ze weg van de kinderen, ze drentelde wat om de boom heen, deed alsof ze die doelbewust bestudeerde, het was inderdaad een erg mooie boom en met kennis van zaken versierd.

Engelland is gesloten
De sleutel is gebroken

Aan de andere kant van de boom bleven ze maar zingen, steeds weer opnieuw. Toen ze naar het scheen een eeuwigheid bij de boom had staan kijken, hoorde ze dat ze aan de andere kant met het trekken waren begonnen. Ze gluurde om de boom heen en inderdaad, ze waren bezig. Toen de twee rijen kinderen even later over de vloer verstrooid lagen, sloop ze achter de boom vandaan en liep ze weer terug naar de tafel.

'Eva, moet je niet meer verder spelen?' vroeg mevrouw Birgerson bezorgd.

'Nee,' zei Eva, 'nu niet. Ik heb dorst. Het is zo warm hier. Mag ik wat limonade?' Ze knikte naar de bekers die op tafel waren gezet.

Ze dronk limonade terwijl de anderen 'Zakdoekje leggen' en 'Groen is gras' deden. Maar toen ze met tikkertje begonnen, kon ze zich niet langer verontschuldigen en moest ze weer naar de anderen toe. Het ging niet eens zo slecht. Het was het makkelijkst om hem te zijn, want dan liepen ze allemaal gillend weg; dat was wel een grappig gezicht. Als ik dan toch niets anders kan, dacht ze, dan kan ik hen in elk geval bang maken.

Maar als ze hem niet was, was het niet zo leuk, want ze kon niet zo hard rennen en het deed pijn aan haar schouder of haar rug als ze er met hun vuist op sloegen: jij bent hem!

Het blonde meisje trok haar strik los. Ze wist niet dat dat bij tikkertje hoorde.

Maar eindelijk was het afgelopen, en vanaf het podium zong het koor van cantor Swammerdamm drie psalmen en alles was weer mooi en de dominee sprak weer, maar nu had Eva het zo warm gekregen dat ze alleen nog maar limonade dronk. Het deed zeer tussen haar schouderbladen.

Daarna was de goochelaar aan de beurt. Hij werd voorgesteld als El Smeraldo, en men had grote verwachtingen van hem, ook de volwassenen, want hij had nog niet eerder in hun stad opgetreden. Tijdens de toespraak van de dominee had hij achter het doek zijn voorstelling voorbereid, en nu ging het doek op, het licht op het podium ging aan en daar stonden een heleboel vreemde, bijzondere voorwerpen, ringen en kistjes, met zilverpapier beklede buizen, kruiken met Chinese tekens en een grote dobbelsteen met schitterende kleuren. El Smeraldo maakte zijn entree op oosterse pianoklanken van cantor Swammerdamm. Hij droeg een zwart pak en daarbij nog een blauwe mantel en een hoge, spitse hoed met manen en sterren erop. Hij had een fraaie snor en een puntbaardje en zag eruit als een echte magiër.

'Aha! Mijne dames en heren, jongens en meisjes! Welkom bij een magisch uurtje! Toverkunsten en mirakelen! Wees erop voorbereid dingen te zien die u nog nooit hebt gezien! Dingen die u niet voor mogelijk had gehouden! Zitten de kinderen allemaal goed?' Hij tuurde naar de kinderen die voor het podium op de vloer zaten. Eva zat een beetje afgezonderd van de groep, opzij en helemaal achteraan en Hanna was deze keer bij haar – 'Hier geen volwassenen', had de kordate dame gezegd – 'Hoor eens even', had Hanna gesnoven en toen mocht ze blijven.

'Rustig maar kinderen,' zei El Smeraldo, 'ik zal niemand van jullie wegtoveren. Alleen als jullie stout zijn!' Hij zwaaide met zijn toverstok die van zilver was met een echte gouden punt.

Daarna begon hij zijn programma; hij haalde een ongelooflijke hoeveelheid zakdoeken tevoorschijn, in allerlei kleuren, uit een buis die echt leeg was geweest en die zulke dunne wandjes had dat er niet eens één zakdoek in verstopt had kunnen zijn. Tijdens de truc liet hij verschillende keren zien dat de buis leeg was, om er vervolgens nog meer zakdoeken uit te trekken. Ten slotte had hij een hele stapel die hij in een leeg kistje stopte, hij duwde de zijden doekjes met zijn staf in het kistje, maakte een paar magische gebaren boven de deksel, opende die en 'Presto!' … daar haalde hij een enorme bos bloemen uit de kist.

Applaus. Eva's mond viel open, ze keek naar Hanna en glimlachte. Dit vond ze leuk. De voorstelling ging verder. Hij deed een paar kleine trucs met kaarten en balletjes, die tussen zijn vingers door rolden, toen goot hij water uit een kruik die nooit leeg werd. De kruik van Sarepta, noemde hij die. Hij vulde het ene glas na het andere, dus op het laatst had hij een hele karaf vol, en toen de kruik eindelijk leeg was en hij hem had omgekeerd en de toverstaf er een paar keer in had gestoken, was de kruik meteen weer vol. Nu raakte hij in paniek, er kwam steeds meer water uit de kruik, de karaf was vol en in arren moede begon hij het water maar op te drinken. Bij elk glas dat hij moest drinken maakte hij potsierlijke grimassen en iedereen moest lachen. Want elke keer dat iedereen dacht dat de kruik leeg was, zat er toch weer water in. Nu kwam er ook water uit andere dingen, uit citroenen en uit een lege trechter, en hij bleef de glazen en de karaf maar vullen en raakte in steeds grotere paniek en het gelach klonk steeds luider.

Maar eindelijk kreeg hij een goed idee en vouwde een krant op tot een puntzak. Vervolgens goot hij al het water uit de karaf in de puntzak en maakte een elegante, geheimzinnige beweging ... toen maakte hij zomaar een prop van de puntzak en scheurde die kapot. Langzaam dwarrelden de snippers als dikke sneeuwvlokken op de vloer.

Groot applaus.

'Hoe dóét hij dat?' fluisterde Eva. Hanna schudde haar hoofd.

'Hij draagt waarschijnlijk een paar buizen ...' begon ze aarzelend.

Eva probeerde zich voor te stellen waar de buizen van de man precies liepen, of ze in zijn broekspijp uitkwamen of in zijn mantel en of hij daar dan misschien een tank had, net als een locomotief.

El Smeraldo ging verder, hij vroeg een meisje op het podium en raadde steeds welke kleur van de grote dobbelsteen zij koos, ook al legde ze die vervolgens weg in een doos en stond de goochelaar er met de rug naartoe. Daarna deed hij nog een aantal trucs, onder andere een waarbij hij een tekening van een kip uit een lijst wist te laten verdwijnen en weer tevoorschijn te toveren in een andere lijst, die met een doek was afgedekt.

Ten slotte was de kip helemaal verdwenen en kwam ze niet meer tevoorschijn, hoe vaak hij ook met zijn toverstaf zwaaide en de kinderen 'abracadabra' liet roepen.

'Aha!' riep El Smeraldo uiteindelijk. 'Ik weet waar ze zit! Ze heeft zich hierin verstopt!' Hij hield een gewone, zwarte linnen zak omhoog. Het publiek mompelde wantrouwig.

'Geloven jullie me niet?' Hij keerde de zak een paar keer binnenstebuiten, zodat iedereen het kon zien. 'Ze is alleen onzichtbaar geworden. Het is een onzichtbare kip ...'

Gelach. Hij liep naar de rand van het podium waar een lege mand met een handvat stond.

'Geloven jullie me niet? Zit hier dan geen kip in?'

Ontkennende kreten uit de zaal.

'Maar iedereen weet dat er één ding is dat alle kippen doen …' zei El Smeraldo, hij keerde de zak nog een paar keer binnenstebuiten, hield daar opeens mee op en keek hen met een sluwe blik aan. 'En wat mag dat wel zijn …? Juist. Helemaal juist. Ze leggen eieren. En als ik nu gewoon "toktok" roep in de zak, zo, "toktok", dan …'

Het was net alsof er iets zwaars in de zak viel. Langzaam stak El Smeraldo zijn hand in de zak en haalde die er weer uit terwijl er een ei tussen zijn vingers zat, dat hij voorzichtig in de mand legde.

Groot applaus. Hij daalde de drie treden af die van het podium naar de zaal voerden, met de mand aan zijn arm. Hij liep langs de kinderen, een voor een, keerde de zak binnenstebuiten, iedereen mocht voelen dat er niets in zat en vervolgens liet hij hen 'toktok' roepen. Vooral bij de kleintjes die nog niet goed konden praten was dat grappig, 'toettoet', riep een jongetje in de zak, ademloos en doodserieus, en iedereen moest weer lachen. Elke keer dat het magische 'toktok' klonk, viel er iets helemaal uit het niets in de zak, en dan mochten de kinderen weer voelen en elke keer dook er een ei op dat door de onzichtbare kip was gelegd. El Smeraldo verzamelde de eieren, legde ze in de mand aan zijn arm en liep verder. Het was heel interessant, vond Eva, dat eieren zomaar uit het niets konden worden gelegd, en ze voelde dat haar hart een sprongetje maakte toen El Smeraldo zich half tot haar wendde, hij stak de zak al naar voren, uitgespreid tussen zijn handen, nog steeds met een schalkse blik gericht op het verbaasde kind voor wie de onzichtbare kip net een ei had gelegd, toen draaide hij zijn gezicht naar Eva toe en glimlachte vriendelijk.

Eva stak haar hand uit naar de zak.

El Smeraldo bleef roerloos staan en zijn glimlach verwerd tot een grimas.

'Tjonge', zei hij slechts, zeer ongoochelaarsachtig, en hij tastte naar zijn hoge hoed. Hij staarde haar aan. Eva staarde zo goed mogelijk terug. Maar toen bedacht hij wie hij was, namelijk de magiër El Smeraldo, hij glimlachte weer als vanouds, bekeek haar grijnzend en deed een stap terug.

Stilte.

'Wat een mooi masker draag jij, kleine meid', zei hij.

Eva liet haar hand zakken. Iemand lachte, onzeker. Iemand zei halfluid: 'Het is geen masker, zo ís ze.'

De goochelaar fronste zijn wenkbrauwen, kleurde.

'Daar hebben we warempel het rendier van de Kerstman', zei hij klunzig.

Gelach. Eerst zacht, onzeker, daarna steeds harder. De goochelaar knikte dankbaar naar de kring en hield Eva de zak opnieuw voor. Eva, die Hanna hard in haar hand had geknepen, liet Hanna los en stak haar arm weer naar voren.

'Of ben je misschien een kaboutertje?' kon de artiest het niet laten om te zeggen. Opnieuw gelach.

'Hoor eens even', zei Hanna ontdaan. Eva, die nu de tranen in haar ooghoeken voelde prikken, stak haar hand demonstratief en beslist naar voren. Ze keek El Smeraldo aan.

Hij reikte haar de zak aan.

'Toktok!' zei Eva luid, recht in zijn gezicht. Ze bespeurde een beweging van zijn polsen en opeens viel er iets in de zak. Ze deed er meteen een greep in, maar zonder zijn blik los te laten.

Iemand zei: 'Goed zo, Fikkie', en weer ontstond er gelach. De goochelaar knikte schaapachtig glimlachend naar de plek waar de opmerking vandaan was gekomen, ogenschijnlijk dankbaar dat hij niet de enige was die er grappen over maakte. Eva stak haar hand in de zak, die warm en een beetje klam was doordat er al zo veel handjes in hadden gegraaid, en ze voelde iets hards en ronds in haar hand. Het was geen ei. Het was gewoon iets wat op een ei leek, ze voelde het onmiddellijk.

Het was een stenen ei.

Ze kwam abrupt overeind met het ei in haar hand, ze staarde ernaar. Dit was bedrog. De kinderen zwegen toen ze zo plotseling was gaan staan. Snelle voetstappen van volwassenen weerklonken nu in de zaal. Hanna trok aan haar mouw.

'Woef! Woefwoef!' riep Eva. Ze gromde en siste even tegen de illusionist. Toen tilde ze het stenen ei op en smeet het resoluut en met al haar kracht recht in zijn gezicht.

Op hetzelfde moment was haar vader bij haar en hij droeg haar weg. El Smeraldo ging tegen de vlakte, zo lang als hij was.

De voorstelling werd op dat punt afgebroken en de grote finale waarbij alle eieren in een grote pan met deksel zouden worden gestopt om daarna te veranderen in prachtige veren die aan de kinderen zouden worden uitgedeeld, moest tot een volgend jaar worden uitgesteld.

Er daalde een wat bedrukte stemming neer op het kerstboomfeest van Fredheim. De goochelaar werd in veiligheid gebracht en door de domineesvrouw verzorgd, en door dokter Levin die, toen hij later weer aan tafel kwam zitten, opgelucht had vastgesteld dat El Smeraldo slechts 'een flinke buil en een lichte hersenschudding' had opgelopen.

Arctander wierp een strenge blik op Eva, die met haar benen onder zich gevouwen op de stoel zat en naar het tafelkleed staarde. 'Eva, Eva', zei hij. Maar vreemd genoeg leek hij niet boos. Niet echt. 'Nou. Hoe zit het ermee?' bromde hij tegen de arts. 'Moet ik naar achteren en mijn verontschuldigingen aanbieden aan die … eh … Smeerput?'

'Smedsrud', zei de arts, die een lachje niet kon onderdrukken.

'Ach,' zei haar vader, 'de naam was me even ontschoten.'

'Kennelijk. Nee hoor, Gustav, laat maar. De vrouw van de dominee heeft namens de gemeente al haar excuses aangeboden, en ik heb hem even op persoonlijke titel apart genomen. Ja, en ook namens …'

De twee volwassenen zwegen toen ze merkten dat Eva hun gesprek volgde. Mevrouw Birgerson had nog meer limonade voor haar ingeschonken en haar een stuk taart gegeven.

Haar vader zette zijn stationschefgezicht op en keek Eva streng aan: 'Zoiets mag je nóóit meer doen. Het is gevaarlijk om mensen zware dingen in het gezicht te smijten. Stel je voor dat je hem geraakt had in …'

'Ze wist toch niet dat het van steen was', zei mevrouw Birgerson. 'Ze dacht natuurlijk dat het een gewoon ei was …'

'Ja, stel je toch voor dat het een gewoon ei was geweest', zei haar man grinnikend.

'Of een rot ei', mompelde Eva, waarop de dokter opeens druk in zijn kopje ging roeren.

'Nou, nou, hoe dan ook,' vervolgde haar vader, iets minder stationschefachtig, 'je mag geen dingen gooien naar mensen. Nu dat eenmaal is gezegd …' Hij keek om zich heen, verhief zijn stem ietwat en zei: '… het was wel een onbeschaamde vlerk. Een vlérk! Nee, die artiesten en ander loslopend spul …'

De mensen aan de tafel ernaast keerden zich om. Het was op dit moment opvallend rustig bij hun tafel, mensen liepen er met een grote boog omheen, kinderen wezen en schudden hun hoofd. De dominee en zijn vrouw stonden bij de boom en keken recht langs hen heen.

'Goed,' zei Birgerson op verstandige toon, 'het is zo zoetjesaan tijd om op te stappen.'

'Geen sprake van', zei de stationschef vastbesloten. 'We moeten nog om de boom dansen. Daar zijn we voor gekomen.'

Ze vormden kringen en liepen om de boom. Eigenlijk moesten de kinderen in de binnenste kringen lopen en de volwassenen in de buitenste, maar niemand wilde Eva's hand vasthouden, dus liep ze tussen haar vader en Elsa Birgerson.

Er hing een plechtige stemming en af en toe hoorde je leden van het koor van Swammerdamm de tweede en derde stem zingen. Toch vond Eva dat het anders was dan ze zich had voorgesteld. Toen de kinderen een speciaal dansje uitvoerden, stond zij tussen haar vader en mevrouw Birgerson in toe te kijken.

Ze kneep haar vader in zijn hand. Hij kneep terug.

Maar toen 'Er is een roos ontsprongen' werd gezongen, bromde hij naar haar: 'Zing maar, kind. Nu zingen!' Ze keek onzeker naar hem op.

'Zet hem op!' zei hij.

Eva vatte moed en zong uit alle macht. Mensen draaiden zich om. Cantor Swammerdamm draaide zich om.

Na het dansen om de boom trokken ze zich terug, ook al stonden er nog een paar punten op het programma. Maar haar vader mompelde 'niet ook nog eens een kerstman met gevoel voor humor' en ze begaven zich naar de uitgang.

Het domineesechtpaar was onzichtbaar geworden, wat de stationschef enigszins stoorde, maar toen ze in de garderobe stonden en hun jassen aantrokken, dook cantor Swammerdamm op.

'Dank u wel', zei hij, terwijl hij de stationschef hartelijk de hand drukte. 'Dank u wel dat u bent gekomen!' Hij boog zich naar Eva over. 'En wat een mooie stem', zei hij geestdriftig. 'Werkelijk prachtig! Iedereen heeft je gehoord.'

Eva keek hem aan zonder te weten wat ze moest zeggen.

'Werkelijk prachtig', zei de cantor tegen haar vader. 'Echt waar. Die stem heeft ze zeker geërfd van …'

'Het is een verschijnsel dat men wel vaker bij haar kwaal tegenkomt', zei Arctander misprijzend. 'Dat heeft professor Strøm me verteld. Goedenavond, cantor.'

De cantor keek de stationschef weifelend aan.

'En hartelijk dank. Dank u wel voor een onvergetelijke avond.'

Terwijl ze de trap van Fredheim af daalden, keek Eva naar haar vader. Zijn wangen waren rood aangelopen, om zijn mond lag een verbeten trek. Hanna trippelde achter hen aan.

In de slee zei hij, halfluid, terwijl de glijders van de slee over de opgevroren sneeuw schuurden en piepten (en het was onmogelijk uit te maken of hij het tegen Eva zei of tegen Hanna of tegen beiden): 'Zie je nu wel?'

*

De dag na het kerstboomfeest zit Eva voor haar raam naar het perron te kijken. De ochtendtrein zal zo arriveren, er gaan vandaag niet zo veel mensen op reis, slechts een handjevol.

Een van hen heeft een hele kar met bagage. Het is een man, hij is blootshoofds, heeft dun haar en draagt een ronde bril, een bruine stofjas en overschoenen met ijzertjes eronder. Hij ziet eruit als een gewone handelsreiziger of een prediker, van die mensen die elke dag met de trein reizen, ze hebben iets verlorens en eenzaams over zich, denkt Eva.

Maar hij heeft iets bekends. Is dat niet … inderdaad. Het is El Smeraldo. Zonder spitse hoed en blauwe mantel, zonder baardje, met een doodgewone jas en overschoenen. Hij heeft een hoed in zijn hand. Op zijn voorhoofd, boven de dikke, ronde bril zit een stevige pleister met een lapje katoen eronder. Zijn huid is bleek vanwege de winter en om zijn neus en ogen zitten blauwe kringen. Ze herkent hem nog het meest aan de pleister.

Hij duwt de kar, de hoed houdt hij vast, het gaat moeilijk. Dan zet hij de hoed wat onhandig op zijn hoofd, maar die blijft niet goed zitten vanwege het verband op zijn voorhoofd, dus hij schuift de hoed wat naar achteren in zijn nek.

Hij blijft staan. Hij rilt, kijkt op de stationsklok vlak onder haar raam, tikt zijn voeten tegen elkaar aan. Nu doet Eva iets wat ze anders nooit doet en wat ze ook niet mag doen, ze loopt helemaal naar het raam toe en kijkt naar de man en zijn koffers. Daar, onder die versleten, gevoerde deksels vol met etiketten huist de goochelaar dus, de blauwe mantel, de spitse hoed, de kleurrijke zakdoeken en de kruik die maar niet leeg raakt, en uiteraard ook de linnen zak met de diverse stenen eieren. Terwijl de man die daar staat een gewone, bijna kale prediker is, nee, een handelsreiziger, hoe heette hij ook alweer? Smeerput? Eva moet glimlachen bij de gedachte, met zijn bril en zijn hoed, Smedsrud, dat was het.

Op hetzelfde moment draait de man zich om, om nogmaals op de klok te kijken of omdat hij haar glimlach op de rand van zijn hoed voelt landen, hij kijkt omhoog, zijn blik glijdt langs de klok, klimt langs de gevel omhoog en dan ziet hij haar, zijn blik ontmoet opeens de hare.

Ze schrikken er allebei van. Hij brengt zijn hand naar zijn bril. Die is behoorlijk dik. Hij schuift de bril wat heen en weer op zijn neus, dan doet hij hem af, tuurt bijziend haar kant op, richt zijn blik op haar. Doodstil staat hij daar, ernstig, bleek en alledaags in de kou. Hij kijkt haar aan.

Hij laat zijn armen zakken, draait zijn gehandschoende handen een beetje naar buiten als in een vreemd, ietwat moedeloos gebaar.

Eva tilt haar hand op, onzeker, en zwaait even. Onmiddellijk glimlacht hij. Hij brengt zijn hand naar zijn hoofd, neemt zijn hoed af en maakt een diepe buiging, met een vloeiende armbeweging, hij zet zijn ene been iets voor zijn andere, net zoals een echte goochelaar zou doen, en heel even kan ze zijn mantel om hem heen zien wapperen, terwijl ze op het hoofd met het dunne haar en de pleister neerkijkt; hij richt zich op, de trein komt eraan, hij glimlacht naar haar. Dan moet hij met zijn koffers in de weer. In de deuropening draait hij zich nog een keer om en zwaait met zijn hoed. Dan verdwijnt hij in de silhouettenwereld van de wagon, het fluitsignaal klinkt voor het vertrek en de voorstelling is ten einde.

Zo werkt eenzaamheid

Zo werkt eenzaamheid. Wanneer je zo eenzaam bent dat je denkt dat je niet nog eenzamer kunt worden, wordt het meteen erger. Op hetzelfde moment. En dan kun je kiezen. Ó je gaat gillen, óf je gaat heel stil in een kamer zitten met het gevoel dat je buiten staat en op de deur klopt.

Als je gaat gillen, komt dat doordat er geen woorden zijn die eenzaam genoeg zijn. Arima, lieve Arima. Maar als je stil blijft zitten, hoor je in elk geval het kloppen op de deur.

Later kun je de speelkaarten tevoorschijn halen of iets anders gaan doen en dan is alles weer als vanouds, of bijna als nieuw en dan is het voor die keer weer over.

Ze weet niet wie haar dat geleerd heeft.

Zo werkt een wissel

Zo werkt een wissel. Je splijt rails overlangs en buigt ze af op een plaats op het spoor waar je de treinen van richting wilt laten veranderen. De wielen van een trein volgen altijd de weg die de rails voor ze maakt en ze volgen altijd de binnenkant van de rails, waar de wielen een rand hebben die ze op het spoor houdt. Als je de gespleten rails tegen het spoor aan zet en de tussenruimte sluit, zal de trein uit zichzelf de nieuwe weg volgen en die kant op gaan waarheen de wissel hem stuurt. De trein kan niet op zijn oude spoor terugkomen zonder een nieuwe wissel, of zonder achteruit te rijden, wat voor de meeste treinen een moeilijk en omslachtig proces is.

Dat heeft haar vader haar uitgelegd.

Zo werken noten

Zo werken noten. Het begint ermee dat cantor Swammerdamm op bezoek komt en lang en geestdriftig met je vader praat over de zin van het leven en zegt dat muziek daar een wezenlijk onderdeel van vormt. Volgens de cantor is men geen werkelijk mens als men niet al zijn gaven ten volle benut, en hier is inderdaad sprake van een enorme gave.

Hoewel het een schande zou zijn om je eigen gaven niet te gebruiken, is het misschien ook een schande om als een gewoon mens door de Storgate te lopen om naar muziekles te gaan, maar, en dat is nu net het mooie, in de hoek van de kamer staat moeders positief. Daarom kan de cantor je thuis muziek- en zangles geven en daarbij dat heiligdom gebruiken, dat tot dan toe altijd op slot heeft gestaan. Het kleine huisorgel is een tabernakel wanneer de klep opengaat. Een dubbeldekkertabernakel, met twee claviaturen, beide bedekt met een stoflap, als twee purperen stola's; voor het spelen begint, moeten ze netjes worden opgevouwen. De toetsen zijn wit en zwart en glad, de registerknoppen glanzen als parelmoer. Het zwarte fractuurschrift glimt. 'Flöte', staat er in gotische letters op een van de knoppen, dat is een fluit en die vindt ze mooi klinken. 'Waldhorn' en 'Geige' klinken anders, maar wat dat zijn weet ze niet.

Wanneer ze les heeft, moet ze half staan, zodat ze het linkerzwelpedaal met haar voet kan bedienen, ze is niet groot genoeg om beide pedalen te bedienen als ze zit. Swammerdamm bedient het rechterpedaal. Dat is op den duur niet handig, zegt hij.

Wanneer het instrument vol lucht zit, en ze een c indrukt (na eerst de fluitknop te hebben uitgetrokken), klinkt het heel helder en het blijft doorgaan, zolang ze de balg maar aan de gang houden. Toen ze voor het eerst les had en Swammerdamm een c indrukte, zei hij dat het een c was, een eengestreepte c. Zo prentte hij haar die noot voor altijd in, die klank, die toonhoogte, geen fractie hoger of lager, geelwit van kleur. Een eengestreepte c. Van nu af aan kan ze die ook altijd zingen als het haar gevraagd wordt. Ze hoeft hem alleen maar uit haar geheugen op te diepen. Zo werken noten. Ze werken ook op papier, dan schrijft men gewoon de noten op die men hoort; het is heel gemakkelijk. Ze doen haar denken aan getallen, alleen kan ze de noten horen. In haarzelf klinken ze mooier dan wanneer ze ze op muziekpapier zet. Die eerste keer leerde ze meteen al de hele toonladder van c-groot; het was eerst een beetje lastig om bij de e haar duim onder haar middelvinger te wurmen als ze omhoogging, maar met wat oefening lukt het wel en gaat het als vanzelf. Ze leert ook wat kleine stukjes te spelen, maar eigenlijk vindt ze het het leukst om gewoon naar de toonladders te zitten luisteren en na verloop van tijd naar de drieklanken. Als ze oefent, moet Hanna of haar vader het rechterpedaal voor haar indrukken. Daar hebben ze niet altijd de tijd voor, vooral haar vader niet. Hij doet een beetje vreemd en afwezig als ze speelt, bij het geluid van het positief gaat zijn blik zwerven. Regelmatig moet ze oefenen zonder dat er lucht in het instrument zit, en dan drukt ze gewoon de toetsen in, terwijl ze de muziek in zichzelf hoort klinken. Dat is eigenlijk nog wel het prettigst, want dan stoort ze niemand en gaat niemands blik rondzwerven.

De treinen

Het geluid van de treinen bepaalt de dag. Ze rijden volgens de klok en hebben nummers. Ze wordt wakker met de ochtend-expresse – trein 603 – die om 10 minuten over 7 sissend het station binnenloopt, met remmen die hoog gieren en een ketel die verse, vurige ochtendadem uitpuft. Daarna volgen de andere, keurig over de dag verspreid, ze kan ze in elk vertrek horen, maar vooral wanneer ze rondscharrelt in haar kamer die over het spoor uitkijkt: de lange, bedaarde passagierstrein van 11.20 uur, de kleine, proestende lokale treinen van 10.00, 12.00 en 13.00 uur, de goederentrein van 13.10 uur, de lege ertstrein van 14.05 uur, met knallende, dreunende wagons, nieuwe lokale treinen om 14.00 en 15.00 uur, die nog net zo proesten als 's ochtends maar die toch al wat vermoeider klinken, en vervolgens de avondtrein, van 18.30 uur, die zo vlak na de maaltijd wat moe en verzadigd klinkt, en om 21.00 uur de expressetrein die blauw komt aansuizen als ze nog een klein hapje eten; dan staat de laatste lokale trein op het station te wachten, net als de volgeladen, bonkende bruine ertstrein die rond de klok van 23.00 uur terugkeert, maar dan slaapt Eva al, of hoort dat te doen.

Om 01.11 uur komt de eerste nachttrein, die met een heel ander, dromerig geluid bijna sluipend het station binnenrolt, en twee uur later de tweede, vanuit de tegengestelde richting. Haast geen geluiden van passagiers op het perron, er stappen maar weinig mensen in of uit. De rustige, deinende laarzenstappen van de controleurs, de klank van de hamer tegen elk paar wielen, het geratel van de kettingen en in de zomer het gesuis van de watertank als de ketels worden bijgevuld. Het getik en het gesuis van de machines. Snelle conducteurspassen, een zacht 'instappen' tegen niemand in het bijzonder geroepen, want deze trein slaapt, het is de nachttrein, hij blijft maar even staan om daarna zijn reis door het donker te vervolgen.

Soms wordt ze om 01.12 uur wakker omdat ze iets mist in de tijd, dan heeft de trein vertraging. Als hij ten slotte arriveert, sluipt ze weleens op blote pootjes het bed uit. Dan kan ze hem als een grote droommachine zien staan. Het is niet dezelfde soort trein als overdag. Voor de ramen van de coupés zijn de gordijnen neergelaten en het licht in de gangen is dof en roodgeel van kleur. Een meneer staat bij een raam te roken; ze kan iemand onderscheiden die met het leeslampje aan in bed ligt, een boek in de hand, of mensen die met een lege blik in de ogen staan te kijken naar het vreemde station waar ze nooit zullen uitstappen. Zelf staat ze in het donker, achter haar eigen raam, haar eigen gordijnen, en ze kunnen haar niet zien. Ze zouden hun ogen toch niet hebben geloofd. Een keer zag ze een naakte vrouw in een coupé, met achter haar een naakte man. Het was heel interessant. Eva wist niet dat mensen er zo uitzagen.

Overdag zit ze graag bij het raam, aan haar tafeltje, urenlang naar mensen te kijken die op het perron lopen, reizigers die uitstappen en enigszins verbaasd om zich heen kijken, waarna ze resoluut hun bagage oppakken en doelbewust op het onbekende afstevenen; plaatselijke bewoners die opgelucht glimlachen, omdat ze misschien, weet zij veel, in een grote, verre stad zijn bedrogen. Nu zijn ze weer thuis en kan hun niets kwaads overkomen, ze zijn opgelucht en blij en lopen rustig en ontspannen over het perron, de mantel of de jas over de arm en ze verdwijnen om de hoek van het stationsgebouw. Ze ziet hen komen en ze ziet hen gaan.

De bankdirecteur reist veel, Wister heet hij. Hij rookt altijd een sigaar. De sigaar wijst omhoog als hij vertrekt en hangt omlaag als hij aankomt. Datzelfde geldt voor die redacteur Jahnn, zoals vader hem noemt en die hij niet wil groeten, de sigaar wijst dezelfde kant op, omhoog bij vertrek en omlaag bij aankomst. Jahnn is altijd gekleed in een bruin pak, een beetje versleten, en de bankdirecteur is altijd in het zwart. Alleen draagt de laatste altijd glanzende schoenen, in tegenstelling tot de redacteur. Vaak reizen ze met dezelfde trein; op het station begroeten ze elkaar afgemeten en gedistantieerd, ze spreken niet met elkaar, want de een is Links en de ander Rechts; Wister staat bij de gele streep waar de wagon van de eerste klas moet komen te staan, Jahnn staat een eindje verderop. Wanneer ze beiden hun bagage ieder in een andere coupé hebben neergezet, lopen ze doelgericht door de gang naar de restauratie in het midden van de trein, waar kelners met witte jasjes aan door de hele wagon heen en weer lopen. Daar ontmoeten ze elkaar. Bij terugkeer stappen ze soms uit dezelfde wagon, weliswaar ieder aan een andere kant, maar dat is meestal niet de restauratiewagon.

Of dokter Levin, die een keer per maand op reis gaat om bij zijn zuster op bezoek te gaan; hij kijkt vrolijk en verwachtingsvol als hij vertrekt en stapt de trein in met energieke, kleine dokters-stappen; wanneer hij een paar dagen later terugkeert, loopt hij langzaam, het is alsof zijn gezicht een zware last moet torsen; Eva kan bijna aan hem zien hoe die zuster eruitziet en ze begrijpt dat zij ziek is. Dokter Levin is overigens een van de weinigen die weet dat zij hierboven achter het raam naar buiten zit te kijken. Als hij vertrekt werpt hij een vlugge, vriendelijke blik naar haar raam en hij glimlacht even. Hij kan haar niet zien want de deur zit goed dicht en ze zit een stukje bij het raam vandaan; dat wil vader zo. Niet gluren naar de passagiers. Zelf wil ze het ook zo. Ze wil niet dat ze teruggluren. Maar bij zijn terugkeer vergeet dokter Levin bijna altijd te groeten. Die zuster moet wel erg ziek zijn.

Verder zijn eigenlijk alleen de Birgersons ervan op de hoogte dat ze hier zit en ook zij werpen een vriendelijke blik naar haar raam als ze op het station zijn om bestellingen voor de apotheek op te halen; zij reizen niet zo veel. Vanzelfsprekend weet vader dat ze hier zit, maar hij kijkt nooit omhoog. Hij loopt over het perron en bestaat uit plicht en precisie. Hanna weet het ook, maar zij is bijna nooit aan die kant van het stationsgebouw. Eva denkt dat de mannen het wel weten, de meeste althans, maar zij kijken niet omhoog, dat mogen ze niet. Met uitzondering van

Vonk. Hij mag het wel. Vonk groet altijd, met een brede glimlach, elke keer dat hij langsloopt. Hij vergeet het nooit.

Onder zijn pet heeft Vonk rood haar, vuurrood en kortgeknipt, hij is een beetje gek, zegt Hanna lachend. Ze moet altijd lachen als ze het over Vonk heeft.

Vonk is Eva's vriend geworden.

*

Wanneer ze zo zit, kan ze tekenen wat ze ziet. Ze heeft een heleboel grote schetsboeken. Die heeft ze volgetekend, een voor een. De goederentrein van 13.10 uur bijvoorbeeld, de grote goederenlocomotief heeft ze vaak getekend. Aanvankelijk tekende ze er elke dag een stukje van, tussen 13.10 en 13.25 uur. Ze begon vooraan en werkte al tekenend naar achteren. Toen ze na twee weken eindelijk klaar was, leek het nergens naar. Ze begon overnieuw, weer twee weken lang. Toen was het beter. Daarna heeft ze hem zo vaak getekend dat ze het bijna uit haar hoofd kan, van ketel tot buffer. De rotorploegen in de winter. Wachtende passagiers. Het perron met de fraai besneeuwde lantaarns. Wachtende passagiers. De kleine rangeerlocomotief met de gekke ketel. Het perron. Soms tekent ze ook andere dingen, uit boeken die ze heeft gelezen, of plaatsen die ze voor zich ziet, maar meestal tekent ze wat ze ziet. Dat vindt ze leuk. Zich herinneren wat ze ziet maakt haar rustig. Ze houdt het potlood vast en de lucht spreidt zich uit onder haar vingers, er komen plaatjes op het papier.

*

De mannen hebben hun taken en bezigheden en daar mag je hen niet bij storen. 's Ochtends, wanneer het niet druk is op het station, is de tijd dat Eva naar buiten mag. Hanna moet haar gezelschap houden, maar Hanna kan niet altijd. Af en toe mag Eva in haar eentje naar buiten. Ze mag sowieso niet in de expeditie of op het perron komen, en evenmin in de restauratie, dat is 'strengstens verboten', zoals haar vader het uitdrukt, maar ze mag wel in de tuin naast het huis, in het korte stuk waar hoge staketsels haar afschermen van het perron aan de ene kant en de stad aan de andere kant. Aan de andere kant van het terrein is een groot veld, achter de locloods, daar kun je veel leuker spelen, en daar gaat ze heen als Hanna erbij is, want ze mag niet in haar eentje het spoor over of van het terrein af, dat is *allerstrengstens verboten*.

Of ze gaan naar de goederenafdeling, of naar de locloods, of naar Slurpen, de kantine, om een praatje met de mannen te maken. Eigenlijk moeten ze die twee uurtjes in de buitenlucht doorbrengen, maar Hanna vindt het fijn om mensen te ontmoeten, ze is de hele dag alleen, zoals ze zegt. Eva vindt het ook niet erg om een praatje te maken. In Slurpen zitten trouwens vaak vreemde spoorwegmannen soep te eten of koffie te drinken, en die gluren naar haar, dus ze gaan er niet zo vaak heen, hoewel Hanna het eigenlijk wel graag zou willen.

Maar de goederenafdeling is ook leuk. Het is een houten gebouw. Lekker warm in de winter en koel in de zomer. Eva krijgt het snel warm. Er zijn lange stalen kasten met platen waarop verzendingen en transportgoederen staan en er gebeurt altijd van alles. Grote dingen die verplaatst worden, trolleys die geduwd worden, fietsen en ski's die vastgebonden worden en gemerkt worden met grote, bleekgele etiketten die met een dun ijzerdraadje vastzitten. Bijna alle mannen zijn aardig voor haar en vaak mag ze bij de expeditietafel met etiketten en stempels spelen. Ze krijgt weliswaar inkt op haar vacht en het is er nauwelijks uit te krijgen, maar dat moet dan maar, want stempelen is zulk mooi werk; de scherpe vormen van de letters die vlak voor het opdrogen van de inkt een vochtige glans hebben, het delicate lila dat bijna zwart wordt als het opdroogt en in het papier trekt, de alcohollucht van het stempelkussen. De mannen hebben een hele egel van stempels, zoals ze het noemen, op de tafel staan; er staan eigenaardige dingen op: SPOEDZENDING. PUBL. EIG. WORDT DOOR BODE GEHAALD. SPOORWEGEIG. BIJ AANKOMST BESCHADIGD. BIJ

VERZENDING BESCHADIGD. GEVAARLIJKE INHOUD. Op een andere egel hangen een heleboel stempels met stationsnamen en stationsnummers, ze zijn op verschillende namen instelbaar. En dan is er nog de grote stempel met de naam en het nummer van hun eigen station, met een door het vele gebruik versleten handvat, die altijd midden op tafel staat. Ten slotte is er de grote, verstelbare draaistempel, die datum, stationsnaam en verzendnummer laat zien; daar mag ze meestal niet aankomen, maar het is zo leuk om te zien hoe die wordt gebruikt; van glanzend staal en torenhoog, een roodgeverfd houten handvat, en alle wielen en schijven die erin ronddraaien als hij wordt gebruikt, wat een raar maar aangenaam geluid geeft.

Helaas wordt die grote verstelbare stempel door Olsen gebruikt. Olsen is niet de aardigste, hoewel hij vanuit de verte vriendelijk lijkt. Maar als ze bij de expeditietafel gaat zitten, krijgt zijn blik iets wantrouwigs en onaardigs, net als bij de rukkers. 'Daar komt een poesje', zegt hij zonder te glimlachen, ook al noemen de anderen haar allemaal Eva. Of hij noemt haar 'kattenkind', of 'geitenwollensok'. Ze doet alsof ze zich er niets van aantrekt, omdat ze zo graag bij die tafel wil stempelen. 'Hou je effe in, Olsen', zeggen de andere mannen. 'Olsen is een beetje de weg kwijt in zijn hoofd', heeft Hanna gezegd, hij is ziek geweest, want hij doet weinig anders dan stempelen en etiketten aanbrengen en hij is niet eens de baas van de goederenafdeling, terwijl hij de oudste is. De baas is Granlund en Granlund is aardig. Dus zegt Olsen niets meer, hij schuift de egels een eindje haar kant op zodat zij kan stempelen op gebruikte etiketten en goederenpapieren. Olsen waakt over zijn draaistempel als een vorst over zijn zilveren toren. Ze moet goed opletten dat ze alle stempels weer op precies dezelfde plaats in de egel terugzet, anders wordt Olsen kwaad. Maar dat gaat altijd goed. Ze is goed in volgorden.

*

In de locloods staan de kleine rangeerlocomotief en de sneeuw-
ploegen, en ook nog een locomotief voor de lokale trein. Daar
is Knudtzon de baas en daar slapen de machines. 's Zomers is
het er snoeiheet en 's winters is het er warm, dat komt door de
restwarmte van de ketels. Het is een fijne plek; de locs worden
gewassen en gecontroleerd, het ruikt naar smeerolie en metaal,
kolenstof en rubber. De mannen wassen en poetsen de locs, ketels, wielen, drijfassen en leidingen tot ze bijna uit zichzelf gaan
blinken. Ze gebruiken grote dotten poetskatoen, wrijven die
heen en weer, steeds maar rond, op en neer, stevig en lang.

Knudtzon houdt het allemaal in de gaten. Hij is het langst
van iedereen op het station en hij is vaders beste man en de
tweede in rang. Af en toe krijgt Eva een grote dot in haar handen gedrukt en dan mag ze zelf de kunst van het poetsen uit-
proberen. Vooral op de messing platen. Ze poetst en poetst, met
beide handen, ze komt onder de witte pluizen en poetsmiddel en
smeerolie te zitten en lijkt ten slotte zelf wel een dot poetskatoen
op twee benen, zoals Knudtzon zegt, maar hij zegt het altijd op
een vriendelijke, grappige manier en hij lacht erbij, dus ze vindt
het niet erg.

Wanneer ze klaar zijn, wordt al het gebruikte poetskatoen naar
het veld achter de locloods gebracht waar Eva weleens speelt, en
onmiddellijk verbrand. Eva helpt vaak mee met het verzamelen
van het poetskatoen. Ze brengt het naar het veld en gooit de
vieze dotten in het vuur. Ze vlammen een ogenblik fel op, krullen op en zwart en geslonken verdwijnen ze.

*

Een keer is er een vonk op de vacht van haar rechterarm terechtgekomen en op die manier is ze bevriend geraakt met Vonk. Het
is zomer, ze is zeven jaar. Het is warm door de zon en het vuur is
heet, dus ze merkt er niets van. Eerst niet. De anderen evenmin,
ze staan een stukje verderop. Ze heeft zich afgewend van het
vuur om meer poetskatoen te gaan halen, voelt alleen dat het

warm is op haar rechterarm, maar slechts een beetje warmer dan anders, wanneer opeens iemand komt aanrennen, haar schouder beetpakt en iets zwarts om haar heen slaat, ruw en hard, alsof ze door een harde, klapperende vleugel wordt geslagen. Ze gilt het uit. Zo luid als ze altijd gilt. Eerst van schrik, daarna omdat haar bovenarm opeens ontzettend pijn doet.

Het is Vonk, die het vuur uitslaat met zijn jas. Hij loopt rond op het terrein, dat doet hij wel vaker; hij houdt er niet van om op zijn kont te zitten en duimen te draaien, zoals hij zegt, ze maken weleens een praatje met hem, vooral Hanna. Nu dooft hij de brand met zijn uniformjas.

Ze gilt, ze wil zich losrukken en wegrennen omdat ze bang is, omdat ze niet begrijpt wat er gebeurt, omdat het pijn doet, omdat niemand haar mag vastpakken. Ze gilt het uit, zoals ze altijd doet wanneer ze wil dat ze haar loslaten, of het nu rukkers of plukkers zijn, hard en gierend, dat schrikt hen meestal af, dat zorgt er meestal voor dat ze wordt opgesloten. Maar Vonk laat haar niet gaan, integendeel, hij tilt haar op, pakt haar maaiende arm stevig beet, bestudeert hem en wrijft over de plek waar het zeer doet. Ze blijft gillen, terwijl hij zich ervan verzekert dat er geen vuur meer te doven is. Zijn gezicht is vlakbij wanneer hij haar met beide armen vasthoudt, hij heeft rood, ontzettend rood haar, en zijn ogen onder de rode wenkbrauwen zijn lichtblauw en op zijn gezicht zitten rode puntjes. Ze gilt zo hard dat ze bijna geen adem meer krijgt; ze kunnen haar waarschijnlijk horen op het perron, aan de andere kant van het veld.

Nu komen de anderen aangelopen; Hanna, die een eindje verderop stond te praten, holt op haar af. Volwassen, bezorgde stemmen. Wat is er gebeurd?

Hij laat haar los. Ze kan het niet uitleggen. Alle uitleg zit in haar gegil. Ze steekt haar arm naar voren. Hanna probeert haar te kalmeren, troost haar, blaast. Dan is Vonk er weer, nu met een emmer water uit de locloods. Resoluut giet hij die over haar bovenarm leeg. Ze zwijgt van koude schrik.

Dan droogt hij haar voorzichtig af met zijn jas, hij gaat op zijn knieën voor haar zitten en bekijkt de arm nogmaals, nauwkeurig.

'Stil maar,' zegt hij, 'zo erg is het niet.'

Het koude water stilt de pijn. Ze kijkt hem verbaasd aan.

'Stel je voor dat je mooie vachtje was gaan branden', is alles wat hij zegt. Een klein stukje vuurrode huid steekt tussen al het haar af.

'Dat had helemaal verkeerd kunnen aflopen', zegt een van de mannen. Hanna kijkt schuldbewust. Iedereen kijkt naar het station of Arctander er al aan komt rennen. Maar hij heeft kennelijk niets gehoord.

'Poeh', zegt Hanna. 'Kindje toch.' Dan neemt ze Eva op de arm en draagt haar over het veld naar huis.

Di en dah

De volgende dag gaan ze naar de seinkamer om te bedanken. Het is een van de ruimtes waar Eva gewoonlijk niet mag komen, omdat de telegrafisten in alle rust moeten kunnen werken, zegt haar vader, ze mogen nooit, nooit worden gestoord. Bovendien ligt hun kantoor vlak bij de expeditie en daar mag ze ook niet komen. Dus is ze maar een paar keer in de seinkamer geweest, samen met haar vader toen hij om het tijdsignaal vroeg en in een goede bui was. Het is een vertrek zonder ramen, het is er altijd nacht en een beetje plechtig en het ruikt sterk naar pijptabak in het lamplicht. Nu is ze er met Hanna. Vonk heeft dienst, hij begint te stralen als ze in deuropening staan.

Hanna duwt Eva naar voren en fluistert: 'Nu moet je het hem geven.'

Zonder iets te zeggen schuifelt Eva naar de tafel met de apparaten waar hij zit. Ze houdt een vel papier vast.

'Alsjeblieft', fluistert ze en ze maakt een buiging.

Op het papier staat een tekening van wat er de vorige dag is gebeurd.

Vonk bewondert de tekening.

'Wat mooi', zegt hij. 'Dank je wel.'

'Alsjeblieft', fluistert ze weer. Ze schaamt zich nu een beetje omdat ze zo tekeer is gegaan.

'Maar Eva, jíj moet toch bedanken', zegt Hanna ietwat schuldbewust. 'Ik ook, trouwens.'

'Zijn jij en ik dat?' vraagt Vonk alleen maar. Hij lijkt Hanna niet gehoord te hebben en houdt zijn blik op de tekening gericht.

'Ja.'

'En daar brandt het zeker.'

'Ja.'

'Precies zo was het', zegt Vonk. 'Niet gek dat je bang was. Kijk eens wat een vlammen.'

'Nee. Ja.'

'En ik heb precies zulk haar. Vuurrood. En jij hebt ook precies zulk haar.' Hij kijkt haar met blauwe, glinsterende ogen aan.

'Ja.'

'Ik heb niet altijd Vonk geheten. Toen ik een jongen was, weet je hoe ze me toen noemden?'

'Nee?'

'Lucifer, noemden ze me toen.'

Ze kijkt hem een tijdje aan. Zijn ogen glinsteren nog steeds. Dan lacht ze.

'En boos dat ik dan werd! Maar nu trek ik me daar niets meer van aan.'

'Nee, want nu noemen we je Vonk', zegt Eva.

'Precies. En ik werk ook nog met vonken.'

Ze glimlacht, maar dat kan hij niet zien.

'En je dooft ze ook', zegt ze.

'En ik doof ze ook, ja', lacht hij. Hij rommelt in een la, haalt er een punaise uit en wil de tekening op de wand hangen, als hij opeens uitroept: 'St!'

Het apparaat tikt, het wiel met de papierrol erin begint te draaien. Een strook papier kruipt over zijn bureau, over het groene schrijfblad. Eva wijkt naar achteren, naar de deur, maar Vonk glimlacht en wenkt haar terug.

Hij kijkt naar de strook.

'Nee maar,' zegt hij, 'dat is Karolius!'

'Karolius?' vraagt Eva.

'Goede, oude Karolius. Wat is die een tijd weggeweest. Kijk eens …' Hij scheurt de strook af en houdt hem haar voor. Eva ziet alleen maar punten en strepen. 'Karolius schrijft zo mooi. Kijk maar. Je herkent hem meteen aan zijn schrift.'

Eva ziet nog steeds alleen maar punten en strepen.

'Mooi gelijkmatig. Precies de juiste tussenruimte. Dat is belangrijk bij morse. Een goede telegrafist kun je herkennen aan zijn gelijkmatigheid. Dan heeft hij een mooi schrift. En snel dat hij is! Luister maar!'

Het apparaat tikt energiek, een snelle stroom van korte en lange klikjes, die gelijk opgaat met de snelheid waarmee de strook papier verschijnt.

Eva heeft weinig verstand van de telegraaf, maar ze weet wel dat je daarmee kunt praten met iemand die heel ver weg is.

'Wat zegt hij?' vraagt ze.

'Wat hij zegt? Hm. Een heleboel onzin. Hij vraagt of er nog oude olifanten zijn die dienst hebben, of dat we ... eh ... naar de zon kijken.'

Hanna: 'Misschien moeten we eens gaan, Eva.'

'Oude olifanten,' zegt Vonk onverstoorbaar, 'dat zijn de lui die samen op de vakschool hebben gezeten.' Hij buigt zich over de seinsleutel en tikt razendsnel een antwoord. Bij het tikken gebruikt hij de binnenkant van zijn handpalm, niet zijn vingers. Het klinkt verbazend hard, de tafel dreunt ervan.

'Wat heb je geantwoord?' vraagt Eva.

'Haha. Ik heb geschreven', zegt Vonk schalks, 'dat ik twee allerliefste jongedames heb ontmoet.'

'Vonk toch!' giechelt Hanna.

Eva voelt haar wangen branden.

Het apparaat begint opeens uit alle macht te tikken.

'Nu komt er leven in de brouwerij', juicht Vonk enthousiast en hij haalt een hand door zijn kortgeknipte haren. Hij luistert. 'Iedereen wil weten wie die lieve jongedames zijn! Haha!'

Hanna lacht hartelijk. Eva iets onzekerder. Vonk beweegt zijn hand, terwijl hij hen olijk aankijkt.

'Wat schrijf je nu?' vraagt Eva.

'Ik sein nu dat ik dat lekker niet zeg.'

Nieuw getik.

'Karolius schrijft,' zegt Vonk, 'laat eens kijken ... je – schept – weer – eens – op – zoals – a – stop. Zoals altijd. – Het – zijn – vast – twee – oude – taarten – stop.'

Nu lachen ze alle drie.

Vonk werpt zich opnieuw op de seinsleutel en spelt terwijl hij tikt: 'Ze – zijn – heel – erg – lief – stop.'

Onmiddellijk komt het antwoord: 'Waar – zijn – die – twee – oude – serpenten – die – je – hebt – ontmoet – dan – jij – oude ... nee maar, Karolius toch! – vraagteken.' Vonk veert op van zijn stoel. 'Wacht, nu zal ik hem krijgen.' Hij buigt zich voorover, als een cavalerist op zijn paard, lacht schalks terwijl hij seint: 'Ze – staan – hier – naast – me – en – bewonderen – je – mooie – schrift – stop! Haha! Die zit, denk ik.' Vonk lacht triomfantelijk.

Goedkeurende tikjes stromen binnen van iedereen die via de lijn meeluistert. Vonk kakelt tevreden. 'Nu lachen ze', zegt hij en hij leunt achterover in zijn stoel. 'Hoor je wel, Eva?'

'Nee', zegt ze.

'Jawel. Kun je lezen?'

Ze kijkt hem vol verachting aan. Maar dat ziet hij niet.

'Eva kan lezen alsof het niets is', haast Hanna zich te zeggen.

'Zo, juist ja. Hoor je dat geluid, Eva?' vraagt Vonk slechts. 'Di dah di dit?'

Ze luistert naar het apparaat. En waarachtig, ze kan het horen. Hetzelfde ritme. Di dah di dit. En nog een keer. Di dah di dit. Tik tik tik tik.

'Dat is een L', zegt Vonk.

'Een L?'

'Ja, de letter L. Zo klinkt die. En die staat voor lachen.'

'L', zegt Eva. 'Di dah di dit.'

'Goed zo', lacht Vonk. 'Zo gaat het ook met alle andere letters, snap je. Kijk maar.' Hij scheurt een stuk af van de strook. 'Een man uit Amerika heeft dit bedacht. Hij was beeldhouwer en heette Morse. Fantastische uitvinder. Hij bedacht dat je letters uit punten en strepen kunt samenstellen. Zo. Zie je dat het punten en strepen zijn? De punten noem je di en de strepen dah.'

'Di en dah?'

'Eigenlijk zijn het korte en lange stoten', zegt Vonk. 'Wanneer ik de sleutel lang indruk, stuur ik een lange stoot over de lijn die iedereen dan kan horen. Een streep. Dah. Als ik hem maar kort indruk, is het een korte stoot. Een punt. Di.'

Hij doet het haar voor.

'Di dah di dit. L. Zo. Nu heb ik ook gelachen. Je mag eigenlijk niet om je eigen grapjes lachen op de lijn, dat hoort niet.'

Eva kijkt hem nadenkend aan. Di dah di dit. L.

'Hoe is de E?' vraagt ze, ze weet niet zeker of ze het begrepen heeft.

'De E is de gemakkelijkste van allemaal', zegt Vonk ijverig. 'Een punt. Eén klein puntje maar. Di.' Hij tikt even met zijn vinger op de tafel.

'Di?'

'Ja.'

'De V dan?'

'Reuze simpel. Di di di dah. Kort kort kort lang.'

'Punt punt punt streep?'

'Yep. Maar je zegt: di di di dah. Zo onthoud je het beter, want dan hoor je het als het ware.'

'En de A dan?'

'Di dah.'

'Di dah?'

'Klopt, Eva.'

'Di di di di dah di dah', merkt Eva razendsnel op.

'Nee, nee, niet zo snel', lacht Vonk. 'Je moet een pauze tussen de letters maken, anders wordt het een brij en begrijpt niemand meer wat je zegt.'

Eva staat nu vlak bij zijn tafel.

'Luister maar', zegt Vonk. 'Een dah, een streep, duurt even lang als drie punten, di di di. En tussen de letters moet een pauze zitten die even lang is als drie punten.'

'… Of als een streep', zegt Eva ernstig, want nu heeft ze het begrepen.

'Of als een streep, bravo, dat is goed', zegt hij goedkeurend. 'Zo: Di – di di di dah – di dah.' Hij trommelt het ritme met zijn wijsvinger op de tafel.

'Di – di di di dah – di dah?'

'Juist! Juist! Als je het echt goed kunt, klinkt het bijna als een woord. Dan denk je er niet meer over na en hoef je nauwelijks nog naar het papier te kijken. Als het apparaat tikt, hoor ik hen praten. Zoals daarnet met Karolius. Ben jij het, Karolius, denk ik dan. Nu zit hij daar te praten en ik kan hem horen.'

'Waar zit hij dan?' vraagt Eva.

'Aan het einde van de lijn. Op het eindstation. In de hoofdstad.'

'In de hoofdstad', zegt Eva langzaam.

'Daar helemaal, ja. Samen met een hele hoop andere telegrafisten die alle kanten op praten. En ook een paar telegrafistes, trouwens.'

'Ook vrouwen?'

'Jazeker. Best veel nog. Misschien word jij er wel een van', zegt Vonk olijk.

'Kan ik dat dan?'

Hij lacht. 'Als je goed bent en flink oefent.'

Ze kijkt hem dromerig aan. Maar dat ziet hij niet.

'Maar die … Karolius', zegt ze. 'Weet je hoe hij eruitziet? Ik bedoel: ken je hem?'

'Jazeker, hij is een oude olifant, die Karolius, dus dan ken ik hem natuurlijk. Maar een heleboel anderen ken ik alleen van hun schrift. Ik zou hen niet herkennen als ik hen op straat tegenkwam. Ik ken wel hun namen en zo.'

'Di – di di di dah – di dah.'

'Precies. Je weet het nog. Dat is knap', zegt hij.

Volgorden liggen haar.

'Eva kan heel goed onthouden', zegt Hanna trots. Ze staat tevreden toe te kijken.

'Kijk eens', zegt Vonk en hij tilt Eva zomaar op zijn schoot. Ze kan niet eens protesteren, laat zich gewoon door hem optillen. 'Hoe gaat het trouwens met je arm?' Hij kijkt naar het haarloze, rode plekje dat glimt van de zinkzalf.

'Goed', zegt Eva zacht.

'Je hebt een heel gewone huid daaronder', zegt Vonk nadenkend.

'Heel gewoon', mompelt Eva bijna onhoorbaar.

'Zo. Zo. Maar dit is dus de seinsleutel. Als ik erop druk, sluit ik een stroomcircuit en stuur ik een signaal over de lijn. Er hangen telegraafdraden langs het spoor, dat heb je vast wel gezien. Daar gaat de stroom doorheen die ik maak. Bliksemsnel.'

'Bliksemsnel?'

'Ja, want wanneer ik de seinsleutel indruk, hoort Karolius het in de stad op hetzelfde moment.'

'Op hetzelfde moment? Precies op hetzelfde moment?'

'Precies op hetzelfde moment, hoe ver weg hij ook is. Is dat niet gek? Zo. Ben je er klaar voor om een bericht te sturen, Eva?'

'Moet ík dat doen?'

'Natuurlijk.'

Hanna schraapt haar keel. 'Ik weet niet helemaal', zegt ze, 'wat Arctander zal zeggen. We zijn eigenlijk alleen maar gekomen om te bedanken ... en Arctander heeft gezegd dat Eva niet in de seinkamer mag ...'

'Ach, wat een gezeur', zegt Vonk minachtend. 'Arctander is er toch niet bij? Bovendien is hij vroeger ook telegrafist geweest, ja, hij ook, die Secondewijzer. Neem me niet kwalijk, hoor.'

'Mijn vader?' vraagt Eva verbaasd. Vonk kijkt haar aan.

'Ja hoor. Nou, Eva. Ben je er klaar voor? Hij wrijft over de haren op haar hoofd. Ze verstijft. Rustig trekt hij zijn hand terug. 'Zo. Nu zullen we eens zien of we Karolius te pakken kunnen krijgen.'

Hij leunt voorover, seint iets en al gauw sneeuwt het punten en strepen.

'Ja, daar is hij', zegt Vonk tevreden. Hij wrijft met zijn linkerhand over zijn neus en mompelt terwijl hij schrijft: 'Hier – is – het – lieve – meisje – van – wie – ik – je – vertelde – stop. Ze – zit – nu – op – mijn – schoot – stop.'

Karolius antwoordt razendsnel en Vonk leest: 'Wat – ben – jij – aan – het – doen – geluksvogel – vraagteken. Ha. Hij windt zich op. Laat eens kijken. Laat eens kijken. Ja. Wil – je – niet – weten – hoe – ze – heet – vraagteken. Benieuwd wat hij nu gaat antwoorden. Ja: Kom – op – vertel. Ben je er klaar voor, Eva?'

Eva knikt. Dan legt ze haar hand voorzichtig op de sleutel, net zoals Vonk doet, maar hij haalt hem er gedecideerd weer van af.

'Doe het in het begin maar met twee vingers', zegt hij. 'Niet met de hele hand. Dat is gemakkelijker.'

Ze legt haar wijs- en ringvinger op de glanzend zwarte bakelietknop van de seinsleutel. Het apparaat ruikt naar messing en machineolie.

'Nu kun je seinen', zegt Vonk. 'Schrijf je naam maar. Ga je gang.'

Eva drukt voorzichtig.

'Harder!'

Ze drukt hard. De sleutel wipt naar beneden, een verrassend kort stukje maar. Ze laat los.

'Oei', zegt Vonk. 'Dat was een heel lange streep.'

'Het spijt me', zegt Eva.

'Ach, het is gewoon een streep door de rekening. Geeft niets. Toe, doe het nog maar eens.' Eva drukt de sleutel in.

*

Daar zit ze dan. Punt. Punt punt punt streep. Punt streep. Ze stuurt haar naam de wereld in, weg van het station, hij vliegt langs de lijnen, langs glanzende rails en wissels, door bossen en over bergen, langs meren en rivieren; ze ziet haar naam als een zilverglanzende vogel van telegraafpaal naar telegraafpaal snellen, over het vlakke laagland, door steden en dorpen, langs grazende koeien en wachtende treinen, helemaal naar het eindstation waar Karolius hem ontvangt, als tikjes op zijn kleine, witte strook papier, di – di di di dah – di dah, hij scheurt de strook af, kijkt ernaar en fluistert: Eva ...

En langs de hele lijn, op elk station, lezen de telegrafisten mee, ook al kunnen ze haar niet zien, vrouwen en mannen, overal staat haar naam op het papier, en ze zeggen in koor: Eva. Di. Di di di dah. Di dah.

*

Volgorden liggen haar. Ze houdt van volgorden. Volgorden schenken rust. Twee dagen na het bezoek aan Vonk komt Hanna bij haar, na het avondeten, terwijl ze aan tafel over haar kaarten gebogen zit.

'Er is een brief voor jou gekomen', zegt Hanna plechtig.

'Een brief? Voor mij?'

Eva heeft nog nooit een brief gekregen.

'Voor wie anders?' zegt Hanna guitig, terwijl ze een grote bruine envelop vasthoudt, zo een die de Spoorwegen gebruiken. 'Hier staat jouw naam. Eva Arctander, staat er. En een stel punten en strepen. Dus is hij voor jou.'

Met één sprong is Eva van haar stoel bij Hanna en ze grijpt naar de brief.

'Voor mij', zegt ze slechts. Ze kijkt naar de envelop.

· ··· — · —

· — · — · — · — · — · — — · — — · · · · — ·

staat er. 'Dienstpost' staat er verder nog te lezen, op de envelop staat het gevleugelde spoorwegwiel met het kroontje dat Eva op een verschrikte haan vindt lijken. Maar vanavond heeft ze alleen oog voor haar eigen naam, die met een fraai, hoog steilschrift is geschreven. En met morsetekens.

'Die is vast van Vonk, denk je niet, Hanna?'

Hanna glimlacht vergenoegd.

Ja. Dat was een goede avond, Hanna. Een van de weinige. Toen gebeurde er wat nieuws. Andere avonden waren zo stil. Ze leken op elkaar, zoals treinen die aankwamen en vertrokken.

Eva loopt naar vaders secretaire en pakt er de mooie, lange briefopener van ivoor uit. Met een ernstige blik maakt ze de envelop open; ze heeft het vader vaak zien doen, maar zelf heeft ze het nog nooit gedaan.

Haar brief. Er zit een groot vel papier in de envelop, ze trekt hem er met licht trillende vingers uit.

Lieve Eva, begint de brief, in hetzelfde fraaie en duidelijke handschrift:

Lieve Eva,

Je deed eergisteren zo goed je best dat je hier volgens mij wel plezier aan zult beleven.
   Met hoogachtende groet,
   Je vriend
   Vonk

Dat is alles. Nee wacht, helemaal onderaan heeft hij nog wat geschreven:

P.S. *Draai het papier om.* V.

Ze draait het papier om.

A	· —	N	— ·	O	— — — — —
B	— · · ·	O	— — —	I	· — — — —
C	— · — ·	P	· — — ·	2	· · — — —
D	— · ·	Q	— — · —	3	· · · — —
E	·	R	· — ·	4	· · · · —
F	· · — ·	S	· · ·	5	· · · · ·
G	— — ·	T	—	6	— · · · ·
H	· · · ·	U	· · —	7	— — · · ·
I	· ·	V	· · · —	8	— — — · ·
J	· — — —	W	· — —	9	— — — — ·
K	— · —	X	— · · —		
L	· — · ·	Y	— · — —		
M	— —	Z	— — · ·		

Stop (punt):   · — · — · —
Komma: — — · · — —
Vraagteken: · · — — · ·

Het is het hele morsealfabet. Vonk heeft haar een schat gestuurd.

*

Volgorden liggen haar. Ze houdt ervan, ze kan erover nadenken.
Het papier met het morsealfabet legt ze in de la van haar nachtkastje. Wanneer ze naar bed is gegaan en Hanna of vader haar
welterusten heeft gezegd en het licht heeft uitgedaan, sluipt ze
het bed uit om het weer aan te doen.

De leest ze. Eerst de brief aan de ene kant van het papier. Die
leest ze eerst. Vervolgens het morsealfabet aan de andere kant.
Ze herhaalt letter voor letter, met haar vingers op de dekens. De
codes voor de getallen heeft ze meteen in haar hoofd, die zijn
gemakkelijk.

De L en de J zijn moeilijk te onthouden en om de een of andere reden vergeet ze altijd de U.

Letter voor letter herhaalt ze met haar vingers op de dekens.
Dat doet ze elke avond. Na zeven avonden kan ze woorden maken. Wanneer ze de brief heeft opgeborgen en de lamp heeft
uitgedaan, wordt ze in het donker omgeven door punten en strepen. Ze zijn bijna net zo als getallen en noten, ze lichten op in
het donker.

Al gauw heeft ze de brief niet meer nodig. Volgorden liggen
haar. Maar toch haalt ze de brief elke avond weer tevoorschijn,
om die ene kant, de voorkant, te lezen, waarop staat:

Je vriend
Vonk

Ze mag het niet, het is *strengstens verboten*, maar toch gaat ze. Naar de seinkamer. Er zijn tien dagen verstreken. Ze weet dat Vonk dienst heeft, want ze heeft hem vanuit haar uitkijkpost zien aankomen.

Ze sluipt de trap af, kijkt door een kier van de deur naar de gang bij de expeditie; het is verboden terrein. De deur van haar vaders kantoor zit goed dicht. Het is alsof de deurpanelen haar vertellen dat vader hem heeft dichtgedaan.

Dan tript ze snel op haar tenen naar het telegraafkantoor.

Ze doet de deur voorzichtig een klein eindje open. Hij zit aan zijn bureau, met opgestroopte mouwen, de rug naar haar toe en hij seint iets, net als de vorige keer. Hij heeft een band om zijn rechterbovenarm om de mouw op zijn plaats te houden.

Het apparaat tikt.

Dan gebeurt het. Het gebeurt. Het is vreemd, ze had het eigenlijk niet verwacht. Maar ze kan horen wat er wordt gezegd, ze verstaat het, bijna alles tenminste, de ratelende punten en strepen vormen woorden.

Een ogenblik duizelt het haar, ze blijft roerloos staan.

'... volgens schema hiervandaan om 15.10 uur vertrokken', zegt ze hardop.

Vonk schrikt, draait zich bliksemsnel om op zijn stoel. Hij kijkt haar lange tijd aan.

'Donders', zegt hij slechts. Hij haalt zijn hand een paar keer door zijn korte haren. Dan slaat hij zich op zijn dijen en gaat rechtop zitten. Ze kijkt hem weifelend aan, is heel even bang dat ze er verkeerd aan heeft gedaan door hierheen te komen. Maar dan trekt hij een brede glimlach.

'Niet slecht. Helemaal niet slecht.' Opnieuw voelt hij aan zijn haar. 'Zo snel heb je dat dus geleerd?'

'Ja', zegt ze zacht.

'Heb je met je vader geoefend?'

'Nee?' zegt ze verbaasd.

'Niet slecht.'

De telegraaf tikt. Ze luisteren, allebei. Hij kijkt haar vragend

aan: 'AB – ververs – water – controleer – paar... – hm – paard –
en – zend... – paardenzending! – WG 12 – TR 1906 – punt?'

Vonk kijkt haar argwanend aan. 'Fantastisch', zegt hij.

'Klopte het?'

'Of het klopte? Vanzelf, wat dacht je dan?'

'Wat betekent AB?'

'AB betekent Alsjeblieft. En TR betekent trein en WG wagon.
Woorden die we vaak gebruiken korten we af, om tijd en lui
zweet te sparen.'

'Net als de L voor lachen?'

'Ja. Nee maar, je bent me er eentje!' Hij lacht, schudt zijn
hoofd en kijkt haar aan.

'Reizen paarden ook met de trein?'

'Wat? Ja, dat komt voor. Met de 1906, als ze dat zeggen.' Hij
kijkt snel naar de deur die op een kier staat.

'Doe die deur eens dicht, Eva, als je wilt, en kom eens hier.'

Ze doet gehoorzaam wat hij zegt en trekt de deur goed
dicht.

'Reist dat paard in zijn eentje?' vraagt ze als ze naar hem toe
loopt.

'In zijn eentje? Wat? Nee, dat weet ik niet. Maar daar kunnen we achter komen. Kom, ga maar zitten.' Hij wijst naar zijn
knieën. Ze neemt plaats. Dan seint hij: 'Hoeveel – dieren – in
1906 – vraagteken.'

Het antwoord wordt direct teruggetikt: '1 – dier – Kampi-
oenspaard.'

'Nou Eva, nu mag je antwoorden.' Hij kijkt weer snel naar
de deur.

'Echt waar?'

'Ja. Schrijf gewoon wat ik zeg.'

Ze legt haar vinger op de sleutel.

'Ontvangen en bevestigd', zegt Vonk.

'Ont-vangen – en – be-vestigd', seint ze. Ze kijkt hem onzeker
aan.

'Goed gedaan. Ook goed gespeld.'

Eva kijkt hem ietwat geïrriteerd aan. Zo moeilijk is het niet om woorden goed te spellen.

'Ik lees heel veel', zegt ze slechts.

'Zo. Ja, dat zal wel.'

'Ja.'

'Alleen doen niet alle kinderen dat', zegt hij.

Eva haalt haar schouders op, ze weet niet wat andere kinderen doen.

'Wat zal je vader trots zijn.'

'Denk je?'

'Wat dacht je dan? Hij barst nog van trots!'

*

Maar ze zegt niets tegen haar vader. 's Avonds ligt ze in het donker te oefenen, de hand tegen de dekens, ze tikt berichten die ze hoort wanneer ze stiekem beneden bij Vonk op bezoek is.

Zieke passagier met TR 129 heeft hulp nodig bij aank.

4 minuten vertr bij aank.

Eenzaam paard is bang in zijn wagon bij passage van de berg vannacht.

Het donker geeft antwoord. Die berichten hoeft ze niet tegen de dekens te tikken. *Ontvangen en bevestigd. Houdt 189 vast tot 169 hier gepasseerd is.*

Bevestigd.

Ik ben een ander kind dat helemaal alleen is op een station.

Hoe heet je?

*

Haar kamer ligt schuin boven het telegraafkantoor. Overdag kan ze het dreunen van de seinsleutel horen, als ze haar oor tegen de korte wand aan legt, vlak bij de vloer, onder de tafel met het wasstel. Ze krijgt in elk geval fragmenten mee van de berichten die verstuurd worden. Maar ze kan de antwoorden niet horen.

En het is vermoeiend om lange tijd in die houding te liggen. Toch blijft ze urenlang luisteren, bij de plint, onder de tafel ineengedoken, want dan heeft ze tenminste wat om zich mee bezig te houden, dan wordt ze niet zo gauw boos en gaat ze niet zo snel tekeer.

Uit haar hoofd maakt ze een tekening van de telegraaf. Ze tekent de generatoren, de wijzers en de spoelen, de seinsleutel, het wiel met de strook papier en de batterij. Het bord aan de wand. Ten slotte tekent ze Vonk die bij de tafel berichten verstuurt.

Wanneer Vonk dienst heeft, sluipt ze zo vaak ze kan naar de seinkamer. Hij is haar vriend. Hij is altijd weer even blij als ze komt. Ze doet gewoon de deur achter zich dicht, schuifelt naar hem toe en gaat op zijn schoot zitten. Als hij druk bezig is met seinen en ontvangen, gaat ze op het voetenbankje bij de wand zitten en blijft daar rustig luisteren naar de berichten die komen en gaan. Af en toe werpt hij haar van onder zijn rode bos haar een glimlach toe.

Ze gaat ook nog steeds met Hanna naar de goederenafdeling, of via het terrein naar de locloods, of ze speelt met haar op het veld, maar het liefst van alles sluipt ze naar de seinkamer. Hanna staat het haar stilzwijgend toe, ook al is het *strengstens verboten*. Ze moet ervoor zorgen dat ze tijden uitkiest waarop haar vader geen telegrammen verstuurt. Hij is stipt, dus dat kan ze gemakkelijk uitkienen. Over het algemeen is hij daar klaar mee als hij om twaalf uur het tijdsignaal komt opnemen. Voor vieren vertoont hij zich daarna niet meer in de seinkamer.

Eén keer gebeurt het dat ze de langzame, zware stappen van de stationschef door de gang hoort naderen. Maar voor diens hand de deurkruk beroert, is ze al onder de tafel gedoken en heeft ze zich helemaal achter Vonks benen verstopt. Daar zit ze dan, terwijl haar vaders voeten over de tegels naderbij komen. Ze kan zijn glanzend gepoetste schoenen zien, de uniformbroek met de strepen bij de geldkast zien staan, waar de contanten en de kasboeken van het station bewaard worden, ze maakt zich zo klein mogelijk aan Vonks voeten; haar vader ontdekt haar niet. Hij opent de kast met het codeslot, 8-9-18-21, stopt er een map in. Dan zegt hij wat tegen Vonk, over iets wat haast heeft, bestemming en adres. Hij legt een briefje op tafel. Vonk zegt 'jawel' en begint meteen te seinen. Haar vader draait zich om en vertrekt, hij doet de deur goed achter zich dicht.

Vonks schoenen zijn versleten, er zit een gat in de linkerzool, bij de grote teen. Het ruikt sterk naar schoensmeer en telegrafist. Als hij een bericht verstuurt, houdt hij zijn benen gekruist, zijn rechtervoet beweegt langzaam op en neer langs de achterkant van zijn linkerbeen. De tafel dreunt van zijn morsetekens.

Ze kruipt onder de tafel vandaan. Vonk kijkt haar onderzoekend aan. Hij zegt niets.

'Dank je wel', zegt ze schuldbewust.

Hij antwoordt niet, glimlacht zwak en schudt zijn hoofd.

*

De olifant, zo leest ze in de dikke driedelige *Encyclopedie der dieren* van Radelberger, *de* Elephantidae, *is een familiedier. Ze leven in kudden en hebben een hechte onderlinge familie- en vriendschapsband. Wanneer een van de zwakkere dieren, bijv. een jong, wordt aangevallen door een of meerdere roofdieren die het dier uit de beschermende cirkel van de kudde proberen te halen, vormen de andere olifanten een front tegen de aanvaller of aanvallers en doen zij hun uiterste best hun familielid te beschermen, soms stellen volwassen dieren zichzelf aan levensgevaar bloot om een jong te redden. De kudde is als een grote familie, bestaande uit ouders en grootouders, tantes, ooms, neven en nichten, waarbij iedereen grote zorgzaamheid voor elkaar betracht. De perioden waarin de mannetjes solitair leven, worden afgewisseld met maanden van intense familie- en kuddeliefde. De olifant draagt zijn kroost langer dan welk ander landzoogdier dan ook — tot maar liefst 22 maanden — en men heeft gepoogd de zorgzame natuur van de olifant te verklaren vanuit de lengte van de draagtijd en de waarde van het kroost voor de kudde, aangezien de draagtijd zowel de moeder als de kudde gedurende een lange periode veel inspanningen kost. Daarbij komt dan nog de relatief lange tijd die het duurt voordat het kroost volwassen is. Echter, dergelijke reductionistische verklaringen geven geen goed beeld van de zaak; eenieder die dit trotse, krachtige dier heeft bestudeerd, zal zich verbazen over de ontroerende aanhankelijkheid en de bijna menselijke tederheid waarmee het dier leden van zijn familie behandelt en beschermt ...*

Ze leest zoals ze altijd leest, met haar hele gezicht. Ze steekt een koekje in haar mond. Laat haar blik langs de bladzijde glijden. Het smaakt naar suiker en kaneel, de bladzijde ruikt naar stof.

... De Elephantidae *is de enige thans levende soort van de olifantachtigen of slurfdieren, die vroeger in talrijke varianten voorkwamen, maar ook de uitgestorven soorten, zoals de behaarde olifanten, de mastodont en de mammoet, hebben naar men aanneemt in een vergelijkbare, familiaire kuddestructuur geleefd, echter alleen op noordelijker breedtegraden, aangezien men somtijds grote groepen skeletten heeft gevonden, alsof de kudde tot op het laatst bij elkaar is gebleven. Men heeft ook in Siberië en Alaska complete, bevroren kadavers gevonden, waarbij zelfs de karakteristieke, dichte, roodbruine vacht bewaard is gebleven.*

Deze dieren hebben zich waarschijnlijk nauwelijks onderscheiden van de olifanten van tegenwoordig, de Indische en de Afrikaanse olifant, afgezien van een iets hogere skeletbouw, bulten op hoofd en rug, gedraaide slagtanden en beharing over het gehele lichaam, die het dier geschikt maakte voor het leven in een gematigd of arctisch klimaat, terwijl de tropische olifanten vrijwel haarloos zijn, net als de mens. Met hun grote lichaamsoppervlak zouden ze met een vacht de hitte niet hebben overleefd. Slechts op de staart treft men uitgesproken resten aan van een werkelijke vacht, en verder slechts dunne, verspreid voorkomende haren. Hierbij kan worden opgemerkt dat de overeenkomstige haarloosheid bij de mens bij sommige aanhangers van de evolutieleer heeft geleid tot de veronderstel-

ling dat ook onze soort in zijn huidige vorm is ontstaan in warme
streken, waar hij ooit zijn vacht heeft afgeworpen. Maar tegen deze
hypothese kan men aanvoeren dat er in warme streken ook een groot
aantal dieren leeft met een dichte vacht. Of de mammoet de stam-
vader is geweest van de thans levende olifanten of dat zij verwante
soorten zijn met een gezamenlijke stamvader, is op dit moment een
punt van discussie …

Ze zijn op bezoek bij de Birgersons en ze leest in Raderberger om
zich niet te vervelen. Ze zitten aan de koffietafel, dokter Levin
is er ook. De volwassenen praten over koetjes en kalfjes. Vooral
over kalfjes, vindt Eva. De Birgersons hebben een heleboel van
dit soort boeken in de kast staan, over planten en vogels, over
het menselijk lichaam en het ontstaan van de aarde en daar leest
ze in als ze bij hen op bezoek is. Ze mag de boeken ook lenen en
mee naar huis nemen, dat vinden de Birgersons prima. Wanneer
ze daar is, drinkt ze bessensap en eet ze koekjes die mevrouw
Birgerson zelf heeft gebakken. Soms vraagt ze de apotheker of
Elsa Birgerson wat over de inhoud van de boeken; ze geven graag
antwoord.

Ze leest. Ze volgt het gesprek van de volwassenen niet, onder
het lezen trommelt ze met haar vinger op tafel.

Wanneer de oude olifantstier na bloedige gevechten door zijn jongere
rivalen van zijn troon is gestoten, verlaat hij de veiligheid van de
kudde en begeeft hij zich op weg voor een eenzame reis die tot aan
het einde van zijn leven duurt.

Een hele poos heeft ze niets in de gaten. Maar dan merkt ze dat
haar vader naar haar zit te kijken. De wangen naast zijn witte
bakkebaarden zijn roodaangelopen. De volwassenen zijn stilge-
vallen, het gesprek stokt. Ze kijken naar de stationschef, die naar
zijn dochter kijkt.

Hij staart naar haar hand op het witte gehaakte kleed, die
door al dat haar een gouden glans heeft, en nog steeds tikt haar

vinger. Zodra ze zijn blik voelt, staakt ze het trommelen. Ze kijkt schuldbewust op.

Heeft ze geseind? Ze heeft geseind. Maar wat?

'Wel heb ik ooit', zegt haar vader, terwijl hij streng naar haar hand kijkt. 'Wel heb ik ooit.'

Ongelukkig slaat ze haar blik neer.

Wat heeft ze geseind? Ze weet het niet. Zacht zegt ze, om maar iets te zeggen: 'Ik wil telegrafist worden.'

'Zo', zegt haar vader.

'Er zijn veel vrouwen die telegrafist zijn'.

'Zo.'

'Want dat is zo. Dat heeft Vonk gezegd', zegt ze, bijna onhoorbaar. Ze zwijgt, loert omhoog.

'Wel heb ik ooit. Wel heb ik ooit.'

De Birgersons en Levin kijken hen vragend aan. De stationschef vindt dat niet aangenaam. Hij wordt nog roder.

'Wil je soms zeggen dat je morse hebt geleerd, Eva?' vraagt Elsa Birgerson, iets te luid, terwijl ze haar handen ineenslaat.

Eva knikt somber.

'Het is toch niet te geloven,' zegt Elsa Birgerson, 'wat dat kind niet allemaal kan.' Haar man knikt, lacht Eva bemoedigend toe, net als dokter Levin: 'Helemaal niet gek! Vind je ook niet, Gustav?'

'Ja', zegt haar vader. 'Fantastisch.' Hij kijkt Eva aan. 'Fantastisch.' Hij kijkt haar aan en drinkt zijn kop koffie leeg.

*

Ze mag niet meer naar Vonk. Ze is ongehoorzaam geweest. Alle vertrekken in de buurt van de expeditie zijn *strengstens verboten*, en de seinkamer nog wel het *allerstrengstens*. In de kast onder de zoldertrap zit ze te huilen. Ze was er al een hele poos niet meer geweest en nu heeft ze meer dan genoeg gelegenheid om haar zonden te overdenken.

Ze denkt erover na en in stilte seint ze haar gedachten in morse naar de enorme duisternis die haar ogen vult.

Ik ben ongehoorzaam geweest. Ik ben ongehoorzaam geweest. Ik haat.

Punten en strepen lichten voor haar ogen op. In het donker zijn ze groengeel van kleur. Iets in haar tikt bijna net zo hard als een seinsleutel, maar dat is alleen maar haar hart. Ze heeft een hart van zink en messing, daarom is ze natuurlijk zo ongehoorzaam.

Ook Hanna moet het ontgelden, dat kan ze horen, zelfs achter goedgesloten deuren. Het is bijna een opluchting, want meestal is het doodstil als ze hier aan haar lot wordt overgelaten. Maar met Hanna is Arctander voorzichtiger, want Hanna zou weg kunnen gaan en niet meer terug willen komen, dat heeft ze al eerder een paar keer zacht maar beslist laten weten toen ze vond dat hij onredelijk was. Eva gelooft niet dat dat zal gebeuren, want wie moet er dan voor haar zorgen? Dat is precies Hanna's punt: 'Wie krijgt u dan zo gek om voor Eva te zorgen, meneer Arctander?'

Er is vast niemand die voor haar wil zorgen. Daarom hoedt haar vader zich er meestal voor om Hanna voor Eva's ongehoorzaamheid te laten boeten. Maar nu is het kennelijk toch zover, dat hoort Eva wel. En deze keer ... deze keer gebeurt er iets wat anders nooit gebeurt, Hanna spreekt hem tegen, en stevig ook. Eva kan de woorden niet onderscheiden, haar vaders stem klinkt steeds luider, opgewonden, steeds bozer van toon. Hanna zegt wat terug, nog luider. Dan knalt er een deur en wordt het stil.

Naderhand, als ze weer uit de kast mag, maakt haar vader het avondeten klaar en brengt hij haar naar bed. Zijn blik is afwezig, hij zegt niets, en wanneer hij haar kamt, is zijn aandacht er niet bij en doet het flink zeer als hij de lange haren op haar rug borstelt.

Maar hij doet het tenminste. Ze zegt niets. Ze is ongehoorzaam geweest. Ze is blij dat hij het doet.

Hij kamt haar en brengt haar naar bed. Nu is ze gehoorzaam, ze zegt niets, laat niet eens merken dat het zeer doet en, wonder boven wonder, wanneer hij haar in bed heeft gelegd, haalt hij *Het jungleboek* tevoorschijn, zomaar, en leest een hoofdstuk voor. Afwezig, dat wel, maar hij leest voor. Met een vreemde blik glijden zijn ogen langs de bladzijden, ze dwalen steeds af. Dan stopt hij haar in, hij wenst haar welterusten en gaat de kamer uit.

De volgende dag is Eva alleen in huis terwijl haar vader aan het werk is. Hij heeft eten voor haar klaargezet en komt overdag een paar keer naar haar kijken. Om vijf uur kookt hij het eten en om negen uur maakt hij nog een hapje. Hij wast haar, brengt haar naar bed en leest voor. Wenst haar welterusten.

Zo gaan er drie dagen voorbij. Op de derde dag, als hij haar instopt en welterusten zegt, vraagt ze vlug en voorzichtig: 'Waar is Hanna?'

Hij kijkt haar aan. Dan aait hij haar over haar wang.

'Hanna komt morgen terug', zegt hij kortaf. 'Slaap lekker. Welterusten.'

De volgende dag is Hanna inderdaad terug en alles is weer net als altijd, of misschien is alles wel helemaal veranderd. Hanna omhelst haar, duidelijk blij, een beetje zenuwachtig, maar ze rept met geen woord over wat er gebeurd is.

'Wat ben je lang weggebleven', zegt Eva en ze geeft haar een kus.

'Ik moest gewoon een tijdje bij mijn eigen familie zijn', zegt Hanna. 'Dat snap je toch wel?' Eva knikt zonder het te begrijpen.

Er gaan weer een paar dagen voorbij; ze heeft zin om de trap af te sluipen en door de gang langs de expeditie naar de seinkamer te gaan, maar ze durft niet.

In plaats daarvan luistert ze aan de korte wand, bij de plint. 's Nachts ligt ze te seinen, wee van verlangen. Ze bekijkt de wereld vanuit haar raam. De treinen rijden voorbij.

Ze merkt dat de drang om ongehoorzaam te zijn groter wordt.

Maar als er bijna een week voorbij is gegaan, wordt er op een ochtend op haar deur geklopt. Het zijn niet Hanna's korte tikjes, die altijd een halve tel voordat de deur openzwaait klinken, Hanna wacht nooit als ze met de armen vol nieuw beddengoed of iets anders huishoudelijks naar binnen stapt, en evenmin zijn het vaders drie zware bonzen. Het is een lang, energiek getik en het doet haar opveren vanuit haar stoel terwijl ze zit te puzzelen, want ze weet wie het is, ze weet het voordat ze meer dan drie punten en een streep heeft gehoord.

Ze doet de deur open. Daar staat Vonk en hij glimlacht. Zijn uniformpet houdt hij onder zijn arm, zodat ze zijn rode haar kan zien.

Ze doet twee stappen achteruit.

'Hallo', zegt hij.

'Goedendag', zegt ze plechtig. Ze weet niet wat ze verder moet zeggen. Ze blijft staan en houdt haar blik op hem gericht.

'Moet je me niet binnen vragen?' vraagt Vonk.

'Jawel', zegt ze; ze heeft geen idee wat je moet doen als je bezoek krijgt. Het is voor het eerst dat er iemand anders dan de gebruikelijke bezoekers bij haar langskomt.

Hij blijft midden in de kamer staan, kijkt naar de kast waar de planken vol staan met boeken, puzzels, bouwstenen en tekenspullen.

'Je hebt niet zo veel poppen', zegt hij slechts. Hij gooit zijn pet op het bed, schuift een stoel die langs de wand staat bij de tafel en gaat zitten.

Nee. Ze heeft een kleine teddybeer. Maar die krijgt hij niet te zien. Ze blijft besluiteloos staan, denkt na. Eigenlijk heeft ze zin hem haar mooiste spullen te laten zien, een voor een, maar ze vermoedt dat een telegrafist niet zo geïnteresseerd is in puzzels en speeldozen. Opeens bedenkt ze wat en ze laat hem haar schetsboek zien, het grote boek met tekeningen.

Ze gaat op haar eigen stoel zitten, waar ze altijd zit. Ze toont hem de beste versie van het station en het terrein, de grote goederenlocomotief en de rotatorploegen. Hij is onder de indruk van de goederenlocomotief. Hij bestudeert haar uitzicht, in de winter, in de lente, in de zomer en in de herfst. Dan laat ze hem de tekening van de telegraaf zien, met de condensator, de batterij, de wijzer en de seinsleutel. Hij fluit vol ontzag. Ze bladert snel door naar de volgende bladzijde, maar hij houdt haar tegen.

'Ben ik dat?' vraagt hij. Ze kijkt omlaag, geneert zich een beetje. Maar dat kan hij niet zien.

'Het lijkt niet', zegt ze.

'Ik vind het heel goed gedaan. Vooral het haar. En de neus.' Hij lacht. 'Ik heb zo'n stompe neus.'

'Deze is beter', zegt ze en ze bladert terug in het boek naar een tekening van haar vader in profiel.

Vonk kijkt er aandachtig naar.

'Die is heel goed', zegt hij met een kennersblik. 'Maar ik vond die van mij toch beter.'

Ze krijgt het er warm van. Dan kijkt hij nogmaals naar de tekeningen van de locomotieven en van de telegraaf.

'Je tekent heel anders dan andere kinderen', zegt hij. Ze haalt haar schouders op. Ze weet niet hoe andere kinderen tekenen.

Een poosje zitten ze zwijgend bij de tafel. Het is een fijn gevoel bezoek te hebben.

'Dus hier zit je dan', zegt hij terwijl hij uit het raam tuurt.

Ze knikt.

'Je boft maar dat je een raam hebt. Dat heb ik niet, in het telegraafkantoor. Het is er altijd zo donker en benauwd.'

Ze lacht even.

'Hier zit je dus de hele dag', zegt hij peinzend.

'Nee hoor,' zegt ze opgewekt, 'ik ga toch ook met Hanna naar buiten. En ik zit ook wel in de woonkamer en in de keuken. En ik ben ook weleens naar ...'

Ze slikt haar zin in.

Vonk geeft geen antwoord. Hij komt overeind, monstert de kamer, de wanden en vooral de vloer. Nu haalt hij iets uit zijn jaszak, een duimstok, die hij uitvouwt en waarmee hij vervolgens de lengte van de wanden opmeet, als eerste het korte stuk bij de deur.

Ze kijkt hem met grote ogen aan zonder te begrijpen wat hij van plan is.

'210', mompelt hij bij de hoek, 'gedeeld door twee is 105 ...

plus …' Hij meet verder bij de lange wand. ' … 350, gedeeld door twee is 175; 105 plus 175, dat is 280 …' Hij meet vanaf het midden van de lange wand over de vloer naar de tafel: ' … plus 155, dat maakt … even denken …'

'Vierhonderdvijfendertig', zegt Eva. Hij kijkt haar lang aan.

'Dank je', zegt hij.

'Geen dank.'

Met een potloodstompje noteert hij de getallen. Dan gaat hij op zijn knieën zitten en schrijft nog iets op zijn briefje. Hij gaat weer staan, kijkt nog eens om zich heen, knikt en vouwt zijn duimstok op.

'Nu moet ik helaas weer gaan, Eva', zegt hij.

'O …' zegt Eva slechts.

'Maar ik kom gauw terug.'

Ze staat op van haar stoel. Hij staat nu in de deuropening met de duimstok in zijn hand. Hij heeft zijn pet weer opgezet en tikt er met de duimstok tegenaan bij wijze van groet.

'Het beste hierboven, Eva', zegt hij.

'Dank je wel voor je bezoek', zegt ze.

De dagen verstrijken zonder dat hij terugkomt. Maar na die dag groet hij vrolijk naar haar raam, kort en schalks, als hij op het perron verschijnt. Nu weet hij dat ze daar zit. Hij kan haar niet zien. Toch groet hij.

*

Op een ochtend zit ze te tekenen. Opeens hoort ze een vreemd, schurend en krakend geluid. Ze zit bij de tafel. Ze laat het potlood los, kijkt uit het raam, maar het geluid lijkt uit de kamer te komen. Ze kijkt om zich heen, ze begrijpt niet waar het geluid vandaan komt. Het lijkt wel in de muren te zitten. Ze komt overeind, luistert onderzoekend, maar dan is het geluid plotseling opgehouden. Eva blijft een tijdje staan luisteren, maar het geluid komt niet terug.

Ze gaat weer zitten. Pakt het potlood. Ze kijkt naar de tekening, zoekt naar de lijn waarmee ze bezig was toen ze het geluid hoorde. Ze tekent een meer en een maan en een vreemd station waar een ander kind woont. Het station ligt ver weg, zelfs op de tekening, het is slechts een stipje in de verte aan de andere kant van het meer.

Voetstappen achter de deur. Er wordt geklopt. Voor ze antwoord kan geven, gaat de deur open en komen haar vader en Vonk binnen, samen. Eva staat geschrokken weer op. Het potlood rolt over de vloer.

Vonk groet opgewekt, haar vader ziet er wat ontdaan uit. Ze staat bij de stoel en staart hen aan, een beetje bang maar ook verheugd, want dit, dit is een sprookje, dat begrijpt ze nu. Dat wil zeggen: ze begrijpt niet wat ze begrijpt, maar ze begrijpt dat dit iets is wat nooit gebeurt, wat niet kan gebeuren.

Vonk heeft een grote gereedschapskist bij zich. Hij zet hem met een zware bons op de vloer neer. En dan gaan ze de meubels verplaatsen. Ze schuiven de kast van de lange wand vandaan en zetten de wastafel opzij.

Vonk haalt een grote boor uit de kist, vouwt een duimstok uit, meet langs de plint, zet de boor met de punt op de vloer en begint te draaien. Nu herkent ze het geluid. Ze kijkt naar vader. Hij kijkt naar het boren.

'Daar!' zegt Vonk. 'Dacht ik het niet? In één keer goed!' Hij buigt zijn hoofd helemaal naar het gat toe, blaast zaagsel en snippers weg. 'Ach chef, wilt u zo vriendelijk zijn me de kabel aan te geven?' zegt hij. Gehoorzaam haalt haar vader een grote spoel uit de kist.

'Ik hoop maar dat u weet wat u doet', bromt de stationschef goedmoedig.

'Wees gerust, chef.' Hij trekt een kabel van de spoel en steekt die voorzichtig in het gat dat hij heeft geboord, en daarna laat hij er een flink stuk van in de vloer verdwijnen. Dan begint hij hem met kleine krammetjes aan de wand vast te maken, vervolgens trekt hij de kabel over de vloer door naar haar tafel, wil hem ook met krammetjes op de vloer vastmaken en kijkt een ogenblik weifelend op naar zijn superieur, die goedkeurend knikt. Ten slotte draait hij de kabel om de tafelpoot en leidt hem omhoog naar het blad, waar hij hem met een tang afknipt. Dan duikt hij opnieuw in de gereedschapskist en haalt er twee zware, bruine kartonnen dozen uit, zo groot als schoenendozen, beseft Eva onwillekeurig. Uit een van de dozen komt een seinsleutel, bijna net zo een als waarmee ze in het telegraafkantoor heeft geseind, alleen iets kleiner, en vervolgens een grote batterij en een ontvanger.

Zonder zich ergens om te bekommeren schroeft Vonk de sleutel en de ontvanger op het tafelblad vast, aan de korte rechterkant. De batterij monteert hij onder het blad. Het is een beetje een ingewikkeld karweitje, hij mompelt en blaast wat terwijl hij ermee bezig is. Voorzichtig kijkt ze naar haar vader. Die kijkt naar het werk.

Dan splitst Vonk het einde van de kabel in tweeën, hij schroeft de polen van het apparaat los en koppelt die ten slotte aan de kabel die nu door de hele kamer loopt en in de diepte verdwijnt.

'Zo', zegt hij. 'Nu moet het klaar zijn!'

Hij glimlacht naar Eva.

'Ik hoop maar dat u weet wat u doet', zegt haar vader. Dan kijkt hij haar aan: 'Je mag alleen seinen als Vonk dienst heeft. Is dat begrepen? En je mag hem ook niet te veel storen.'

'Is die voor mij?' fluistert ze.

'Wanneer je leert voor telegrafist', zegt Vonk, 'krijg je een oefentelegraaf. Die kun je op je kamer zetten en daar kun je dan mee seinen naar andere leerling-telegrafisten. Deze gaat naar de seinkamer beneden. Ik heb ook met zo een geoefend, en je vader vast ook. Klopt dat, chef?'

'Met net zo een', zegt haar vader. 'Melvig en ik – ja, Melvig, zo heet Vonk eigenlijk – we hebben erover gepraat en we hebben bedacht dat als je morse zo leuk vindt, je dan wel zo'n apparaat mag hebben. Het apparaat is eigenlijk van de Spoorwegen, maar je mag hem lenen zolang je wilt.' Hij kucht. 'Het idee kwam eigenlijk vooral van Vonk.'

'Nou,' zegt Vonk, 'het was eigenlijk je vader die op het idee kwam dat hij een exemplaar kon rekwireren.'

'Hoe dan ook,' zegt vader, 'je kunt nu oefenen zonder iemand te storen.'

Zonder door iemand in de expeditie te worden gezien.

'Nou. Ben je blij?'

'Ja', fluistert Eva overweldigd.

'Wil je niet proberen hoe het werkt?'

'Ja', fluistert ze.

Vader wil op Eva's lage kinderstoel gaan zitten, maar dat lukt hem niet en uiteindelijk gaat hij maar op zijn hurken achter de tafel zitten.

'Staat er stroom op, Melvig?'

'Als het goed is wel.'

'Gaat u dan maar naar beneden en maak verbinding, dan kunt u antwoorden.'

'In orde.' Vonk knipoogt naar Eva en verdwijnt.

Vader kijkt haar ernstig aan.

'Ja … Hanna heeft het er ook met mij over gehad,' zegt hij, 'dat je hier te veel in je eentje zit.' Hij zucht. Ze zegt niets. 'Je weet hoe de mensen zijn, Eva', zegt hij. 'Het is niet zo eenvoudig.'

'Nee', knikt ze slechts.

'Dus dan kun je hier wat gezelschap aan hebben.'

Ze knikt opnieuw.

'Denk erom dat je Vonk bedankt', zegt hij. 'En Hanna. Ja, en mevrouw Birgerson ook, niet te vergeten, haar hadden ze nota bene ook nog weten te strikken. Ach ja, Eva, ik ben misschien af en toe wat te … nou ja.'

'Papa', zegt ze.

'Ja?'

'Bedankt.' Ze slaat haar armen om zijn hals. Dat komt maar zelden voor, dit is een huis met goedgesloten deuren.

Van zijn stuk gebracht streelt hij haar over haar hoofd.

'Goed', zegt hij. 'Goed, goed. Laten we eens kijken of we jouw station tot leven kunnen wekken.' Hij maakt zich voorzichtig uit haar omhelzing los, leunt naar voren en seint acht strepen.

Onmiddellijk klinken er acht strepen terug. Bliksemsnel seint haar vader, terwijl hij flauwtjes glimlacht: 'Bent – u – daar – Melvig –?'

Het antwoord van Vonk gaat in Eva's uitroep verloren: 'Vader! Wat kunt u het goed!'

Hij kijkt haar aan, glimlacht triomfantelijk: 'Ja, natuurlijk kan ik het goed. Ik was de snelste van mijn jaar. Ik hoorde het ook goed, geen bericht ontsnapte aan mijn aandacht. Dat heb je vast van mij.'

Nu lacht ze.

'Hoe had ik anders kunnen horen dat je seinde dat je vader een olifant was, daar bij de Birgersons?'

Ze kijkt hem aan. Haar wangen gaan branden van schaamte. Maar dat kan hij niet zien.

'Neem me niet kwalijk', zeg ze.

'Nee hoor,' zegt haar vader, 'in mijn jaar noemden we elkaar ook olifanten. Goed, sein maar wat.'

Ze legt haar vingers op de sleutel.

'Dag – Vonk – bedankt', seint ze.

'Wel heb ik ooit', zegt haar vader goedkeurend. 'Goed hoor.'

'Alles – in – orde – Eva – . Je – vriend – Vonk – .'

*

De treinen bepalen de dag. Ze stromen het station binnen met hun zware, puffende geluid. Wanneer Vonk langsloopt, groet hij mijn raam. Hij beantwoordt mijn berichten en hij tikt tegen zijn pet als hij me ziet. Ik hou van hem want hij is mijn vriend. Af en toe sluip ik toch stiekem naar beneden om te luisteren naar al die inkomende en uitgaande berichten. Soms, als hij dienst heeft, stuurt hij ze naar me door, zodat ik kan volgen wat er daar beneden gebeurt.

Nu moet je opletten, Eva, in de 128 zit een echte neger. De 153 heeft een zieke passagier. De 1545 vervoert een carrousel.

Wat was dat toch met dat stationnetje van mij? Dat hele gedoe? Moest het soms iemands geweten sussen? Als ze me maar niet in de expeditie konden zien? Ze hadden toegangsgeld moeten vragen, vader, Vonk en Hanna. Ze hadden een bedrijf moeten oprichten, dan hadden ze rijk kunnen worden. Mensen hadden in de rij gestaan. Vast en zeker.

Sommige dingen

Sommige dingen zijn niet voor haar, ze kent ze slechts uit beschrijvingen. Hanna's beschrijvingen. Zoals het kerstboomfeest. Of verjaardagsfeesten. Bij haar thuis vieren ze geen verjaardagen, niet die van haar vader en niet die van haar. Haar vader heeft dat besloten. Ze krijgt weliswaar een cadeau, altijd iets wat ze had willen hebben, maar er wordt niet voor haar gezongen, er komt 's ochtends geen delegatie aan haar bed met taart, kaarsjes of bloemen. Ze draagt zwarte kleren. De bloemen zijn alleen voor moeders graf, waar ze 's middags naartoe gaan, alleen haar vader en zij. Het is altijd koud. Woordeloos staan ze met gebogen hoofden aan het graf, haar vader zegt nooit wat. Zijn gezicht is uitdrukkingsloos. Ze leggen samen de bloemen in de sneeuw voor de steen. Daarna gaan ze weer naar huis. 's Avonds krijgt ze haar cadeau.

Zo werkt een beoordelingszaak

Zo werkt een beoordelingszaak. Een beoordelingszaak werkt op zo'n manier dat iemand, bijvoorbeeld je vader, ergens lange tijd goed over nadenkt en dan tot de conclusie komt dat het niet door kan gaan. Bijvoorbeeld of je naar school mag of niet. Ze is het niet altijd eens met zijn conclusies, maar in dit geval denkt ze dat ze het misschien toch helemaal met hem eens is. Het speelt overigens geen enkele rol of ze het met hem eens is of niet, want het kan toch nooit doorgaan, en dat is maar goed ook. Dat heeft haar vader aan haar uitgelegd.

Maar de afgelopen tijd is het voorgekomen dat hij zaken opnieuw gaat beoordelen, zoals toen met het kerstboomfeest en nu weer met die seinsleutel. Dat is heel interessant, omdat het betekent dat besluiten kunnen veranderen. Het is een bijna griezelige gedachte. Zo'n besluit moet vaststaan en je krijgt straf als je je ertegen verzet. Het blijkt ook wel dat de werkelijkheid zijn eigen vorm van straf kent als een zaak opnieuw wordt beoordeeld, net als met het kerstboomfeest. Voor dat besluit over die seinsleutel zal ze ook ongetwijfeld moeten boeten, het is alleen nu nog niet gebeurd. Het gebeurt meestal als het iets betreft waar ze zich op verheugt. Daarom is ze niet alleen maar blij maar ook bezorgd als dokter Levin, degene die de brief aan het schoolbestuur heeft geschreven, op een dag onaangekondigd op het terrein verschijnt, zo maar midden overdag, als Hanna en zij hun dagelijkse wandeling maken. Daar heeft hij toch echt niets te maken en ze groeten hem verbaasd. Een poosje praten ze over het weer, dat het zulk lekker zomerweer is. Maar als ze daarover uitgepraat raken, wordt zij naar de locloods gestuurd om te poetsen. De dokter en Hanna gaan in de zon zitten; hij steekt een sigaret op.

De mannen groeten haar en werpen haar een dot poetskatoen toe; de rangeerlocomotief is aan de beurt. Langzaam schuift ze al poetsend naar de buffers aan de voorkant van de loc. Daar kunnen ze haar niet zien en vervolgens sluipt ze naar buiten. Ineengedoken als een lynx luistert ze naar het gesprek om de hoek. Ze hoort alleen het einde.

' ... vind je ook niet, Hanna?'

'Ja. Het zou goed voor haar zijn om met andere kinderen om te gaan. Ik weet me soms geen raad meer met haar. Ze wordt groot. Ze verveelt zich.'

Ze maakt zich zo klein als ze kan.

'Bovendien krijg ik problemen met het schoolbestuur, maar dat is niet het ergste, dat kan altijd wel geregeld worden. Het woord van de dokter is wet, nietwaar.'

Hanna lacht zachtjes. 'Dat is natuurlijk wel prettig.'

'Tja. Maar Eva moet op dezelfde manier als andere kinderen dingen leren. En samen met andere kinderen. Ik maak me zorgen.'

'Ja', zegt Hanna.

'We moeten ons gezamenlijk inzetten, Hanna', zegt de dokter, maar dan hoort Eva in de loods voetstappen klinken op de stenen vloer, een van de mannen komt naar buiten, en ze haast zich weer de duisternis van de loods in.

'Ben jij het?' vraagt de man tegen wie ze opbotst.

'Ja,' zegt ze, 'ik moest even naar buiten toe.' Het bloed stijgt naar haar wangen. Maar dat kan hij niet zien, het is waarschijnlijk te donker. Ze maakt zich zorgen over waartoe dit allemaal kan leiden met betrekking tot vaders beoordelingszaak. Ze verheugt zich er vreselijk op.

Zo werken andere kinderen

Zo werken andere kinderen. Ze ruiken. Je zou bijna niet geloven hoe erg ze ruiken. En iedereen heeft weer een eigen, aparte lucht, die heel anders is dan die van de anderen en van je eigen geur. Ze heeft het eerder opgemerkt, wanneer ze zich bij wijze van uitzondering in de buurt van die merkwaardige wezens bevond, sommigen ruiken bitter als salie, anderen juist zuur als azijn. Sommige meisjes ruiken naar kleffe vruchtensnoepjes. Jongens ruiken naar aarde. Een heel palet van verschillende grondsoorten. Een klaslokaal vol kinderen is een mengeling van geuren die zo sterk is dat die hun tot spleetjes versmalde, stekende blikken bijna overtreft. De geur is een muur die haar in de deuropening treft. Het klaslokaal is een vaartuig, een galei, waarover ze gelezen heeft in *Ben Hur*, en ze voelt zich op een heel andere manier opgesloten dan ze gewend is. Ze verlangt onmiddellijk terug naar haar eigen vertrouwde, eenzame afzondering. Dit vaartuig is al een jaar onderweg, de roeiers hebben elkaar leren kennen, twee aan twee bij een tafeltje, ze kijken haar afwachtend met toegeknepen ogen aan. Sommigen grinniken. Juffrouw Hadeland heeft ter verwelkoming een paar onhandige woorden gesproken, ze ruikt naar krijt en knäckebröd. Dan zijn haar vader en Hanna vertrokken en wordt zij naar haar plaats gestuurd; 'een eigen tafeltje, alleen voor jou, Eva.' Daar staat het, helemaal apart, en ze begrijpt dat ze de riemen in haar eentje moet bedienen.

Achter de vertrouwde ruggen van haar vader en Hanna wordt de deur van het klaslokaal goed dichtgedaan, en daar zit ze dan.

Zo werken andere kinderen. Hanna heeft veel moeite gedaan om haar goed aan te kleden, ze heeft haar een beige jurk met lange mouwen en een hoge kraag aangetrokken. Haar hoofdhaar heeft ze met speldjes vastgemaakt en ze heeft een kleine alpinopet op haar hoofd gezet, het haar van haar gezicht is gekamd en geborsteld zodat het netjes langs haar wangen valt, maar niets van dat alles maakt indruk. Eva heeft de afgelopen drie nachten nauwelijks geslapen, ze was bang maar hoopvol, of blij maar angstig, ze weet niet goed wat overheerst.

Maar al in de eerste minuut van het speelkwartier is haar uitmonstering bedorven, en Eva is bijna opgelucht dat het precies zo gaat als ze had gevreesd, vader had gelijk, de dokter en de andere volwassenen hadden het bij het verkeerde eind. Voor ze zich terugtrekken, zorgen ze er altijd voor dat ze haar duwen of aan haar trekken, niet hard, een beetje maar, maar genoeg om haar te laten vallen. Zo doen ze nu eenmaal en ze weet dat ze dat zal moeten aanvaarden.

Zo werkt onderwijs

Zo werkt onderwijs. Onderwijs werkt bijvoorbeeld zo dat je het tweede uur tekenen hebt van juffrouw Hadeland. Je haalt je kleurpotloden tevoorschijn en verheugt je een klein beetje omdat je iets gaat doen waar je goed in bent. Je zou wellicht juffrouw Hadeland kunnen tekenen of iets anders opvallends in het lokaal, de globe bijvoorbeeld. Maar nee. Juffrouw Hadeland wil dat je een poes tekent, ook al zijn er hier helemaal geen poezen (hoewel de anderen zachtjes lachen), tenminste niet een poes die je op het veld ziet kronkelen, of in de tuin ziet liggen, een zacht, soepel en golvend dier dat zich tot een bal kan oprollen of in een oogwenk kan veranderen in een grote, woeste vacht met klauwen en tanden, nee. Juffrouw Hadeland heeft voorschriften voor het tekenen van een poes, een voorgeschreven poes als het ware, dus corrigeert ze vriendelijk maar beslist de voorzichtige, lange halen waarmee je je herinnering aan een poes vorm probeert te geven, vriendelijk maar gedecideerd pakt ze het potlood uit je hand en doet de voorgeschreven poes voor, en die gaat als volgt en moet met dikke, duidelijke, steeds dezelfde lijnen worden getekend: een cirkel. Daarop een streep. Daarop een kleinere cirkel. Een paar driehoekjes, oor oor neus mond, drie plus drie snorharen, dan weer terug naar de grote cirkel, vier kleine ovalen toevoegen, poot poot poot poot, ten slotte een lange staart. Poes.

Ze krijgt het niet voor elkaar. Ze probeert het opnieuw, maar het wil niet lukken. Het blijven cirkels en strepen, geen poes. Het blijkt ook dat juffrouw Hadeland, die kennelijk een begaafde tekenares en handwerkjuffrouw is, een heleboel voorgeschreven voorwerpen en wezens op haar repertoire heeft; treinen bijvoorbeeld; een hele serie rondjes en rechthoeken achter en boven elkaar die het hele vel vullen. Ook dat krijgt ze niet voor elkaar. En in dat eerste uur tekenen weet ze al dat ze een hekel aan tekenen zal krijgen. Een jongen heeft een mooie, voorgeschreven poes getekend, die met punaises aan de wand wordt gehangen en waaronder de veelzeggende naam POES EVA staat; hij is getekend door een jongen die naar aarde ruikt, rottende aarde, Arvid; hij heeft blond, viezig haar en wratten op zijn handen. Ze verafschuwt hem. Als ze thuiskomt, tekent ze een hond en zet er HOND ARF onder.

'En,' zegt haar vader als hij thuiskomt om warm te eten, 'hoe was je eerste schooldag, Eva?'

Ze aarzelt.

'Je had je er zo op verheugd. En eindelijk mocht het.'

'Het was leuk', zegt ze. 'Leuk.'

3

Uit mijn dagboek 1

Beroemde personen met baard of haar (veel)

1. Esau
2. Simson
3. Absalom
4. De vrouwelijke farao Hatsjepsoet
5. ? nog meer?? …
6. Harald Schoonhaar (ook wel bekend als H. Luva)

Op deze lijst ga ik beroemde personen met een baard of veel haar noteren. Het moeten wel mensen zijn bij wie de baard of het haar een essentiële rol speelt. Zoals bij Simson. Zomaar iemand, zoals Jezus, heeft geen zin. Ik ga de namen in willekeurige volgorde noteren.

Ik ben trouwens erg blij dat ik een vrouwelijke farao heb gevonden. Ik wist niet dat die bestonden. Ze staat nummer vier op de lijst. Eigenlijk heeft Swammerdamm haar voor me gevonden in een van zijn boeken. Ik had alleen maar van figuren als Ramses en Amenhotep gehoord. En van Cleopatra natuurlijk, maar zij had geen baard. Zij was de mooiste vrouw van de wereld. Het is overigens ook niet zeker dat Hatsjepsoet een baard had. Misschien had ze die wel aan haar gezicht geplakt om farao en heerseres over de wereld te kunnen worden. Toch geloof ik dat ze van zichzelf een baard had en over de wereld heerste.

…

Ach ja, *quod scripsi, scripsi.* Wat ik geschreven heb, blijft geschreven. *Quod dixi, dixi,* wat ik gezegd heb, blijft gezegd, maar daarover kan altijd twijfel bestaan als er geen snelle, beëdigde stenograaf voorhanden is, goedgekeurd door de notaris, of opmerkzame, geloofwaardige getuigen, bij voorkeur twee of meer, met een goed, geoefend geheugen voor het gesproken woord. Mijn geheugen is goed, volgorden liggen me, maar ongetwijfeld kan mijn geheugen ook mij weleens een poets bakken. Vreemd trouwens, ook al ben je op het mondelinge, of liever gezegd retorische vlak een uiterst welbespraakt en spitsvondig persoon, je hebt toch de neiging je eigen welbespraaktheid op te smukken en te overdrijven wanneer je gesprekken weergeeft waaraan je zelf hebt deelgenomen, of uitspraken aanhaalt die je zelf hebt gedaan. Je maakt het verslag hoe dan ook mooier, je kent jezelf de beste punten toe en je vergroot het belang van je eigen bijdrage aan de situatie die je probeert weer te geven. Dat is onvermijdelijk, hoe streng je ook voor jezelf probeert te zijn, of zelfs een oordeel over jezelf probeert te vellen: je schept toch op als een atleet uit Rhodos, als een sportvisser, als een circusdirecteur, een jongeman met weinig ervaring, kortom: als een ezel. Je probeert te verfraaien, maar het klinkt nergens naar. Bovendien vereist de schriftelijke weergave een samenvatting, een concentratie en een extract van gesprekken en uitspraken; elke verspreking en elke irrelevantie, elke kreun en elk ander onwillekeurig lichaamsgeluid kun je met de pen niet goed weergeven; het schrift is een vreemde taal die zich volgens heel andere regels gedraagt dan gesproken taal. Toch vinden we het schrift betrouwbaar, we vinden het, net zoals die Romeinse gouverneur-generaal in Galilea, definitief en onherroepbaar. *Quod scripsi.* Arme Pilatus, heb ik vaak gedacht. Hij werd met een volstrekt onmogelijke juridische situatie geconfronteerd. Ik vermoed dat hij, als een waarachtige Romeinse ambtenaar, niet in de eerste plaats een krijgsheer was, maar een afgestudeerde advocaat en retoricus. Hij was eraan gewend dat de dingen een zekere orde bezaten. Daar stond hij dan in de hitte, in een rechtszaak die een aanfluiting was, waarin niet alleen een opgefokte menigte met messiaanse verwachtingen voortdurend schreeuwde, zich misdroeg en zich ermee bemoeide, maar waarin God zelf door de uitspraken van de aangeklaagde het overleg dreigde te verstoren. Ook andere, meer prozaïsche factoren dan de messiaanse nabijheid, kunnen aan de civielrechtelijke ineenstorting hebben bijgedragen. Insecten. Buikloop en ongemak. Een slecht moreel onder de soldaten. Het verhoor, of het gesprek, als je het zo zou kunnen noemen, werd een absurde vertoning. Er ligt een fijne ironie verscholen in zijn uitspraak 'wat ik geschreven heb, blijft geschreven', als commentaar op een gesprek of een overleg dat zo vreemd en onmogelijk was geworden dat het volk dat zich op de samenvatting beriep ermee kon doen wat het wilde. De uitspraak refereert moedeloos aan het totale gebrek aan normale verslaglegging en deugdelijke identiteitspapieren. Wat had die arme drommel anders moeten doen? De aangeklaagde had voorzover bekend daarentegen niets geschreven, behalve één enkele keer, en toen in het zand, meteen door de wind weggevaagd. Wat is niet bekend. Hij die nooit iets anders deed dan praten, almaar praten. En al zijn referenten en ooggetuigen, die zo druk bezig waren om tot overeenstemming te komen over wat de aangeklaagde had gezegd. Een gipsafdruk van het stuk zand met de geschreven tekst, onmiddellijk vervaardigd door een technisch rechercheur, zou met het oog op een eventuele heropening van het proces een juridisch bewijsstuk zijn geweest waar men niet omheen had gekund.

Dus, om kort te gaan: wat je voor jezelf hebt opgeschreven, zonder dat het de bedoeling was dat iemand het onder ogen zou krijgen, wat je hebt geschreven omdat je hart er vol van was, zoals dat zo mooi heet, wat zich als een lijf vol lucht naar de oppervlakte heeft geworsteld en zichtbaar werd, dat staat vast; geef maar toe dat je de woorden geschreven hebt. Maar je zou willen dat er een wind was die ze wegvaagde. Als ik dus mijn twaalf-, weldra dertienjarige verhaal zwart op wit in het dagboek zie staan, niet af, maar met de eerste tekenen van een ontluikende persoonlijkheid, dan moet ik het toegeven: dit heb ik geschreven. Dit heb ik gedacht. Dit was ik. Ik, meer mezelf dan later, toen ik een zogeheten persoonlijkheid kreeg. Dát is nou juist zo pijnlijk.

Een verklaring van mijn situatie

Het mag duidelijk zijn dat ik veel tijd met mezelf heb doorgebracht. Ik ging dan wel naar school, maar eerlijk gezegd was ik daar ook meestal in mijn eentje. *Si vis amari, ama*, als je bemind wilt worden, bemin zelf, zegt een oud spreekwoord, maar ik ben tot de slotsom gekomen dat die woorden vooral een troost zijn om ervoor te zorgen dat mensen zich fatsoenlijk gedragen, want ze helpen niet. Ik was bovendien veel liever alleen dan in het gezelschap van andere kinderen. Op dat ogenblik was mijn droom dat er ook voor mij plaats was tussen mijn leeftijdgenootjes, allang vervlogen; ik koesterde geen kinderachtige illusies meer over vriendschap of kameraadschap. Daar verlangde ik ook niet meer naar. Integendeel, ik wenste iedereen naar Verweggistan. Alle landen met 'stan' op het eind liggen in Azië, dus dat is een heel eind weg. Daar konden ze een kolonie stichten, met mooie, witte gebouwen, waar ze hun vriendschappen en hun intriges konden koesteren en over zichzelf en elkaar konden roddelen. Daar kon het geluk vanuit de hemel op hen neerdalen, als goddelijke gewaden die zich over hen uitspreidden. Vriendschap en intrige zijn twee kleffe zijden van dezelfde ongrijpbare medaille. Ik kon me het bestaan in een wereld die als het ware chemisch van kinderen was gezuiverd, heel goed voorstellen.

Ook hun conversatie vond ik niet erg diepzinnig; hun uitspraken waren niet bovenmatig boeiend of informatief, maar dat kan aan overdreven veel lezen van mijn kant te wijten zijn. Ze hadden het er voornamelijk over wat de een had gezegd en de ander had geantwoord, of wat ze in een tijdschrift hadden gelezen, in de bioscoop hadden gezien of op de radio hadden gehoord. De kinderen bij wie thuis zo'n kristalontvanger stond, hadden het voortdurend over het kinderuurtje, wie wat had gezegd of wie wat had gezongen. Dankzij mijn gesprekken met Vonk wist ik een heleboel van de radiofoon, en ik had vader vaak aan het hoofd gezeurd dat ik ook een radio wilde. Mijn vader bezat de goede, nuttige eigenschap dat hij kocht waar ik om vroeg. Hij kocht stilte, hoewel in dit geval dus het tegenovergestelde, namelijk een radio. Die deed denken aan de telegraaf, je kon er vreemde stemmen mee in je oor krijgen, ook al kon je geen antwoord geven. Ik luisterde er vaak naar, het liefst naar blijspelen en concerten. Vaak luisterden vader en ik samen, met ieder onze eigen koptelefoon. Het kinderuurtje interesseerde hem niet, en mij ook niet; hij vroeg een paar keer of ik het niet wilde horen, maar hij drong gelukkig niet aan. Ik was blij dat ik er niet naar hoefde te luisteren, enkel en alleen om mee te kunnen praten met mensen met wie ik helemaal geen betere relatie wilde ontwikkelen, een wens die gelukkig wederzijds was.

Mijn omgeving bestond uit volwassenen. Volwassenen waren tenminste voorspelbaar. De Birgersons en de dokter waren vriendelijk voor me, ze leenden me boeken, maar bijster interessant gezelschap vond ik hen niet meer. Daarvoor maakten ze te veel en te lang ruzie met elkaar, over grote en kleine politieke gebeurtenissen. Mevrouw Birgerson had de afgelopen jaren sympathie opgevat voor de communisten en ze stond in vuur en vlam voor het nieuwe Rusland. Daar had ze uitgebreid over gelezen, al had ze het gelezene niet goed overdacht. Het was in strijd met de meest fundamentele apothekersinstincten van haar echtgenoot. Hij nam er krachtig afstand van en had een volstrekt tegenovergesteld standpunt; het leek wel een soort automatisme. Dokter Levin was pragmatischer ingesteld, hij belandde tussen wal en schip toen hij de moeilijke weg van de diplomatie probeerde te bewandelen. Wanneer dergelijke situaties aan de orde kwamen, duurden de zondagse bezoekjes aan de apotheker en zijn vrouw nog langer dan gewoonlijk; mijn vader droeg omwille van het fatsoen af en toe met een ha en een ja bij aan het gesprek, half met zijn hoofd bij andere zaken, terwijl Hanna – als ze geen reden had kunnen verzinnen om niet mee te hoeven – met een glazige blik uit het raam staarde, wanneer de ideologische standpuntenoorlog over de salontafel heen en weer golfde. Daar kwam nog bij dat niemand van hen eigenlijk erg goed geïnformeerd was, ze kenden alleen enkele uit hun verband gerukte feiten, maar ze baseerden hun argumenten voornamelijk op sentiment en gevoel, zaken waar ik een heleboel van wist, ook al was ik nog zo jong. Dus zat ik met mijn neus in een boek ver bij hen vandaan, of ik deed een spelletje met Hanna, als ze zich geen raad meer leek te weten. Dan voelde ik me verplicht om met haar te spelen, zodat ze zich niet zou vervelen. Aan hun vriendelijkheid schortte het niet, we hadden met vrijwel niemand buiten het stationspersoneel om contact, dus de afwisseling was voldoende drijfveer om deze bezoekjes af te leggen, hoewel niemand zich er buitensporig op verheugde. Het was tenminste weer eens wat ánders.

Twee keer per jaar kwam ik samen met Hanna bij dokter Levin opdraven om me te laten onderzoeken. Op zijn kantoor, maar na kantoortijd. Dat was – zo had ik begrepen – onderdeel van de afspraak die bij mijn geboorte tussen de dokter en mijn vader enerzijds en de Wetenschap anderzijds was gemaakt. Dokter Levin zou me elk half jaar onderzoeken, naar mijn algehele toestand en mijn algemene gezondheidssituatie kijken, en hij zou op aanwijzing van professor Strøm in de gaten houden hoe mijn vacht zich ontwikkelde. Hij moest de lengte van het haar meten, controleren of er veranderingen optraden in de pigmentatie van het haar en naar follikels met ingegroeide haren kijken. Om het jaar verscheen professor Strøm in hoogsteigen persoon uit de hoofdstad om me in ogenschouw te nemen; een vreemde, merkwaardige man. Die afspraak zou blijven bestaan tot ik groot genoeg was om aan een groot, wetenschappelijk forum te worden getoond, een gebeurtenis waar de professor duidelijk naar uitkeek. Voorzover ik had begrepen, had hij mij al de eerste keer dat hij mij zag het liefst in zijn koffer gestopt en meegenomen. Ik was toen nog maar amper een half jaar oud; mijn vader en de dokter hadden zijn enthousiasme getemperd. De huidige regeling was een compromis, en hield in dat geen enkele andere medicus bij mij in de buurt mocht komen; in ruil daarvoor betaalde de professor alle doktersconsulten, ook die van Hanna en vader.

De professor stelde zich nooit voor, hij begroette me nooit fatsoenlijk, keek me niet recht aan, maar begon onmiddellijk met zijn onderzoek. Op een keer, ik was nog tamelijk klein, heb ik hem in zijn hand gebeten toen hij de fijne haartjes op mijn tong wilde bekijken. Iedereen was er erg verbolgen over, vooral mijn vader, maar de professor leek voornamelijk verbaasd. Hij keek naar zijn hand. Daarna aaide hij me verstrooid, waarna hij zijn onderzoek vervolgde. Toen ik ouder werd, ging ik gewoon gapen of neuriën om aan te geven dat hij een te groot deel van de dag van me afpakte. Van de vermaningen van mijn vader dat ik belééfd tegen de professor moest zijn, trok ik me niet veel aan, hij deed immers ook niet beleefd tegen mij. Evenmin merkte hij mijn brutaliteit op. Ik deed althans geen enkele moeite om deel te nemen aan die gedwongen pogingen om hem 's avonds te amuseren, wanneer het onderzoek voor die keer weer ten einde was.

Maar dokter Levin was aardig. 'Nou zijn we weer met zijn tweetjes, kleintje', zei hij opgewekt als ik daar in zijn kantoor stond. Hij grapte dat ik wel het best onderzochte kind van het land moest zijn, en dat hij zijn stethoscoop niet hoefde te verwarmen voordat hij me beluisterde. Hij woog en mat me, gebruikte zijn hamertje, keek in mijn ogen en keel. Hij gaf me complimentjes omdat ik sinds de vorige keer flink was gegroeid, hij zei altijd dat ik een beetje mager was en nam mijn bloeddruk en bloedbezinking op. Alles in optima forma, zoals gewoonlijk, zei hij slechts. Hij zuchtte ietwat gelaten en noteerde zijn vondsten (of het gebrek daaraan) in een blauw schrift dat hij voor dat doel bij zich had. Ik vond het ook helemaal geen probleem om naakt voor dokter Levin te staan, niet alleen omdat hij onze huisarts was en hij me op de wereld had geholpen, maar ook omdat hij voldoende fijngevoeligheid bezat om te beseffen dat ik naakt was wanneer ik mijn kleren uithad, ook al had ik een vacht. De professor snapte dat niet, maar Levin wel, dat merkte je aan zijn blik en handen, die snel en kalm tegelijk werkten. Als alles voorbij was, gaf Levin me meestal een chocolaatje, 'maar niet aan je vader vertellen'. Daarna stuurde hij me weg. Als ik me in de deuropening omdraaide, zag ik hem altijd verzonken in medische dossiers, hij keek nooit op, hij leek een beetje bezorgd. Er waren een heleboel mensen die écht ziek waren, en nu had hij een heel uur besteed aan een meisje dat volgens zijn eigen woorden op een haartje na zo gezond was als een vis.

Op die eindeloze zondagse bijeenkomsten had hij regelmatig boeken voor me bij zich; hij wist dat ik daar nooit genoeg van kreeg. Ik denk dat hij ook wel wist dat juffrouw Hadeland een kreng was.

Een vríénd kon je hem echter niet noemen, hij was meer een bondgenoot of een hoeder, iemand die een oogje in het zeil hield. Soms vroeg ik me af of dat kwam doordat mijn moeder bij mijn geboorte onder zijn handen was gestorven. Ik heb het hem nooit gevraagd.

En dan Swammerdamm, de cantor. Twee keer per week ging ik na schooltijd naar zijn huis. Hoewel mijn vader allang een piano voor me had gekocht, zodat ik naast het huisorgel een echt instrument had om op te spelen, was besloten dat het bezoekje me goed zou doen. Mogelijk deed het mijn vader en Hanna ook goed dat ik even weg was. Het stationsgebouw was gehorig, en ook in de wachtruimte was het hoorbaar als ik het instrument bespeelde. Dat baarde mijn vader zorgen. Altijd die zorgen, om de kleinste dingen. Alsof de reizigers geen baat zouden hebben bij een beetje muziek.

Swammerdamm was van oordeel dat de hele mensheid baat zou hebben bij een beetje muziek, ja, dat de hele wereld er heel wat beter aan toe zou zijn als er wat meer evenwicht zou zijn in de vorm van harmonieën. Volgens mij dacht hij dat onderdrukking, hongersnood, revoluties en alle dweperij vanzelf als sneeuw voor de zon zouden verdwijnen bij het horen van Mozart. Misschien had hij gelijk, maar dan hadden er meer onruststokers van het type Swammerdamm moeten zijn. Swammerdamm was een simpele ziel die dacht dat hij gecompliceerd was, enkel en alleen omdat zijn ziel enkele nogal gecompliceerde zaken beheerste.

Die dingen bracht hij mij in zijn lesuren bij, en ik leerde alles van stemgebruik en arpeggio's tot vingeroefeningen en scala's, harmonieleer en eenvoudige contrapuntiek. Telkens als ik weer een belangrijke stap voorwaarts maakte, glom zijn gezicht van harmonieus geluk, weet ik nog. Niet alleen omdat ik best een flinke leerlinge was, maar omdat hij het op een argeloze manier heerlijk vond om te laten zien wat hij kon en dat door te geven. Een muzikale wereldverbeteraar. Ik beschikte over een mooie, zuivere mezzosopraan, niet zo iel als meisjesstemmen in die jaren dikwijls zijn, en over een goed gehoor. Ik denk dat ik mede daardoor cijfers en volgorden goed kon onthouden, daar hield ik eigenlijk meer van dan van muziek, wat Swammerdamm in feite nooit helemaal heeft begrepen. Hij nam trouwens logischerwijs aan dat ik, omdat ik daarvoor toch een zeker talent scheen te hebben, tegelijkertijd ook inwendig diep ontroerd moest kunnen zijn, een verwachting die ik op den duur nogal vermoeiend vond. Hij ondernam continu pogingen om me in zijn koor te krijgen, dat eeuwige, vermaledijde kerkkoor waarvoor hij zich dag en nacht inzette, alsof het 'hebben' van een koor van levensbelang was; een koor dat hij kon dirigeren voor de muzikaal geïnteresseerde en ontroerde dames en heren; ik kon me geen minder emotionele gedachte voorstellen. Niet alleen omdat je van het luisteren eczeem in je oren kreeg, niet alleen omdat mijn vader er nooit en te nimmer toestemming voor zou hebben gegeven, doodsbang als hij was dat er ook maar de geringste kans bestond dat de mensen me konden zien, maar domweg omdat ik het me niet voor kon stellen. Dat zou betekenen dat ik mezelf prijsgaf; mijn eigen plezier in de regelmatige, aan regels onderhevige klankwereld van de muziek, was van mij, en alleen van mij. Het spreekt voor zich dat ik nooit mijn mond opendeed als we op school met elkaar moesten zingen; ik liet de anderen naar hartelust brommen en piepen. Ik denk dat ze dachten dat ik helemaal geen stem had, en dat vond ik uitstekend. Ik had de absolute overtuiging dat het genot en plezier van iemand een privé-aangelegenheid is; het contrapunt is een wiskundig genotmiddel, omgezet in klank, ik genoot er bij voorkeur in mijn eentje van, zittend aan het instrument of boven bladmuziek, waar dankzij het schrift alles duidelijk werd, maar niet als je anderen om je heen had. Mijn lessen van Swammerdamm betekenden voor mij vooral dat ik het onderwijs kreeg dat ik nodig had, dus nam ik zijn enthousiasme op de koop toe. Swammerdamm was vriendelijk en voorkomend, echt waar, maar ik kon het niet uitstaan als hij emotioneel werd, en dat kwam om de haverklap voor. Een aantal keren, *o sancta simplicitas*, nam hij de vrijheid om met mij over mijn moeder te praten, over hoe hij zich haar herinnerde, haar wezen en uiterlijk, voorvallen uit haar tijd in dat ellendige koor van hem. De eerste keer luisterde ik zonder commentaar te geven. De tweede keer begon ik de muziek bij elkaar te pakken zodra hij het thema aanroerde. Ik was al bijna de deur uit voordat hij het snapte. *Sibi quisque proximus*, ieder is zichzelf het naast, dat geldt niet alleen voor dagelijkse behoeften of persoonlijk genot en vreugde, dat geldt tevens voor de compleet onbegrijpelijke drang van sommige mensen om het eigen terrein van anderen te betreden, terwijl ze daar absoluut niets te maken hebben. Maar Swammerdamm begreep tenminste een hint van mijn kant. Hij keek me alleen een beetje teleurgesteld, welhaast verbaasd aan, met zijn grote, glanzende, gevoelige cantorogen, waarna hij het onderwerp voor altijd liet rusten.

Amicus verus rara avis. Een ware vriend is een witte raaf.

Nu zie ik haar, het meisje dat ik was, geïrriteerd weglopen uit Swammerdamms les.

Eva. Ik zie haar voor de badkamerspiegel staan terwijl ze de lastigste haren rond haar mond een voor een met een pincet verwijdert. Ik zie dat ze de haren op haar bovenarm probeert weg te scheren, om te kijken of dat lukt. Daar ziet niemand het. Een dag later is de huid al grauw en na drie dagen zit haar arm vol stijve, gevoelige stoppels. Ze durft het nooit in haar gezicht te proberen.

Ik zie haar bij het raam naar een leeg perron staan kijken.

Ik zie haar 's avonds samen met Vonk verstrooid de morsetelegraaf bedienen, achter een goedgesloten deur, of ik zie haar stiekem naar het kinderuurtje op de radio zitten luisteren.

Uit mijn dagboek 2

ABSALOM; of ABSALON. Absalom was een koningszoon en stond bekend om zijn prachtige haar. Zijn vader was koning DAVID, die rijken stichtte en treurde om degenen die hij had vermoord. Absaloms broer, Salomo, volgde David op als koning. Hij beschikte over een groot vermogen om recht te spreken en schreef de delen van de Bijbel die door het schoolwezen niet zijn goedgekeurd.

...

Ik heb die delen een keer in een opstel gebruikt, ik was toen al wat ouder, en ik moest voor straf nablijven. Wanneer juristen echt hun gang gaan, zoals hier, in de poëzie, kunnen ze de vreselijkste dingen veroorzaken.

Absaloms haar was naar verluidt lang en rood (N.B.: Moeder!!). Over haar in zijn gezicht is niets bekend, maar dat kan er wel geweest zijn, aangezien het allemaal erg lang was, zoals het verhaal gaat. Zijn lot was dat hij bleef hangen in een terebint, dat is een boom, terwijl hij op de vlucht was voor Joab. Het gebeurde toen hij op een paard zat, hij kwam met zijn haren vast te zitten. Dat moet verschrikkelijk veel pijn hebben gedaan. Daar werd hij door zijn vijand vermoord. Absalom was een slecht mens, hij was in opstand gekomen tegen zijn vader, de koning, maar hij had prachtig haar. Dat was zo mooi dat het volk alleen al om die reden van hem hield. David rouwde om hem toen hij dood was, ook al wist hij dat Absalom slecht was. Of in elk geval een rotte appel, zoals Hanna gezegd zou hebben. Het verdriet van de vader is zo groot dat ik bijna begin te huilen. Hij doet me aan Arima denken.

...

Ach ja, dat schreef ik. Ik schreef over de ontrouwe Absalom, die als een vos door het bos werd gejaagd, en ik liet mijn gedachten gaan over de pijn waaraan hij bij die jachtpartij werd blootgesteld. Op deze bladzijden staat geen woord over de jachtpartijen waaraan ikzelf regelmatig werd blootgesteld. Blijkbaar was ik daaraan zo gewend geraakt dat ik ze de moeite van het opschrijven niet waard vond. *Usus est tyrannus.*

Een jachtpartij

Op een winterdag hadden ze zich met mij geamuseerd. *Si vis pacem, para bellum*, aldus een oud gezegde, wat betekent dat wanneer je rust wilt hebben, je je op oorlog moet voorbereiden. Dat zou betekenen dat ik als een goede Romein mijn verdedigingsstrategieën klaar had moeten hebben, en me domweg had moeten voorbereiden om mijn plaaggeesten op het schoolplein of op weg naar huis te pakken te nemen, welhaast profylactisch, dus als voorbehoedsmiddel. Maar in de eerste plaats was ik nog maar een jaar of elf, twaalf, en wist ik niets van de Romeinen of hun talloze fijne parabels en spreekwoorden af, en in de tweede plaats was ik getalsmatig de mindere. Beter gezegd: ik beschikte niet over legioenen, en de Galliërs waren talloos als – nou ja, als Galliërs, of als maisstengelboorders in een gierstveld, dus dan begrijp je het wel. In het kort hield mijn strategie die dag, net als alle andere dagen, in dat ik me op het moment dat de schoolbel voor de laatste keer luidde, onzichtbaar maakte, klaar zat met mijn rugzak, wist waar mijn mantel en laarzen waren, en me sneller en efficiënter voortbewoog dan de anderen, zodat ik als een snelle schaduw, bijna als de schaduw van een vis die over de zonverlichte zeebodem schiet, de school uit en het schoolplein af kon glijden, daarbij continu het principe hanterend van de rechte lijn als kortste afstand tussen twee punten, om vervolgens mijn weg naar huis af te wisselen. Ik nam nooit dezelfde weg, elke dag een andere, bij voorkeur door sloten of langs huismuren, achter struiken en sneeuwhopen of door achtertuinen en over verlaten terreinen. Ik had een stuk of vijf, zes hoofdroutes naar het station uitgewerkt, die van keer tot keer konden variëren of te combineren waren; ze hielden ook veilige trajecten in. Tot de toegangspoort was de kust veilig, vanwege de wakende onderwijzersogen in het kraaiennest. Als ik een traject langs de Storgate kon nemen, waar de apotheek aan lag, was ik veilig, want daar kon ik altijd naar binnen glippen. Zo was het ook redelijk veilig in de Elvegate waar dokter Levin zijn kantoor had, maar hij was er niet altijd. Vaak slaagde ik erin de hele weg naar huis vliegensvlug af te leggen zonder dat mijn achtervolgers lucht van me kregen, terwijl het andere keren leek alsof ze een zesde zintuig hadden en me op precies de juiste plek, op het juiste kruispunt stonden op te wachten. Dikwijls had ik het gevoel dat ze de vos eerst de nodige voorsprong gaven en als een goedgemanierd Brits jachtgezelschap voor vertrek uitgebreid de tijd namen voor een kopje thee en een komkommersandwich om de jacht op die manier de hele middag te kunnen laten duren, ter verhoging van de amusementswaarde en om voldoende gespreksstof te hebben tot de volgende jacht.

Vulpes pilum mutat, non mores, de vos verliest wel zijn haren, maar niet zijn streken, terwijl bij mij het omgekeerde het geval was, ik verloor voortdurend mijn streken maar niet mijn haren, en toch hadden ze me door en kregen ze me te pakken; zo ging het ook die middag, de zon scheen uitbundig en er viel poedersneeuw, het was zo koud dat er fijne, glinsterende vorstkristallen in het zonlicht zweefden, en ik had mijn vluchtroute met zorg gekozen, en toch, toen ik op het erf van transportondernemer Gundersen op het punt stond door de poort weg te glippen, de Elvegate in, stonden ze plotsklaps onder de poort; ik draaide me spoorslags om en zette het op een lopen, maar dat was uiteraard zinloos, en het laatste wat ik zag, vlak voordat ik met mijn gezicht op de grond in de sneeuw lag, waren de fijne, zwevende kristallen in de koude, heldere lucht, en toen werd alles donker, de handen kwamen, de sneeuw kwam, mijn ogen, gezicht, nek en bovenlichaam, ja, alles deed pijn door de ijskoude sneeuw en woorden; stoïcijns dacht ik: daar gaan we weer, ik gaf me over aan mijn lot en deed mijn oren dicht voor alles wat ze zeiden; terwijl ze hun gang gingen gaf mijn rugzak me lichte hoop dat die met al mijn boeken en schriften niet helemaal vol sneeuw kwam te zitten; ik kreeg sneeuw tot onder op mijn rug en voelde hoe ze onder mijn jas, trui en blouse aan mijn vacht zaten te plukken en te trekken, terwijl ik probeerde te denken aan priemgetallen, die fascinerende, merkwaardige cijfervrienden die alleen door één en zichzelf deelbaar zijn, en dan is de uitkomst dus één, en die niet met een bepaalde formule te berekenen zijn of een bepaald patroon volgen; ze zijn volslagen nutteloos, hebben geen doel en zijn nergens voor te gebruiken, en de afstand tussen de getallen wordt steeds groter naarmate de hoeveelheid overige, gewone alledaagse getallen toeneemt; je vindt ze alleen maar door er lang genoeg naar te kijken, ze telkens weer te delen en uit te testen, tot je ten slotte ontdekt dat het getal dat je hebt gevonden ondeelbaar is, glinsterend en gedegen als een stuk platina; wat doe je niet allemaal om maar niet in tranen uit te barsten; ze trokken aan mijn hoofdhaar, iemand had een knie onder in mijn rug geduwd, en mijn mooie rode muts lag allang in een hoop sneeuw, ik wachtte er in feite slechts op dat ze me zouden omdraaien en de jachtpartij van die dag zouden afsluiten met de definitieve vernedering, en toen hoorde ik opeens, door alles heen: 'Stop! Laat haar met rust!'

Vox et praetera nihil – een stem, meer niet. Een edele, vergulde en warme stem, dat hoorde ik meteen, daar in de koude, blauwe duisternis van de sneeuw, een stem als vloeibaar goud, hoewel hij nu in een sterke, strenge vorm was gegoten, als een zwaard; een stem, meer niet, en ik weet niet waarom, maar er ging een golf van geluk door me heen zodra ik die stem hoorde, de harde, donkere handen lieten me ogenblikkelijk los, en het volgende moment hoorde ik winterschoenen door de poedersneeuw wegrennen.

Een hand in een traditioneel gebreide want hielp me overeind. Ik bleef even met mijn ogen staan knipperen terwijl ik sneeuw uit mijn gezicht en hals veegde; in het tegenlicht zag ik zijn gestalte slechts als een blauwe schaduw, terwijl de hele wereld vreemde, blinkende groene stipjes in de duisternis had, maar toen kwam zijn gezicht dichterbij en zag ik dat het Arvid was, die bij me in de klas zat. Eigenlijk vond ik hem helemaal niet aardig, maar op dit moment wel. Zelf had hij ook vaak meegedaan als ze achter me aan zaten. Als ik er goed over nadacht, besefte ik dat het al een hele tijd geleden was dat ik hem bij het jachtgezelschap had gezien. Hij keek me onderzoekend aan met rustige, blauwe ogen, ernstig, indringend, maar niet op die gebruikelijke, gulzige manier waarop de ogen van alle mensen me altijd te pakken probeerden te krijgen. Niet op die honende manier waarop mijn klasgenoten altijd naar me keken. Toen klopte hij de sneeuw van mijn jas met dezelfde hand als waarmee hij me overeind had geholpen.

'Ze gaan te ver, vind ik', zei hij slechts.

Ik zei niets, zocht alleen in de sneeuw naar mijn muts. Maar die hield hij al vast. Hij reikte me die aan, maar ik pakte hem niet aan. Ik knikte slechts, zonder een woord te zeggen, terwijl ik probeerde met mijn handen mijn haar in orde te brengen.

'Je bent zomaar verdwenen.' Hij glimlachte zwak.

Ik knikte, zwijgend. Hij keek me bezorgd aan.

'Je bent doorweekt. En het is ijskoud. Ik loop met je mee naar huis.'

Ik schudde het hoofd.

'Nee, dat is echt niet nodig.'

'Maar je moet helemaal naar het station. En je huilt.'

'Ik huil niet.'

'Nee, het is zeker alleen maar sneeuw', zei hij. 'Maar het is vandaag wel min vijftien. Kom, laten we snel verder lopen.'

Zonder er nog een woord aan vuil te maken greep hij mijn rugzak, pakte me bij mijn arm en begon met me mee te lopen, hij trok me bijna met zich mee. Toen voelde ik het voor het eerst echt, die vreemde mengeling van weerzin en aantrekking, van angst en lust, van tegenzin en vreugde, dat gevoel dat je kan overvallen wanneer iemand je onverwacht vastpakt, bijna tot in je ingewanden, en je aan je arm wegdraagt. Arvid was geen potige kerel, hij was licht en gracieus, maar hij had rechte, mooie schouders, en de arm die me vasthield was stevig en vastberaden.

Bij de voordeur liet hij me los. Keek me een ogenblik aan.

'Ga maar snel naar binnen,' zei hij, 'zodat je geen longontsteking oploopt.'

Ik knikte, draaide me om. Volgens mij vergat ik zelfs om dank je wel te zeggen. Ik had mijn hand al op de klink, toen hij achter me zei: 'Ik vind je mooi.'

Ik draaide me niet om, liep kalm naar binnen en deed de deur goed achter me dicht.

Mijn zelfstandigheid

Naarmate de tijd verstreek en ik groter werd, ontwikkelde ik wat ik zou willen noemen een soort zelfstandigheid ten opzichte van een aantal zaken, bijvoorbeeld wanneer ik mezelf een boel ellende op de hals haalde. Ik kwam er langzaam maar zeker achter dat ik op zijn minst het recht had om de onderlinge verhouding tussen alle kwade fenomenen te bepalen, dus de dosering ervan, tussen de schoolgang en het dagelijkse getreiter enerzijds en gespijbel en straf anderzijds. Dit beschouwde ik als míjn prerogatief, en van niemand anders, aangezien ík uiteindelijk degene was die alles maar moest ondergaan. Op dat punt was ik onvermurwbaar en was ik er niet van af te brengen, ook al werden Hanna en mijn vader er wanhopig van en kregen mijn onderwijzeressen zulke woede-uitbarstingen dat hun gezichten rood aanliepen.

Kortom, ik was op bepaalde – of onbepaalde – momenten gewoon verdwenen. Zo zeiden ze dat, zoals Arvid het had gezegd: Eva is zomaar verdwenen.

Dat kon ik heel goed, onzichtbaar zijn, of laten we zeggen: bijna onzichtbaar. Die gave kwam me nu goed van pas. Ik kon heel simpel tijdens een pauze beslissen onzichtbaar te worden, en hocus pocus, dan was ik dat. Opeens was ik heel ergens anders, achter een schuurtje, om de hoek, in de beschutting van een struik. Dan was ik al bezig te verdwijnen. Of ik vroeg om toestemming voor een noodzakelijke boodschap, het liefst aan het eind van de les, en op de gang was ik al bezig onzichtbaar te worden. Mijn rugzak en mijn spullen liet ik altijd achter. Dat soort onzichtbaarheidstrainingen hadden de meeste zin als er het volgende lesuur een andere onderwijzer kwam die niet meteen wantrouwig zou worden. Het duurde soms een hele tijd voordat ze de truc in de gaten hadden, en dan was ik al helemaal onzichtbaar en verdwenen. Het was zo nu en dan ongelooflijk hoe ze zichzelf in de luren lieten leggen. Is Eva weg? Ik kan het hen horen zeggen. Ja, Eva is weg, verdwenen.

Of ik werd al onzichtbaar voordat ik de school binnenkwam, werd op straat al transparant als stromend water en stroomde een andere kant op, weg van de school, de heuvel af in de richting van de rivier, ik druppelde en sijpelde langs de meest onwaarschijnlijke omwegen, en was foetsie weg. Het hielp ook niet dat Hanna me naar school bracht, want het onzichtbaarheidsproces begon soms al op het schoolplein of nadat we allemaal op een armlengte afstand van elkaar in de rij stonden. Opeens was de keten onderbroken op de plek waar Eva had moeten staan, en weg was ik. Het hielp uiteraard dat niemand graag vrijwillig een hand op mijn schouder legde.

Verdwenen. Dit verdwijnen ging vooral naar één bepaalde plek. De plek in het bos, met de grote steen waar ik op kon klimmen, hoog en onneembaar als een burcht boven op een rots. Plat aan de bovenkant met een kleine uitholling. De allereerste keer dat ik serieus verdween, ik was toen zo'n tien, elf jaar, ging ik daarheen. Ik herinner me niet helemaal hoe ik die weg heb ontdekt, mijn voeten leidden me erheen toen ik de bebouwing achter me had gelaten, een flink eind langs de rivier, de akkers in via een pad waarlangs bosjes en struiken stonden, goed verscholen, weer omhoog, waar slechts af en toe een blik vanuit een van de keuterboerderijtjes me kon bereiken. Mijn hart klopte in mijn keel van onzichtbare woede en zelfstandigheidsgevoel. Toen waren daar opeens de eerste, hoge dennen, rood en rank, langs het pad begon de heide te groeien, en er verschenen bomen. Steeds verder het bos in, het heuveltje op, tot het pad nog maar een spoor van dennennaalden door het rijshout was. Vervolgens door het dichte, jonge sparrenbos, weg van het pad, over een beek, en dáár waren het bosmeertje en de grote, hoge steen. Die was hier door een reus naartoe gebracht vanuit het ijs dat ooit het land had bedekt. Ik heb hem helemaal zelf gevonden. Zonder aarzelen klom ik erop, de steen was een paar meter hoog. Ik had nog nooit eerder geklommen, maar het ging prima. Helemaal bovenop was een zachte, vlakke, behoorlijk grote uitholling waar ik beschut kon zitten en waar niemand me zag; ik was verdwénen.

Boven op de steen lag een land, dat ontdekte ik al de eerste keer. Hier lag Lhase, het echte land, waar ik als klein meisje met de kaarten had gespeeld. Hier lag het, in de holte boven op de steen, met bergen, vlakten en beekjes, met wegen, boerderijen en steden. Ook al die figuren van vroeger waren er, mijn mensen, van het spel kaarten uit de lade van de salontafel. De hoge heren en de jonkvrouwen, de prinsen en prinsessen, de soldaten en de generaals, de boeren, Arima, lieve Arima. Ik zag hen dadelijk toen ik boven was en het land voor het eerst had ontdekt. Ik ging languit liggen, met mijn wang op de door de zon verwarmde steen en toen kon ik hen zien, terwijl ze door hun Lhase trokken en met hun eigen beslommeringen bezig waren. Hierboven waren ze, hierboven was ik, verdwenen, beschut, onzichtbaar en niemand.

Het vinden van de steen was een grote opluchting en ik ging er altijd heen, ongeacht het weer, zelfs in de winter zat ik daar soms urenlang te bibberen; liever dát dan op school zitten. Ik paste heel goed op dat deze schuilplek nooit en te nimmer ontdekt zou worden, en ik kan vol trots zeggen dat me dat gelukt is. Gaandeweg vond ik verschillende routes ernaartoe, enkele waren buitengewoon ingewikkeld, en als ik ook maar éven dacht dat iemand me gezien had, ondanks mijn onzichtbaarheid, of vermoedde dat er mensen in het bos waren, dan maakte ik altijd een omweg, ook al viel me dat erg zwaar, dan ging ik niet naar de steen maar liep hem voorbij, ik klom niet naar boven maar verdween op een andere manier. Ik bleef dan urenlang lopen tot ik moe werd en naar huis ging.

Thuis wachtte me van alles: ik kreeg straf, moest scheldpartijen aanhoren, kreeg vermaningen en werd opgesloten, maar zoals gezegd, ik vond het mijn zonneklare recht om de kwade geesten in mijn eigen leven te dispenseren, en woog de zwaarte van de bestraffingen af tegen wat ik naar mijn gevoel aan andere dingen nodig had, en dat gold dus in de eerste plaats het verdwenen zijn.

Wanneer ik een paar keer vlak na elkaar van het toneel was verdwenen, nam de bewaking toe, zowel onderweg naar school als van de kant van de onderwijzers; de straf werd ook zwaarder. Ik schikte me met het grootst mogelijke stilzwijgen, welhaast gelukkig te midden van mijn pijn, omdat ik wist dat ik dít tenminste zelf had kunnen kiezen.

Tegelijkertijd moest ik niet overdrijven, ik besefte dat ik mijn afwezigheid nu geruime tijd moest stopzetten, wekenlang misschien, tot alles weer bij het oude was en de dingen enigszins op afstand waren gekomen, tot mijn vader niet meer achter me aan ging omdat hij zich zorgen maakte en ik niet meer zo intensief in de gaten werd gehouden. Dan verdween ik weer, plotseling op een dag was ik er niet meer en niemand wist waar ik me bevond.

Soms nam ik ook iets mee om te lezen als ik naar de steen ging, als het weer goed genoeg was om met een boek buiten te zitten. Dat kreeg ik voor elkaar door een rugzakje met boeken in een houtschuurtje onder aan de rivier te verstoppen.

Zo nam mijn zelfstandigheid toe.

Uit mijn dagboek 3

Of Harald Schoonhaar ook op mijn lijst thuishoort, weet ik niet zeker. Hij was echter de enige Noor die ik tot nu toe heb gevonden. Natuurlijk hadden de andere Vikingkoningen ook baarden en haar, maar hij was de enige die met behulp van zijn haar Noorwegen tot één rijk samenbracht. In die jaren noemden ze hem Luva, omdat zijn haar zo dik en vormeloos werd. Ze zeggen dat het rood was (N.B.: Alweer!!). Hij zat onder de luizen, en dat moet verschrikkelijk gejeukt hebben. Als het kriebelt in je haar, raak je vreselijk geïrriteerd. Vermoedelijk kon je dan beter vechten, dus won hij de meeste slagen. Later, toen hij van Noorwegen één rijk had gemaakt, werd zijn haar weer netjes geknipt, en daardoor kreeg hij de naam SCHOON*haar.* HARALD *maakte* GYDA *het hof; zij wilde hem pas hebben als hij Noorwegen bijeen had gebracht, ook al was hij nog zo knap met dat rode haar en een koningszoon en zo. Toen zwoer hij zijn haar niet te laten knippen. Toen zijn missie ten slotte volbracht was en hij de Koning van Heel Noorwegen was en hij zijn haar had geknipt, liet hij haar weten dat hij haar toch niet wilde. Hij had stijl. Ik hoop dat ze spijt heeft gekregen. Op de afbeeldingen ziet ze er hoogmoedig uit en ze draagt haar lange blonde haar in een vlecht.*

Dat ik zo veel van Snorri Sturluson heb gelezen was aan dokter Levin te danken, hij was niet alleen verzot op de oude Noorse saga's, maar bovendien (en wellicht vooral) op de oudere en jongere Edda. *Wälsungenblut*, zal ik maar zeggen. Maar van die goede man mocht ik de koningsverhalen van Snorri lenen (hij had verschillende exemplaren), en meer dan een jaar, bijna twee jaar lang, was ik volledig in de ban van dat boek, de personages en de illustraties. Mijn eigen landen en rijken raakten bijna op de achtergrond.

Het zachte plekje

Litterae non erubescunt, de letters blozen niet. De waarheid, die volgens een oud Angelsaksisch spreekwoord gehuld is in een prachtige garderobe die bestand is tegen elk weertype en dus altijd naar buiten kan gaan, zonder dat daarmee gezegd is dat ze bijzonder chic gekleed is (dus ongeveer zoals een Britse of Amerikaanse sportdame, *readymade* als het ware), de waarheid verdraagt alles, ook om op schrift te worden gezet: de waarheid is dat ik het in die tijd ontdekte, dat puntje op mijn lichaam dat zo zacht was en mijn vingers gehoorzaamde, dat zachte plekje tussen mijn benen waar alles bij elkaar leek te komen en dat me in hogere sferen bracht. Dat gebeurde in de kleine uurtjes en het was natuurlijk de schuld van de literatuur; ik had te lang liggen lezen, was door het lezen zoals altijd klaarwakker geworden, want ik denk dat ik daarmee anders ben dan andere mensen; wat anderen in slaap doet vallen, maakt mij alleen maar wakkerder, of het nu om woorden of om muziek gaat. Wat ik had gelezen, kan ik me niet meer herinneren, maar klaarwakker besefte ik dat het tijd werd het licht uit te doen als ik kans wilde maken de volgende dag op te staan. Daar lag ik, zoals zo vaak, als een waakzaam paar ogen in de duisternis.

Ik was onrustig. Als ik mijn ogen sloot, verschenen er beelden, en ik probeerde er mijn verhaaltjes uit te halen, die me wellicht vroeg of laat zouden ontrukken aan de kusten van mijn wakkere toestand, naar de diepte, en me in duistere, warme stromen zouden onderdompelen en me zouden laten slapen. Maar die avond waren de beelden anders, niet zo geruststellend; telkens dook één bepaald beeld op, dat van de jonge koning Magnus Erlingsson uit de koningssaga's, de eerste koning die werd gekroond, jong, knap, rank en wit. Hij zat zo eenzaam op zijn troon naar al die edelen te kijken die voor hem knielden.

Litterae non erubescunt! En toch ben ik blij met mijn vacht, want als ik die niet had gehad, zou ik nu waarschijnlijk zelf gaan blozen, ook al heb ik geen idee hoe dat voelt.

Ik opende mijn ogen toen ik merkte dat mijn hand op het zachte plekje tussen mijn benen lag, dat mijn vingers zich een weg naar binnen naar het allerzachtste deel hadden gebaand, en dat er kleine, natte bliksemschichten ontstonden waar mijn vingers bewogen. Het was alsof mijn vingers wisten wat ze moesten doen zonder het te weten, mijn lichaam werd op een en hetzelfde moment wakkerder en slomer, en ik wist opeens dat ik een jongen wilde hebben. Hij mocht best op Magnus Erlingsson lijken. En terwijl ik mijn hoogtepunt bereikte, drukte en kneep ik, terwijl ik mijn ogen continu opende en weer sloot, tot alles op dat ene zachte plekje bijeenkwam en de duisternis veranderde.

Ik viel vol verbazing over dat zachte plekje in slaap.

Ik heb er naderhand veel over nagedacht, terwijl ik, en dit schrijf ik zonder te blozen omdat ik niet kán blozen, mijn nachtelijke expedities met mijn hand naar het zachte plekje voortzette. Ik wist natuurlijk het een en ander over de menselijke biologie en in feite begreep ik wel waar het plekje voor diende en waarnaar ik verlangde, maar tegelijkertijd stond ik mezelf niet toe die gedachte helemaal te voltooien. Dat kwam natuurlijk door mijn leeftijd, en ook omdat ik de hele tijd ergens in mijn bewustzijn mijn eigen spiegelbeeld voor me zag en continu het geschreeuw en de spottende woorden van de andere kinderen hoorde, voortdurend zag ik wijzende volwassenen, verwonderd starende gezichten en mijn eigen leven achter de goedgesloten deuren. Tegelijkertijd vonden in mijn lichaam de veranderingen plaats die een vrouw van me maakten, dat was onaangenaam en verwarrend, en ze vereisten een aantal hygiënische maatregelen en fluisterende, half geneuriede adviezen en vermaningen van de kant van Hanna. Ik schoof alles terzijde, en wilde dus niet denken aan wat ik met mijn hand kon doen, en mijn zachte plekje had iets met die biologie te maken. Nee, liever dacht ik aan mijn oude spelletjes en werelden, mijn geheime landen en de daar wonende personages, en mijn fantasieën en beelden namen een andere vorm aan en werden wat vleselijkheid en verleiding betrof groter. Ze waren nog steeds mijn spelletjes en mijn heimelijke vrienden, maar steeds vaker ging het spel over hoe hij haar kreeg, en hoe en waar het dan gebeurde, dat onnoembare, waarvan ik geen beeld bezat, want de afbeeldingen in het anatomieboek waren uiteraard niet zo dat kinderen als ik werkelijk verstand van de dingen zouden krijgen. Maar ik creëerde mijn eigen beelden, en mijn figuren ontmoetten elkaar in hoge torenkamers en aan heldere, diepe meren in behekste bossen.

Ik slaagde erin, al zeg ik het zelf, om in de loop van de winter op eigen houtje, of laten we zeggen eigenhandig, een groot genot te bereiken, en de drang om dat te doen kon me zomaar ineens overvallen, het gebeurde steeds vaker leek het wel; soms zat ik aan mijn tafeltje op school naar de nek van de jongen die voor me zat te kijken, en opeens werd het zachte plekje warm en begon het te smelten, en alleen al door mijn benen over elkaar te slaan kon ik mezelf in een toestand van grenzeloze opwinding brengen, ik moest oppassen om dat niet te doen, aangezien ik anders de rest van de dag geen rust meer had. Het was fantastisch en verwarrend tegelijk.

De woorden blozen misschien niet op papier, maar niettemin proberen ze van de pen weg te kruipen, dat merk ik nu, en dat ik me dit herinner komt doordat ik in mijn afzondering, waarin ik zozeer aan mijn innerlijke leven was overgelaten, eerder dan anderen vol hartstocht kwam te zitten, en doordat die hartstocht destijds niet zozeer een reactie op een verliefdheid was maar veeleer een troost, zoals dat vandaag de dag nog het geval is.

De reis naar de wetenschap

De reis begon lang voordat hij begon. Ik zie mezelf, die Eva, dat vreemde meisje met dat merkwaardige uiterlijk. Ze is een casus, dat is ze. O grote god, o tere huid, denk niet dat ik het niet heb geprobeerd, met vaders scheermesje over mijn hele linkerarm heen, om wat mij tot een casus maakte te verwijderen. Maar de huid was heel gevoelig, werd pijnlijk en rauw. Waarna de haren meteen weer aangroeiden. Denk niet dat ik me niet verbaasde en meer antwoorden wilde dan dokter Levin kon geven. Ik las dag en nacht in biologieboeken. Overgeërfd atavisme van specifiek afwijkende aard, las ik, kan geen eigen nakomelingen krijgen, is onvruchtbaar. Ik kreeg het warm en koud tegelijk toen ik dat las. Denk niet dat ik me niet verbaasde of er niet tegen opzag. Dus toen de reis naar de wetenschap eindelijk zou plaatsvinden, verheugde ik me er in zekere zin op. En ik zie mezelf, die Eva, de casus, die zichzelf als een casus, een geval beschouwt, die gereed is om aan de reis naar een observatie van zichzelf te beginnen. Zij, Eva, verheugt zich er gewoon op om geobserveerd te worden. En de reis begint voordat hij begint. Met Hanna's keurige aankopen en naaiwerkzaamheden voor de garderobe van het geval. Dat duurde een aantal weken. Het geval moest reiskleding en een mantel hebben, een feestjurk en een jurk voor doordeweekse dagen, en die moesten er dusdanig uitzien dat ze haar zo onopvallend mogelijk maakten, zonder als zodanig op te vallen.

Hanna had ervaring met dit soort dingen en ze had er oog voor, ze kon hoogstandjes verrichten met hoge kragen en lange mouwen, vachtversierselen, hoedjes en sjaals, zodat Eva er bijna uitzag als Eva, als je maar recht van voren naar haar keek.

De reis begon ook met de voorbereidingen van de stationschef; zijn uniform werd in onberispelijke staat gebracht en hij bestelde een nieuw kostuum – het oude was onherroepelijk te klein geworden – en een nieuwe jas, nieuwe schoenen en handschoenen. En al die brieven en telegrammen over en weer met de professoren en artsen op het congressecretariaat. De stationschef argumenteerde vanuit een soort eerbeginsel; aangezien hij zelf de reis naar Kopenhagen per eerste klas kon bekostigen, was het niet meer dan redelijk dat het congres een verblijf in een kwaliteitshotel dekte, alsmede een dito verzorging – niet in de laatste plaats, zoals hij stelde, met het oog op het gevoelige karakter van het geheel. Na enig overleg vond ook het secretariaat het redelijk om aan deze wensen tegemoet te komen, maar het keurde het verzoek van de stationschef af om ook Hanna, voor de gelegenheid tot kindermeisje gebombardeerd, mee te laten reizen. De stationschef gaf niet zo gemakkelijk op en verzond meerdere, zeer goed geformuleerde brieven over de zaak, maar dat had geen enkel nut; een groot deel van de tijd, zo verklaarde het secretariaat, zou Eva worden verzorgd door een competente, vriendelijke ziekenverzorgster, en dat vond men voldoende. Hanna was natuurlijk teleurgesteld. Dat wist ze echter te verbergen met haar intensieve werk aan de kleding; als ze dan zelf niet mee mocht, zou Eva in elk geval iets van Hanna met zich meenemen. Onder het naaien bevestigde Hanna als het ware iets van haar eigen blik in de kledingstukken, alsof haar ogen door middel van steken en versierselen langs avenues en paleizen en talloze blinkende, hoge ramen zouden gaan.

De reis begon voordat hij begon, met het plechtige inpakken van koffers en tassen, toiletspullen, kleerborstels, schoenspanners en persoonlijke eigendommen. De reis begon ook met de kleine cursussen van vader tijdens het avondeten over hoe je je in een restaurant moest gedragen. Eva was de leerling, Hanna een figurant en vader de leermeester die de ene keer als kelner fungeerde en dan weer als instructeur.

Het servet op schoot, zei vader; zo, leg de ene tip onder je dijbeen, dat heb ik al jong geleerd, dan valt hij niet op de vloer als hij van je schoot glijdt. Ja, zei Eva. Hou het glas bij de steel vast, zei vader. Ja, zei Eva. Kleine slokjes, zei vader. Ja, zei Eva en ze nam kleine slokjes terwijl ze de steel vasthield. Nu ben ik kelner, zei vader, ik serveer je vanaf de linkerkant. Zo. Nog wat extra aardappeltjes, mejuffrouw? Eva boog licht haar hoofd. Dank u, ik heb voldoende, heet dat, zei vader geïrriteerd. Dit is belángrijk, Eva. Nog wat extra aardappeltjes, mejuffrouw? Nu knikte Hanna ook. Oef, zei vader. Als we van tafel gaan, wacht je met opstaan tot de kelner of ik je stoel vastpakt. En dan bedank je beleefd. Ja, zei Eva.

We hadden een afscheidsdiner met ossenhaas en een verwachtingsvolle meneer en mevrouw Birgerson. Dokter Levin was er ook bij, die wel trots, maar ook ietwat gepikeerd was omdat hij niet was uitgenodigd of in het symposiumprogramma werd genoemd, terwijl het toch duidelijk was dat Eva het hoogtepunt van het congres was, ondanks de nuchtere toon van de academische taal.

De reis begon lang voordat hij begon. Eva bezag alles vanaf de zijlijn, de voorbereidingen, de zelfgemaakte kleding en de kleine opvoedingsinstructies van haar vader. Ze had het programma van Der XVI. Internationale Weltkongreß der Dermathologischen Wissenschaften gelezen; dat lag op de secretaire; punt 3 ging over haarzelf; *9 Uhr, Auditorium maximum; Vorzeigen und Untersuchung eines Casus der seltenen* Hypertrichosis lanuginosa congenita, *gen. Gonsalvos Syndrom, (Mädchen, skandinavischer Herkunft, 13 Jahre) mit begleitendem Vortrag des Herrn Prof. Dr. J.Q. Ström. Anschließend Diskussion. Einziger bekannter europäischer Fall aus diesem Jahrhundert.*

De reis begon lang voordat hij begon. Eva bezag alles vanaf de zijlijn, alsof ze een afstandelijke ooggetuige van alle voorbereidingen, alle zelfgemaakte kleding en opvoedingsinstructies was. Ze was, zoals gezegd, in dit geval een geval. Uitsluitend 's nachts merkte ze dat de reis reeds was begonnen. Het voelde alsof er een stille trilling door haar heen ging, bijna net zo licht als de rails tikken als er een trein over rijdt. Kopenhagen. Hotel. Kelners. Weltkongreß.

's Nachts is ze een ogenpaar in de duisternis. Slapen gaat moeilijk. Kopenhagen. Weltkongreß. Overdag op school is ze des te vermoeider, en dan krijgt ze een standje. De anderen lachen. Ze laat hen lachen. Kopenhagen, denkt ze in de muffe warmte van het klaslokaal. Kelner. Thuis hoort ze het slaapverwekkende gezoem van Hanna's naaimachine als ze haar huiswerk zit te maken, en ze slaapt boven de Siberische rivieren.

Op een middag moet Eva haar reistenue aantrekken, ze gaan op weg, staan met al hun koffers gereed in het stationsbijgebouw; Knudtzon en Hanna staan klaar om te helpen. Het seinpaneel tikt en ze weten dat de trein op komst is, toch wacht vader nog eens twee minuten voordat ze het perron betreden.

Eva's reistenue is beige, met mof en capuchon, en om haar hals heeft ze een rode sjaal. De beige stof is afgezet met bordeauxrood en de capuchon heeft een bontrand. Het is de bedoeling dat de mensen haar kleding zien voordat hun oog op haar gezicht valt en dan hoeft ze zich alleen maar snel en doelbewust voort te bewegen.

Snel en doelbewust betreden ze het perron op het moment dat de trein met piepende remmen binnenkomt, en het gaat zoals verwacht, bijna niemand kijkt naar hen als ze over het perron naar de eersteklas wagons lopen, waar dokter Levin, cantor Swammerdamm en de Birgersons al klaarstaan om afscheid te nemen. Dat duurt niet lang, enkele opbeurende en enkele vermanende opmerkingen – wees beleefd tegen de professoren, Eva, zegt de dokter terwijl hij verlangend naar de coupédeur kijkt; een omhelzing van Hanna, een zwijgende handdruk van Swammerdamm, meneer en mevrouw Birgerson hebben twee grote lunchpakketten voor hen bij zich. Knudtzon salueert naar zijn superieur, de fluit van de stationschef fonkelt als een onderscheidingsster op zijn borst.

Haar vader wil snel de trein in, hij maant een van de conducteurs tot spoed; die brengt de bagage aan boord, vier colli voor de goederenwagon, twee reistassen voor de coupé.

Twee minuten oponthoud!

Ze stappen in de wagon en vinden hun coupé. Haar vader heeft een aparte coupé voor hen gereserveerd. Hij reist in vol ornaat en de hoofdconducteur salueert, zodat hij bijna van verbazing achterovervalt als hij de coupédeur openhoudt. Eva ziet hij niet. Ze maken het zich gemakkelijk, haar vader hangt zijn jas weg maar Eva houdt haar mantel aan, ze glipt de gang op, naar het raam, zwaait naar de mensen die buiten staan. Knudtzon heeft het fluitje al tussen zijn tanden, hij wisselt een paar woorden met de hoofdconducteur, zoals ze hem of haar vader al zo vaak voor vertrek heeft zien doen. Het is gek om dat kleine tafereel van de andere kant te zien, vanuit een andere richting dan normaal.

Instappen!

Eva drukt haar linkerhand tegen het koele coupévenster. Nu is de reis begonnen. Het tintelt in haar. De treindeuren knallen dicht. Ze werpt een blik op het stationsgebouw, op haar eigen ramen, de gordijnen zijn dichtgetrokken, ze zijn grijs en lijken mistig, zonder blik.

Dan staat haar vader naast haar, stipt als altijd, op het moment dat Knudtzon voor vertrek fluit; de trein schokt en de locomotief fluit, de kleine delegatie op het perron zwaait geestdriftig. Heeft Hanna tranen in de ogen of komt het doordat het vensterglas niet helemaal helder is? Houdt mevrouw Birgerson haar hand nerveus voor haar mond? Dokter Levin ziet bleek en heeft zijn hoed afgenomen, bijna aandachtig. Denkt hij wellicht aan zijn zieke zuster? Cantor Swammerdamm vormt de hele tijd een woord met zijn mond, overdreven en stom, als wanneer hij voor zijn koor staat en dictie en projectie demonstreert, wat zegt hij? Ze begrijpt het niet, en ze moet lachen, ze knikt naar hem, de trein begint te rijden. Haar vader neemt genoegen met een paar hoge, langzame en waardige wuifbewegingen, en meteen wanneer de achterblijvers uit zicht zijn verdwenen laat hij zijn hand zakken en draait hij zich weg van het raam.

'Kom nu', zegt hij en hij opent de coupédeur. Hij is het gewend om de trein te nemen. Bovendien staan er andere passagiers op de gang.

Gehoorzaam volgt het geval hem de coupé in, hoewel ze het

liefst het station in de verte had zien verdwijnen. Haar vader doet het gordijntje voor de deur dicht, controleert of die goed is gesloten. Eva neemt plaats aan het raam, haar vader haalt een krant tevoorschijn.

'Zo', zegt hij. 'Nu vertrekken we.' Hij glimlacht.

'Ja.'

'Zenuwachtig?'

'Ja, een beetje.'

Hij geeft haar geen antwoord, glimlacht alleen. Dan zet hij zijn bril op en slaat de krant open.

Ze leunt met haar wang tegen het raam. Eerst komen de welbekende trajecten en bochten die ze van een paar tochten met de stoptrein kent, maar toch is het vandaag anders. De locomotief trekt harder, deze trein lijkt andere manieren te hebben dan de stoptreinen, is sneller, nonchalanter, mindert nergens vaart voor. De paar stations die ze kent, vliegen voorbij; mensen die er staan te wachten verworden tot stilstaande palen op de perrons, zo hoog is hun snelheid; alleen een hoed beweegt als de luchtstoot van de sneltrein hem van het hoofd van de eigenaar blaast.

Weldra zijn ze zo ver gekomen als ze het spoor kent, tot het laatste haar bekende station. Maar het spoor loopt verder. Nu volgen nieuwe landschappen, vreemde bochten en onbekende trajecten. Meren en heuvels die ze nog niet eerder heeft gezien. Haar vader leest stilletjes de krant. Zij kijkt zwijgend uit het raam.

Avond en overstappen. De trein is over een lange heuvel naar beneden geslingerd, omringd door aanwakkerende wind en hoge huizen, huizen zo hoog en talrijk als ze nog nooit heeft gezien, dicht aaneen aan beide kanten van het spoor. Daarachter een eindeloze hoeveelheid spoorwissels en zijsporen, die onder booglampen in de duisternis oplichten. Ze zet grote ogen op, haar vader kijkt haar steels aan. Zijn blik is alwetend, bijna ietwat olijk.

Even later staat de trein in de stationshal, ze moeten overstappen op de nachttrein naar Kopenhagen; het krioelt van de mensen op de perrons, maar haar vader steekt doortastend haar arm onder de zijne, hij trekt haar met zich mee. Haar vader trekt haar over het perron de menigte in de stationshal in alsof ze haast hebben, hij blijft geen moment staan om alles om hen heen te bekijken: de grote, verlichte reclameborden, de ijzeren zuilen, de grote lorries met bergen bagage en het hoge, gebogen dakgewelf dat als het ware in een rooksluier van halfduister hoog boven hen hangt. En dan al die mensen. Al die mensen. Dames en heren in mantels en jassen. Een hele golf van deinende hoeden. Soldaten, kinderen, conducteurs, krantenjongens, kruiers. Het geurt naar tabak en parfum, kolenrook, machineolie en ijzer. En het ruikt naar warme mensen in jassen en mantels. Eva heeft zo'n golf nog nooit gezien, nog nooit in zo'n vloed van geuren gebaad.

Eén moment blijven ze te midden van dit alles stilstaan. Ongetwijfeld komen er enkele blikken van verschillende kanten, maar dat merkt ze bijna niet, ze blijft maar om zich heen en omhoog kijken. Het glazen gewelf boven haar lijkt langzaam heen en weer te wiegen met haar als middelpunt. Ze wist niet dat je duizelig kon worden van naar boven kijken.

'Spoor acht', zegt haar vader, die informatie heeft ingewonnen; hij trekt opnieuw aan haar, ze banen zich een weg, haar vader geeft de kaartjes af bij het controlehokje, dan lopen ze naar een ander perron. Dat is tamelijk leeg, maar de trein staat er al.

'Wat loop je snel, vader.'

'Dat doe ik om de trein te halen', bromt hij, maar hij gaat iets langzamer lopen.

Ze kijkt omhoog naar de grote stationsklok.

'Hij gaat pas over drieëndertig minuten', mompelt ze, maar ze weet niet of hij haar hoort. Gehoorzaam volgt ze hem naar de juiste wagondeur, de slaapwagenconducteur van de eerste klas salueert, kijkt haar onverwacht aan, slaat zijn hand tegen zijn wang maar zegt niets. Vermant zich, wijst de weg. Even later zitten ze veilig en wel in hun eigen slaapcoupé, die lijkt bijna op een kleine woonkamer, vindt Eva, er zijn couchettes van edelhout en er is een zitbank met brede armleuningen en geborduurde, gesteven antimakassars, een piepkleine salontafel en een leuk lampet. Haar vader ontspant zienderogen nadat hij de conducteur heeft bedankt en de deur achter hen heeft gesloten.

Haar vader neemt plaats op de bank, een beetje zwaar. Zelf staat ze exact tweeëndertig minuten en dertig seconden lang over het vreemde, grote, meer dan grote station uit te kijken.

De stad gloeit als een uitgedoofd vuur achter hen en een zwart bos omsluit de trein. Af en toe open terrein. Dan valt het licht vanuit de coupéramen over akkers en weiden, ze ziet haar eigen schaduw soms kort en dichtbij, soms lang en smal, over slootkanten, akkers en ploegvoren flitsen, voordat de trein wederom door het bos wordt opgeslokt.

Haar vader tikt haar op haar rug.

'Ik ga even naar buiten, dan kun jij je wat opknappen', zegt hij. Ze kijkt hem even niet-begrijpend aan, dan weet ze het: ze gaan naar de restauratiewagen, de generale repetitie – of is het de première? – is aanstaande.

Ze trekt een jurk met hoge kraag aan en zet een hoedje op, terwijl haar vader buiten de coupé staat. Ze kamt het haar op haar hoofd, gezicht en hals grondig voor de spiegel in het badkamertje, terwijl de trein slingert. Ze ziet zichzelf, ziet twee donkere ogen terugstaren. Ze glimlacht zwak, maar kan het niet zien. Het kietelt in haar buik. Nu en nu. Nu.

De trein neemt de bocht, de fluit piept, ze moet zich vasthouden aan de wastafel, ze ervaart de reis als een trillende, weke klomp in haar middenrif, haar knieën en dijen voelen opeens slap aan.

Ze moet naar de restauratiewagen. Zodra de trein weer rechtuit rijdt, begint ze koortsachtig de haren op haar wangen te kammen, zodat ze dichter tegen de kaken aan komen te liggen. Ze rommelt wat in haar toilettas, dan vindt ze een blauwe strik met speld. Die zet ze vast in de lokken aan haar slaap. Ze zet haar kraag rechtop, knoopt de hoed stevig vast onder haar kin, laat haar handpalmen nogmaals over haar wangharen gaan en werpt een onzekere blik op zichzelf in de spiegel. Ja hoor, ze is het, en ze is nu op reis. Haar middenrif beeft. Ze ziet er mooi uit. Echt waar. Ze ziet er niet uit.

Ze trekt haar handschoenen aan, schuift de coupédeur open en loopt naar haar vader die op de gang staat te wachten.

De restauratiewagen bevindt zich in de volgende wagon.

'Hou je hoed vast', zegt haar vader en hij opent de deur aan het eind van de gang. Het lukt haar niet om tegen te stribbelen als de deur openschuift, en hij trekt haar achter zich aan.

Een groot gat vol geluid, wind en duisternis slokt hen op. De koude lucht beneemt haar een moment de adem, ze kijkt omhoog. In een flits ziet ze sterren, onbeweeglijk en wit in al deze beweging, de slingerende trein, de rookpluim vanuit de locomotief, en de bomen die aan beide kanten van het balkonnetje waarop ze staan voorbijschieten. In een lawine van snelheid verdwijnen de bielzen onder haar, vlak voor haar voeten, tussen hun wagon en de volgende, op de plek waar de buffers samenkomen. De wagons zijn slechts met een armzalig kleine, smalle brug met elkaar verbonden, slechts twee metalen platen die boven elkaar liggen te slingeren en te schuiven, en een geheel van bungelende, met leer omwikkelde kettingen die een soort afrastering vormen. Ze verstijft van schrik.

Haar vader staat voor haar, hij draait zich nu half om, glimlacht. Even lijkt hij een jonge kerel, zijn glimlach heeft iets moedigs, hij knipoogt geruststellend naar haar. Dan draait hij zich om, opent het kleine smeedijzeren hekje dat naar de onvaste overgang tussen de wagons leidt; snel en zelfverzekerd stapt hij over de brullende afgrond, van de ene wagon naar de volgende, draait zich behendig om, houdt zich vast met de linkerhand, steekt zijn rechterhand naar haar uit, zij staat daar nog aan de andere kant, hij wenkt met zijn vingers dat ze zijn hand vast moet pakken en houdt haar blik vast met die van hemzelf. Zijn mond vormt enkele woorden in dat oorverdovende lawaai: het is niet gevaarlijk.

Dat zal wel.

Ze loopt naar de rand, maar dan valt haar oog op de onder haar voortrazende bielzen en op de dansende en heen en weer gaande platen van de overloopinrichting, ze blijft staan, aarzelt, verstijft. Omklemt de reling, doet een halve stap achteruit. Haar vader wenkt haar, wijst met twee vingers op zijn eigen ogen, steekt opnieuw zijn hand uit. Dan slikt ze en ze loopt naar voren naar zijn hand. Een korte seconde lang kijkt ze omhoog naar de vreemd onbeweeglijke sterren, dan laat ze haar blik weer naar hem terugglijden, beneden haar slingert en klappert alles terwijl grind en bielzen voorbijrazen, dan heeft hij haar hand stevig te pakken en trekt hij haar weg van de sterren, de lucht en het lawaai, streelt haar wang, opent de deur, dan zijn ze binnen.

'Zo,' zegt hij, 'dat was toch niet zo erg.'

'Nee', zegt ze.

'Je moet het snel doen.'

'Ja,' zegt ze.

'Sommige dingen worden alleen maar moeilijker als je stopt en gaat nadenken. De mensen denken te veel.'

'Ja,' zegt ze.

Hij opent weer een deur en dan zijn ze bij het restaurant. De mensen kijken op als ze binnenkomen, kijken verbaasd, maar haar knieën knikken en ze merkt hen niet op.

De gerant spoedt zich bij het zien van het uniform naar hen toe, begint een buiging te maken maar staakt die halverwege, staart Eva aan.

Haar vader prikt hem met zijn vinger in de schouder. Hij kijkt verward op. Zijn haar is zwart en glad en ligt dicht tegen zijn hoofdhuid geplakt.

'Excuseer me,' zegt haar vader, 'mijn naam is Arctander. We hebben gereserveerd.'

De gerant vermant zich en glimlacht dan beleefd.

'Natuurlijk,' zegt hij, 'natuurlijk, natuurlijk. Een ogenblik.

Stationschef Arctander, natuurlijk. Deze kant op.' Zonder Eva nog maar één keer opnieuw aan te kijken begeleidt hij hen naar hun tafel, houdt haar stoel voor haar bij (precies zoals haar vader en zij hebben geoefend), vouwt het servet voor haar open, pakt haar vaders handschoenen en pet aan. Meteen komen de menukaarten, evenals twee glazen bronwater en een mandje met brood.

Om hen heen staart iedereen hen aan. Haar vader kijkt even vertoornd om zich heen, dan buigt hij zich over het menu. Zij ook.

'Toch was het behoorlijk eng', zegt ze zacht.

'Eng? Om van de ene wagon naar de andere te lopen?'

Ze knikt.

'Ik stel soep en gebraden kalfsvlees voor', zegt hij. 'Het was toch maar een kleine stap. Ober. Twee keer soep van de dag en kalfsvlees. Ja, graag. Appelcider voor mijn dochter. En een halve fles bordeaux voor mij.'

Later zal ze het weten: ze houdt nu van hem, op dit moment, nu hij de indruk maakt een galante, jonge en zelfverzekerde man van de wereld te zijn.

De gerant zelf bedient hen en hij doet dat met de grootst mogelijke omzichtigheid en vriendelijkheid. Een paar lange blikken van passerende bedienden zijn niet te vermijden, en regelmatig kijkt een pas gearriveerde gast, vooral als het een dame is, hen ongegeneerd aan. Dat irriteert vader, dat ziet ze, ze kent hem, maar ze legt haar hand geruststellend op zijn mouw, want nu houdt ze van hem.

'Laat hen maar', zegt ze zacht, op vertrouwelijke toon. Hij kijkt haar verbluft aan. Zoiets heeft ze nog nooit eerder gezegd.

'Hm', bromt hij, berustend. 'Je hebt gelijk.' Hij kijkt haar aan. Dan glimlacht hij, zijn snor doet mee.

'Moet je je voorstellen, jij en ik maken samen een lange reis.' Hij lacht, laat de irritatie van zich af glijden. 'Naar het grote buitenland. De heer en mejuffrouw Arctander.'

Ze giechelt.

'Je bent nu een echte dame geworden', zegt hij en hij kijkt goedkeurend naar haar, naar haar reiskleding en de handschoenen. Hij is anders vanavond. 'Mijn hemel, wat vliegt de tijd. En binnenkort is al je confirmatie.'

'Ja', knikt ze, weifelend. Ze verheugt zich er niet op om daarheen te gaan, in de processie mee te lopen. Maar misschien kunnen ze het wel zo regelen dat ze thuis haar confirmatie kan doen. Ze zijn immers toch bijna altijd thuis. Achter gesloten deuren, als in een gereserveerde treincoupé. Maar haar vader is vanavond anders, het is alsof de stap over de afgrond iets in hem heeft losgemaakt, hij eet soep en converseert levendig, over zijn eigen confirmatie en over een krankzinnige tante die koffie over het hoofd van haar man goot, en daarna over wat ze in Kopenhagen gaan doen, als er tenminste voldoende tijd is en het geweldige congres, ha ha, niet al te overweldigend wordt. Zo heeft ze hem nog nooit gezien, zo opgewekt en zorgeloos, of zo praatziek, hij heeft het over de spoorwegschool, opeens praat hij over zijn eigen vader, en als het vlees wordt geserveerd, bedankt hij niet voor het vriendelijke aanbod van de gerant van nóg een halve fles bordeaux.

Ze kijkt hem verbaasd aan, vermoedt wellicht iets wat ze nog niet weet, dat lange reizen die invloed op mensen kunnen hebben; zodra de trein of de boot zich in beweging zet, is het alsof het leven zoals dat in werkelijkheid is, hen loslaat en ze vervuld raken van het leven zoals dat zou móeten zijn, een ogenblik lang worden ze wie ze hadden móeten zijn, wie ze hadden kunnen worden, ze zijn vrij en herinneren zich alles waaraan ze zich niet langer gebonden weten maar wat op afstand is geraakt, en bestellen graag nóg een halve fles bordeaux, alsmede een fantastische coupe ijs voor de dochter, met warme chocoladesaus, o heerlijk.

Ze houdt nu van hem, en laat zich meeslepen in zijn dynamische, levendige monoloog, ze lacht en vermaakt zich prima, en hun stemmen worden zacht als vanille en chocola, en de gerant scharrelt de hele tijd om hen heen, schenkt cider en wijn, en koffie voor Arctander. Mocht er iemand naar hen gluren, dan

zien ze dat nu niet meer. Hij is terug in zijn tijd op de spoorwegschool, vertelt over een paar reizen naar Stockholm, en een keer
naar Berlijn, ver weg en betoverend – en over die keer dat hij in
Kopenhagen was. Dat is langgeleden en hij is er daarna nooit
meer geweest. Hij vertelt over een wandeling met een jongedame
langs iets wat hij 'vijvers' noemt. Eva wil hem niet onderbreken
om te vragen wat hij bedoelt; ze is bang dat die merkwaardige,
wonderbaarlijke woordenstroom opdroogt.

De gang terug naar hun eigen wagon is slechts een stille, met
sterren bezaaide sprong.

*

De receptionist van het eersteklas hotel glom en schitterde. In
zijn haar bleef het licht vanuit het hoge raam nog lange tijd hangen nadat hij zich daarvan had afgekeerd en zich tot hen was
gaan richten. Hij nam hen met een koele, eersteklas blik op,
liet die van Eva naar haar vader en weer terug gaan, terwijl haar
vader hen in een groot boek inschreef. De receptie was als een
troonzaal, met zuilen en kroonluchters, glazen deuren en lift-
poorten, de vloer was van witte steen en alles blonk en glansde.

Eva liet haar ogen omhoog en om zich heen gaan; alles was
zo hoog, zo groot, ze moest even denken aan de kerstboom in
Fredheim, maar dit was als een kamer waarvan het plafond uit
wolken bestond.

De receptionist stootte enkele vreemde, gutturale geluiden
uit, en Eva begreep dat hij Deens sprak. Daarna glimlachte hij
vreugdeloos en breed, in een kies glinsterde goud, hij pakte een
sleutel onder uit de linkerhoek van een heel klokkenspel aan sleu-
tels die achter hem aan de muur hingen, draaide zich elegant om
en sloeg licht en geroutineerd met zijn handpalm op de bel. Twee
jongemannen in rood uniform doken op hetzelfde moment op,
ze hadden ivoorwitte schaduwen op hun petten.

'Honderdzeuvenendettig', boerde de receptionist en Eva begreep pas dat dat honderdzevenendertig betekende toen een van

246

de piccolo's zijn gezicht ophief en het woord als in een vraag herhaalde: honderdzeuvenendettig? De receptionist knikte afwezig. De man in het rood haalde zijn schouders op en pakte de bagage.

Ze liepen door lange gangen achter de twee piccolo's aan, de buik van het hotel in en uit, twee traptreden op en twee traptreden af, hoeken om en over eindeloze lopers met een patroon, haar vader neuriede vergenoegd en bromde in zichzelf, hier hingen kroonluchters aan het plafond en er waren versierde wandlampjes, en verder luisterrijke, glanzende, eikenhouten deuren met blinkende nummerbordjes van messing en ornamenten aan de gladgepolijste commodes, de muren waren voorzien van schilderijen met edelherten. Toen sloegen ze nogmaals een hoek om, de voorste kruier opende een gewone witgeverfde deur, ze gingen een halve traptree naar beneden en kwamen in een nieuwe gang terecht, die er anders uitzag; die was korter en smaller, de loper was donkerrood en aan het plafond hing een koepel van gekleurd glas, haar vader stopte met neuriën. Ook in deze gang was een rij deuren, maar slechts drie stuks aan een kant, ze waren donkergroen, en de nummerbordjes waren geëmailleerd.

Een van de piccolo's draaide de sleutel om in het slot en opende de deur.

'Honderdzeuvenendettig!' proclameerde hij, hij stapte de kamer binnen, trok de gordijnen van het raam vandaan, opende de deur naar de badkamer, deed het licht aan. Eva en haar vader gingen de kamer binnen, keken om zich heen, het was heel mooi, vond Eva, ook hier hing een groot edelhert in een vergulde lijst, en een dame met trossen druiven. De piccolo's zetten de bagage neer, namen een paar munten in ontvangst die haar vader tevoorschijn toverde, wensten hun een aangenaam verblijf en sloten de deur achter zich.

Eva liep een beetje door de kamer op en neer en keek om zich heen, er was een groot tweepersoonsbed en een klein bed achter een halve muur in de hoek; ze nam aan dat dat háár bed was en zette haar eigen reistas ernaast. Maar haar vader zat op de rand van het bed uit het raam te turen. Dat zat nogal hoog, en buiten was een wagentje met melkflessen te zien.

'Kijk,' zei Eva, 'wat een mooie klok!' Die was echt prachtig, hij stond op de commode, met een vergulde kast en versierde acanthusmotieven. De klok wees half vier. Haar vader knikte verstrooid.

'Ik denk dat we het hier wel gezellig gaan vinden', zei Eva.

'Vast wel', zei haar vader.

Toen stond hij op van het bed, keek nog eens uit het raam, de melkwagen was nu weg en een paar mussen wipten rond.

'Kom', zei hij en hij pakte Eva bij de hand.

Hij deed de deur achter hen zelfs niet op slot, maar trok haar achter zich aan de donkere gang door, terug naar de gangen waar ze vandaan waren gekomen, over lopers en langs edelherten, tot ze tussen de marmeren zuilen in de grote, hoge receptie waren; hij stapte zelfbewust de drie brede, lage treden af, trok Eva dwars door de receptieruimte achter zich aan, stevende recht op de receptionist achter de balie af die hen al van verre zag aankomen maar geen spier vertrok.

Haar vader legde de sleutel op de balie.

'Kan ik u helpen?' vroeg de receptionist. Het daglicht hing nog steeds in zijn haar.

'Wat bedoelt u daarmee?' vroeg haar vader.

'Ik begrijp u niet.'

'Dit is niet de kamer die ik heb gereserveerd.'

De receptionist bladerde even in zijn papieren, hield zijn hoofd een beetje scheef en keek haar vader opnieuw onverschrokken aan.

'Ik begrijp u niet.'

Haar vader pakte de sleutel nogmaals op, legde hem daarna weer weg, deze keer met een plof.

'Ik dacht dat dit een eersteklas hotel was', zei haar vader luid. Hij haalde zwaar adem. De mensen om hen heen draaiden zich om.

Op hetzelfde moment verscheen naast de glimmende man een andere receptionist.

'Wat is er aan de hand?' vroeg hij zijn collega.

'Deze heer is blijkbaar niet tevreden met zijn kamer.'

'Nee', zei haar vader ernstig.

'Welke kamer hebt u hem dan gegeven, Sørensen?'

'Honderdzeuvenendettig', zei Sørensen.

De zojuist verschenen man keek Sørensen een tijdje aan, maar hij zei niets.

Sørensen wees even in de richting van zijn gasten. De nieuwe keek naar hen, eerst naar haar vader in zijn uniform, daarna naar Eva. Zijn blik verstrakte en enkele seconden lang keek hij haar ernstig aan. Eva staarde terug. Toen glimlachte hij zwakjes, hij keek haar met toegeknepen ogen vriendelijk aan.

Hij wendde zich opnieuw tot Sørensen, maar zei nog steeds niets.

Een deel van het daglicht verliet Sørensens haar. Hij trok snel en onverschillig zijn schouders op, wendde zich wederom tot het grote sleutelspel aan de muur achter zich en pakte snel een nieuwe sleutel, deze keer uit het midden van het bord.

'Tweehonderdzeuventien, alstublieft', zei hij beleefd en hij glimlachte naar de heer en mejuffrouw Arctander. Het geval en haar vader.

*

Tweehonderdzeventien. Daar is ze. Daar zijn we. Daar ben ik. Ik weet het nog, vader. Het witte aprillicht dat naar binnen bleef vallen door de hoge boogramen met de witte spijlen, de twee slaapkamers, de salon, het geluid van de stad en het verkeer op straat, de kleine veranda met grote bloempotten, de degelijke staande klok op de commode die half tien aangaf, de salontafel met intarsia en een boeket bloemen van tulpen en narcissen, de badkamer, de badkuip met de vergulde griffioenklauwen trots op de mozaïekvloer rustend; vader, ik herinner me je glimlachje toen je in de leunstoel zat en onze koffers werden binnengedragen. Je keek me niet aan, ook de piccolo's niet, glimlachte alleen maar wat voor je uit. Ik liep door de kamer en liet mijn handen, mijn poten, langs alle kostbaarheden en finesses ervan gaan, keek uit het raam, de grote stad in waar we nu waren, met al die voertuigen en goedgeklede mensen daar beneden op de lange, kaarsrechte straat, en de piccolo's keken je waarderend aan, het was bijna alsof ze jóú een fooi wilden geven.

Op latere momenten in het leven, telkens wanneer iemand of iets mij uit de duisternis van lugubere situaties tilde en ergens anders in onderbracht, iets wat lichter en mooier was, ja, telkens wanneer ik een vertrek met glimmend behang en goudkleurige spreien betrad, vertrekken die mooier, groter en hoger waren dan 217, dan besefte ik niettemin dat 217 het hoogste nummer in de rij getallen is, en is het niet het hoogste, dan is het het lichtste, het stralendste, het zuiverste. De getallenreeks licht op met de zuiverheid van een voorjaarszonnetje. Binnen in dat getal zit jij, als een koning. En ik bedacht dat ik die dag toch jouw prinsesje was.

Ja.

Die uren. Die eerste uren, toen ik mijn jas aantrok, jouw arm pakte en we naar buiten stapten, de wereld in. De voorjaarszon en het verkeer in, we wandelden langs lanen en over straten, pleinen en markten zo groot als complete stadjes. Gebouwen met zuilen en koepels, torens en torenspitsen, kerken, theaters, ministeries, kastelen, paleizen, elegante richels en stucwerken, wagens en auto's, zo veel in getal en zo schitterend dat ik met mijn ogen moest knipperen. Jouw arm om de mijne.

Die uren, vader, en uitsluitend die, terwijl de zon zijn boog boven Kopenhagen beschreef, boven die wereldstad in zakformaat, boven goedgeklede lieden en armelui, koetsiers en chauffeurs, stadsbodes en winkelbedienden, en boven een weemoedige man met zijn dochter, arm in arm.

Later kwamen er andere uren.

Om twee uur gingen ze naar de dierentuin. Haar vader wilde dat graag. Het geval droeg een hoed met een donkere sluier over haar gezicht en ze trokken niet al te zeer de aandacht terwijl ze van kooi naar kooi, van omheining naar omheining en van dierenverblijf naar dierenverblijf liepen.

Haar vader vertelde, legde uit en improviseerde galant wat hij allemaal niet wist, hij las de teksten op de bordjes bij de kooien, noemde de Latijnse namen. *Phoenicopterus ruber.* Roze flamingo's die onnatuurlijk groot op hun dunne stokjes van poten stonden te rusten, met koppen die zich als één geheel, gelijktijdig en volkomen identiek, ophieven, als een golvende oceaan van koppen op slanke halzen.

'Waarom doen ze dat?'

'Wat? Hun kop omhoogsteken? Ze zullen wel nieuwsgierig of een beetje bang zijn.'

'Zich allemaal op precies dezelfde manier bewegen, bedoel ik.'

Haar vader dacht na.

'Ik weet het waarachtig niet', zei hij. 'Zo doen ze nou eenmaal.'

'Zo doen ze nou eenmaal?'

'Het is een troep', zei hij.

Door de vochtige, warme duisternis van het reptielenverblijf werd Eva helemaal klam achter haar sluier en onder haar handschoenen, terwijl de *Boidae* en *Pythoninae* haar op hetzelfde moment deden huiveren, zoals ze daar lang en glanzend in het rond kropen. Haar haren gingen over haar hele lichaam letterlijk overeind staan; zoiets had ze nog nooit meegemaakt. De slangen lagen achter hun gaasafscheidingen en ze was er niet bang voor, helemaal niet, maar ze reageerde gewoon door de aanblik van de dieren.

Haar vader merkte niet dat er iets met haar aan de hand was.

Boa constrictor, las hij plechtig, 'volgens mij is het díé daar. De koningsslang.' Hij maakte een beweging met zijn hoofd in de richting van een roodgevlekte rol die doodstil tussen bladeren en stenen achter het groene gaas lag. 'Hij is niet giftig', zei hij belerend. 'Hij doodt zijn prooi door hem te wurgen.'

Eva knikte afwezig.

'Daarna verslindt hij hem.'

Eva knikte afwezig.

'Dat gebeurt vast en zeker één keer per schrikkeljaar of zo. In elk geval heel zelden. Voor de rest ligt hij daar maar wat. Ik ben hier een keer als jongeman geweest. Volgens mij lag hij er toen ook zo bij. Precies net zo. Het lijkt wel alsof hij zich sindsdien niet heeft bewogen. Misschien is het wel dezelfde slang.' Hij moest even grinniken.

'Misschien is hij dood', zei Eva. Maar haar haren die onder haar kleren rechtop stonden vertelden haar dat het beest leefde. Ze huiverde weer en voelde haar haren overeind staan, terwijl ze nog steeds niet bang was.

'Hij is bezig zijn voedsel te verteren', zei haar vader. 'Dat is waarschijnlijk zijn enige bezigheid. Nee, Eva, weet je wat, nu weet ik wat je beslist graag in levenden lijve wilt zien.' Hij knipoogde olijk.

Zodra ze zich weer in het koele voorjaarslicht bevonden, gingen haar haren liggen. Ze wandelden over grindpaden, tussen zebra's en waterbuffels door. Twee antilopen zagen hen langslopen, met hun grote, glasheldere ogen en bevende, ietwat angstige muilen. In een kooi aan de andere kant van het pad stapte iets groots, slanks en gladharigs heen en weer, telkens heen en weer.

'Waarom bestaan er eigenlijk dierentuinen?' vroeg Eva bedachtzaam.

'Waarom? Eh … Eva, je stelt wel heel gekke vragen.' Hij keek haar een beetje verbouwereerd aan. 'Een heleboel gekke vragen, dat moet ik zeggen.' Hij sloeg zijn blik nadenkend omhoog.

Ze keek vragend naar hem op. Een stelletje dat langsliep kon zijn blik niet van haar af houden, ze strekten hun nek, maar zij hield haar hoofd vastberaden op hem gericht.

'Het is de bedoeling dat de mensen hier dieren kunnen be-kijken die ze nog nooit hebben gezien, en die ze anders nooit in levenden lijve te zien zouden krijgen. En om van te leren. Net als in een museum, waar je oude en zeldzame dingen of kunst kunt zien. Ja, want straks moeten we naar een museum, we zullen zien – eens zien – of morgen – nou ja.' Hij haalde zijn horloge tevoorschijn en keek er met de blik van een stationschef op.

'Ik bedoel, wie heeft ze verzonnen, vader? Ook die musea?'

Hij keek haar met een steelse blik aan.

'Tja. Tja.' Hij dacht nogmaals na. 'Ik weet het niet helemaal zeker', zei hij nadenkend. 'Maar volgens mij verzamelden vroe-ger, eeuwen geleden, vorsten en koningen en keizers kostbare spullen. Die bewaarden ze in hun kastelen. Tegenwoordig doen ze dat nog steeds. Sommigen van hen hadden ook wilde en zeld-zame dieren en andere rariteiten in hun tuinen en parken die om de kastelen lagen waar ze woonden. Dat deden ze vast en zeker om tegenover andere koningen in de buurt te pronken. Zoals wanneer mevrouw Olsen nieuwe gordijnen krijgt. Dan wil me-vrouw Pedersen dat ook meteen.'

Eva glimlachte.

'Dus als koning Olsen een orang-oetang kreeg van een ont-dekkingsreiziger, dan kreeg vorst Pedersen meteen twee beren.'

'Wat moesten ze daar dan mee?'

'Ze vonden ze vast leuk om naar te kijken.'

Eva keek hem onderzoekend aan.

'Ze hadden ook wel andere collecties, van ... eh ... leuke din-gen', zei hij zacht. Hij sloeg zijn ogen neer. 'Destijds kregen al-leen vorsten, hun vrienden en gasten dergelijke verzamelingen en rariteiten te zien', ging hij verder. Nu wat enthousiaster. 'Dus toen het aantal vorsten afnam en de wereld rechtvaardiger be-stuurd werd, zijn dat soort collecties volgens mij ook voor ge-wone mensen opengesteld. Zoals in Rusland, waar een revolutie heeft plaatsgevonden, dat weet je wel, die revolutie waar me-vrouw Birgerson zo gek op is. Daar zijn de kunstcollecties van de tsaren musea voor de gewone man geworden. Dat is mooi.

Hoewel het bolsjewisme een zonde is, toch is dat mooi. En de wetenschap is zich ermee gaan bemoeien, moet je weten, Eva. De wetenschap. Dankzij de wetenschap zijn de dierentuinen en collecties vandaag de dag wat ze nu zijn.'

'Mm.'

'De wetenschap is het licht, moet je weten, Eva. Ze zorgt ervoor dat de mensen, die voorheen in het duister tastten, informatie en kennis krijgen. Dus konden de kunstcollecties, de rariteiten en de menagerieën van al die oude vorsten van nut worden en niet alleen voor de lol bestaan. Kijk eens aan, daar zijn we.'

Hij glimlachte geslepen.

Elephantidae. Ze wist niet dat ze zo groot waren, maar ze vond ze leuk. Ze waren goedmoedig en traag. Ze lachte. Hun huid was als zilvergrijs, hoogwaardig leer, hun staarten als de franje van een schellenkoord, hun poten zo dik als tonnen, die een zware, maar tegelijkertijd fluweelzachte indruk maakten terwijl de dieren langzaam schuifelend van houding veranderden in hun hokken in het olifantenhuis, waar ze met dikke kettingen om hun enkels vastgeketend stonden. Af en toe stootten ze harde proestgeluiden uit of bliezen ze luid en schel met hun slurven. Eva moest haar handen tegen haar oren houden. Maar ze hadden mensenogen. Dat vond ze niet echt leuk, want ze zagen er triest uit, alsof ze zojuist gehuild hadden.

'Nou?' zei haar vader. 'Vind je nog steeds dat papa op een olifant lijkt?'

'Ja', zei ze.

Hij lachte. Ze stonden een tijdje naar de etende olifanten te kijken. Daarna slenterden ze weg uit het olifantenhuis en gingen ze naar de volgende soort.

Anthropoidea.

*

In Gods rijk bestaat niets vreselijkers dan een apenhuis. *Anthropoidea.* Als een dolhuis uit de binnenste cirkel in de hel van de evolutieleer. Op de bordjes stond hoe ze heetten, en je las de namen. Smalneusapen, breedneusapen en mensapen. Alsof het niets was. Er waren ook heel veel andere mensen. Aan onze kant van de tralies. Kinderen en volwassenen. Je gooide noten naar de dieren, ook al stond er een bord dat dat streng verboden was. Je bekogelde ze met noten. Blijkbaar is het apenhuis de populairste attractie van elke dierentuin; dat heb ik naderhand ook gezien, in andere steden en andere landen en bij andere en, moet ik zeggen, veel minder wetenschappelijke tentoonstellingsinstanties dan een dierentuin. Je ziet het telkens weer. Negen op de tien bezoekers zullen dit het hoogtepunt vinden; ik weet zelfs niet of ze zelf beseffen hoe leuk ze dit vinden. Slechts één op de tien wendt zijn gezicht af, als van verdriet.

Apen? Ze apen toch niet na. De leerachtige vingers en de wiegende bewegingen doen ons ergens aan denken, maar de gezichten zijn het ergst. Gezichten zo intens onwetend en niet-begrijpend, of sloom, als bij idioten, of wellicht beesten. Maar niettemin zo trots, zo vol minachting en zo triest in hun niet-begrijpend verdriet als een gekwetst kind.

En af en toe die wanhopige razernij, die ze uiten in korte, afgrijselijke kreten, met ontblote tanden en tegen ijzeren stangen en op kunstmatige boomstammen springend. Met ogen die je gevangen houden.

Zoals toen dat ene, domme jongetje de goedmoedige, zachtaardige orang-oetang Pavel, de trots en het oude troeteldier van de dierentuin, op zijn oor raakte, niet eens met een noot, maar met een steentje van het grindpad buiten. Toen veranderde Pavel in iets anders, in een fractie van een seconde, van een bruinharige en borstelige luilak, bijna als een oude man, in een moordenaar zonder slachtoffer.

Het jongetje moest hartelijk lachen. Zijn vader ook; die droeg een bolhoed en handschoenen en een broek met brede strepen. Er kwam een bewaker bij die hen streng terechtwees, ze luisterden aandachtig en hun spijt betuigend, met ernstige, oprechte gezichten naar de reprimande van de gezaghebbende persoon.

Hij had hun echter de rug nog niet toegekeerd, of ze glimlachten en giechelden alweer.

Pavel zette intussen zijn moorddadige amokmakerij daarbinnen voort, nog steeds woedend.

Het jongetje at een noot uit het zakje en keek bedachtzaam naar het razende dier. Vroeg zijn vader of hij nu een nootje zou gooien, maar die schudde wijselijk het hoofd. Ik zag dat hij er eigenlijk wel zin in had.

Apen? *Anthropoidea.* Mijn sluier raakte los, vlak voor de kooi van het chimpanseepaartje dat met echtelijke onverschilligheid aan elkaars vacht zat te peuteren, en viel naar beneden, zodat ze plotsklaps mijn gezicht te zien kregen. Opeens was hun sloomheid verdwenen, ze sperden hun ogen open zoals iedereen dat bij de aanblik doet, hetzelfde ongeloof, bevroren momenten. Toen kwamen ze meteen in de benen, sprongen op en neer, strekten hun armen uit naar de tralies, stootten hese, korte kreten uit, riepen naar me, naar mij, tegen mij. Het mannetje liet zijn tanden zien, ging aan een van de kunsttakken hangen en bonkte hard tegen zijn merkwaardige, leerachtige oudemannenborst, terwijl hij krijsend heen en weer ging als een pendule. Zijn vrouwtje sprong verontwaardigd op en neer en schreeuwde scheldwoorden tegen mij.

Ineens verstond ik de apentaal.

Ook de anderen schreeuwden en wezen. De mensen daarbinnen. Daarbuiten, bedoel ik. Buiten. Het jongetje vertelde het tegen zijn vader, vader, riep hij, kijk eens, een aap in vrouwenkleren. Ik kon opeens ook Deens verstaan. Kijk nou toch eens. Grote opwinding en nieuwsgierigheid onder de andere toeschouwers. Ongelovige glimlachen, wijzende vingers. Kijk. Kijk.

Mijn tastende vingers die hulpeloos probeerden de sluier weer op zijn plaats vast te maken. De blikken en de kreten en de wijzende vingers die maar door bleven gaan, en toen mijn sluier weer vastzat werd het nóg erger omdat die verhulde wat ze wilden zien en aanwijzen. Lichamen en gezichten die zich om ons heen drongen.

Jij bracht me daar weg. Legde je arm om mijn schouders en trok me mee, terwijl ik mijn hoofd boog en in mijn handen verborg.

*

Buiten was het grauw en het was kil geworden. Haar vader pakte haar, het geval, bij de arm en stapte gehaast en snel weg van het apenhuis. Hij deed alsof zijn neus bloedde. Keek haar niet aan, keek helemaal nergens naar, keek voor zich uit, zei niets over wat er gebeurd was. Het geval bleef zich verbazen over het vermogen van haar vader om te doen alsof er niets aan de hand was. Slechts de snelheid van zijn passen verried hem.

'Kom op', zei hij alleen. 'Nu gaan we hierheen.'

Hij trok haar met zich mee, sloeg een bocht van het grindpad om.

'Nee,' zei ze zacht, 'nu niet méér.'

Maar hij zag of hoorde niets.

'Hier is het.'

Panthera leo.

De leeuwen lagen op een rots, als op een eiland, omgeven door een diepe gracht en hoge afrasteringen. Twee stuks. Ze waren matgeel en bleek in de grijze atmosfeer. Ze leken mager en gespierd. Het mannetje had lange, bijna zwarte manen. De lijnen en strepen van zijn vacht en lichaamsbouw waren iel en mooi. Met halfgesloten, slaperige ogen staarden de dieren naar een ver niets, onbeweeglijk, onbeïnvloedbaar. Niets van wat er aan de andere kant van de diepe gracht gebeurde leek hun te deren of van betekenis te zijn.

Het mannetje kwam overeind, schuifelde een beetje in het rond, ging weer liggen. Staarde voor zich uit naar een verre horizon in zichzelf.

Bleekgeel en fijngetekend lagen de leeuwen in de kilte te rusten. De hand van haar vader tekende de omtrek van de beesten voorzichtig boven haar schouders.

Haar vaders uniform redde hen niet, integendeel, het hielp hun helemaal niet, en ze kregen een tafeltje vlak bij de ingang naar de toiletten. Alles wat in de restauratiewagon zo goed was verlopen, stortte hier ineen, in het legendarische restaurant. De gerant was laatdunkend en de kelners deden onverschillig. De gasten staarden elke keer dat ze langsliepen om hun behoefte te doen, aan de tafeltjes rekten de dames hun hals uit en schudden het hoofd terwijl ze de ene keer hun hand tegen hun gezicht legden en zich de andere keer met gehandschoende handen koelte toewuifden.

Haar soufflé was koud en ingezakt, de entrecote van haar vader was lauw en taai.

Aanvankelijk deed haar vader of er niets aan de hand was, hij lachte naar haar, maar zijn glimlach en zijn grappen hadden iets gedwongens, hij vertelde dezelfde anekdote meerdere keren, raakte de draad van het verhaal kwijt, sloeg de kern over, terwijl zijn ogen voortdurend op zoek waren naar een kelner, een gerant, of half vertoornd, half onzeker naar langslopende gasten tuurden.

Hij had dure wijn besteld om indruk te maken op de kelner nadat ze zo'n slecht tafeltje hadden gekregen, maar dat had blijkbaar het tegenovergestelde effect gehad, want zodra de kelner had ingeschonken, werd hij zo glad en glimmend als een te ijverig opgepoetste lakschoen, hij vermeed elke poging om contact te leggen en leek de hele tijd dat ze daar zaten hun tafeltje en haar vaders blik te vermijden.

'Die is niet te eten', zei haar vader met een knikje naar de entrecote toen hij ten slotte, met iets te veel en iets te royale gebaren de aandacht van de gerant had weten te trekken.

'Waarmee kan ik van dienst zijn?' De gerant begreep die avond blijkbaar geen Noors en keek hen over een lange, elegante neusrug aan.

'Hij is niet te eten.'

'Probeert meneer te zeggen dat hij niet te eten is?'

'Ja.'

'Tja.' De gerant liet een lange blik op het bord vallen waarop het stuk vlees met de voorname naam uiteengereten en half verorberd lag. Hij keek ernaar alsof de kat ermee aan was komen zetten. De fraai gevormde neusgaten werden een paar keer groter en trokken zich vervolgens weer samen, alsof hij daarbinnen over een extra paar ogen beschikte.

Zonder een woord verdween hij met het bord.

Toen hadden ze moeten vertrekken, op dat moment. Haar vader had met een gedecideerde, nuchtere stationschefstem om de rekening moeten vragen, betalen en een kleine, opvallend kleine fooi achter moeten laten, hij had zijn uniformjas en de mantel van zijn dochter moeten eisen, het dessert moeten afbestellen, de zaal moeten verlaten. Maar het was een dure wijn en de fles was nog niet half leeg.

Het was een heel voornaam, duur restaurant. Het was zo voornaam dat een dame bijna was flauwgevallen toen ze Eva bij het binnenkomen in de gaten kreeg. Zo was het begonnen. Haar man had haar moeten helpen door een flesje onder haar neus te houden, zo was ze bij de aanblik van streek geraakt, en hij schudde geërgerd zijn hoofd; zijn dame had geen trek meer. Nu zat Eva's vader met die grote fles en was helemaal van slag. Van zijn anekdotes en grappen resteerden nog slechts enkele brokstukken, slechts als overblijfselen van het raamwerk van de verhaaltjes waarmee hij anders zo'n succes had.

Het duurde een hele tijd voordat de gerant terugkwam. Pas toen de fles bijna leeg was, landde hetzelfde gerecht nogmaals op de placemat dat voor stationschef Arctander lag, met een het-spijt-me-heel-erg-en-ik-hoop-dat-het-deze-keer-smaakt, uitgesproken met dezelfde warmte als het stuk vlees oorspronkelijk had gehad. Deze keer was het eten echter eetbaar, en Eva's vader, die trek had, bestelde nog een glas wijn om het vlees gezelschap te houden.

Ook duurde het een behoorlijke tijd voordat het dessert verscheen en haar vader raakte ongeduldig, dronk nog een glas, zwaar hijgend tussen de slokken door, en Eva keek hem verwonderd aan. Hij dronk altijd maar weinig. Nu was hij veranderd. Hij had roodomrande ogen en zijn blik was troebel.

Toen het dessert dan eindelijk op tafel kwam, ging het mis. Eva begreep niet helemaal wat er gebeurde, of er écht iets mis was met de karamelpudding of dat haar vader op dat moment zo veranderd was dat alles mis léék, maar hij werd woedend, kwam overeind en riep met luide stem de gerant erbij. Hij gaf duidelijk zijn visie op het restaurant te kennen en weigerde te betalen. De gerant luisterde aandachtig naar zijn uiteenzetting.

Het eind van het liedje was dat hij toch moest betalen. Zijn gezicht was rood toen ze vertrokken, er werd geen taxi voor hen gebeld, en ze moest hem onderweg naar het hotel bij de arm vasthouden.

Hun eerste dag in het buitenland was voorbij. De volgende ochtend stond de wetenschap vol verwachting in de receptie te wachten.

Het leven van de deelnemer

'... en, niet in de laatste plaats, een genoegen, ja, gewoon een eer om mejuffrouw uw dochter en u hier welkom te heten. Ja, het congres is uiteraard al enkele dagen aan de gang, we hebben een aantal interessante bijdragen gehoord, ik wil met name professor Grobschatz uit Heidelberg noemen die een buitengewoon geslaagde presentatie hield, met panopticumbeelden in kleur, waarin hij zijn podagrabehandeling beschreef ... en niet te vergeten de professoren Bosch en Van den Broeck uit Leiden, die een patiënt konden laten zien met vissenschubben over het hele lichaam; zoals gezegd, een hele reeks interessante voordrachten, waaronder twee ochtendcursussen met een demonstratie van Findtsens nieuwe behandeling van voortgeschreden ... nu ja, maar, het valt niet te ontkennen dat het hele congres met al zijn illustere deelnemers gespannen wacht op de ontmoeting met – en het zien van – de jonge mejuffrouw Eva. Ik heb mijn voordracht goed voorbereid, alsmede de these die ik daarin ontwikkel, zodat ik goed geprepareerd ben om alle vragen te beantwoorden en elke bestrijding van mijn these te weerleggen.' Hij klopte zich, zeker van zijn overwinning, op zijn binnenzak. 'Dus,' zei hij, 'zullen we gaan?'

De stationschef keek hem bijna smekend aan.

'Maar ik dacht ... ik had het zo begrepen dat ze ... dat wij ... dat we zouden kunnen ...'

'Maar beste man', zei professor Strøm joviaal. 'U moet begrijpen dat nu het absoluut wetenschappelijke hoogtepunt van het congres is aangebroken, en ... ja, ik dacht toch dat uit mijn correspondentie was gebleken met welke verwachtingen de kleine Eva zal worden geconfronteerd – de interesse, als ik zo vrij mag zijn, de wetenschappelijke interesse is enórm, en men zal een groot aantal onderzoeken en observaties willen uitvoeren, zodat ze eigenlijk om puur praktische redenen, dus om de kleine

Eva niet te vermoeien met een voortdurend heen en weer reizen van en naar het hotel, waarmee zij tevens wordt blootgesteld aan nieuwsgierige blikken en niet in de laatste plaats aan de waakzaamheid van de pers, het beste in het hospitaal kan overnachten, in de buurt van het auditorium, waar de bijeenkomsten van het congres plaatsvinden.'

Stationschef Arctander keek hem mismoedig aan, maar door die ongelukzalige avond daarvoor was alle veerkracht uit hem weggevloeid.

'Maar beste man,' herhaalde professor Strøm, even joviaal, 'kijk niet zo sip, ik verzeker u dat er zeer goed voor haar zal worden gezorgd; ze krijgt haar eigen kamertje, helemaal afgescheiden van andere patiënten, en ze krijgt speciaal voedsel, geen gewone ziekenhuiskost, en hoofdzuster Holmboe, die ik zelf heb ontmoet en een buitengewoon goed mens is, zal haar persoonlijk in de gaten houden en ervoor zorgen dat ze alles krijgt wat ze nodig heeft en geenszins iets tekortkomt of overlast ondervindt; alles volgens afspraak met het hoofd van de afdeling dermatologie zelf, professor doctor Lerchenfeld persoonlijk. En de kleine Eva – ja, mejuffrouw Arctander, u vindt het vast wel goed dat ik nog steeds kleine Eva zeg – mejuffrouw Eva zal zo moe worden van alle gebeurtenissen die overdag plaatsvinden dat ze ongetwijfeld meteen na het avondeten in slaap valt, en dan begint het congres immers de volgende dag wéér, exact om acht uur, ja, de mannen van de wetenschap zijn als de Spoorwegen, stipt en vroeg uit de veren, ha ha, als u me mijn kleine vergelijking veroorlooft, zodat dit zonder enige twijfel de eenvoudigste en meest praktische oplossing is. Dan hebt uzelf 's avonds ook vrij. Dat kan toch een welkome afwisseling zijn wanneer u nu toch voor de gelegenheid in ...'

De vader van het geval keek hem echter nog steeds twijfelend aan.

'Het gaat maar om twee nachten,' zei professor Strøm geruststellend, 'en dan hebt u nog anderhalve dag nadat het congres is afgelopen om samen de stad te bekijken. Nu, wat vindt u ervan?'

'Tja', zei de stationschef en hij streek zich over zijn voorhoofd. Hij keek vermoeid en vragend naar zijn dochter, het geval.

Zij keek naar hem en voelde zich opeens heel erg volwassen.

'Het gaat vast wel goed', zei het geval op kalme toon. 'Laten we mijn reistas maar halen.'

*

Het gaat vast wel goed. Het gaat vast wel goed. In de auto rookte de professor een sigaar. Het was een sterke geur en het puntje van de sigaar glom van vochtigheid, als een zoutsteen onder een geitenbek. Hij sprak met mijn vader, die zich duidelijk niet goed voelde. Buiten miezerde het. Ik was kalm. Het gaat vast wel goed. Bij het hospitaal stonden inderdaad redelijk veel mensen op ons te wachten. Dat verbaasde me, dat weet ik nog. Ik had geen idee wat je tegen elkaar zei als je in de grote stad in hogere kringen verkeerde, ik had geen idee wat er al in de kranten had gestaan of wat ons verblijf in het eersteklas hotel of mijn onvrijwillige optreden in het apenhuis van de dierentuin met zich mee had gebracht; dat soort dingen vielen me toen niet op, ik begreep het niet, wist het niet. Ik herinner me dat ik erg verbaasd was bij het zien van al die nieuwsgierige mensen, er waren journalisten en op sensatie beluste toeschouwers, maar tegelijkertijd had ik een groot vertrouwen. Het gaat vast wel goed. Het gaat vast wel goed. Mijn vader pakte me bij mijn arm, ik had de sluier voor mijn gezicht bevestigd, en professor Strøm hield zijn in regenjas gestoken arm omhoog achter mijn schouders, als om me te beschermen. Het gaat vast wel goed, dacht ik, en we betraden het terrein van het Hospitaal en bestegen de paar traptreden naar de ingang van Auditorium A, langs zuilen en zandstenen acanthussen, door glazen deuren en de vestibule in, waarna we veilig waren voor alle nieuwsgierige blikken. Dat dacht ik althans.

O, de eettafel is de enige plek waar het het eerste uur nooit saai is, zegt de weergaloze fysioloog der smaak in het achtste aforisme van de inleiding van zijn beroemde werk, en toch kan ik je verzekeren dat het het eerste uur bij een casuspresentatie op een huidcongres ook niet aan amusementswaarde of stimulans voor de deelnemers ontbreekt.

Het leven van de deelnemer is enerverend, doch bevredigend. Even nadat we binnen waren, werd ik van mijn vader gescheiden, hij werd naar een andere kamer gebracht waar hij iets te drinken zou krijgen. Professor Strøm en een magere, grote, grijsharige, uitermate vriendelijke, maar ook uiterst formele Deense arts, wiens taal ik niet helemaal begreep en wiens naam ik niet helemaal meekreeg, begeleidden me trappen op en stenen gangen door naar een kamertje waar ik werd ontvangen door de hoofdzuster, mevrouw Holmboe, dat begreep ik althans, en het drong tot me door dat die grijze, magere heer het hoofd zelf was, professor doctor Lerchenfeld. De twee heren professoren verlieten met een knikje de kamer, en mejuffrouw, of was het mevrouw Holmboe, een vrouw van onbestemde leeftijd, ze leek eeuwig veertig te blijven, begroette me vriendelijk, maar waardig en beslist, en even waardig maar beslist ontdeed ze me van al mijn kleding, de sluier, de hoed, mijn mooie reisjurk met de hoge kraag, de hele identiteit die Hanna moeizaam in elkaar had geflanst zodat zij op die van alle andere mensen zou lijken, kledingstuk voor kledingstuk, tot ik in mijn hemd stond, 'armen omhoog steken', tot ik niets anders meer aanhad dat het allernoodzakelijkste.

Volgens mij stribbelde ik een beetje tegen, maar hoofdzuster Holmboe was zo waardig, vriendelijk en beslist, en het kwam allemaal zo verrassend en onverwacht dat ik, voordat ik het wist, gehuld was in een wit hospitaalschort met een strik op de rug, een blauwgestreepte duster over mijn schouders en witte pantoffels die minstens twee maten te groot waren aan mijn voeten, terwijl ik bijna niets anders kon uitbrengen dan eenlettergrepige woorden, amper groter dan het pietluttige stukje stof dat ik had mogen aanhouden.

'Kijk eens aan', zei ze vergenoegd en ze keek naar mijn verschijning met dezelfde opgeluchte blik die de lieden in de wetenschapsbranche over de hele wereld in hun ogen krijgen zodra ze het geval van civiele kledij hebben ontdaan en in een pyjama hebben gestoken; dat heeft het leven me wel geleerd. Terwijl ik een halfvertwijfelde blik wierp op de stapel met mijn eigen kleren op de stoel naast het hospitaalbed, werd ik sloffend de gang op geleid, of liever gezegd geschoven. Daar keken twee heren professoren met dezelfde vergenoegde blik op toen ze me in het oog kregen. Nog steeds voortsloffend, en met enigszins koude voeten en benen door de kilte die van de stenen vloer optrok, werd ik door nieuwe gangen en trappen naar beneden en naar boven geschoven, begeleid door de twee heren en door hoofdzuster Holmboe, terwijl professor Strøm tegen me praatte, hij bleef maar praten; ik neem aan dat hij vertelde wat er nu ging gebeuren, wat er op stapel stond, wat me te wachten stond; ik kies ervoor hem op dat punt het voordeel van de twijfel te geven en wil dan ook bewust geloven dat hij niet probeerde met mij over bijvoorbeeld het weer in Kopenhagen te spreken, of te vragen of we nog kans hadden gezien de botanische tuin of Tivoli te bezoeken (het pretpark was bovendien op dit moment gesloten), maar zijn stem verdween in de echo van de hoge stenen gangen, waar stappen van professorenschoenen en zustermocassins en mijn eigen geslof zich met elkaar vermengden tot een koele, mistige laag van geluiden die als een wit, gevoelloos vlies op mijn verwarring neerdaalde.

Toen bevond ik me opeens in een groot vertrek, op een podium, zittend op een krukje achter een scherm, en ik hoorde dat het auditorium zich vulde met stemmen, er kwam meer sigarenrook en er klonk academisch gemompel. Professor Strøm had me verlaten, nerveus aan zijn manuscript in zijn binnenzak frummelend, evenals professor Lerchenfeld, na een paar geruststellende woorden die helaas onverstaanbaar waren door zijn gemompelde Deens, en een vriendelijke aai over mijn wang, terwijl hoofdzuster Holmboe naast mijn krukje bleef staan, onbeweeglijk, als een valkenier bij het blok van de vogel. Het vertrek was gedeeltelijk verduisterd, maar op het podium brandde elektrische verlichting.

Ik weet niet of ik kan zeggen dat ik bang of angstig was, ik zat daar een beetje in de witte, verticale stofplooien van het scherm te turen en probeerde me groot te houden, een soort orde in de dingen te herscheppen. Ik telde de plooien. Aan de rechterkant van het scherm had de stof achtendertig plooien als je horizontaal over het midden van de rechthoek rekende, terwijl er links slechts drieëntwintig waren. Omdat ik aannam dat de stof aan beide kanten even breed was, liet ik mijn blik omhoog en omlaag gaan en probeerde ik alle omslagen aan de twee messingstangen te tellen die de stof uitgerekt hielden, ik ontdekte dat er meer omslagen waren als er minder plooien zaten, wat ik buitengewoon vreemd vond, en bovendien zaten er meer plooien in het bovenste vijfde deel van die rechthoek, wat ik nóg vreemder vond, en ik probeerde ze met mijn ogen te volgen, uit te rekenen waar en wanneer de golven in de stof ophielden aparte golven te zijn, egaal werden en in elkaar overliepen, en dit allemaal terwijl een stem de vergadering in het Duits tot de orde riep, een heleboel dingen zei die ik niet verstond en professor Strøm met een hele reeks titels introduceerde. Beleefd, maar afwachtend applaus achter de witte stof.

Professor Strøm sprak Duits met zo'n zwaar accent dat ik meteen dacht dat ik bijna alles begreep wat hij zei. Ik begreep althans de schets van mijn leven als geval, *'bei der Geburt dieses seltenen Falles waren schon die Körperhaare des Mädchens ganz so entwickelt, wie wir sie später werden beobachten können'*, zo was het, *ganz so entwickelt*, zo eenvoudig was het, *'wobei ein so vortretender Hirsutismus nur im allerseltensten Falle zum Vorschein kommt, und meist nur wo eine Zweideutigkeit des Geschlechts oder andere verzerrende oder krankhafte körperliche Merkmale gleichzeitig zu sehen sind'*, waarna hij, denk ik, overging op het beschrijven van de speciale eigenschappen en karakteristieken van de lanugoharen, *'sonst nur bei sehr extremen Frühgeburten oder*

266

im Muttersleibe gestorbenen Foeten zu sehen', terwijl ik mijn ogen op en neer liet gaan langs het wit van het scherm, ik had het een beetje koud, ik luisterde niet echt meer, en professor Strøm kwam langzaam maar zeker bij zijn these, zijn eigen onderzoek, namelijk dat *'das Mädchen trotz seiner dichten Behaarung'*, en dat, vermoed ik, was het hoogtepunt van professor Strøms academische loopbaan, want zijn stem beefde licht toen hij bij zijn these was aanbeland, *'niemals, nicht ein einziges Mal in dreizehn Jahren'* nog geen enkele ingegroeide haar had gehad, hetgeen de waarheid was, maar niettemin begreep ik toen pas, achter het scherm, dat onderzoek doen naar ingegroeide haren en de oorzaak daarvan de taak en het doel in het leven van professor doctor Johan Q. Strøm waren.

De professor begon nu in detail, blijkbaar onder het tonen van dia's, ingegroeide haren te beschrijven die hij persoonlijk had gezien, van aangezicht tot aangezicht, om het zo maar te zeggen, of op minder uitnodigende plaatsen, en dit alles onder het opsommen van abcessen, builen, lipomen, infecties, wonden en littekenvorming als gevolg van die uitermate vaak voorkomende, maar veel te weinig aandacht ontvangende menselijke kwalen, en hij besteedde hier zo veel tijd aan dat zich in de zaal een ongeduldig gemompel verspreidde, maar professor Strøm ging gewoon door, hij beschreef mogelijke oorzaken en veroorzakende factoren, van stompe of smerige scheermesjes tot een slechte lichaamshygiëne in het algemeen, voortdurend geïllustreerd met dia's, voordat hij overging tot zijn conclusies, waarbij hij benadrukte dat een slechte hygiëne op zichzelf niet kon verklaren waarom sommige individuen vatbaarder zijn voor ingegroeide haren dan anderen, maar dat een aangeboren component en iets afwijkends aan het groeipatroon van het haar zelf hier klaarblijkelijk sterk aan meewerkt. Daarna ging hij dit hele verhaal nader verklaren, heel uitgebreid en intricaat, terwijl de onrust in de zaal toenam, en ik hield op met het tellen van de plooien, maar kennelijk trad het ingegroeide haar dankzij professor Strøms bevende, plechtige en energieke stem nu eindelijk als fenomeen in het zoeklicht van het internationale, dermatologische onderzoek, voor eens en voor altijd, want niemand, dat kon ik achter mijn scherm met de onregelmatig verdeelde plooien horen, niemand stond op om de zaal te verlaten, iedereen bleef zitten en terwijl hij de specifieke groeipatronen in mijn eigen bijzondere beharing ging beschrijven, evenals eigenschappen van mijn merkwaardige pigmentatie en het follikelvet van de lanugoharen, nam de onrust weer af, werd vervangen door een groeiende stilte en steeds grotere verwachting; professor Strøm toonde zijn laatste dia, het apparaat werd uitgezet, hij sprak enkele afsluitende woorden, '*indem ich Ihnen, meinen sehr geehrten Herren, herzlichst und ehrerbietigst danke*', en toen nam hij de vrijheid te *vorführen* waarvoor ze allemaal gekomen waren, hoofdzuster Holmboe rechtte haar rug en het scherm werd weggehaald.

Die zucht van verbazing die zich door de zaal verspreidde had ik tot op zekere hoogte al zo vaak gehoord, in verschillende varianten, van de kleine kreet die degenen die mij voor het eerst zien onontkoombaar en altijd ontglipt, maar die wel netjes en fatsoenlijk blijft, tot het grote, welhaast gelukzalige ooh, die soms aan mensen met een zwakkere impulscontrole ontsnapt. Maar nog nooit eerder had ik tegenover zo veel mensen gestaan, en deze zucht was als een schok in de grote, donkere zaal; dit was voor het eerst dat ik dat hoorde; ik kneep mijn ogen tot spleetjes en vermoedde professorentoga's, glittering van dasspelden en horlogekettingen, snorren die glommen van de knevelwas, 'wilt u zo vriendelijk zijn te gaan staan, juffertje', zei professor Strøm vriendelijk in het Noors, ik kwam automatisch overeind, en op hetzelfde moment ontdeed mejuffrouw of mevrouw Holmboe me van mijn duster, maakte behendig mijn hospitaalschort los, en daar stond ik, alleen, in het licht, in slechts het allerschamelste kledingstuk.

Nieuwe zuchten door de zaal. Gemompel.

Ik was verblind door de schijnwerpers en voelde me duizelig. Alleen. Ik had opeens het gevoel dat ik aan de rand van de afgrond stond te wankelen, mijn maag kromp ineen, mijn ledematen verslapten, en het enige wat ik kon was staan, volkomen stil staan terwijl professor Strøm met een lange aanwijsstok om me heen liep en nu eens hoog, dan weer laag op mijn interessante geval van een poezenlijf in de puberteit wees.

Ik hoorde niet wat hij nu zei, maar tuurde de duisternis in, mijn ogen doolden rond om te zien of mijn vader ergens in de zaal zat, maar ik zag hem niet, jawel, nee, jawel, toch, daar zat hij, op bijna de achterste rij, ik herkende zijn haardos, de bakkebaarden, en meteen voelde ik me meer op mijn gemak; wanneer hij daar zat en geen alarm sloeg, dacht ik, dan is alles vast in orde. Dus stond ik daar en liet naar me wijzen en me *beobachten*, terwijl de interesse van de zaal en alle in totaal honderdtwaalf paar wetenschappelijke professorenogen, met en zonder lorgnetten, begerig naar inzicht langs mijn lichaam op en neer gingen, de bewegingen van de aanwijsstok volgend, alsmede enkele blikken, dat voelde ik, naar heel andere plekken afdwaalden en volgens geheel eigen impulsen, die op zich best wetenschappelijk kunnen zijn geweest, weet ik veel.

Ik werd langzaam in het rond gedraaid, van de zijkanten en de achterkant bekeken, moest een arm optillen, me buigen, en ik maakte alle bewegingen die me werden gevraagd, voorzichtig, alsof ik de hele tijd op de rand van de afgrond stond en duizelig was; ik weet niet hoelang ik daar stond, maar ik wist dat mijn vader daar zat toe te kijken, en ik was duizelig maar kalm. Toen brak het moment aan waarop de geleerden me individueel nader in ogenschouw zouden nemen; ze gingen, ijverig en duwend, bijna als schooljongens, in een lange rij staan die het podium op leidde, en daarna defileerden ze langs mij heen, terwijl ze soms in hun eentje en soms groepsgewijs bleven stilstaan, wezen, met mooi klinkende, vreemde woorden en kreten discussieerden, *by Jove, c'est curieux, ça, wie einzigartig, mycket anmärkningsvärd, che veramente straordinario*, kwaak kwaak, grote grutten, en me onderzoekend beroerden met hun onderzoekshanden, mijn vacht aanraakten, het haar tussen hun vingers wreven zoals een woekeraar munten bevoelt; ik keek of ik mijn vader kon ontwaren, maar zag hem niet daarboven op de rij banken, want het uitzicht was versperd door al die professoren, met name door de lange, magere, grijze professor doctor Lerchenfeld, het hoofd van het instituut en de voorzitter van het congres, die de hele tijd naast me stond, half voor me, en me grondig bekeek terwijl de overige geleerden langsliepen; nu waren ze klaar, ze stonden in een halve cirkel om me heen, *pueri pueri sunt, boys will be boys*; professor Strøm hield een scheermesje in zijn hand, trok mijn arm vriendelijk, maar beslist naar zich toe, verwijderde snel een vierkantje haar ter grootte van het oppervlak van een luciferdoosje van mijn bovenarm, en nodigde de wetenschap uit dichterbij te komen om mijn asgrauwe, zachte huid nader in ogenschouw te nemen, en ik protesteerde niet, ik was te laat, kon het niet, maar stond daar maar, dom en sloom, alsof ik niet meer was dan een aanhangsel van mijn eigen arm, want op dat moment kreeg ik in de mensenmassa mijn vader in de gaten, maar dat was mijn vader niet, het was slechts de man van wie ik had gedacht dat het mijn vader was; nu zag ik het, in het donker had ik zijn snor en haren aangezien voor die van mijn vader, terwijl die in werkelijkheid toebehoorden aan een heel gewone, witharige, ietwat mollige professor uit de buurt van Dortmund.

Nu duikelde ik de afgrond in, ik bleef maar vallen, en de knoop in mijn maag groeide uit tot een kloof van jeukende, zure pijn, terwijl ik minutenlang en jarenlang bleef vallen, zodat ik een uur later, toen mejuffrouw of mevrouw Holmboe me vriendelijk mijn hospitaalschort en duster aantrok, helemaal gevoelloos was geworden, mijn armen en benen trilden; men bracht me naar buiten, door gangen heen, en opeens stond ik tegenover mijn vader, mijn echte vader, met dezelfde snor en dezelfde haren als ik even eerder had gedacht te zien. Ik vond dat hij veel weg had van een professor; hij vroeg me vriendelijk hoe het gegaan was, kleintje, een beetje angstig, bijna een beetje trots, en ik kon niet anders zeggen dan dat het prima was gegaan, vader, het is prima gegaan, niets om je zorgen over te maken;

we werden een soort kleine salon in geschoven, waar vader en ik thee en scones geserveerd kregen, mijn vader keek me opbeurend, maar toch ook een beetje bezorgd aan, ik keek afwezig en opbeurend glimlachend naar hem terug, ik viel nog steeds. Daarna werd hij opnieuw naar de deur begeleid, weggestuurd, hij probeerde even te glimlachen en leek een hinnikend geluid te maken toen hij vertrok, zei dat hij zou proberen van zijn vrije avond te genieten, als man van stand alleen in de stad van de koning, toen verdween hij, en ik mocht een uurtje uitrusten in mijn kamertje.

In bed zat ik over mijn hele lichaam te beven. Ten slotte lukt het me onder de deken te kruipen, daar lag ik verder te trillen, na een tijdje dacht ik dat de hele kamer schudde, dat de muren, de vloer, het matras onder me heen en weer wiegden en dat ik stil lag. Maar langzaam verdween alles, mijn lichaam werd warm en ik viel in slaap, in een diepe slaap, in een merkwaardig roodzwarte slaap – ik weet niet hoelang die duurde – waarna ik door de hoofdzuster werd gewekt die met soep verscheen. Ze streelde geruststellend mijn hoofd, zei een paar vriendelijke, Deense woorden tegen me die ik niet helemaal begreep, maar ik merkte aan haar handen, aan de manier waarop ze op mijn slapen bleven rusten, dat de aanraking vreemd en interessant voor haar was, en ik at soep.

Vervolgens kwam professor doctor Lerchenfeld terug, samen met professor Strøm; ze legden me uit wat er nu ging gebeuren, en dat gebeurde dan ook; ik werd naar een kleine onderzoekskamer gebracht, de eerste groep professoren, ongeveer een derde van het hele team, de een na de ander, of twee aan twee, onderzocht me, opnieuw in meerdere of mindere mate ontkleed, ze stelden vragen aan Strøm en aan mij, die ik half versuft of helemaal niet beantwoordde – ze schaamt zich, het arme kind – bevoelden me en knipten en sneden nog meer vacht weg, dat in kleine doosjes met katoen onderin werd gelegd, bijna alsof je de begrafenis van een dood vogeltje voorbereidt. Alles gebeurde onder de veilige doktersblik op professor doctor Lerchenfelds magere gezicht, on-

271

der de grijze kuif, hij glimlachte zwak en opbeurend naar me; hij let op dat er niets ergs met me gebeurt, dacht ik, dit is eigenlijk helemaal niet zo erg.

Buiten was het snel donker geworden en de dag was ten einde gelopen zonder dat ik er erg in had gehad, ik had niet gedacht dat er een eind aan kon komen, en ik werd bedankt door Strøm en Lerchenfeld, hartelijk bedankt en welterusten gewenst, en hoofdzuster Holmboe bracht me weer naar mijn kamer, waar een stevig avondmaal op me wachtte, een beker melk; ze liet me alleen, ik prikte in het eten, daarna gaf ik over in de wasbak en ging naar bed. Ik viel meteen in slaap.

… Ik weet niet hoelang ik heb geslapen, diezelfde droomloze, rode en zwarte slaap, als ik wakker word doordat zuster Holmboe – nog steeds dezelfde zuster mevrouw mejuffrouw Holmboe, die blijkbaar nooit slaapt, maar is vervuld van een vierentwintiguursroeping om de verpleging en de lijdende patiënten te dienen, als een Kopenhaagse Florence Nightingale – aan me rukt en me vastberaden maar voorzichtig wekt, de lamp aansteekt en iets geruststellends zegt, nog steeds zonder dat ik haar woorden helemaal begrijp, maar dan begrijp ik opeens tóch wat ze zegt, en ze zegt dat professor doctor Lerchenfeld me graag wil zien en me persoonlijk wil onderzoeken. Daarop verdwijnt ze en professor Lerchenfeld staat in de deuropening, hij glimlacht geruststellend, doet de deur voorzichtig maar resoluut achter zich dicht, loopt rustig naar het bed waarin ik lig en ik maak me geen zorgen, hij gaat op de stoel naast het bed zitten en vraagt vriendelijk en bedachtzaam hoe het met me gaat.

Dank u, goed, zeg ik, hij steekt een hand uit en aait me over mijn haar, heel lang, terwijl hij me met onderzoekende, liefdevolle ogen aankijkt.

*

Het was diezelfde nacht in het hospitaal, ik werd wakker en moest nodig, niet alleen de kleine, maar ook de grote boodschap, en dat stond me tegen, zoals het me altijd tegen heeft gestaan om de nachtpo onder het bed te gebruiken. Ik stond dus op, trok die lelijke duster en de sloffende ziekenhuispantoffels aan en begaf me de gang op om een toilet te zoeken.

Buiten voor de deur stond een lege stoel waarop mevrouw of mejuffrouw Holmboe of een van haar gelijken had moeten zitten; bij de stoel een tafeltje, daarop stond een nog halflauw kopje koffie, en naast een al veel gelezen tijdschrift lag ook een breiwerkje, een paar sokken met een ongebruikelijk lelijke kleurencombinatie. De Zoeloemissie, dacht ik en ik zei hallo. Eerst zachtjes, daarna luider, zodat het galmde tussen de verpleegstersgroene stenen muren, die in de gedempte nachtverlichting bijna grijs leken.

'Hallo?'

Niemand die me hoorde. Kennelijk was mijn bewaakster naar belangrijker taken weggeroepen, want er was geen stem die me antwoordde en er was geen geluid te horen. Misschien assisteerde ze op dat moment bij een gevaarlijke operatie, misschien hield ze de hand van een stervende vast of, wie weet, de hand van een dokter, wie zal het zeggen? Op de gang was het volkomen stil.

Toch niet. Toen ik de gang door liep op weg naar de badkamer, kon ik het gebouw, het hospitaal, horen ademen. Het lag als een groot, slapend dier in de Kopenhaagse nacht stilletjes te sissen, en door de vele aderen suisde de schemering als oud bloed, en binnen in dit alles zweefde ik.

Ik vond de toiletten, deed het licht aan. Het licht en de witte muren waren behaaglijk, en ik hoorde de hijgende ademhaling van het hospitaal niet langer sissen. Ik had het koud. Daarna waste ik mijn handen en dronk een slok water; opeens was ik klaarwakker, zoals me dat 's nachts vaker overkomt; dat is mijn oude nachtelijke waakzaamheid die me al sinds mijn kinderjaren kwelt, een overdreven waakzaamheid die verlangt naar woorden, naar muziek of woorden, naar boeken, naar een lied, naar een gesprek; een hongerige waakzaamheid die eigenlijk naar slaap verlangt, maar die bang is om te gaan liggen en uitsluitend achter

273

de duisternis van de oogleden te bestaan, want wie weet wat er dan kan gebeuren. In plaats daarvan verlangt ze ernaar geamuseerd te worden, in slaap te worden gepraat, in slaap te worden voorgelezen, in slaap te worden geschreven, in slaap te worden geluisterd, wat ook maar, als ze maar gevuld wordt met iets anders dan zijzelf.

Ik liep terug door de gang in de hoop dat de nachtzuster nu op haar plek zat, ze zou me zeker minstens een half uur gezelschap houden, zodat het me wellicht zou lukken weer moe te worden, maar de stoel was nog steeds leeg, ze voerde in het holst van de donkere nacht blijkbaar elders in het grote gebouw edele taken uit, en er was geen steekje ten bate van de Zoeloes bij gekomen. Daarom trok ik uit wraak drie toeren uit en liep verder door de gang, langs mijn eigen deur; bang, een beetje koud, ik sloeg een hoek om en voor me lag een nieuwe, lange, halfdonkere gang, die op die van mij leek.

'Hallo', zei ik weer en ik luisterde naar de echo.

Het gebouw ademde. Ook achter de deuren werd geademd. Door slapende zieken of door lege kamers. Ergens meende ik een zwak gejammer te horen, alsof het van heel ver kwam, alsof een vrouw om haar dode kind lag te rouwen. Maar dat kan ook verbeelding zijn geweest. Ik belandde op een derde gang, ik was nogal mismoedig toen ik stil bleef staan. Hoorde ik daar geen voetstappen? Even hoorde ik niets anders dan mijn eigen ademhaling die zich vermengde met de duisternis en met de weerklank van mijn eigen stappen op de stenen gang, maar toen viel de echo stil, en daarna hoorde ik het. Inderdaad, het waren voetstappen, gedecideerde, rustige, lichte voetstappen ergens voor me uit, ik kwam weer in beweging; het was vast de nachtzuster of een andere verpleegster, of misschien zelfs wel professor doctor Lerchenfeld met zijn grijze lokken aan de slapen en zijn magere gezicht; het kon me niet schelen wie het was, hij mocht zelfs mijn zachte plekje nog een keer onderzoeken, als hij maar een paar minuten met me wilde praten; ik moet hem of haar vinden, dacht ik. *Dictum ad factum*, zo gezegd zo gedaan, dus ik sloeg haastig de hoek om en liep recht op de eigenaar van de voetstappen af.

Ik gilde het uit van schrik. Het is niet overdreven om te zeggen dat ik nog nooit eerder zo geschrokken was. Mijn stem weerklonk lang en luid en heeft ongetwijfeld een heleboel ernstig zieke patiënten wakker gemaakt die hun slaap hard nodig hadden; misschien heeft het hun leven verkort. Pas na een tijdje werd me duidelijk dat de gestalte tegen wie ik was opgebotst, ook van schrik luid had gegild. Ik was dus niet in mijn eentje verantwoordelijk voor het weinig geneeskrachtige geluid.

Voor mijn neus stond een gestalte die wel iets weg had – dat denk ik nu althans – van zo'n gedaante in een van de meer bewoonbare plekken van de hel, zo ongeveer halverwege, op een middeleeuws schilderij. Het was een mager, slungelig lichaam, even groot als ik, ik nam aan van het mannelijk geslacht, eveneens in kamerjas en, vermoedde ik, van mijn eigen leeftijd. Hij had bijna geen haar, slechts bij zijn oren en aan zijn slapen zaten een paar onregelmatige, verhardende plukjes bruin hoofdhaar. Hij had kleine, blauwe en verschrikt toegeknepen ogen. Maar hij had geen huid. In plaats van huid had hij schubben, schubben als een hagedis of een *noch-nie-gesehenes* waterdier, stijve, harde, glimmende schubben op zijn hele gezicht en op wat ik aan lichaam en handen kon zien, met een geelgroene, ziekelijke en afschuwwekkende kleur, en het leek alsof er barsten tussen de schubben zaten waarin ik vocht, bloed of pus kon ontwaren. Zijn lippen waren volkomen menselijk, maar bijna paars, en zijn wimpers waren heel lang, bijna meisjesachtig. Er zaten echter korsten in en op zijn oogleden, dat zag ik als hij knipperde.

We waren allebei minstens een halve adderlengte achteruitgesprongen, en toen de echo van onze kreten wegstierf en onze hartslagen langzaam van hoog in de keel naar het middenrif teruggingen, bleven we elkaar staan aankijken. Een kort, doodsbenauwd moment had ik me volslagen normaal, bijna mooi gevoeld, heel vreemd om dat te voelen, maar ook nogal deprimerend, want toen zag ik dat hij mij aankeek met evenveel schrik, en daarna belangstelling, als ik hem.

Toen barstte het schubbige gezicht open in wat ik als een zwakke glimlach interpreteerde, en hij zei met een heldere, luchtige stem en met een sterk, onbekend accent, in een soort Scandinavisch: 'Goedenavond, vrouwlein. Ik vermoed dat we aan hetzelfde congres deelnemen.'

Zijn paarse lippen krulden tot een ironische glimlach, en aangezien hij mijn glimlach niet kon zien, stak ik, ietwat onzeker, mijn ene poot uit en hij drukte die met zijn hagedissenklauw. Ik rilde van afschuw. Hij maakte een licht buiginkje en glimlachte nogmaals.

'Andrej Bòr, aangenaam', zei hij beleefd. 'Maar u mag me Andreas nennen, als u wilt.'

Ik noemde mijn naam.

'Aha. Doet me genügen. Doet me groot genügen, vrouwlein. En nu we kennis hebben gemacht, wilt u zo vriendelijk zijn met me mee te lopen, vrouwlein Eva, zodat we even kunnen klatsen?'

Zijn hoge stem was zwak, maar goedgevormd en helder, hij stak zijn arm galant uit en wees in de tegenovergestelde richting van waar hij was gekomen. Ik volgde hem, bijna als in trance. We moeten een merkwaardig vertoning zijn geweest, ieder in onze gestreepte kamerjas.

Hij opende een deur en we betraden eenzelfde kamer als de mijne, maar deze leek meer bewoond; er hing een donker kostuum over een stoelrug en achter de deur stonden twee paar herenschoenen, op het nachtkastje en de planken lagen persoonlijke spullen, en een stevige koffer in de ene hoek liet zien dat Andrej, of Andreas Bòr, hier woonde tijdens de duur van het congres en niet uit de hotelkamer van zijn vader was ontvreemd.

Met een uitgesproken beleefde handbeweging nodigde hij me uit plaats te nemen op een van de twee houten stoelen, hield die voor me gereed, ging zelf zitten.

'U zijt het absolute hoogtepunt van dit congres, Eva. Ik fühl me – hoe zeg je dat – gans vereerd u te mogen ontmoeten. Dat is gans interessant. Gans interessant.'

Daarop gaf ik geen antwoord, ik keek hem slechts met grote ogen aan.

'Neemt u me niet kwalich dat ik u heb laten schrikken. Ik lig 's nachts vaak wakker doordat mijn Haut pijn doet. Of dat zondige ting dat zich om mijn lichaam heeft genesteld en dat de artsen huid nennen, maar wat ik liever mijn omhulsel nenn.'

Hij wierp een blik op zijn hand en keek mij weer aan, langzaam en nadenkend.

'Mijn omhulsel. Mijn *metla*. Meistal vorm ikzelf het hoogtepunt van een dergelijk congres. Ja. Maar diese keer niet. Niet auf dit congres. Hebt u viel pijn, vrouwlein hoogtepunt?'

'Pijn,' zei ik, 'wat bedoelt u?'

Hij knikte in de richting van mijn hand.

'Uw beklagenswaardige … toestand. Brengt die kwellingen met zich mit?'

'Kwellingen?'

'Vertel eens,' zei hij, overdreven beleefd, 'is het uw gewoonte een vraag immer met een wedervraag te beantwoorden?'

'Het doet geen pijn', zei ik. 'Helemaal niet.'

'Mooi voor u. U bent vast en zeker gans zeldzaam. Buitengewoon zeldzaam. Zelf ben ik niet zo zeldzaam. Zeldzaam, maar niet zo zeldzaam als u. Ik ben inderdaad zo geboren, maar de situatie is met de jaren slimmer geworden. Aanvankelijk was het voldünde dat mijn ouders me thuis in het miserabele dorpje Dolni Vranov, in Bohemen, insmeerden met uierzalf, en de eerste jaren van mijn Leben stonk ik dus als een Tier, waarvan niemand last had aangezien mijn ouders me meistal aufgesloten hielden, uit schaamte en angst. Binnenshuis glibberde ik rond, onder de zalf. Bent u viel aufgesloten geweest, vrouwlein Eva?'

Ik stond op het punt hem te vragen wat hij bedoelde, maar beet op het laatste moment op mijn tong, dacht even na en zei: 'Niet opgesloten. Maar binnen.'

'Ik begrijp het. Ik begrijp het. Zo gaat dat vaak – mit ons soort mensen.'

Ik keek hem aan. Op mijn armen gingen mijn haren rechtop staan.

'Het is gans interessant u te ontmoeten', ging Andreas Bòr opgewekt verder. 'Wel, toen ik ouder werd, zo'n jaar of acht, negen, tien, werd het moeilijker, mijn omhulsel begon barsten te vertonen en te bluten, en uiterlijk nam ik steeds meer de gedaante van een reptiel aan, het begon pijn te doen, en alle uierzalf die er op het vruchtbare platteland van Bohemen te vinden was, was tevergeefs, zo'n pijn deed het, en ik zou ongetwijfeld gecrepeerd zijn, mijn analfabete en arme ouders zouden me hebben laten verhungeren, ware mijn mentor, professor Joachim, er niet geweest, hij ontdekte me en ontfermde zich over me.'

'Ik begrijp het', loog ik.

'En dat was mijn geluk! Nee, vrouwlein Eva, wat voor gedachten heb ik, hier zitten we dan, midden in de nacht, te redekavelen ohne dat ik u iets te eten of te trinken heb aangeboden!' Hij kwam overeind, liep naar zijn koffer en haalde een koektrommel en een reisflesje tevoorschijn. In de koektrommel zaten bruine koekjes en in het flesje zat een heldere vloeistof die hij voor ons in twee tandenborstelglazen schonk.

'Hopelijk smaakt het', zei hij. 'Speculatiekoekjes en Becherovka. Een heerlijk drankje. Ja, dat was mijn geluk! Kent u professor Joachim, vrouwlein Eva?'

'Nee,' zei ik, 'is hij misschien dokter? Huidspecialist?'

Andrej Bòr lachte.

'Dat is een goede. Dat is een heel goede. Nein, nein, hij is geen dokter, hij is directeur van een rondreizende troep, begrijpt u?'

'Ja', loog ik, geïrriteerd vanwege de nieuw door mij aangeleerde conventie, namelijk geen vragen met vragen te beantwoorden.

'Hij heeft een hele menagerie met ons soort mensen. Lilliputters en Siamezen, dikke dames en starke mannen, een man met twee hoofden en een hagedissenmens, dat ben ik, en nog viel meer, en inderdaad ook een vrouw met een baard.' Hij schraapte zijn keel. 'Maar zij is gans anders dan u, meer, hoe zeg je dat, *mannhaft*. Proost.'

Hij hief het tandenborstelglas naar me op.

Ik hief het mijne, onzeker. We dronken. Het was zo sterk dat het in mijn keel brandde en mijn ademhaling stokte, ik begreep dat dit sterkedrank was, iets wat ik in mijn onschuld uiteraard nog nooit had gedronken, maar ik deed alsof er niets aan de hand was, smoorde mijn kreet en gekreun, en omdat hij mijn gezichtsuitdrukking niet kon zien, merkte hij ook niets, maar zette hij zijn monoloog die geen vragen duldde, opgewekt voort.

'Het is een zeer succesvolle troep en beroemd in gans Europa. Ze zijn overal op tournee geweest. Overal. De laatste jaren is de troep zo succesvol en zo gross geworden dat hij hem in tweeën heeft kunnen splitsen. Professor Joachim heeft overal ogen en oren, en zodra hij over iemand van onze soort verneemt, begeeft hij zich naar de plek waar betrokkene te vinden is om zijn hulp en zijn diensten aan te bieden. Proost. Neem nog een koekje. Zo hoorde hij ook van mij en kaufte mij van mijn analfabete ouders voor een flinke som geld, hoeviel weet ik niet, maar je kunt vermoedelijk wel stellen dat hij goede zaken deed. En ik, die nog nimmer iets anders had gezien dan mijn moeders haardstee en de achterhand van mijn vaders hand, kwam in de wereld terecht, werd berühmt, werd gevierd, kreeg de vele landen te zien. Hij zorgde ervoor dat ik regelmatig onder deskundig dokterstoezicht kwam, want hij kent de beste artsen, kreeg andere smeersels en linimenten dan uierzalf; ik kreeg badkuren en verbleef in zonnige landen, wat zeer weldadig is voor mijn omhulsel, en hij zorgde ervoor dat ik een opleiding kreeg, want in zijn troep zitten leraren omdat hij altijd viel kinderen in zijn menagerie heeft, en ook onder ons soort mensen zitten viel geleerde en belezen lieden, dus het is erg leerzaam om met zo'n groep mensen rond te reizen.'

'Was u niet bedroefd', zei ik, 'dat u uw ouders moest verlaten?'

Hij lachte, luid en piepend.

'Geenszins. Geenszins. Kijk naar me. Ik spreek vloeiend acht talen. Ik ben erg reich, want professor Joachim is een eerzaam mens, die uitsluitend een bepaald, maar wijs percentage als provisie verlangt. Alleen al wat het congres hier voor mijn komst moet betalen, beloopt een heel aardig bedrag, zal ik u zeggen. Was ik bij mijn ouders geblieben, dan zou ik arm en onwetend zijn en nooit de wereld hebben leren kennen, als ik al had overleefd. Nu ben ik de wereldberühmte hagedissenmens Andrej Bòr, of Andreas Bauer. Zoals men in het Deutsch zou zeggen. Proost.'

We dronken weer.

'En u, vrouwlein Eva, tot welke troep of menagerie behoort u?' Hij keek me schalks aan.

'Ik ben hier met mijn vader', zei ik.

'Had ik het niet gedacht. Had ik het niet gedacht.' Hij schudde gemaakt gelaten zijn merkwaardige, kale hoofd.

'Dus.'

'U moet zo spoedig mogelijk over uw toekomst gaan nadenken. Zaken doen. U vindt wellicht dat u einsam bent?'

Ik keek hem even aan, toen koos ik voor de waarheid: 'Ja', zei ik.

'Erg einsam? Omdat niemand anders is zoals u?'

'Ja', zei ik.

'Maar daarin hebt u het mis. In een troep zoals die van professor Joachim zult u nimmer einsam zijn, omdat er altijd zovele anderen zullen zijn die hetzelfde gefühl hebben als u, ieder op zijn eigen manier natuurlijk, en die op geen enkele andere mens lijken. U zult zich gans normaal fühlen. En u zult, met uw zo zeer zeldzame toestand, zeer reich worden. Zeer, zeer reich.'

Hij keek me intens aan, met ogen die nu net zo glinsterden als zijn huid.

'En u zult uw geluk kunnen vinden. Want ik zal u vertellen, *kocicka moje*, vrouwlein Eva, proost, dat er onder ons merkwaardige wezens viel gelukkige huwelijken voorkomen. En relaties. O ja, relaties. Voor ons merkwaardige lieden bestaat viel vrijheid.

Gelooft u niet dat de schönheid van binnen komt?'

Ik voelde hoe de kamer begon te wiegen, heel kalmpjes.

'Ik weet het niet', zei ik verward.

'De schönheid komt van binnen', zei hij bedachtzaam, 'en toch is dat niet zo. Dat is nu zo vreemd. Onder de mensen van professor Joachim bevindt zich onder andere een vrouwelijke zwerg die getrouwd is met een van 's werelds grootste mannen, en de hässligste vrouw ter wereld, met huidplooien en wratten zo groot als kinderhoofdjes over haar hele gezicht en lichaam, die getrouwd, gans gelukkig getrouwd, is met de kreeftenman, die in plaats van handen als het ware twee kreeftenscharen heeft; ze hebben samen drie kinderen en tot hun grote vreugde zijn twee van hen geboren met dezelfde scharen als hun vader, waarmee ze de toekomst van het gezin hebben veiliggesteld; o, nee, vrouwlein Eva, u kunt zich amper een toegewijder en gelukkiger huwelijk voorstellen. En ze zijn gans rijk. Zeer, zeer rijk. En neem nu mij ...'

Hij richtte zich een eindje in zijn stoel op, schoof zijn onderlijf iets naar voren.

'... neem nu mij. Ik lijd pijn en slaap 's nachts slecht, en mijn toestand kan verzacht worden, maar wordt niettemin slimmer met de jaren. Ik word, met mijn omhulsel, vast en zeker geen oude man.'

Hij zweeg een ogenblik, keek me lang aan.

'Ik kan u echter verzekeren, vrouwlein Eva,' ging hij op zachte toon, welhaast frivool, verder, 'dat ik viel vrouwen gelukkig heb gemacht. Viel vrouwen. Mijn toestand is namelijk beperkt tot bepaalde lichaamsdelen, en de reproductieve organen horen daar niet bij. Die verkeren daarentegen in uitstekende staat en zijn, durf ik te stellen, van uitmuntend formaat. Mijn *ptak* is niet allein een vogel, zoals het woord aangeeft, die is een adelaar. Een koningsadelaar.'

Ik greep het glas zonder aangemoedigd te hoeven worden.

'Dat is de enige echte verlichting die er bestaat', zei hij. 'Wanneer mijn omhulsel me op zijn ergst kwelt.'

'Ik weet niet waarover u het hebt', mompelde ik en dat was in elk geval ten dele waar.

'*Kdepak!* O, wat een gepraat', zei hij lachend. 'Als je zo'n omhulsel hebt en iets wat je het leven kan kosten, dan is het van belang om er het beste van te machen terwijl dat kan, en ervan te geníeten. Daarom ben ik een zeer, zeer direct mens. Vindt u dat vervelend?'

Ik keek hem aan, probeerde zijn gezicht te zien, het echte gezicht, achter al die schubben. En wellicht probeerde hij het mijne te zien.

'Helemaal niet', loog ik.

'Proost. Dan begrijpen we elkaar. U bent', ging hij verder, 'gans, gans hässlig. Gans hässlig. U zult nooit een man krijgen. Geen gewone man. Geen man die u kan geven waarvan u droomt.'

De kamer bewoog nu nog iets meer.

'Niet daarginds in de echte wereld. Maar in onze wereld', zei hij, 'zult u het geluk kunnen ervaren. U zult begeerd en geliefd kunnen worden, en u zult zelf kunnen begeren en liefhebben als u vast blijft houden aan de gedachte dat de schönheid van binnen komt.'

'Juist, ja', zei ik en ik nam nog een slok, helemaal uit eigen beweging.

'Maar u mag die gedachte nimmer laten varen. Nimmer. Dan gaat de rest vanzelf. U zult plezier en genoegen ervaren en u kunt tegelijkertijd gans, gans reich worden. U moet leren er het beste van te maken. Zoals ik. Nu de zaken er toch eenmaal zo voorstaan. Man lebt nur einmal, und ist so lange tot.'

Hij rechtte zijn rug, misschien had hij last van de pijnlijke barsten in zijn hagedissenhuid, hij frunnikte een beetje aan de bobbel op het koord van zijn kamerjas en vervolgde: 'De begeerte volgt vreemde wegen in de wereld, vrouwlein Eva. U bent hier dan misschien nummer één op het programma, maar u bent gans, gans hässlig. Net als ik. Die normaal gesproken nummer één op het programma is. Maar nu bent u dat. Gans hässlig. U zult nimmer een gewone man kunnen krijgen. U kunt derhalve niet meer van het leven verlangen dan wat de basisvoorwaarden te bieden hebben. Dat is een wijsheid die de meeste mensen pas laat beseffen, maar wij al vroeg. Nogmaals proost.'

Ik kwam overeind en liep door de wiegende kamer naar de wasbak. Daar gaf ik over. Het braaksel had de zure smaak van halfverteerde speculaasjes en dennennaaldenlikeur.

Na een tijdje merkte ik dat hij naast me stond. Hij streelde me over mijn voorhoofd. Daarna kwam hij met een vochtige handdoek.

'Het spijt me', zei Andrej Bòr, zacht, fluitend. 'U bent wellicht geen sterkedrank gewend?'

'Nee', zei ik, beschaamd.

'Hoe oud bent u eigenlijk, vrouwlein Eva?'

Ik vertelde hem mijn leeftijd. Hij keek me verschrikt aan. Toen zei hij zacht, zich verontschuldigend: 'Dat spijt me gans, gans erg, kleine vrouwlein Eva. Ik dacht dat u viel ouder was. Dat is, om de waarheid te zeggen, moeilijk aan u te zien.'

Dat wist ik niet, maar in mijn ellende knikte ik slechts.

'Zelf ben ik zesentwintig jaar', zei hij, ongelukkig.

'Ik dacht dat je jonger was', zei ik en ik veegde mijn mond af.

'Het spijt me, kleine vrouwlein. Dát is wellicht ook niet zo goed te zien. Of te horen. Met mijn stem en zo.'

Ik knikte weer. Met oprechte bezorgdheid schonk hij me een glas water in en hij lette aandachtig op terwijl ik dronk.

'Nu goed de mond spoelen', zei hij wijs, 'en die vieze smaak kwijtraken.'

Ik spoelde mijn mond goed en raakte die vieze smaak van speculaasjes en Becherovka kwijt.

'Zo', zei hij nadenkend. 'Voelt u zich nu iets besser, Evaatje?'

Ik knikte.

'Nu zal ik u terug naar uw eigen kamer vergeleiden', zei hij.

De nachtzuster was teruggekeerd, maar Andrej Bòr en ik gingen stom en woordloos uit elkaar voordat we bij de hoek naar mijn eigen gang waren, en hij verdween met een stijve, spijtige glimlach tussen de gelaatsschubben, terug in de richting waaruit we waren gekomen. De zuster keek verbaasd op toen ik verscheen, ik mompelde dat ik in de badkamer was geweest, ging snel mijn eigen kamer binnen en ze kon niet zien hoe bleek ik was, aangezien ze niet van je kunnen zeggen dat je bleek bent als je niet bleek kunt worden.

Ik viel onmiddellijk in slaap.

*

De volgende dag verscheen het volgende team onderzoekers, het tweede van drie, en wederom stond ik ongekleed voor hen, terwijl ze me, één voor één of twee aan twee, onderzochten en bekeken, eveneens de delen van mijn anatomie die ze de moeite van het aanschouwen waard vonden, ook mijn zachte plekje, bijvoorbeeld in hoeverre ik haar aan de binnenkant van mijn schoot had. Professor doctor Lerchenfeld stond naast me, met dezelfde kalme, geruststellende glimlach onder zijn grijze lokken, maar nu alwetend, bijna geheimzinnig. Opnieuw verscheen mijn vader aan de lunch, ik was gekleed en weer in fatsoenlijke staat gebracht, en weer zat ik gelaten te glimlachen, alsof er niets was gebeurd en er niets gebeurde, en ik slaagde er nog steeds niet in die twee werkelijkheden met elkaar in verband te brengen; deze keer wandelde ik een paar uur samen met hem nadat we hadden gegeten, we zagen beeldhouwer Thorvaldsen, en hij vroeg me, ietwat bezorgd, hoe alles verliep en of het goed met me ging, of ik moe was, en ik knikte afwezig en lachte naar hem en zei dat alles in orde was, en hij liep met me mee terug naar het hospitaal, en gerustgesteld ging hij de stad weer in om van zijn korte vakantie op kosten van het congres te genieten, en toen het avond werd en ik mijn avondeten ophad, kwam professor doctor Lerchenfeld terug, op dezelfde manier als de vorige keer, nadat de rust op het ziekenhuis was neergedaald, hij streelde geruime tijd mijn haar en schouders en probeerde nogmaals een gynaecologisch privéonderzoek uit te voeren. Deze keer onttrok ik me er niet aan en probeerde ik niet hem te verhinderen mijn zachte plekje te bewerken, zoals ik een avond eerder had gedaan, aangezien de nachtelijke woorden van Andrej Bòr over mijn lelijkheid en dat ik nooit een gewone man zou krijgen, nog in mijn oren naklonken, dus spreidde ik plichtsgetrouw mijn benen, luisterde naar zijn woorden, geruststellende, tedere en rare woorden uit een professorenmond, en sloot mijn ogen terwijl ik mijn hand op zijn schouder liet rusten.

De derde dag en het derde team professoren in dezelfde onderzoekskamer; ze wezen, sneden en begroeven nog meer dode haarvogeltjes, maar nu herinner ik me niet helemaal meer wat er gebeurde, alleen dat ik me, toen ik mijn vader zag voor nog meer thee en scones, aan hem vastklampte en hem niet meer wilde loslaten. Hij moest me wel meenemen, terug naar het hotel, ondanks de luide en verontwaardigde protesten van de medische wetenschap. Maar hij deed het toch, dat moet gezegd worden, hij nam me mee terug naar het hotel en zei hoogstpersoonlijk het laatste programmaonderdeel af; hoort u niet dat ze zegt dat ze moe is, meneer de professor, ze is nog maar een kind, en ik, die om zijn nek hing, jammerde 'ik ben zo moe, ik ben zo moe'. Hij trotseerde hen en nam me mee terug naar onze mooie kamer die nu asgrauw was, overdag grijs en koud als de blik van een wolf, en 's avonds gingen we naar een concert waarvan ik me niets meer kan herinneren, ik weet alleen nog dat de dirigent grijze lokken had die in de maat van zijn wiegende maatslagen dansten, een en twee en een en twee, ze dansten op en neer, mogelijk was het Gounod, en daarna verlieten we de volgende ochtend Kopenhagen. We namen dezelfde weg terug als we waren gekomen, ik zei geen woord, mijn vader sprak onophoudelijk tegen me, maar ik sprak niet tegen hem, zei niets, zei slechts dat ik zo moe was, en toen we weer thuis waren, eindelijk thuis in ons eigen stadje en ik veilig achter mijn gordijnen zat, achter alle goedgesloten deuren van het huis, toen ontsnapte me zo'n hard geluid dat hij het gehoord kan hebben, zelfs in de kamer waarin hij zat. Hij kan het gehoord hebben. Want de volgende dag al stond er een fiets, een splinternieuwe fiets, glanzend rood, een mooie damesfiets, buiten de voordeur op me te wachten.

Uit mijn dagboek 4

O Esau, edele wilde, die in de maling werd genomen door zijn listige, gladde, haarloze broer Jakob, in Kanaän. Jullie waren zonen van de patriarch Isaak en zijn echtgenote Rebekka.

Twee volken zijn er in uw schoot,
en twee natiën zullen zich scheiden uit uw lichaam;
de ene natie zal sterker zijn dan de andere,
en de oudste zal de jongste dienstbaar wezen.

Dit zei de Heer tegen Rebekka toen ze voelde dat de beide kinderen in haar lichaam hard tegen elkaar aan botsten. Zo staat althans in Genesis geschreven dat de Heer zei toen Rebekka bij Hem te rade ging. Het is een profetie, zo wordt gezegd, maar dat lijkt me een later toegevoegd excuus te zijn. Ik kom hier nog op terug.

De eerstgeborene was over zijn hele lichaam behaard, 'als een mantel', en hem noemden ze Esau, wat vast en zeker 'harig' betekent. Het verhaal gaat dat het haar rossig was, precies zoals bij velen van mijn soort. Na hem verscheen zijn broer, die was glad, en hij hield de hiel van de eerstgeborene vast, en hem noemden ze Jakob, wat 'hak-in-hiel' betekent, maar het kan ook gewoon 'loerdraaier' betekenen.

Esau bracht zijn jeugdjaren in het veld door, waar hij een uitstekende jager werd, terwijl Jakob 'rustig' was en 'het liefst bij de tenten bleef'. Hij was altijd in de buurt van Rebekka, rammelde met de pandeksels en was sowieso het lievelingetje van zijn moeder. Er staat geschreven dat Rebekka het meest van Jakob hield, terwijl Isaak de voorkeur gaf aan Esau, omdat Isaak zo gek was op wildbraad. Ik weet het niet helemaal.

Op een dag komt Esau thuis van de jacht, hongerig, dorstig en uitgeput. Daar is die listige soepkoker Jakob in de keukentent bezig linzensoep te maken.

Esau (moe): Laat mij toch slokken van dat rode, dat rode daar, want ik ben moe.

Jakob (sluw): Verkoop mij dan eerst uw eerstgeboorterecht.

Esau is nog maar een kind, hij is naïef genoeg om in die bijbelse variatie van de list uit Hans en Grietje te trappen; hij is een man uit de bergen, die van de hand in de tand redeneert. Hij zegt: Wat moet ik met een eerstgeboorterecht als ik sterf van de honger? Daarop verkoopt hij het eerstgeboorterecht voor een bord linzensoep. Je mag hopen dat het hem smaakte. Daarna gaat hij het veld weer in, om op meer wild te jagen. Pas later, veel later, begint hij te beseffen wat hij heeft afgesproken, wat die lamzak van een tweelingbroer hem heeft geflikt – namelijk wanneer Isaak, hun vader, op sterven ligt (dat denkt hij althans zelf), blind, aftands en krankzinnig oud. Dan wil de oude man zijn eerstgeborene 'de zegen' geven (het moet wel vreselijk belangrijk zijn geweest om die te krijgen) en hij roept Esau bij zich. Hij vraagt hem, zoals hij al zo vaak had gedaan, het veld in te gaan en een stuk wild te schieten en een echt lekker wildbraad voor hem te maken. Dan zal hij die zegen als de eerstgeborene krijgen. Daarop slaat dat moederskindje weer toe, deze keer in samenwerking met zijn eigen moeder. Ze neemt wat geitenvlees en maakt dat zo klaar dat het voor wildbraad kan doorgaan, en stuurt haar kleine keukenpiet met het eten naar de oude, blinde vader, maar pas na de armen, handen en hals van de jongen met geitenvel te hebben toegedekt.

Isaak (steekt zijn handen uit naar zijn zoon): Ben jij het, Esau?

Jakob (met de etensschaal): Ja, ik ben het, Esau.

Isaak: Ben je echt mijn zoon Esau?

Jakob: Ja hoor, ik ben het.

Isaak: Hoe heb je zo snel iets kunnen vinden, mijn zoon!

Jakob: Doordat de Heer, uw God, alles zo gunstig voor me liet verlopen.

Isaak: Ben je het wel echt, Esau?

Zo gaat dat een tijdje door. Ten slotte vraagt Isaak zijn zoon om zijn handen naar voren te steken, zodat hij kan voelen of het Esau, de eerstgeborene, is.

Jakob (steekt zijn handen naar voren): Hier, ik ben het vader, Esau.

Isaak (tastend): Het is Jakobs stem, maar het zijn Esaus handen.

En vervolgens, na eerst gegeten te hebben, geeft de oude man Jakob de zegen die volgens het recht aan zijn oudste broer, de eerstgeborene, toekomt. Zijn geslacht zal heersen en talrijk worden en hij zal heer en meester worden over tal van volkeren en over zijn broers, enzovoort, op die toon.

Dan komt Esau, de behaarde zoon, thuis en verschijnt aan het bed van zijn vader met zijn zelfbereide wildbraad. En dan begint de verwarring. Isaak schreeuwt het uit, zo vertoornd is hij. Het duurt niet lang of de situatie dringt in alle ontzetting tot Esau door – zijn jongere broer heeft hem bedrogen, opnieuw met behulp van voedsel, en de vader (ongelukkig over wat er is gebeurd) heeft geen zegeningen meer over (het blijkt dat er maar één zegening kan worden gegeven en die is onherroepelijk, zelfs wanneer die is gegeven onder valse voorwendselen). Nu wordt Esau razend, het onrecht is té groot, zijn ogen flikkeren en hij begint dreigementen te uiten dat zodra zijn vader goed en wel onder de grond ligt en het grafmaal ten einde is, Jakob zal ervaren hoe een jager zijn prooi doodt. Jakob, een lafbek, wordt doodsbang. In overleg met zijn moeder slaat hij op de vlucht, naar een familielid van zijn moeder, Laban.

Toch is híj, de bedrieger en lafbek, vreemd genoeg de held in de rest van het verhaal en zet híj het geslacht Israëls voort. Overigens is het typisch dat Jakob later een engel ontmoet in de woestijn, midden in de nacht, en met hem begint te vechten. Ze gaan door tot het krieken van de dag. Dan zegt de engel, op spookachtige manier: 'Laat me los voordat de dag aanbreekt!' Maar Jakob antwoordt: 'Ik laat je niet los voordat je me zegent!' Nogmaals een zegening, nogmaals eigent Jakob zich op slinkse wijze iets toe wat hem niet toekomt, hij pikt het in. Zo is hij thuis bij Laban ook, trouwens, hij bijt zich vast in wat hij niet bezit, en weet het uiteindelijk toch te bemachtigen.

Het hele verhaal heeft iets vreemds. Die moeder, bijvoorbeeld. Wat voor moeder was dat nu eigenlijk? Ze was immers de moeder van béíden, niet alleen van die ene, die Repelsteeltje uit haar eigen keuken. Volgens mij kon ze er niet mee leven dat Esau, de eerstgeborene, er zo uitzag, en gaf ze de voorkeur aan Jakob. Dat is duidelijk. Ze wilde een normaal kind. Het normale kind hield ze bij zich, bij de kookpotten, hem verwende en vertroetelde ze, terwijl Esau in bossen en velden aan zijn lot werd overgelaten, ver van de mensen, tussen de díéren, inderdaad – daar waar niemand van de op bezoek komende verwanten of andere belangrijke lieden hem konden zien. De erfgenaam. Esau wordt voorgesteld als een beetje simpel, maar nu twijfel ik daaraan. Hij had immers ook niet veel opleiding genoten, maar moest er genoegen mee nemen dat hij leerde schieten en vallen zetten en dat hij zich zo goed mogelijk moest zien te redden, in de natuur. Maar hij is aardig, moedig en eerlijk en beschikt over een uitgesproken rechtvaardigheidsgevoel. Hij doet wat zijn vader hem vraagt, altijd en meteen. Hij verafgoodt zijn vader. Laten we daarom eens naar die vader, Isaak, kijken. Deed hij iets om Jakobs schaamteloze diefstal van het eerstgeboorterecht van de oudste broer nietig te verklaren? Nam hij de jongens onder handen en mopperde op hen en zei dat een eerstgeboorterecht niet inwisselbaar is voor een bord soep, ik ben toch zeker hier de patriarch? Nee. Hij liet het onrecht zwijgend voortduren. Greep niet in. Ik denk niet dat hij veel beter was dan zijn vrouw. Neem nu die laatste, ontroerende scène op het sterfbed. Isaak was weliswaar blind, maar hij was, zoals overduidelijk uit de tekst blijkt, niet dóóf. Hij hóórt dat het Jakob is, maar hij vóélt Esau, ja ja. Hij vertrouwt dus meer op zijn verschrompelde oudemannenhanden dan op de herkenning van de stem van zijn eigen kind. Het is ook buitengewoon vreemd dat hij opeens niet het verschil kan voelen tussen warme huid met haar erop en een dode vacht, armetierig om Jakobs handen gebonden, en die bovendien randen of zomen moet hebben gehad. Dat is erg verdacht. En dan die zegening die niet herroepen kan worden en die maar één keer kan worden gegeven. Wat is dat voor nonsens? Volgens mij speelt Isaak ook, terwijl hij daar in zijn blinde duisternis ligt, een spelletje met Esau. Dat hij dóét alsof hij slim is, begríjpt wat er aan de hand is, maar diep van binnen blij is met het fait accompli. Dat ook híj de gladde, menselijk uitziende zoon als erfgenaam en stamvader van de komende geslachten wil hebben, en niet de harige, dierlijke Esau. Het is klip en klaar dat beide ouders vanaf dat de jongens nog klein waren, het er stilzwijgend over eens waren wie ze het liefst bij zich hadden, en wie de wildernis in moest om daar te blijven. Nergens, helemaal nergens, staat dat Isaak ooit met de jongen meegaat op jacht, zoals een echte vader gedaan zou hebben. Nee, laat hem maar in zijn eentje gaan! En de wildernis is een gevaarlijke plek, waar een jonge jongen gemakkelijk levensgevaarlijke zaken tegen kan komen. Isaak zorgt er wel voor Esau regelmatig te prijzen dat hij zo'n goede jager is en te zeggen dat hijzelf het liefst het door Esau gedode wild eet; zo houdt hij de halfverstotene goedgemutst en van een zekere hoop vervuld. Ik zie Esau voor me, als hij terugkomt van de jacht, bijna smekend om de gunst en erkenning van zijn vader. Hij moet de weinige prijzende woorden van zijn vader tot zich hebben genomen als een gehoorzaam – ja, precies – iets met haar erop. Wellicht heeft de vader, in tegenstelling tot de moeder van de tweeling, nog enigszins last van een slecht geweten; als jongen is hijzelf bijna geofferd op de berg Nebo door zíjn vader, Abraham, en beséft hij dat de Heer een fanatieke, straffende God is, die álles ziet. Maar hij probeert toch zowel God als zijn eerstgeborene te bedriegen; zijn poging tot bedrog heeft iets ontroerends, zoals hij daar in de duisternis van de blindheid ligt. Het is alsof hij denkt dat wat ík niet kan zien, Gód ook niet kan zien! Dan slaat hij toe, als een neringdoende die met de weegschaal sjoemelt: 'Het is Jakobs stem, maar het zijn Esaus handen.' Voor de zielsrust van Esau hoop ik bijna dat hij in die goedkope truc is getrapt.

Want zo wordt de arme, eerlijke Esau bedrogen, niet alleen

door zijn broer, maar ook door zijn ouders.

Je moet misschien blij zijn dat je zo weinig mogelijk broers, zussen en ouders hebt als je in een situatie als de onze verkeert. Ik hoop niet dat mijn moeder zo zou zijn geweest. Maar het zou me niet verbaasd hebben.

En als het nu nog slecht was afgelopen met Jakob als hij na vele jaren terugkeert, maar nee hoor, alles komt voor hem weer op zijn pootjes terecht, Esau raakt helemaal ontroerd als hij zijn broer na zo'n lange tijd terugziet. En vader Isaak, hoe zit het met hem? Hij is níét dood, nee hoor!, hij verkeert in uitstekende gezondheid. Hij ligt blijkbaar niet meer op sterven, en de hele geschiedenis eindigt met verzoening en een feestmaal. Een af-rekening met de schurk vindt niet plaats, de paar gevoelens van spijt die Jakob heeft getoond, krijgen geen vervolg in de vorm van teruggave van het eerstgeboorterecht en de zegen. O, Esau, Esau. Jij moet een zachtmoedige, nederige drager van je lot, je omhulsel, je *metla*, je verdoemde hypertrichose zijn geweest. Zo nederig als je misschien na zo veel jaren wordt. Zo nederig als ik nooit meer zal worden. Dat heb ik in Kopenhagen geleerd. Als één van vele dingen.

Het bosmeertje

In die tijd verdween ze regelmatig. Het weer begon wat warmer te worden, de kwartelkoningen vlogen laag over pas ingezaaide akkers, in het hele district rook het naar vochtige aarde, boven de weiden hing een nevel en in de lucht waren zwaluwen verschenen. Het liep tegen de zomer. Op haar fiets snelde ze dit alles tegemoet, langs de overwoekerde resten van huizen het bos in, naar de plek met de lijsterbessen, het meertje en de steen. Het bosmeertje was nu helemaal diepblauw en de steen begon warm en droog te worden. Daar ging ze in de zon liggen of ze zat er, als het slecht weer was, urenlang stil, in haar regenkleding. Er woonden nog steeds mensjes in het geheime landschap van de steen, met hun steden en kastelen, maar het was nu wel anders. Er waren er minder van, en ze deden ook niet meer zo veel leuke dingen als vroeger. Ook waren er niet zo veel oorlogen meer. Daarentegen waren ze nu mooier, die mensjes, en deden ze mooiere dingen. De gebeurtenissen waren stiller, met prinsessen en ridders die dikwijls slechts grote eenzaamheid en lange trektochten meemaakten. Ilma-Il verlangde naar de ridder Arima, die een gevaarlijke kruistocht maakte naar verre oorden. Arima had ook zo zijn verlangens, maar hij stond onderweg aan vele gevaren en verleidingen bloot. Bovendien werd hij relatief vaak gemarteld. De eenzaamheid van Ilma-Il was groot, en het gebeurde regelmatig dat het verhaal helemaal tot stilstand kwam, en dan voelde Eva niets anders dan de peilloze eenzaamheid van Ilma-Il, soms urenlang, als een zoet, vreemd gebrom, diep van binnen.

Haar vader zuchtte gelaten als ze thuiskwam, liet haar nóg meer brieven van juffrouw Hadeland en van de hoofdmeester zelf zien, maar hij strafte haar niet meer. In plaats daarvan probeerde hij haar betere ik aan te spreken; dat vond Eva bijna nog erger, want de gedachte dat ze wellicht een betere ik had, vond ze maar niets. Maar dan vermande ze zich toch en verdween ze een week lang of zo niet meer.

Op een dag staat hij voor haar neus, in haar hoekje van het schoolplein. De anderen staan al in de rij om naar binnen te gaan na de middagpauze, zij kunnen hen niet zien.

'Hallo', zegt hij voorzichtig.

'Hallo.'

Lange stilte.

'Ben je van plan vandaag te verdwijnen?' vraagt Arvid, nog steeds voorzichtig.

Ze kijkt hem niet aan. Verwaardigt hem niet met een antwoord.

Hij is alleen maar nóg gemener dan de anderen en op een nog véél gemenere manier. Hij doet alsof hij aardig is.

Hij geeft echter niet op, probeert een nieuwe tactiek: 'Waar ga je eigenlijk heen als je verdwijnt?' vraagt hij.

'Nergens heen!' zegt ze en ze kijkt hem koel aan.

'Juist', zegt hij met een glimlachje. En dat glimlachje is zo enorm scheef en zo enorm wit, alsof ze iets heeft gezegd wat echt nogal grappig is. 'Nergens heen', herhaalt hij, nadenkend. 'Kun je mij meenemen daarheen?'

Ze kijkt hem geschokt aan. Kijk hem niet aan als hij jou aankijkt. Hij is alleen maar nóg gemener dan de anderen en wel op een uitgesproken gemene manier.

'Niet?' vraagt hij nogmaals. Hij blijft nog even voor haar staan, vol verwachting. Dan glijdt er een nieuwe witte glimlach door de lucht, ze merkt hem het eerst met haar ogen, dan glijdt hij haar mond binnen, door haar slokdarm, haar maag in en verder naar haar tenen en vingers, maar lang voordat die gevoelloos zijn geworden, heeft hij zich omgedraaid en is hij weggelopen.

Ze wacht even af, daarna sjokt ze weg om ook in de rij te gaan staan, helemaal achteraan. Dan plagen ze haar weliswaar, maar ze trekken niet aan haar.

De volgende dag is hij niet op school.

'Waar is Arvid?' vraagt juffrouw Hadeland verbaasd, want Arvid is nooit afwezig. 'Weet iemand van jullie waar Arvid is?' Niemand weet het. Maar de juf lijkt niet bovenmatig bezorgd te zijn. De volgende dag is hij er ook niet.

Die dag doen ze van alles en nog wat in de middagpauze, ze zeggen niet alleen dingen, maar rennen ook achter haar aan en duwen haar heen en weer. Het dringt tot haar door dat ze eigenlijk opgelucht is dat hij niet op school is en niet aan de lol kan deelnemen.

'Geitenbaard', roepen ze. 'Vlooienbunker.' Ze rent weg, antwoordt niet, klemt haar tanden hard op elkaar. Ze huilt niet, dat doet ze nooit. Een van de jongens trekt aan haar manen en krijgt een vuist vol haren te pakken. Daarmee loopt hij in het rond, terwijl hij zijn hand triomfantelijk in de lucht steekt. Gejuich alom.

Daarna is de handwerkles. Het gaat traag. Het is zoals altijd veel te warm in het handwerklokaal, en de blauwe blouse waarmee ze bezig is, is bezig van een mislukking in een slagveld te veranderen. Haar lange vingerharen stribbelen vandaag tegen, ze lijken zich in absoluut alle steken vast te willen wikkelen. Het snoert dicht, het trekt, en ze moet het weer uithalen. Huilt ze? Ze huilt nooit, er komt alleen een beetje water uit haar ogen, maar dat zijn geen tranen, en ze past wel op geen enkel geluid te laten horen. Als zij achter een van de vijf naaimachines moet zitten, verandert de stof verbazingwekkend snel in een samengerolde bal. Met haar eraan vast. De bal zit op zijn beurt vast in de machine met een warrig web van draden, heeft zich vastgedraaid in naaldklemschroef en draadgeleider. Ze probeert een tijdje met veel moeite om het zo onopgemerkt mogelijk los te krijgen.

'Rotblouse!' zegt ze in zichzelf. In de klas is het rustig geworden, het gesuis van de pedalen van de andere machines is ook gestopt. Nogmaals probeert ze de zoom waarmee ze bezig is uit de persvoet te peuteren. Daar is de blouse in vast komen te zitten, maar haar handen willen niet, die vingers die anders altijd zo handig en flink zijn, die hebben geleerd vrijwel alles te doen zonder vast te komen zitten – nu willen ze niet. Enkel en alleen omdat het handwerken is. Zo gaat het altijd. Dan komt ook haar linkerhand vast te zitten als ze probeert de rechterhand los te wrikken, deze keer in een van de gleuven van de naaldplaat, of hoe dat ding ook maar heet, die gekartelde, weerzinwekkende rij tandjes; met haar voet maakt ze onwillekeurig een geïrriteerde beweging, de naald beweegt een paar steken in het wilde weg en daar zit ze.

Het is zo mogelijk nog stiller om Eva heen geworden. Ze trekt uit alle macht aan de stof.

'Rotblouse,' mompelt ze, deze keer zwak hoorbaar, 'rotmachine.' Dan hoort ze de eerste, verwachtingsvolle giechelgeluidjes om zich heen, als overrijpe pruimen vallen ze op de grond en barsten uiteen, ze begint harder aan de stof te trekken, ze doet haar best, maar ze huilt niet.

'Rustig!' zegt juffrouw Hadeland, zo streng ze kan, maar het lokaal is al boordevol meisjesgelach, als te zoet, overrijp pruimenvlees. 'Wat ben je daar in vredesnaam aan het doen?' zegt de juf spijtig en berustend; ze is al op weg naar haar toe om assistentie te verlenen, stilletjes 'nee en nee' zuchtend bij het zien van de situatie in de mechanische kleine hel van de naaimachine, als Eva haar vóór is – dát niet, denkt ze, ik zal hier niet tien minuten te kijk zitten terwijl zij me lospeutert, of – nog erger – me losknipt, net als die keer toen we pompons voor onze mutsen maakten – dus is ze de juf vóór, ze vergeet dat het pijn doet, en met een wanhopige ruk trekt ze haar handen en armen naar zich toe, in de hoop dat er nu eindelijk iets meegeeft, en dat is helaas het naaigaren onder de persvoet; Eva schiet met een schok achterover, verliest bijna haar evenwicht, gooit het krukje om. Even staat ze met de handen in de lucht voor zich uit, en de stof zit vast tussen haar handen als een klit die ze niet kwijt kan raken, dan rukt ze zich ten slotte helemaal los, eerst haar rechter-, dan haar linkerhand. Om haar heen klinkt luid gelach – 'maar kind toch', hoort ze de juf zeggen – dan smijt ze de samengesnoerde stof in de dichtstbijzijnde hoek.

'Kloteblouse!' roept ze. Maar ze huilt niet. 'Verdomde klote-blouse.'

Voordat de juf haar mond kan openen, is ze al bij de deur en verdwijnt. Nu blijft ze weg.

Die middag zit ze maar wat te zitten op de steen; het is bewolkt en het waait een beetje. Ze zoekt niet naar haar figuren, ze zit daar maar. Ze kijkt ook niet naar het meertje, kijkt nergens naar. Ja, toch wel. Haar handen liggen voor haar, in haar schoot, op haar knieën, als twee kleine dieren. De wind speelt met de lichte, lange haren, het lijkt alsof de handen uit zichzelf bewegen, buiten haar om, zonder dat ze zelf iets doet. Ze zou wensen dat ze ze hier achter kon laten, als twee dieren in het bos, ze achterlaten.

'Verdomde klotehanden', fluistert ze ertegen, zachtjes.

De volgende dag verdwijnt ze 's ochtends vroeg, ja, zelfs voordat iemand is opgestaan. Er zit een beetje regen in de lucht en tussen de zonnestralen door zijn hoge, snelle stapelwolken te zien. Ze heeft een regenjas aan en het maakt haar niet uit of ze nat wordt of niet. Haar fiets schiet als een vis door golven van zon, wind en motregen. Even later ziet ze de plek met de lijsterbessen, de steen en het bosmeertje. Ze is nu ver weg van alles. Het oppervlak van het water rimpelt nerveus in de wind. In haar rugzakje heeft ze Adamsens *Wereldgeschiedenis* deel 1 gestopt, afkomstig van de boekenplank van haar vader, het deel dat over de oudheid gaat, daarin kan ze lezen, alsmede in het Dagboek. Wellicht vindt ze een nieuw geval voor de lijst in haar Dagboek.

Zoals altijd verstopt ze de fiets in de struiken, ze kijkt waakzaam om zich heen, gooit de rugzak om haar schouder en klautert de steen op naar haar plekje. Nu is ze eindelijk veilig. Eerst zit ze een tijdje in de motregen. Ze heeft een zuidwester op en het is alsof ze een dak boven het hoofd heeft. Het is slecht leesweer. Maar daarna klaart het een beetje op, de zon komt zo nu en dan door en de vogels beginnen te fluiten. Ze zet haar zuidwester af en knoopt de regenjas open, leunt achterover en gaat plat op de steen liggen. Later, denkt ze, kan ze wel lezen. De wolken daarboven glijden voorbij in lange, fraaie formaties, maar de zon komt er steeds meer door.

Binnenkort, denkt ze, is het zomer. Dan kan ik elke dag verdwijnen, zonder een betere ik te moeten hebben. Ze sluit haar ogen tegen de zon en de glanzende, blauwwitte wolken.

Opeens hoort ze ergens een schuifelend geluid, rechts van haar en onder haar, een paar harde klikjes, en het bijna onhoorbare geluid van handen tegen steen. Ze opent haar ogen, richt zich half op haar ellebogen op, en daar, voor de wolken, staat iemand naar haar te kijken.

Ja ja, denkt ze gelaten, vroeg of laat moest het wel gebeuren dat ze me hier vinden, maar dan verandert het licht en verschijnt er een gezicht vanuit het silhouet.

'Hoi', zegt Arvid. Ze antwoordt niet, blijft gewoon naar hem liggen kijken.

'Dit is dus nergens', zegt hij met een glimlach. Deze keer is zijn glimlach blauw, melkblauw, net als de wolken.

Ze geeft nog steeds geen antwoord. Hij gaat op zijn hurken zitten, vlak naast haar. Als ze wil kan ze haar hand uitsteken en zijn mouwen aanraken. Vlak bij de pols. Het overhemd is geruit met rode randen, de hand bruin en smal.

Ze hoort iets ritselen, dan ziet ze dat hij zijn schooltas bij zich heeft.

'Zo, nu ben ik dus ook verdwenen.'

Ze antwoordt niet.

'Ik ben je gisteren gevolgd', laat hij weten. 'Toen je ervandoor ging. Je was zeker ergens boos over, want je zag mij niet.' Ze kijkt hem verbaasd aan. Hij zegt: 'Ik kan namelijk heel hard rennen. En ik ben padvinder. Een Mohikaan. Heb je weleens van dat volk gehoord?'

Voorzichtig en wantrouwend schudt ze haar hoofd.

'Ze kunnen heel goed hun vijanden besluipen', zegt hij.

Dan gaat hij zitten, met zijn benen recht vooruit gestoken. Zij ligt nog steeds op dezelfde manier, leunend op haar ellebogen.

Hij werpt haar een steelse blik toe en zegt een beetje bezorgd: 'Had ik beter niet kunnen komen?'

'Nee', zegt ze.

'Nee, nee', zegt hij en hij leunt net als zij achterover. Dan zwijgen ze. Hij is alleen maar gemeen, net als alle anderen, alleen nóg …

'Dus híér is het', zegt hij, alsof hij het tegen zichzelf heeft. Uit zijn rugzak pakt hij een trui, die rolt hij op en legt hem onder zijn nek. De trui is rood. Zo liggen ze een tijdje naar de voorbijtrekkende wolken te kijken. Af en toe miezert het en af en toe liggen ze in de zon. Hij zegt verder niets, beweegt zich niet, zij kijkt niet naar hem. Na een poosje is het alsof hij er niet is. Toch merkt ze wel dat hij naast haar ligt, dat de motregen ook op zijn gezicht valt, die komt en gaat in fijne, sluierachtige golven.

Dan is het opeens warm en ziet ze zonneschijn om zich heen; ze beseft dat ze geslapen heeft. Ze komt half overeind, hij is er niet. Dan ziet ze zijn rugzak en de rode trui en ze begrijpt dat hij niet ver weg kan zijn.

Arvid komt het bos uit, klautert op de steen, hij heeft zijn armen vol takken.

'Heb je geen honger?' vraagt hij.

Ze schudt haar hoofd.

'En je boterhammen dan?'

'Heb ik weggegooid', liegt ze. Dat doet ze tenminste meestal als ze die bij zich heeft. Hij kijkt haar met grote ogen aan: 'Je kunt toch geen eten weggooien!'

'Jawel hoor.'

Hij kijkt haar onderzoekend aan.

'Krijg je nooit honger als je hier bent?'

'Nee', zegt ze hard en op hetzelfde moment voelt ze dat ze trek heeft.

'Nee, nee', zegt hij met een zucht. Kijkt naar de steen, terwijl hij de stapel hout vasthoudt.

'Een beetje misschien', zegt ze mak.

Hij kijkt haar aan, nu glimlacht hij weer: 'Dan delen we. Ik

299

heb in elk geval trek. De dag is al een heel eind heen.' Hij laat de takken op de steen vallen en begint ze te stapelen om er een vuurtje mee te stoken.

'Nee, nee!' fluistert ze en ze schudt energiek haar hoofd: 'Niet op die plek!' Niet midden in de zalen van Arima. Hij kijkt haar verbaasd aan, maar vraagt alleen: 'Waar dan wel?'

Ze kijkt om zich heen op de steen, op haar steen, het is haar steen.

'Wat vind je daarvan?' zegt ze en ze wijst; dat is in de Lage Geestenbergen, maar dat helpt niets, hij is hier nu eenmaal, op haar steen, en hij verplaatst de takkenbos zonder naar de reden te vragen en maakt snel en doortastend een vuurtje, doorzoekt zijn rugzak, pakt een handjevol tondelzwam, steekt het vuurtje met één lucifer aan en het vlamt meteen op. Misschien voelt hij zich trots, maar hij laat het niet merken. Even later brandt het vuur heerlijk, ook al is het hout een beetje vochtig en walmt het iets. Hij heeft al vaker vuurtjes gemaakt, die Arvid, hij doet alles zo snel alsof het de gewoonste zaak van de wereld is; ineens is hij verdwenen, hij rent naar het meertje, als hij terugkomt ziet ze dat hij een koffiepotje in zijn hand heeft, gevuld met water.

'Nu gaan we een bak koffie drinken', zegt hij stoer en hij doet koffie in de ketel, hij maakt een stevige constructie van drie takken en laat de ketel boven de vlammen bungelen. Ze trekt haar warme regenjas uit. Even later kookt het water en ruikt het heerlijk naar koffie, vermengd met een scherpe rooklucht.

Uit zijn rugzak pakt hij twee blikken mokken en geeft er eentje aan haar.

'Ik drink geen koffie', zegt ze onzeker. Hij kijkt haar aan alsof ze iets ongelooflijk stoms heeft gezegd.

'Ik drink mijn hele leven al koffie', zegt hij opschepperig.

'Vader zegt dat het niet goed is voor kinderen.'

'Jij bent toch geen kind', zegt hij. 'Wil je zeggen dat je nog nooit koffie hebt gedronken?'

Ze schudt haar hoofd.

Dan doet hij dat ook, ietwat gelaten, hij pakt een paar suikerklontjes, pakt haar mok, doet de klontjes erin en schenkt hem boordevol dampend warme, zwartbruine vloeistof. Hij heeft geen lepeltje, maar hij roert behendig met een stokje.

'Het is het lekkerst met veel kandij', zegt hij, 'als je het nog nooit gedronken hebt.' Hij reikt haar de mok aan. Dan schenkt hij voor zichzelf in. 'Geniet ervan', zegt hij en hij blaast op zijn koffie en drinkt. Ze kijkt naar hem, nog steeds onzeker, dan brengt ze haar eigen mok naar haar mond en blaast ook. Dan drinkt ze. Eerst is het alleen maar gloeiend heet. Dan smaakt het bitter, vreemd en zoet tegelijk. De lichte mossmaak van het water uit het bosmeertje, de scherpe zweem van koffie en het zoet van suiker mengen zich in haar mond met de gloeiende warmte, het is goed en slecht tegelijk, het stijgt in één keer naar haar hoofd en ze begrijpt dat dit niet zomaar een drankje is, dit is een godendrank, zoiets lekkers heeft ze nog nooit gedronken.

'Lekker?' vraagt hij en hij glimlacht vergenoegd naar haar. Grinnikt hij? Is hij net zo gemeen, alleen op een …

'Ja', fluistert ze, amper hoorbaar, en ze neemt een nieuwe slok, een grotere deze keer.

Nu pakt hij wederom iets uit zijn inhoudrijke rugzak, een lunchtrommeltje, daaruit komen zes doormidden gesneden boterhammen tevoorschijn, twee met smeerkaas, twee met stroop en twee met cervelaatworst. Hij staat op het punt haar uit het trommeltje te serveren, maar dan bedenkt hij iets, hij trekt het weer naar zich toe, spreidt de trui uit waarop hij met zijn nek heeft liggen rusten en legt de boterhammen erop.

'Alsjeblieft, eet maar', zegt hij. Ze pakt er eentje met stroop, onzeker, stroop vindt ze niet lekker, dat is kleverig, veel te zoet, het is moeilijk door te slikken en blijft aan je mond plakken, ze aarzelt even, dan zet ze haar tanden erin.

Het is alsof de geur van de pluizige, rode wollen trui in het brood is gaan zitten, een heel klein beetje maar, als de onmerkbare geur van zout; ze eet snel, het smaakt lekker, vreemd eigenlijk dat ze er nooit eerder aan heeft gedacht iets te eten als ze hier is, dat ze nooit trek heeft gehad, dat stroop best lekker is, dat ze die dag al koffie heeft gedronken en stroop heeft gegeten, alsof het allemaal niets is. Misschien heeft ze de hele tijd honger gehad. Daarna drinkt ze nog meer koffie, nu die is afgekoeld smaakt hij anders, maar ze vindt het drankje steeds lekkerder worden, nu merkt ze duidelijk dat het ook naar hei en boomschors en aarde smaakt. Dit is ongetwijfeld het lekkerste wat ze ooit heeft geproefd.

Het vuur dooft uit tot er nog gloeiende deeltjes resteren. De zon schijnt nu flink, hoewel het nog steeds een beetje bewolkt is. Boven de bergrug kunnen ze zien dat er nog meer wolken op komst zijn; onder een paar ervan hangt grijze regen. Hij pakt haar lege mok, zijn hand raakt de haren van haar handrug aan. Hij kijkt naar haar hand, dan glimlacht hij weer. En deze keer is de glimlach bijna groen, als hei en mos, het is een glimlach die naar binnen gericht lijkt, geheimzinnig, hij glimlacht in zichzelf en pakt haar mok, loopt naar het water om hem af te spoelen. Dan klautert hij weer op de steen en doet de mokken in zijn rugzak.

'Zwem je weleens in het meertje als je hier bent?'

Ze bloost, maar dat kan hij niet zien. Hij kan me niet zien. En liegen gaat gemakkelijk.

'Het is veel te koud', zegt ze terloops. Op die manier hoeft ze dat vernederende niet te vertellen. Niet dat hij daar trouwens iets mee te maken heeft.

'Daar geloof ik niets van', zegt hij en ze schrikt. Hij begint zijn overhemd uit te trekken, dan buigt hij voorover om zijn schoenveters los te maken. Ze ziet zijn blote voeten, ze zijn bruin en een beetje vuil, dan kijkt ze naar beneden, weg, terwijl hij zich helemaal uitkleedt.

'De laatste die er is, is een sukkel!' roept hij, maar dan is hij al halverwege de oever; ze kijkt een ogenblik zijn kant op terwijl hij daar rent, dan ziet ze water dat in het zonlicht baadt en hoort een grote plons.

Zijn hoofd duikt op, als een donkere, dobberende klomp in het tegenlicht. Hij spettert zo dat zijn haren alle kanten water op spatten, hij steekt een arm omhoog, wenkt.

Arvid, denkt ze.

Hij roept: 'Het is bijna helemaal niet koud!'

Ze ziet zijn hoofd weer onder water gaan, ze kijkt weg, naar beneden.

'Kom er toch ook in!'

Ze hoort hem niet.

Een tijd lang plonst en gorgelt hij, als een speelse zeehond. Het is zo merkwaardig klein en eenzaam op de steen geworden. Dan komt ze overeind, schopt haar schoenen uit, trekt die afschuwelijke, zakkerige wollen broek uit, trekt haar jurk over haar hoofd, knoopt de blouse met de lange mouwen open, aarzelt een moment en trekt dan snel de rest uit. Ze staat daar op de steen, bekijkt haar eigen lichaam, ziet hoe de lucht grip krijgt op haar gouden lange haren waardoor die gaan golven als een korenveld. Wat ben ik toch aan het doen. Maar dan klautert ze naar beneden, ze holt vastberaden naar het meertje, doet alsof ze niet voelt dat het onder haar voetzolen prikt, loopt de wiegende zode op die uit de oever naar voren steekt, en daar is hij, nu ziet ze zijn gezicht, in het water onder haar, hij kijkt verwonderd naar haar op, bijna alsof hij geschokt is; zijn gezicht lijkt klein tegen al dat grauwe water; ze aarzelt geen moment, maar laat zich voorovervallen het water in.

Onder water is het heel anders dan ze had gedacht. Hoewel, wat had ik me er eigenlijk van voorgesteld? Het water is donker, ijskoud en vol angst. Haar ogen en neus doen pijn, ze slikt en ademt water op een en hetzelfde moment en ze voelt hoe ze zinkt als een baksteen. Nee, wat had ik me er eigenlijk van voorgesteld? Toch is ze heel kalm, te midden van haar angst, ze is kalm, hoewel ze spartelt en schopt. Zo, dus, zo, in de duisternis van een bosmeertje. Ze houdt haar ogen open of dicht, ze weet het niet, het koude water bijt haar overal, als een razend, donker beest. Zo, denkt ze, berustend, nu verdrink ik, zo voelt dat dus. Simson. Cleopatra. Hatsjepsoet. Even meent ze het gezicht van haar vader te zien, verwijtend als altijd; vol verdriet.

Maar dan ontwaart ze iets lichts, misschien heeft ze haar ogen toch open; ze tast en spartelt in het taaie, donkere water. Even houdt ze een arm boven het water, de lucht en de dag in, dan gaat ze weer kopje onder, maar nu voelt ze dat er iemand is, bij haar in de duisternis, iemand die om haar heen en bij haar is. Hij probeert haar te pakken te krijgen, maar ze voelt dat ze de hele tijd schopt en spartelt. Dan dwingt ze zich tot kalmte. Eventjes zinkt ze als een steen en ze wordt nog banger, banger dan ooit, maar dan grijpt hij haar stevig om haar middel vast en trekt haar achterwaarts omhoog, ze komen boven het oppervlak uit, ze begint meteen te hoesten en water te spugen terwijl hij haar de oever op trekt. Aan zijn ademhaling kan ze horen dat hij moe is, hij hoest ook water op, en haalt diep en snel adem. Ze krijgt grip op de oever, blijft daar hangen, maar hij laat haar niet los. Voortdurend hoort ze zijn ademhaling achter zich, met zware, diepe teugen. Ze braakt een beetje, hoest nog meer water op.

Dan komt hij eindelijk weer op adem.

'Je had me wel kunnen vertellen dat je niet kunt zwemmen', zegt hij slechts. Zijn stem achter haar hoofd, dichtbij, ernstig. Maar hij is niet boos.

'Ja', zegt ze, schuldbewust. 'Maar ... dat ...'

'Ja?' ademt hij.

'Ik dacht dat ik het wel kon', zegt ze zacht.

Ze merkt dat hij haar ernstig aankijkt. Dan buigt hij zijn hoofd naar voren naast haar rechterschouder, hij glimlacht zodat het donkere water glinstert. Bovendien zit er wat modder in zijn haar.

'Je bent wel een beetje gek', zegt hij alleen en hij lacht.

Ze grijpt zich vast met haar linkerhand. Steekt haar rechterhand naar voren en trekt met haar wijsvinger een streep modder over zijn voorhoofd. Hij steekt zijn hoofd even onder water, maar zonder haar los te laten.

'Zo', zegt hij en hij spuugt opnieuw water uit. 'Het was trouwens toch wel een beetje koud.'

'Ja'. Ze moet even lachen. Ze merkt dat ze beiden klapper-
tanden.

'Ik zal je omhoog helpen.'

Ze lopen weer omhoog naar de steen. De lucht is ook koud.
Als ze boven zijn, raapt hij zijn rode trui op, kijkt even naar haar,
trekt zijn blik terug, buigt het hoofd.

'Hier', zegt hij en hij reikt haar de trui aan. 'Om je mee af te
drogen.'

Hij draait zich half om. Even kijkt ze naar hem, ook al heeft
ze het steenkoud. Hij is mager en bruin, bijna helemaal glad.
Slechts op een paar plekken zijn plukjes zacht, dun haar te zien.
Hij bibbert. Ze merkt dat hij merkt dat ze naar hem kijkt, bibbert hij nu niet wat minder? Maar hij verroert zich niet, blijft
staan, laat haar kijken. Dan heeft ze er genoeg van, ze begint zich
af te drogen, draait hem haar rug toe.

Afdrogen gaat natuurlijk helemaal niet met die trui. Die
wordt een mum van tijd nat als een vaatdoek en haar vacht
is nog steeds kleddernat. Maar ze doet wat ze kan. Na een tijdje
gaat het iets beter. Nu is ze echter warrig en afzichtelijk en haar
haren steken alle kanten op. Achter zich hoort ze een lachje,
bevend van de kou. Maar ze wordt niet boos of wanhopig, nu
niet.

'Oef', zegt ze alleen, terwijl ze probeert de haren op haar
schouder met haar vingers te kammen.

'Sorry,' zegt hij, 'maar je ziet eruit als onze kat als hij in de
emmer is gevallen.'

'Dit is helemaal niet leuk', mompelt ze, maar ze merkt dat ze
zelf ook een beetje moet lachen. Een beetje.

'Nou ja', zegt hij en hij smoort zijn lach. Dan zegt hij zacht:
'Ik vind het leuk.'

Ze geeft geen antwoord. Ze doet nogmaals een poging zich
met haar vingers te kammen, maar ze willen niet meewerken,
ze zijn koud, warm en gevoelloos. Dan wendt ze zich tot hem:
'Hier heb je je trui', zegt ze. Ze geeft hem aan. Even staan ze naar
elkaar toe gekeerd, hun ogen op elkaar gericht.

'Mooi zo', zegt hij. Hij pakt de trui. Maar dan kijkt hij ernaar en hij begint te lachen als hij ziet wat voor triest, nat vod het is geworden. Zij lacht ook.

Ze gaan in de luwte zitten, een eindje van elkaar, om de zon de rest te laten doen. De zon komt en gaat, en na een tijdje bibberen ze niet meer. Ze merkt dat ze moe is en doet haar ogen dicht.

Hij zwijgt, is ook moe.

Nu kijkt hij weer naar haar, dat voelt ze, zelfs met gesloten ogen. Ze zegt echter niets, rekt zich alleen nog iets meer uit, keert zich iets van hem af. Eerst is het raar om zo te liggen met zijn blik op haar gericht, maar na een poosje glijdt dat gevoel slaperig over in iets veiligs. Ze rust erin uit.

Dan zit hij opeens naast haar, achter haar rug. Ze doet niet meteen haar ogen open, ze voelt hem alleen. Wat wil hij?

Hij steekt een hand uit. Streelt haar voorzichtig over haar hoofd, langs de haren, daarna over haar nek en schouders. Heel voorzichtig.

Dan opent ze haar ogen, draait haar hoofd naar hem toe, kijkt in zijn gezicht en in zijn grote, bruine ogen; hij is nu heel serieus, en ziet er niet uit alsof hij aan een kat denkt. Hij streelt en streelt haar, heel voorzichtig. Er maakt zich iets in haar los, ze steekt een hand uit, raakt zijn borst en buik aan. Ze zegt: 'Wat ben je glad.'

'Jij niet', antwoordt hij. Streelt verder. Plotsklaps komt ze overeind, pakt haar kleren, begint zich aan te kleden.

'Nu moet ik naar huis', zegt ze.

Hij antwoordt niet. Zit daar maar, daar waar zij hem losliet.

Ze kleedt zich aan, knoopt haar veters dicht. Hij zit er nog steeds.

'Mag ik nog een keertje met je verdwijnen?' vraagt hij. Ze antwoordt niet, trekt haar regenjas aan, klautert omlaag, naar de struiken waar ze haar fiets heeft verborgen. Hij is gaan staan, kijkt haar na.

'Mag dat?' roept hij.

Ze werpt hem een snelle blik toe, als hij daar nog even bruin en glad staat. Ze geeft hem geen antwoord. In plaats daarvan roept ze: 'Arvid?'

'Ja?' Zijn stem is donker en zacht als water.

'Het beste! Het beste ermee!'

Ze springt op haar fiets, verdwijnt over het hobbelige pad.

Ze rijdt door zon en motregen.

Tussen moddervreters

Mirabile dictu – ongelooflijk maar waar: hij kwam terug, die jongen, Arvid, niet de eerste dag dat ik nadien van school spijbelde en ook niet de tweede dag, maar opeens was hij daar op een woensdag, en deze keer was hij er al voordat ik zelf op de steen zat. Ik wist het doordat de overheerlijke geur van koffie en vuur me al tegemoetkwam voordat ik zelf arriveerde. Het was alsof ik door een sluier van geuren reed op mijn glimmende, rode fiets, een sluier die voorzichtig mijn gezicht bedekte en ter zijde week en ik voelde me opgewekt terwijl ik over boomwortels en aardkluiten hobbelde, maar ook wel wat bang, want ik vroeg me af of ik ook ditmaal het grote, koude water in moest zodra de koffie op was. Ik hield een luttele seconde op met fietsen, vroeg me af of ik niet beter om kon keren, maar, zoals bekend, *venter non habet aures*, de maag heeft geen oren, ik had zo'n zin in koffie.

Had ik echt zin in koffie? Hij zat daar met zijn scheve, witte glimlach, tuurde omhoog toen ik verscheen, tilde juist op dat moment de koffiepot van het vuur om de mok vol te schenken, hij had een vuurtje gemaakt op exact dezelfde plaats als de vorige keer en verstoorde de orde op mijn steen niet; ik heb op je gewacht, zei hij. Hij had maar één mok bij zich en daaruit dronken we beiden. Even later stond hij glad en bruin voor me, net zo glad en bruin als de vorige keer, en hij geleidde me naar het water, naar dat angstaanjagende bosmeertje, en ik liet me leiden. Hij legde zijn handen onder mijn buik en dijen terwijl hij moeizaam door het water liep; hij klampte zich vast aan een graszode (blijkbaar met een derde hand), terwijl hij probeerde me te leren zwemmen. Niet dat dat erg geslaagd was. Maar ik was gelukkig omdat ik een vriend had, een broer, iemand die op me paste, en ik niet langer alleen was.

Het was die dag beter weer, en naderhand lagen we ons in de zon te warmen, ik werd zo warm dat mijn vacht alle kanten op stond, en opnieuw streelde hij me, voorzichtig, telkens weer, over mijn haar, tot ik indommelde, met de smaak van water uit het meertje en koffie in de mond. Daarna gingen we naar huis.

Toen het langzaamaan voorjaar werd, steeds een beetje meer, en er ook almaar meer ruimte ontstond voor warmte en lekker weer, ontmoetten we elkaar op die manier, als op een geheim bevel, we praatten er nooit over; soms op een doordeweekse dag, als ik verdween, en heel vaak op zondag of zaterdagmiddag; we praatten er nooit over. Hij was er of hij was er niet.

Ik herinner me niet waarover we spraken. Eerlijk gezegd weet ik niet eens of we veel praatten. Ik had een vriend.

De angst van de vrijheid is het gesprek. Ik probeerde hem, weet ik nog, een paar keer voor te lezen uit de boeken die ik bij me had, over Mesopotamische geschiedenis of over de rij van Fibonacci, of waar ik die bepaalde dag maar door in beslag werd genomen; dat soort dingen vond hij saai en het duurde niet lang of zijn aandacht verslapte, hoewel hij beleefd bleef luisteren. Zijn blik trok echter naar de boomkruinen of langs mijn kaken en hals. Ik kon beter iets voorlezen uit Kipling of Conrad, iets spannends, als er dingen gebeurden, bij voorkeur iets met schepen en zee, jongens zijn blijkbaar gek op boeken waarin zout water voorkomt, begreep ik, en dat deze jongen gek was op water, had ik ook al door. Hij leerde me enkele zwemslagen, hij trok me boven water als ik kopje onder ging. Maar het merendeel van de tijd lagen we ons op de steen aan de zon te warmen, en ik las niet en hij sprak niet veel, maar hij keek naar me als ik dacht dat hij niet keek, en ik keek naar hem en deed alsof ik dacht dat hij dat niet wist. Hij raakte voorzichtig mijn rug aan.

Op een dag, toen er een aantal weken was verstreken, raapte ik mijn moed bij elkaar en keek hem in de ogen toen hij dat deed, hij keek weg, hield er meteen mee op, ging op zijn buik liggen, sloot zijn ogen en begroef zijn gezicht in de steen en zijn handen. Ik zag echter dat hij bloosde. Hij kronkelde alsof hij pijn had. Toen ging ik tegen hem aan liggen, duwde tegen hem zodat hij op zijn zij kwam te liggen, nog steeds met gesloten ogen, ik legde mijn lippen op de zijne en begon zijn glimlach systematisch op te eten. Het duurde even voordat hij begreep wat hij moest doen, toen opende hij zijn lippen.

Die kus duurde een hele voorzomer, terwijl aan het schooljaar een eind kwam, met psalmen en gezangen en rapportcijfers, en het kon mij allemaal geen sikkepit meer schelen, en nog steeds kusten we, alleen nu nog vaker dan voorheen, en ten slotte kon ik redelijk goed zwemmen. En het duurde ook niet lang of hij spoot mijn hand vol wit sperma. Dat was interessant om naar te kijken, hij deed vreemd en zijn lichaam schokte terwijl hij in de vacht van mijn nek ademde. Maar zolang hij zijn ogen niet opende en geen van ons een woord zei, was het alsof het niet was gebeurd en niet gold, en ik kon mijn onderzoek voortzetten.

Papier bloost niet, de vos is permanent rood van schaamte wegens zijn vele slechte daden, zelf ben ik van een ondefinieerbare kleur, maar hoe ik het ook wend of keer, de gedachte aan deze weken beeft als een vossenjong in mij, en ik denk dat er geen liefde behalve de eerste bestaat. Maar dat wist ik destijds nog niet, dat weet ik nu pas, want wat dacht ik wel? Hij vindt me leuk, dacht ik, hij vindt me knap, ook al is hijzélf heel knap; meer dacht ik kennelijk niet, maar ik deed mijn mond open, trok zijn hand naar me toe zodat hij mijn zachte plekje en mijn lust mocht bevoelen. Als ik mijn ogen sluit, zie ik slechts die heel simpele, simpele beelden, en de rode vos spartelt in me, ik weet niet wat er zo bijzonder aan is, een jongen en een meisje bij een meertje, nat van het water, ze doen wat de natuur wil, op diverse plaatsen begint het heel vanzelfsprekend te kriebelen, en er even geen rekening mee houdend dat ze een vacht heeft, zijn ze als twee dieren, of wellicht dus mogelijk als anderhalf dier, en als alles anders was geweest, zou alles heel gewoon zijn. Ze zou zich misschien te zijner tijd met hem hebben verloofd, wie weet.

Want afgezien van zijn ontbrekende leesvaardigheden kan ik, als ik nu naar hem kijk, een stoere, leuke, misschien wat saaie, maar trouwe en vriendelijke boerenknaap zien. Destijds zag ik alleen zijn schoonheid, het gladde, gespierde lijf, de blauwe glimlach, de ruwe, schone tong, zijn slanke lid, dat trilde als een kwelling waarvan hij zich niet kon verlossen, en die ik van hem afnam als ik dat wilde. Ik nam alles in me op, die zomer, duizelig en uitgelaten en afwezig, alsof ik niet helemaal geloofde dat dit gebeurde. Ik zou er ook geen woorden voor hebben kunnen vinden. Er zijn alleen deze ogenblikken, deze beelden, deze stille momenten van mond en geslacht. Híj had er al helemaal geen woorden voor kunnen vinden. Hij was sowieso geen man van veel woorden, die Arvid, wat hij zei was eenvoudig en oprecht, terwijl ik toentertijd net als nu vol woorden zat, stomme woorden en luidruchtige woorden, moeilijke en vreemde woorden. Daarnaar kon hij niet luisteren, daarom sprak ik ze niet uit. Maar ze stroomden door me heen, toen en nu. Als alles anders was geweest, dan zou alles normaal zijn geweest. Als alles anders was geweest, dan zou alles in orde zijn geweest.

Niettemin vroeg hij me één keer, ronduit en direct, hoe ik zo was geworden. Hij zat met een strootje in zijn mond op de steen, gekleed, het was bewolkt, we overlegden of het te koud was om het water in te gaan. Ik vergeet de grijze zomerwolken boven die grijze steen niet, die dag vergeet ik niet.

'Zo geworden', zei ik. 'Ik weet het niet. Zo is het nu eenmaal. Het gebeurt maar een heel enkele keer. Ik ben zo geboren.'

Hij knikte.

'Ze zeggen', zei hij, 'dat je moeder naar een afbeelding van een wolf keek toen jij werd verwekt.'

Ik gaf geen antwoord. Ik keek naar die eeuwige steen. Grijs en stil.

'Zo, zeggen ze dat', zei ik afgemeten.

'Maar ik geloof daar niets van', voegde hij er op hetzelfde moment aan toe.

'Het is niet waar', zei ik. 'Er heeft nooit een afbeelding van een wolf bij ons aan de muur gehangen. Bovendien zal ik je iets vertellen wat je niet weet, en dat is dat alle kinderen in de moederbuik een tijd lang een vacht hebben, het is alleen zo dat die van mij niet meer is weggegaan, zoals dat bij anderen gebeurt.

Het is', zei ik plechtig, 'een aangeboren ziekte. Het komt maar heel zelden voor.'

'Ja ha', zei hij, met nadruk. Hij dacht na. 'Zit dat zo', zei hij. Verder niets. Ik vond het fijn dat hij verder niets zei, maar nadacht. Hij strekte zijn hand uit en raakte me aan. Glimlachte. De vijand van de vrijheid is het gesprek. Er liep een onverwachte rilling door me heen, van tederheid. Tederheid en nog iets. We zwommen natuurlijk toch, ook al was het koud. Nadien, terwijl we elkaar warmden, terwijl hij boven op me lag en me kuste, ontdekte ik opeens dat er geen reden was de dingen op hun beloop te laten, dat er geen reden meer was dat hij me niet helemaal mocht hebben, en ik spreidde mijn benen, bewoog hem een beetje, iets naar beneden en iets naar boven, en meteen, één lang, eeuwig, kort, glijdend moment zat hij diep in mijn zachte plekje, waar zijn kwelling, dat voelde ik duidelijk, thuishoorde.

Natura abhorret vacuum, de natuur verafschuwt de leegte, dat zijn ware woorden, en voor de rest zorgde de natuur, op een natuurlijke manier, natuurlijk, en al heel snel bezorgde hij mij het genot, en daarna nog een keer, gewoon door die leegte in mij te vullen die ik in werkelijkheid verafschuwde, zonder het te weten, en dan was hij mijn hengst en mijn jongen, ik weet nog heel goed dat ik dat dacht. Hij was mijn prins, die eindelijk tot leven was gekomen en uit de stenen droomwereld was getreden. Maar toen hij zich schrap zette zodat ik kon voelen hoe zijn kwelling bijna helemaal tot in mijn *hippocampus* stootte, toen mompelde hij iets, enkele vreemde woorden, toen dacht ik daar niet over na maar ik hield mijn handen en benen om hem heen geslagen, terwijl hij telkens weer klaarkwam. Hij had kunnen fluisteren wat hij maar wilde. Want ik fluisterde dat ik van hem hield.

Wanneer ik naar deze beelden kijk en het jonge dier in mij beeft, dan zie ik hem en haar, naderhand, alsof er twaalf maanden of amper twaalf minuten zijn verstreken, maar hij is koud geworden, hij bibbert een beetje, hij is bang, zit op zijn hurken met de armen om de knieën geslagen, naakt en mager en opeens helemaal bleek, en ze zit hem daar bijna te troosten. Kijkt naar hem met ogen die verbaasd zijn en luisteren. Dit is vreemd. Ze streelt hem over zijn rug, hij huivert. Hij lijkt op het punt te staan in tranen uit te barsten. Hij is overweldigd en dat begrijpt ze wel. Maar er is ook nog iets anders. Pas na een poosje brengt hij het te berde, fluisterend, angstig, bezorgd, opeens zo jong, kunnen hier kinderen van komen, vraagt hij, en ze kijkt hem een hele tijd aan; het valt niet goed te zien wat ze denkt, want ze heeft geen gezicht waarvan dat soort dingen af te lezen zijn, maar ik geloof dat haar ogen veranderen. Zo moet het eruit hebben gezien, alsof er een zwakke schaduw in verschijnt. Ze bijt op haar onderlip, dan fluistert ze wat ze weet, namelijk dat haar soort waarschijnlijk geen kinderen kan krijgen, dat is de orde van de natuur, en na een tijdje komt hij tot rust, hij wordt warmer, wordt weer zichzelf, krijgt de Arvidkleur terug, en algauw is alles weer zoals het was, althans bijna, en ze kussen elkaar. Dan wil hij nog een keer, ook dat is de orde van de natuur, en deze keer zijn ze kalmer en grondiger, ze hebben hun ogen open en ze lachen terwijl ze het doen, omdat die gevulde leegte een goed gevoel geeft. Alles is zoals het was, maar zij denkt aan wat hij fluisterde, die eerste keer, en ze fluistert niet meer dat ze van hem houdt.

*

Maar je mag het nooit, nooit aan iemand vertellen. Vader mag er nooit achter komen.

Is hij erachter gekomen?

Daar staat ze. Ik kan haar zien. Op het perron.

*

Haar vader is moe. Overwerkt, heet dat. Dat is opeens zo gekomen. Hij ziet de laatste tijd een beetje grauw. Hij slaapt slecht. Hij heeft veel zorgen. Dokter Levin schrijft een hele reeks versterkende tincturen en middelen voor en, het belangrijkst van alles, hij verklaart zonder veel omhaal van woorden dat de stationschef vakantie nodig heeft, en hij schrijft een aanbeveling uit voor een verblijf in een kuuroord in de saaist mogelijke fjordarm. Meteen. In één adem door schrijft hij Eva een verblijf in een kuuroord voor. Om uit te rusten en weer op de been te komen, schrijft hij.

Daar staat ze dan, opnieuw uitgerust met een reisgarderobe en mooie spullen, op de trein te wachten. Haar vader naast haar, in een aardig goed humeur voor het aanstaande vertrek, maar een beetje flets. Hetzelfde afscheidscomité als de vorige keer, minus cantor Swammerdamm. Knudtzon heeft een extra diepe rimpel op zijn voorhoofd vanwege de lange en uitgebreide, onverwachte verantwoordelijkheid die nu op zijn schouders is gelegd.

Daar staat ze. Ze zijn verder nooit op vakantie geweest, behalve misschien af en toe een paar dagen in de bergen, in een berghuisje dat haar vader altijd via apotheker Birgerson en zijn vrouw huurde; en nu zo snel alweer op reis. Ze kijkt met een afwezige blik naar de aanwezigen, is er niet helemaal met haar hoofd bij. Ze kan niet begrijpen wat ze met een vakantie moeten, haar vader heeft immers jarenlang geen vakantie opgenomen, hij gaat nooit op vakantie. Ze had nu in het bos moeten zijn, op haar steen, bij het bosmeertje, met Arvid. Normaal gesproken zou ze zenuwachtig zijn geweest, nu is ze alleen afwezig. Ze kan zich niet helemaal losmaken van de gedachte dat deze onverwachte rustkuur, ver van huis, op de een of andere manier te maken heeft met haar oefeningen op de steen, samen met Arvid. Dat ze doorzien is, ontdekt. Want waarom moet zíj anders mee? Naar een kuuroord? Geteisterd door een slecht geweten ziet ze de vaalheid van haar vader niet, of de bezorgde rimpel van Knudtzon of de bedachtzame blik van dokter Levin.

Want zo'n mens is ze nu geworden, zonder dat ze het weet. Ze wordt niet gezien. Daaraan is ze gewend. Maar nu ziet ze zelf ook niet.

*

314

Ik zag het zelf niet.

Ik herinner me het kuuroord als een reeks identieke huisjes en identieke lange dagen, alles geconcentreerd rondom het grote, witte hoofdgebouw, dat heel afgelegen lag. Om de een of andere reden zijn dat soort hoofdgebouwen altijd krijtwit. Misschien is dat zo om de bleekneuzen bruiner en gezonder van teint te laten lijken dan ze in werkelijkheid zijn. Zodra ze zichzelf voor die muur zien staan, voelen ze zich meteen beter. Of het kan te maken hebben met de voorbereiding op de Grote Bleekheid, wie zal het zeggen.

Mocht ik gedacht hebben dat zich in dit kuuroord een interessante selectie jonge, aan longziekten lijdende, bleke mannen zou bevinden, die romantische gedichten schreven over Thanatos en een edel doodsverlangen, ach *ich bin des Lebens müde* enzovoort en over blanke lelies, dan had ik het verschrikkelijk mis. Deze plek was voorbehouden aan oude, meer aardse cliëntèle. Of zal ik zeggen aan de waterzieken. Want ongeacht de kwaal waaraan ze leden, van prikkelbenen tot migraine, van schilferend eczeem tot ontbrekende vitaliteit, blijkbaar was de beste en enige kuur voor dit alles in verschillende soorten water te worden ondergedompeld. Zout water en zoet water, koud water en warm water, water met zuurstof en water met algen, water met modder, water met radium, water met olie en water met soda. In dat water moesten ze volstrekt stilliggen om te weken, of met veel gebaren bewegen, dat hing ervan af. Ook moesten ze doorlopend drinken, uit kleine, glimmende kopjes. Water uit de Eems en zout uit Epsom. Het enige water dat nergens voor werd gebruikt, was het blauwe, heldere, frisse water van de zee, bij het verlaten strand en de kale rotsen, een paar honderd meter van het witte, grote huis vandaan. Daar zwom niemand, behalve ik.

Toen de artsen en het personeel van het kuuroord mijn vader en mij zagen aankomen, ging er bijna een gejuich op bij de aanblik van mijn in een vacht gehulde persoon. Dat deden de gasten ook die, zoals gezegd, uit een levenskrachtig contingent oudere personen bestond, voornamelijk dames, en enkele verzwakte heren. Wij, dat wil zeggen ik, waren de sensatie van die zomer. Het duurde een aantal dagen voordat men er werkelijk van overtuigd raakte dat mijn vader in feite de kuurgast was die de hele dag gebaad en besprenkeld moest worden, terwijl aan mij zelfs nog geen flesje bronwater was voorgeschreven. Alleen rust. Ik herinner me de verlangende, maar ach zo teleurgestelde blikken van de arts en zijn witte kudde ondergeschikten, allemaal, vrouwen en mannen, met dezelfde bruine, sterke, goedgetrainde bovenarmspieren onder de werkjassen met korte mouwen. Wat hadden we hier wel niet kunnen doen, zeiden de blikken, met een vleugje bicarbonaat in het bronwater, een stevige scrubbehandeling met puimsteen, elektrische baden, massage; men bood mij zelfs een gratis behandeling aan, wilt u niet binnenkomen om het modderbad te proberen, mejuffrouw Eva, zei men, daarbij de bovenarmspieren in een pure reflex aanspannend, maar ik zei altijd netjes 'dank u', met een, nam ik aan en neem ik nog steeds aan, beleefde, verontschuldigende glimlach, waarna ik met de wind wegwoei, ik wapperde naar het strand, naar die aanlokkelijke, verlaten en schrale plek, tussen gladde rotsen. Daar zwom ik voor het eerst in zee. Ik was zo bang. Ik ben nog steeds bang als ik in zee zwem. Het was zo anders dan in dat kleine meertje, hier was het zout, wild en vreemd. Het bewoog. Het was naakt. Ik kan het niet anders zeggen. De zee is naakt. Toen ik me naderhand door de wind en de zon liet drogen, dacht ik aan Arvid. Ik had amper vaarwel tegen hem kunnen zeggen. Hij had mijn nek gestreeld toen we afscheid namen.

Ik denk aan Arvid, aan zijn lichaam, zijn mond, zijn huid, zijn handen en zijn geslachtsdeel.

Ik kies ervoor niet aan zijn woorden te denken. Hij heeft het nu al enkele malen gezegd. Ook toen we afscheid namen, zei hij het, en ik kies ervoor er niet aan te denken. In plaats daarvan denk ik dus aan zijn lichaam, zijn mond, zijn huid, enzovoort, enzovoort. Ik denk daaraan terwijl de wind en de zon me drogen. Hij had hier nu moeten zijn, denk ik. Hij had de zee nog nooit gezien.

Mevrouw Grjothornet heette een van de dames die als gast in het kuuroord verbleven, maar haar meisjesnaam was Heiberg, en derhalve was ze van voorname familie. Haar man droeg de naam Grjothornet. Híj was de eigenlijke kuurgast. Hij leed aan diverse aandoeningen. Ik herinner me hem als een zachtmoedige, vriendelijke, stille man die in de salon whist speelde met andere even verzwakte mannen. Ze gingen als het ware in elkaar op, als een plasma van meer of minder welgestelde zwakte. Mijn vader en ik vermeden deze weken meestal elke vorm van conversatie en sociale omgang. Bij het avondeten, als je wel móét praten als je met meer mensen aan tafel zit, hielden we het bij de gebruikelijke woorden, na het eten speelden we samen een spelletje kaart of schaken, of we lazen een boek. De verschillende oudere dames bestierven het bijna van nieuwsgierigheid of, zoals ze het zelf genoemd zouden hebben, van interesse, hun gezichten glommen van weetgierigheid, en ze nodigden ons met overdreven vriendelijkheid uit aan hun tafeltje te komen zitten, om aan hun woordspelletjes, hun puzzels en hun vraag-en-antwoordraadsels deel te nemen, maar we deden alsof onze neus bloedde; doe net alsof je niets doorhebt, dan is het probleem in principe opgelost; we bedankten beleefd en gingen apart zitten. Ik trok me altijd vroeg terug, als de blikken voldoende brandden, maar ik meen me te herinneren dat mijn vader enkele keren bleef zitten en zich misschien tot een partijtje canasta liet verleiden nadat ik naar mijn kamer was gegaan, dat was hem gegund. Hij vond de dames ook niet bepaald aantrekkelijk, en als ik hem goed ken, was hij kortaf en formeel, zelfs onder het bombardement van subtiele vragen. Het hoeft je wellicht niet te verbazen dat de welwillende nieuwsgierigheid na een paar weken veranderde in een meer afgemeten houding van 'wie denkt u wel dat u bent'.

Maar mevrouw Grjothornet was anders. Mevrouw Grjothornet was kortaf en zocht met niemand contact. Haar hele houding straalde waardigheid en distantie uit; ja, zelfs haar garderobe gaf blijk van de uitzonderlijke, hoge positie van de bezitster. Haar jurken waren eenvoudig van snit en versiering, alleen de kwaliteit

van de stof, de glans van dure, eersteklas materialen, maakte duidelijk dat ze zich, zowel mentaal als op financieel gebied, op een
heel ander niveau bevond dan de rest van de aanwezige dames.
Als ze sieraden droeg, waren die net zo eenvoudig, nobel bescheiden, niet opdringerig. Slechts het formaat van de stenen die ze
af en toe droeg, onthulde hun herkomst. Daarnaast was ze erg
knap. Haar haar was bruin, glanzend gezond, aan de slaap zaten
krullen, meestal droeg ze het opgestoken in een jeugdig kapsel,
soms had ze een jeugdige paardenstaart. Haar gezicht was glad
en rimpelloos, haar volle lippen waren rood, ze had het figuur
van een jong meisje, haar taille was smal als bij een vrouwelijk lid
van het Britse koningshuis. Slechts enkele trekken getuigden van
een iets verder gevorderde leeftijd dan je bij de eerste oogopslag
zou denken; de bovenkant van haar handen, een scherpe lijn in
de ooghoek, slechts enkele seconden zichtbaar. Dan werd alles
weer glad.

Haar man, de heer Grjothornet, had daarentegen een taille
als van twee monarchen, en hij moet tegen de zeventig hebben
gelopen. Algemeen werd aangenomen dat de heer Grjothornet
de kleren en sieraden van zijn vrouw betaalde, en hij deed zonder
enige twijfel iets met aandelen. Hij had tijdens de oorlog gewerkt
en had geluk gehad toen de aandelenhandel instortte, had op
tijd verkocht, en sindsdien hield hij zich met de een of andere
agentuur bezig. Hij droeg een dasspeld met een parel, hij was
sympathiek zoals de mensen in het westen van het land dat zijn,
maar zoals gezegd was hij verzwakt. Zijn echtgenote zat meestal
in haar eentje in de salon te lezen, vaak Heine of iets anders ver-
hevens, en trok zich 's avonds vroeg terug.

Op de vijfde of de zesde dag kwam ik haar op het strand
tegen. Ze had een aquarelblok bij zich en zat opeens op de rots
toen ik, als een harige Venus, uit de golven opsteeg. Ze droeg een
blauw en wit pakje en zag er erg mooi uit. De witte zomerhoed
had ze met een dunne sjaal vastgemaakt. Ze wierp me een snelle
blik toe, knikte afgemeten en ging verder met haar bezigheden.
Ik voelde me niet op mijn gemak, ik had niet op gezelschap ge-

rekend, droogde me gehaast af. Terwijl ik mijn kleren aantrok, wierp ik haar steelse blikken toe, maar ze was in beslag genomen door de waterverf en het kijken naar een blauwwit bloempje dat in een gleuf groeide. Toen ik aangekleed was – en het leek wel alsof ze het wist, op het moment dat ik mijn blouse dicht had – wendde ze haar gezicht naar mij, langzaam, bijna sloom, en zei, met een donkere, zachte, maar duidelijke stem: 'Dus u bent tóch menselijk?'

Ik knikte. Slechts de lichte ironie die verborgen zat in de glimlach die ze zichzelf niet toestond, verhinderde me de plek te verlaten.

'Het was niet mijn bedoeling te storen', zei mevrouw Grjothornet. 'Ik heb overdag niets te doen, als mijn man in de week ligt, dus ga ik hierheen om zelfbestuivende bloemen te schilderen.'

'Ik ben aan het zwemmen', zei ik, dom.

'Dat zie ik', merkte mevrouw Grjothornet op. 'Soms doe ik dat hier ook.'

'Juist ja', zei ik.

'Maar dan wel met een badpak aan. Het past een volwassen vrouw niet' – ze liet haar blik langs mijn blouse gaan – 'om *in puris naturalia* te zwemmen.'

In naturalibus, wilde ik zeggen, maar ik beheerste me en zei verontschuldigend: 'Ik dacht dat ik alleen was.'

'U bent dan ook een twijfelgeval als het om naaktheid gaat', zei mevrouw Grjothornet. 'Het past de jongste trouwens om zich als eerste aan de oudste voor te stellen.'

Ik stak mijn hand naar voren en stelde me voor. Maakte zelfs een buiginkje.

'Eva,' zei mevrouw Grjothornet, 'wat grappig! Ik heet ook Eva. Eva Grjothornet.'

'Doet me genoegen', zei ik.

'Mij niet', zei ze en ze lachte zacht, bijna onhoorbaar. 'Het is toch een vreselijke naam, vindt u niet? Grjothornet bedoel ik, niet Eva. Het klinkt als iets wat door een kind in het bos is gevonden. Oorspronkelijk was zijn naam Olsen, voorzover ik me herinner. Maar, Eva. Wilt u niet eens kijken', zei ze en ze tikte op de rots als teken dat ik moest gaan zitten. 'Ik doe een poging de hele botanica te schilderen.' Ze glimlachte, en haar glimlach was verblindend. Wit en mooi, hij deed me een fractie van een seconde aan die van Arvid denken.

Ik ging zitten. Ze sloeg haar aquarelblok open en ik bladerde er een hele tijd in, terwijl zij uitleg gaf. Ze was een zeer bekwaam schilder, en haar afbeeldingen van de bloemen waren nauwkeurig en goed gecomponeerd. Zo leerden we elkaar kennen. De dag daarna leende ze me een aquarelblok en een kistje, en probeerde ze me te leren hoe ik bloemen moest schilderen. Ze was met name geïnteresseerd in de niet-entomofiele, dus zelfbestuivende of autogame strandbloemen, wat heel goed paste, aangezien ze al een tijd was uitgekeken op haar vierde echtgenoot, zoals ze zich later uitdrukte, dat wil zeggen de heer Grjothornet, oorspronkelijk Olsen. Voor mij, een jong en onwetend kind, gemakkelijk beïnvloedbaar, ook al was ik niet onschuldig meer, was dit onbekend terrein. Zo ontmoetten we elkaar, op de ochtenden, meestal nadat ik had gezwommen. Ze liet me zien hoe je een schets van de plant moest maken, eerst voorzichtig, met lichte potloodstrepen, tot je de vorm onder de knie kreeg, om vervolgens de verf aan te brengen. En ik, die op school een grondige hekel had aan tekenen en handenarbeid, ontdekte tot mijn grote verbazing dat ik het niet alleen leuk vond, maar ook dat het me heel aardig lukte, vooral dankzij het voorzichtige, rustige en enigszins gedistantieerde karakter van mijn lerares. Ik herontdekte mijn plezier in tekenen, zoals ik dat destijds had gehad toen ik heel gedetailleerd locomotieven tekende. Dat was voordat juffrouw Hadeland de klas in de regels van het tekenvak had ingewijd, en mijn eigen initiatieven om zeep hielp. Eva Grjothornet prees mijn pogingen, moedigde me aan, maar zonder veel ophef, ze gaf me raad en tips. Dus schilderden we samen strandbloemen. Ik hield van de nauwgezette rust die een voorwaarde was voor een goed resultaat van de afbeelding, of het nu om locomotieven of om bloemen ging.

We praatten overigens niet zo veel; ze vertelde niet veel details over zichzelf en hoorde me niet uit. Daar was ik blij om. We bleven elkaar vousvoyeren. Dat gaf een vrijer gevoel.

Soms zwommen we ook. Als we ons uitkleedden, ving ik soms een witte glimp op van verschillende kanten van Eva Grjothornets schoonheid; die was onvergelijkbaar, oogverblindend, uniek wat vrouwelijkheid en jeugdige zachtheid, gladheid en lieftalligheid betrof. Voor mij, in mijn behaarde toestand, werd het contrast natuurlijk nog eens versterkt, alsof ze het witte hoofdgebouw van de vrouwelijkheid zelve was en ik een bescheidener bouwwerk in de buurt.

Mooie vrouwen worden dikwijls aangetrokken door lelijke vriendinnen, en omgekeerd, en wij moeten wel een uitermate ongelijk paar zijn geweest om te zien. Ze zag vast wel mijn steelse blikken, want zij liet me haar zwakke, slome glimlach zien, maar ze zei niets. Ze was ook een uitmuntend zwemster, zwom een heel eind de zee in, veel verder dan ikzelf durfde, zwaaide naar me vanaf de plek waar ze was, waar de golven witte schuimkoppen hadden, voordat ze aan de terugweg begon, met sterke, soepele, lange zwemslagen door de sterke stroom heen. Ik drukte mijn bewondering over haar bekwaamheid uit, legde uit dat ik pas afgelopen voorjaar had leren zwemmen, en op dezelfde rustige, kalme manier als waarop ze me liet zien hoe je naar strandbloemen moest kijken en hoe je ze moest schilderen, begon ze me daar op het droge les in zwemmen voor gevorderden te geven. Het gebruik van armslagen, onder water duiken met de ogen open, op de juiste manier ademhalen. Ze hield haar handen onder mijn buik terwijl ze zakelijk en simpel uitlegde wat ik moest doen. Haar grip was licht en mild, maar ik was wel een bange leerling. Op een dag vroeg ze me, daar op het droge, wie me zo slecht had leren zwemmen; gewoon een jongen, zei ik, tussen neus en lippen door, en toen keek ze me aan met een mengeling van spot en waardering in haar blik.

'Een jongen', zei ze. 'Zo. Afgelopen voorjaar?'

'Ja', zei ik kort en ik zwom een paar slagen en daarna zwom ik weg.

Ze volgde me. Daar lagen we in het water te ploeteren.

Ze glimlachte zwak en haar gezicht kwam heel dichtbij.

'Heb je het met hem gedaan?' vroeg ze zacht en ze gebruikte opeens de jij-vorm. Dat gaf een vreemd gevoel, het was bijna schokkend intiem.

'Wat bedoelt u ... bedoel je?' vroeg ik, maar ze streelde me over mijn schouder.

'Met dat soort dingen heb ik het nooit mis', zei ze, goedkeurend. 'Ik kan het zien. Ik zag het meteen. Arm kind. Je bent nog zo jong.'

Ik antwoordde niet, wilde het liefst naar de bodem zakken, maar vertrouwde er niet helemaal op dat ik weer boven zou komen. In plaats daarvan liet ik mijn ogen naar het water gaan.

'Je kunt beter een volwassen man proberen', zei ze.

Ook daarop gaf ik geen antwoord, maar ik keek haar zo doordringend mogelijk aan.

'Aha. Het is me wat', zei ze. 'Kleintje toch.'

Ze lachte snel en verblindend, bijna alsof ze de draak met me stak, streelde me opnieuw over mijn schouder, dook onder, draaide zich om en zwom weer aan land.

Tijdens het aankleden zei ze niets. Ik keek naar haar, en ik barstte uit, zachtjes: 'Ik vind u mooi.'

Ze glimlachte naar me.

'Zo, vind je dat.'

'Ja', knikte ik. Want ik had nog nooit iets mooiers gezien, nog nooit zo'n vrouw ontmoet die zozeer vrouwelijke schoonheid met waardigheid en elegantie combineerde.

'Vriendinnetje', zei ze. 'Dat is aardig van je. Hoe oud denk je eigenlijk dat ik ben?'

Ik keek haar nadenkend aan.

'Vijfendertig', zei ik ernstig.

Ze lachte weer. Lang.

'Wat ben je toch lief', zei ze, toen ze weer op adem was gekomen. 'Dat was echt lief!'

Zelfs door mijn masker van haar moet ze mijn beteuterde gezichtsuitdrukking hebben gezien, want ze werd ernstig: 'Ik ben wel een paar jaartjes ouder dan dat. Begrijp me goed, niet alleen meneer Grjothornet onderwerpt zich aan een kuur.'

'Wat bedoelt u?'

'Deze zomerkuur hier, die is vanwege zijn zwakheden en sterk aanbevolen door zijn dokter, in wie hij gelukkig altijd veel vertrouwen stelt. Ik ben met hem mee omdat ik de zomers graag in het noorden doorbreng. Maar als het herfst wordt ... vind je echt dat ik knap ben?'

'Ja', zei ik en ik slikte, want het was waar. 'Jij bent de mooiste.'

'Maar dat heeft een prijs, begrijp je dat, kleintje. Welke príjs ik daarvoor niet heb betaald.' Ze zuchtte, bracht haar haar op orde. Ik had mijn lange, brede kam tevoorschijn gehaald en begon mezelf te kammen.

'Als het herfst wordt, begrijp je, dan ga ik voor een kuur op reis, en zonder Grjothornet. Dan ga ik naar veel interessantere plaatsen dan hier, naar plaatsen waar men de allerlaatste nieuwtjes op wetenschappelijk gebied toepast. Dat doe ik nu al jarenlang, en momenteel betaalt Grjothornet ervoor. Voor hem deden anderen dat. Ik doe het al jarenlang, in het voor- en najaar, om mijn schoonheid te behouden en te verstevigen, en dat heeft, zal ik je zeggen, bloed, zweet, tranen en geld gekost. Mooi blijven komt geen mens zomaar aanwaaien. Tegenwoordig is het dokter Lebedew-Kumatsch in St. Charlot en zijn vijgenbladslakkenkuur. Dokter Machmed Lebedew-Kumatsch, uit Bulgarije. Een fabelachtig man. In St. Charlot zijn natuurlijk ook baden, maar die zijn veel geavanceerder dan hier. Naast waterkuren en modderbaden en massages en elektriciteit en al dat soort dingen heeft hij ook zijn beroemde en populaire slakkenbad.'

'Slakkenbad?'

'Jakkes, ja, dat klinkt niet erg aanlokkelijk, zeker. Maar ik kan je verzekeren dat het helemaal niet onaangenaam is.'

'Hoe gaat dat eigenlijk? Een slakkenbad, bedoel ik?'

'Heel eenvoudig. Dokter Lebedew-Kumatsch heeft ontdekt

dat de Anatolische vijgenbladslak een secreet afscheidt dat de huid en de onderhuid uitermate vitaal maakt. Daarbij komt ook dat een slak bij het eten gebruikmaakt van een tong die onder zijn zuigpoot zit, en die tong zit vol schrapende tandjes. Tijdens de behandeling wordt de patiënt helemaal ontkleed en op het naakte lichaam smeert men een dunne, regelmatige laag balsem die bestaat uit verpulverde bladeren en schors van de vijgenboom. Daarna stapt ze in een badkuip vol Anatolische vijgenbladslakken die hun favoriete kostje al een tijd lang niet hebben gegeten. Ze zijn ongeveer een halve centimeter lang en helemaal wit. Dan lig je daar een aantal uren terwijl de slakken eten. Het proces is tweeledig, want eerst eten ze en reinigen ze tegelijkertijd je huid met hun scherpe slakkentongen en verwijderen dode huidcellen, vlekken en vet, ja, zelfs het vet van de onderhuid wordt minder, en daarna beginnen ze na een tijdje hun vitaliserende secreet af te scheiden, dat gaat maar door, en dat moet vervolgens zes uur lang inwerken, voordat de slakken tevreden zijn en voldaan gaan slapen, terwijl de patiënt uit het slakkenbad stapt en alles van zich af spoelt, om daarna met een gewone nardusolie te worden ingesmeerd. Ik kan je verzekeren dat je door zo'n behandeling na vier weken tien jaar jonger bent geworden. Letterlijk. De huid is als die van een pasgeboren kind. Uiteraard wordt de behandeling met andere maatregelen gecombineerd, met een dieet dat dokter Lebedew-Kumatsch heeft samengesteld en dat bestaat uit veelgeprezen gezondheidsadviezen zoals paardenmelk en honing, salades, Birchen-Benner-muesli en rauw rundvlees, gemengd met eiwitten. Maar …' ze zuchtte, 'het kost tijd. Het wordt op den duur saai om wekenlang in dat bad te liggen. Je kunt niet lezen, want ook je handen zitten vol met dat secreet. Het is belangrijk dat de handen goed meedoen, want die hebben het het hardst te verduren. Aan je handen valt alles het eerst op.'

Ze hield haar handen voor haar gezicht en bestudeerde de bovenkanten met een misprijzende blik. Als je goed keek, kon je zien dat de huid op de handruggen werkelijk een beetje loszat en gerimpeld was, en niet jong was, en dat de metacarpale knokkels onder de opperhuid uitstaken. Maar ik moest aan de slakken denken.

'Is dat echt niet onaangenaam? Om zo te liggen?'

'De slakken zelf zijn alleen in het begin een beetje walgelijk, als je er nog niet aan gewend bent dat ze overal om je heen krioelen. Maar dan doe je gewoon je ogen dicht. Hoewel ik moet toegeven dat het de eerste keer dat ze van mijn huid begonnen te eten, vooral van de huid van mijn gezicht, een merkwaardig gevoel gaf. Het voelt een beetje als schrapen en zuigen. Het secreet geeft een wat branderig gevoel. In de jaren dat ik bij zuurstofthanatische kuren zwoer, was het veel akeliger. Dan moest je namelijk in een luchtdichte kamer liggen, waaruit de gewone lucht werd weggepompt die werd vervangen door een luchtmengsel waarin extra veel zuurstof en ozon zat, en dan moest je daar, in volledige duisternis, telkens twaalf uur per dag in liggen, twee maanden lang en twee keer per jaar. Dat was in St. Moritz, bij dokter Manneken-Morgenqualm.'

Ik dacht aan mijn hokje onder de trap en huiverde, maar ik zei niets. Eva Grjothornet ging echter verder: 'Ik moet bekennen dat het werkelijk heel veel effect had, echt waar, maar na verloop van tijd werd ik er stapelgek van. In drie jaar tijd was ik immers een heel, wakker jaar kwijtgeraakt door daar in de duisternis te zitten, honderdtwintig dagen per jaar. Dat was het niet waard. Prijzig was het ook en mijn toenmalige man, de kleine consul Lange, protesteerde uiteindelijk. Voor die ene keer was ik het met zijn protesten helemaal eens.'

'Had je daar dan niet beter kunnen slapen? Om de rest van de tijd wakker te zijn?'

'Het was te donker om te slapen. Bovendien stond dokter Manneken-Morgenqualm erop dat de behandeling bij daglicht plaatsvond; hij overdreef, kun je stellen, bij zowel de vorm van behandelen als bij de prijzen, en zijn patiënten liepen weg; zijn ster is sindsdien nogal gedaald in de wetenschappelijke wereld, en hij heeft nu waarschijnlijk een kuuroord in Westfalen. *Of all places!*'

'Grote grutten', zei ik.

'*Of all places*', herhaalde Eva Grjothornet, met nadruk. 'En uiteraard heb ik tal van andere kuren gehad, van baden in lamsbloed – bij dokter Andrino Amuri in Civitavecchia – via de gebruikelijke elektrische baden, ionisatiekamers en modderbaden – tot massage, stoomkuren en dergelijke, de meer algemene rimram. Ja, ik heb zelfs in walvissecreet gebaad, en ik kan je garanderen dat dát geen pretje was. Dit alles vertel ik je natuurlijk om duidelijk te maken dat schoonheid haar prijs heeft en helemaal niet van binnenuit komt. Die heeft een prijs, meisje, en kost niet alleen handenvol geld, maar vooral tijd en geduld, gigantische hoeveelheden tijd en geduld, en een eeuwig aanwezige alertheid. Eeuwigdurend. Dat moet je altijd in gedachten houden. Daarom hoef jij wellicht niet helemaal ontevreden te zijn over jouw toestand, jij hoeft dit allemaal niet te doen en kunt je op belangrijker zaken concentreren. Hoewel jij op jouw manier in feite best aantrekkelijk bent', zei ze terwijl ze haar ogen zakelijk en waarderend langs mijn lichaam liet gaan. 'Helemaal niet slecht.'

Ik gaf geen antwoord.

'Zo,' zei ze en ze glimlachte haar betoverende glimlach, 'hoe oud denk je nu dat ik ben, meisje?'

'Vijfendertig', herhaalde ik en voor het eerst lachte Eva Grjothornet op werkelijk luide, volle kracht. Dit was een andere lach dan haar gedempte, zachte trillen – het was luid en uitgelaten, met achterovergeworpen hoofd en open mond. En voor het eerst zag ik dat haar tandvlees zich hier en daar had teruggetrokken.

'Dat zijn vriendelijke woorden van je', zei ze toen ze weer op adem was gekomen. 'Maar er klopt natuurlijk niets van. Ik ben vijfenvijftig.'

Ze liet het even tot me doordringen en verkneukelde zich zichtbaar over de ongelovige uitdrukking op mijn gezicht.

'Zo zie je maar', zei ze. 'Ook al was je alleen maar beleefd, het is geenszins wat je dacht. Maar, zoals gezegd, alles heeft een prijs. En mijn mannen hebben die betaald. Daar zijn ze voor.

Momenteel betaalt Grjothornet dus. Ole Grjothornet.'

Ze lachte zacht.

'En wat krijgt hij ervoor terug?' ontglipte me. Ze keek me een hele tijd aan en ik luisterde verslagen naar mijn eigen onbeschaamdheid. Toch gaf ze luid en duidelijk antwoord: 'Hij krijgt een mooie vrouw.'

'Wat moet hij daarmee?' vroeg ik en opnieuw schrok ik van mijn eigen impertinentie. Maar nu het gesprek toch die kant op was gegaan, waarin zo veel dingen vrijelijk werden uitgesproken, antwoordde mevrouw Grjothornet eenvoudig: 'Hij moet haar geld geven en zorgen dat ze in een goed humeur blijft, zodat ze haar diepste passies kan ontwikkelen. In mijn geval zijn dat reizen, reizen naar vreemde landen, waar ik echte, eeuwige schoonheid kan ervaren. Mozaïeken en schilderijen, standbeelden en prachtige gebouwen. Ja, want ik schilder niet alleen bloemen, ik kopieer ook fresco's en schilderijen, maar daarvan bestaan er in dit afgelegen oord maar bitter weinig. Daar betaalt de heer Grjothornet voor. Als beloning is ze altijd loyaal tegenover hem, altijd beleefd, en voegt ze zich regelmatig bij hem, zodat hij zich een poosje kan vermaken.'

'Ik begrijp het', zei ik. Ze lachte weer, maar zacht deze keer.

'Dat denk ik niet', zei ze. 'Maar ooit zul je het begrijpen. Juist jij misschien. In zekere zin ben ik jaloers op je.'

'Dat denk ik niet', zei ik, even eenvoudig en vrij.

Ze keek me nadenkend aan.

'Nee', zei ze even later. 'Daar heb je waarschijnlijk gelijk in. Ik had niet met je willen ruilen. Wat ik had, en wat me gebracht heeft wat ik op de wereld nodig heb, en me al mijn mogelijkheden heeft gegeven, was mijn aangeboren schoonheid. En geloof me, meisje, die was echt heel groot. Ik zag het al heel vroeg zelf en was er trots op. Ik maakte er gebruik van. Toen ik nog geen twaalf jaar oud was, draaiden mannen zich op straat al naar me om. Wat ik nu ben, is slechts een schaduw van die honingzoete, blonde schoonheid die ik destijds bezat. Toen ik zo oud was als jij, had ik mijn eerste minnaar al.'

Ik keek haar met grote ogen aan.

'Dat is de reden', ging ze verder, terwijl ze me recht aankeek, 'dat ik dat soort dingen kan zien. Hij was een vriend van mijn ouders. Heel knap, heel romantisch. Zeer welgesteld. Na een paar jaar in het diepste geheim, terwijl hij deed alsof hij me in kunstgeschiedenis onderwees, nam hij me mee naar Florence en liet me de schoonheid zien. Het werd een soort schandaal. Daar verliet ik hem na een paar jaar voor een Italiaanse graaf uit het huis del Vetro, die veel te arm bleek te zijn om me mee te kunnen nemen naar andere plaatsen om me nog meer schoonheid te tonen. De schoonheid van Florence begon me te vervelen. Graaf leuk maar arm, met andere woorden, want ik was nog onervaren toen ik hem ontmoette, maar toen vervolgde ik mijn weg. Ik ging steeds verder. Dat heb ik sindsdien gedaan. Daarom kan ik tegen jou zeggen dat er niets vergankelijkers bestaat dan de menselijke schoonheid, en niets wat moeilijker te handhaven is, en niets wat riskanter is om je talenten op te richten, want ze vervliegt. En als je de schoonheid hebt liefgehad zoals ik, is het een kwelling om haar te zien vervliegen. Want ze vervliegt, ondanks slakken en paardenmelk. Uitsluitend schoonheid in marmer en brons blijft bestaan en is werkelijk iets waard. Maar jij,' zei ze, 'die bent zoals je bent, jij hebt dat soort kwellingen eigenlijk niet. Hoewel ik je niet benijd, is het in zekere zin geen slecht uitgangspunt. Beloof me nu dat je het gebruikt om er iets verstandigs mee te doen.'

Het bleef een tijdje stil tussen ons.

'Ik was graag zo knap geweest als jij', fluisterde ik.

Ze glimlachte, met veel warmte, streelde mijn wang, en haar ogen glansden toen ze verderging: 'Dat is logisch. Iedereen begeert schoonheid. Zowel de mensen die haar niet bezitten als, gek genoeg, ook de mensen die haar wel hebben. Die willen er alleen maar nóg meer van. Bovendien, zoals gezegd, kunnen er heel veel dieren in de Ark, en wat een ieder voor zich mooi en knap vindt, en om die reden begeert, dat is zo verschillend. Buitengewoon verschillend. In Caïro heb ik ooit de beste buikdanseres van de wereld gezien. De beste van de wereld. En de omvangrijkste van de wereld.'

'Zo?'

'Zeer zeker. Ze was groot als een berg. Haar vetzucht was angstaanjagend. Angstaanjagend. Ze was bevend en lijkbleek. Maar haar buik bewegen, dát kon ze. Op en neer, op en neer, als een enorme, trillende ballon, terwijl ze op haar gemak en langzaam op de maat van de muziek langs het podium liep. Een-twee, een-twee ... op-neer, op-neer ...'

Met gebaren probeerde ze een en ander te illustreren; ik moest lachen en zij lachte ook. Ze vervolgde: 'Wat ik bedoel te zeggen is: het mannelijk publiek zat als aan de grond genageld. Sprakeloos, geschokt door het zien van haar schoonheid, en van begeerte. Zo nu en dan sprong een van hen op van zijn stoel en schreeuwde zijn enthousiasme uit in een lange litanie van hartstochtelijke, verliefde, Arabische woorden. Piepkleine Arabische mannetjes. Wat ze zeiden, weet ik niet, maar hun intentie was niet mis te verstaan. De gigantische vrouw keek naar hen met een hooghartige, afwezige blik. Mannen zijn merkwaardig. Een andere keer, op Corfu, zag ik een jonge vrouw zonder armen en benen. Ze was getrouwd met een plaatselijke jonge koopman die heel welgesteld was. En hoewel ze niet bijster knap was om te zien, en ook niet bijzonder geestig overkwam, was hij haar volledig toegedaan. Hij droeg haar als een pop in zijn armen, hij liefkoosde en vertroetelde haar, vond haar ongetwijfeld de liefste van de wereld, en ze waren kennelijk heel gelukkig.'

Ze zweeg even. Ik liet mijn gedachten gaan en rilde even.

'Daarom zul jij beslist ervaren – en misschien heb je dat al gedaan – dat jouw bijzondere natuurlijke gesteldheid, als je dat zo zou kunnen noemen, mannen toch in vuur en vlam zal kunnen zetten.'

Er kwamen een paar dingen in me op maar ik gaf haar geen antwoord.

'Dat verschaft je alleen maar een vrijer uitgangspunt dan ik had. Want je denkt immers, als je jong bent, zoals ik dacht, dat de schoonheid het leven zelf is, het doel en de zin aller dingen, alles streeft ernaar, alles is ernaar op zoek. Slechts schoonheid brengt geestdrift teweeg, alleen schoonheid zorgt voor aantrekkingskracht, slechts middels schoonheid spreekt God, en uitsluitend zij, zoals de dichter zegt, zal de wereld verlossen. Maar wat is schoonheid? Wat is schoonheid in feite? Het kostte me vele, vele jaren om de veel te lege, veel te vluchtige aard ervan te doorgronden. Nu begint ze langzaam te verdwijnen, zelfs voor mij, ondanks slakken en kuren. Daarom moet je niet verdrietig zijn, maar alert. Want jij zult een heel ander, vrijer uitgangspunt hebben. Zeg, Eva, weet je wat, nu gaan we iets leuks doen!'

Ze maakte aanstalten om overeind te komen.

'Wacht even,' zei ik, 'wat ga je doen … de komende tijd?'

'De komende tijd? Wat bedoel je?'

'Met de schoonheid?'

Ze keek me vorsend aan.

'Eerst', zei ze, 'is het mijn bedoeling ook de heer Grjothornet te overleven. Hij is al erg verzwakt. Zoals ik mijn eerdere echtgenoten heb overleefd of van de hand gedaan: de kleine consul Lange en de anderen. Tot nu toe is Grjothornet de rijkste, en een paar keer per week verzwak ik hem nog meer, aangezien hij me niet kan weerstaan. Daarna, denk ik, zal ik het lot accepteren, niet meer naar kuuroorden gaan, daar niet zinloos nog meer tijd en geld aan besteden, maar een lelijke, gerimpelde, oude dame worden. Een gerimpelde, oude weduwe, met schetsblok en reislust.'

Ze lachte, trillend, uitgelaten.

'Jij wordt nooit lelijk', zei ik, bijna met een brok in mijn keel, want het kwam me totaal tegennatuurlijk voor dat die knappe, schitterende gestalte die voor me stond lelijk zou worden of anderszins zou verpieteren; alleen al de gedachte kwam me onmogelijk, onlogisch voor. Maar ze lachte slechts weer, hoewel deze keer wat duisterder, en met een schaduw in haar blik, en ze zei: 'O, het onafwendbare is onafwendbaar. Zo is het nu eenmaal, kleine Eva. Zo is het gewoon. Dat is de prijs. De prijs voor al het leuke. Maar eerst', voegde ze er opgewekter aan toe, 'ga ik een nieuwe man zoeken. Een jonge, viriele man. Iemand die nog in de eeuwige dingen gelooft, die met zijn hoofd in de wolken loopt en romantische dromen over kunst en schoonheid koestert. Hij moet arm maar begaafd zijn, een beetje wereldvreemd, een beetje verstrooid – bij voorkeur bijziend – en ik zal me over hem ontfermen. De boel voor hem regelen. Hij moet me verzorgen, me troosten, wanneer ik langzaam mijn onafwendbaarheid tegemoetga.'

Ze sloeg haar blik neer. Toen stond ze opeens op, klopte haar jurk af.

'Zo,' zei ze, 'weet je wat, nu gaan we dus iets leuks doen. Nu gaan we naar de moddervreters kijken.'

'De moddervreters?'

'Ja, of wat ze ook maar uitspoken in die akelige, kleine, Noorse kuuroorden. Kom, ik weet waar de ramen zitten.'

Giechelend als jonge meisjes begaven we ons naar een van de kleine, witte houten gebouwen, waar Eva Grjothornet een bank wist waarop je kon staan en door een smal raam hoog in de muur naar binnen kon kijken.

'De mannen zijn nu aan de beurt', zei ze en ze liet haar zachte lach horen terwijl we op de bank klommen.

Binnen werd een aantal mannen respectievelijk door de modder gerold, schoongespoeld, in nieuwe baden gelegd en afgedroogd. Ik vond het heel interessant om naar hen te kijken.

We stonden hen een tijd lang te aanschouwen, en we deden giechelend een soort raadspelletje over waar de verschillende mannen aan konden lijden, toen Eva Grjothornet opeens commentaar op de mannelijke organen van de diverse heren begon te geven en er een beschrijving van gaf. Ik vond ze allemaal interessant, maar ik kreeg de indruk dat zij ze vaak als nogal lachwekkende en nutteloze instrumenten beschouwde, en ik luisterde, half verschrikt, half opgewonden. Gelukkig was mijn vader er niet bij.

'Die kleine dikke daar,' zei ze dan, 'met hem kun je vast en zeker helemaal niets beginnen. En die daar, die is gewoon lelijk. Bah. Ziet eruit als een worm. Of iets wat Michelangelo had kunnen tekenen; hij had absoluut geen gevoel voor proporties. Poeh, poeh. Wat dat betreft heb ik problemen met Michelangelo. Nou ja. Terwijl die daar lang en glad is. Heel mooi om te zien. Wat vind jij?'

Ik gaf er nauwelijks commentaar op, maar zij zei slechts lachend: 'Je kunt helaas niet aan geklede mannen zien of hij iemand is om zuinig op te zijn. Er is maar één manier om daar achter te komen, en dat is door er zelf naar te kijken. Alle misverstanden die daardoor ontstaan, kunnen heel vervelend zijn. Poeh, ja. De een kan knap en groot zijn als een Griekse god, maar zijn uitgerust als een Perzische eunuch, terwijl de ander een klein, iel wezen kan zijn met een pure zuil van vlees. Interessant, vind je niet?'

Ook daarop zei ik niet veel, maar ik luisterde naar haar woordenstroom die nu echt goed op gang was gekomen. En die bleef voortduren, die hele kuurzomer lang, terwijl we zelfbestuivende strandbloemen bleven tekenen, zwommen en alle gebouwen van het kuuroord een voor een onder de loep namen. Soms drong het opeens tot me door dat ik de vrijwel woordeloze vertrouwelijkheid miste die ons samenzijn aanvankelijk had gekenmerkt, maar tegelijkertijd luisterde ik gefascineerd naar haar verhalen over alles wat ze had beleefd en meegemaakt op haar weg tussen echtgenoten en kuren; verre landen en steden, de schatten van Italië en Griekenland, feesten in Parijs, balletvoorstellingen in Sint-Petersburg, op tochtjes door de Elzas en Schwaben had ze landwijn regelrecht uit het vat gedronken, er waren muziekavonden geweest in kasteeltjes op de Alpenhellingen, musea en theaters in Londen. En dikwijls, als ik een zucht slaakte bij zo'n verhaal, knikte ze bevestigend en zei slechts: 'Rustig maar, jij komt daar ook nog wel.' Destijds kon ik dat uiteraard niet geloven, maar ze zei, zoals ze dat al eerder had gedaan, overtuigend: 'Ik kan dat soort dingen zien.' Wanneer we in het koude zeewater hadden gezwommen en ons hadden afgedroogd, vermaakte ze me met verhalen uit ... tja, wat ik nu haar geslachtelijke herbarium zou noemen, en ik luisterde, half verdoofd, half genietend naar verhalen over graaf zus en directeur zo, die beiden tot het wormachtige type behoorden, over student B die een stok had en pianist E die een en al genot was. Ik vond die verhalen wel en niet leuk, ze werden allemaal gebracht met dezelfde zakelijkheid als wanneer ze vertelde over de binnenkant van de bloemen die we aan het tekenen waren, over littekens, pollen en knotsen, of hoe dat allemaal ook maar mag heten, al dat ingewikkelde, mooie, tere dat zich in het zachte binnenste van de bloemen bevindt, maar als ze probeerde, ook al deed ze dat nog zo voorzichtig, me te verleiden om over mezelf te vertellen, klapte ik dicht als de oester om een parel, want ik was nog jong. Ik vertelde niets over Arvid, niet meer dan misschien een paar woorden, en al helemaal niet over Kopenhagen, wat nooit was gebeurd. Ik was jong, en zij begreep het, hoorde me niet uit, maar keek me wijs aan, op haar manier. En ik, die nog nooit een vriendin had gehad – mevrouw Birgerson of Hanna reken ik niet mee, want zij hadden een andere positie – ik voelde me opeens even oud als deze fantastische, merkwaardige, elegante en knappe vrouw. Ik kan het niet anders zeggen. Het was alsof leeftijd tussen ons niet gold, en wanneer ik haar vertelde wat er in mijn hoofd omging, over getallen en zoölogie, luisterde ze niet alleen beleefd, maar met een levendige aandacht, en ze liet me op mijn kinderachtig volwassen manier uitpraten. 'Jij gaat verre reizen maken', zei Eva Grjothornet tegen me, overtuigend. Ik wist dat ik van Eva Grjothornet hield, zoals je alleen in dat stadium van je leven van een vriendin kunt houden, en ik was ongelukkig omdat de zomer ten einde liep.

Jij gaat verre reizen maken, zei ze, en de kuur van mijn vader was bijna voorbij, hij was vrolijk, tevreden en aangesterkt, maar dat drong niet tot me door, want ik keek niet meer zoals ik voorheen had gekeken; ik was een bekwame bloemenschilderes geworden en een heel goede zwemster, en ik nam afscheid van haar, op de ochtend van ons vertrek, bij ons laatste bad daar op dat verlaten strand. Ik geloof dat ik huilde, maar volgens mij zag ze dat niet, of misschien dacht ze dat het zout water was. We zien elkaar vast weer terug, zei ze. Denk je, zei ik. Ze glimlachte en keek me aan. Jij gaat verre reizen maken, zei ze en ze omhelsde me. Voor het eerst. Haar grip was vreemd hard en hoekig, heel anders dan wanneer ze me bij de zwemles vasthield. Ze streelde mijn nekharen, en toen voelde ik dat haar hand teder en voorzichtig was, als wanneer ze haar bloemen tekende; de zelfbestuivende bloemen.

'Vriendinnetje van me', zei ze. 'Goede reis.'

Nabeschouwing en voorbeschouwing

De ochtend na hun terugkeer van de kuur komen ze, de uniformen die ze nog nooit eerder heeft gezien. Twee zwarte uniformen, met voor haar onbekende onderscheidingen. En ze dacht nog wel dat ze alle spoorweguniformen kende. Ze stappen 's ochtends uit de trein. Twee ernstige mannen. De uniformen zijn anders, deze twee zijn anders. Ze hebben geen petten. In plaats daarvan hebben ze twee dunne leren aktentassen. Knudtzon verwelkomt hen, ze kan hen vanuit het raam zien, haar vader hoeft pas de volgende dag weer aan het werk; Knudtzon salueert, steekt zijn hand uit, begroet hen beiden, serieus. Ze knikken terug.

Ze lopen langs het perron en raken uit zicht, verdwijnen het station in, ergens beneden haar.

Ze staat daar een hele tijd en voelt dat ze in het gebouw zijn. In hun huis. Bijna in hun lichaam.

Dan roept Hanna dat het ontbijt klaar is.

*

Zo ging het. Op een mooie dag stonden er twee vreemde uniformen op het perron; toen ik door de gang naar buiten sloop, zag ik hen op het kantoor in papieren en boeken zitten bladeren. Ze hadden messing knopen in plaats van tinnen, en zwarte burgerschoenen. Geen strepen, alleen op de borstzakjes.

Binnen op vaders kantoor, door het glas, kon ik Knudtzon ontwaren. De twee praatten ernstig met elkaar.

Buiten op het erf kwam ik Vonk tegen. Hij zat op een kist achter de locloods zijn ochtendpijp te roken. Hij glimlachte toen hij me zag en stak zijn hand ter begroeting op.

Het drong tot me door dat het al een hele tijd geleden was dat ik met Vonk morsetekens had verzonden of met hem had

335

gesproken. Hoelang? Niet meer sinds Kopenhagen.

Eigenlijk was ik die ochtend van plan geweest mijn rode fiets te pakken en naar het bosmeertje te gaan, ik had gedacht, nee, gehoopt dat Arvid daar zou zijn, zodat ik hem mijn nieuwe zwemvaardigheden kon laten zien. Maar nu ging ik naast Vonk zitten.

'Langgeleden', zei Vonk.

'Ja', zei ik.

'Je wordt zo groot. Je hebt geen tijd meer voor je oude vriend en morsekameraad.'

'Ik heb alleen de afgelopen tijd veel te doen gehad. En bovendien zijn we veel op stap geweest. Hier en daar, bedoel ik.'

'Mm', zei Vonk en hij klopte zijn pijp uit. Meteen stopte hij hem weer. 'Hoe was het in het kuuroord?'

'Wie zijn dat?'

Vonk keek me aan.

'De controleurs', zei hij vervolgens.

'Juist ja', zei ik.

'Hoe was het in het kuuroord?'

'Heel saai', zei ik.

'Geen gezellige mensen?'

'Ze waren allemaal zo oud', zei ik.

Hij lachte. Keek me olijk aan.

'Maar ik heb veel gezwommen', ontglipte me.

'Zo?' zei hij nadenkend, terwijl hij me verbaasd aankeek. 'Heb je leren zwemmen, Eva?'

'Ja', zei ik. 'Dat heb ik daar geleerd. Er was immers een bad. Een kuurbad, bedoel ik.'

'Ha. Dan was het verblijf dus niet helemaal voor niets.'

'Nee', zei ik. 'Maar wat gaan ze doen? Ik bedoel, wat doen ze hier? Die twee zijn … van de boekhoudcontrole?'

Ik maakte een hoofdbeweging in de richting van het stationsgebouw.

'Oooo', zei Vonk. 'Ze gaan de boeken doorpluizen. Knudtzon heeft hun gevraagd te komen. Er zijn zeker een paar zaken die niet helemaal kloppen. Ze blijven alleen vandaag, dan vertrekken ze weer.'

'Juist', zei ik.

'Je moet ervoor zorgen dat de cijfers kloppen, weet je. De zaken moeten op orde zijn.'

'Dat spreekt voor zich', zei ik.

*

Zo ging het dus. Ze waren er die dag, toen vertrokken ze weer. Ze verlieten het station en verdwenen met de avondtrein, in hun vreemdsoortige uniformen, met serieuze gezichten; ik zag hen vertrekken.

Arvid kwam die dag niet naar het meertje en de dag daarna ook niet. Maar de derde dag verscheen hij; hij had gehoord dat ik weer thuis was. Hij kwam naar me toe en ik liet hem zien hoe goed ik kon zwemmen. Hij bewonderde me. Daarna nam hij me en maakte me gelukkig. Daarna nam hij me nog een keer, en ik bestudeerde hem nu op een andere manier dan voordat ik mevrouw Grjothornet had ontmoet.

Toen begon de school, en tegelijkertijd startte de voorbereiding op het volwassen leven, het echte, serieuze leven, in elk geval als je de catecheet mocht geloven, die verantwoordelijk was voor het geven van het onderricht dat ons uiteindelijk – dat was althans de bedoeling – uiteindelijk in de gelederen der volwassenen moest opnemen.

*

De catecheet, die dat jaar in ons stadje was gearriveerd, was weerzinwekkend, dat vond iedereen, en om de een of andere reden leek hij om die reden populair te zijn. Wellicht juist omdat hij zo'n kleffe aard had en daardoor mensen aantrok; ze zwermden om hem heen als de steekvliegen in Egypte.

De dominee moest ons voor de catechisatie klaarstomen, zoals

337

dat heette, maar dat deed de catecheet dus, of – zoals zal blijken – híj kwam klaar, want hij was voor het onderricht verantwoordelijk. De dominee was inmiddels zo oud dat hij ontlast moest worden. De catecheet was weerzinwekkend, zoals gezegd, en hij vertegenwoordigde uiteraard een nieuwe, jonge en liberale vorm van christendom. Op school gaf hij ons ook godsdienstles. Waar de dominee streng was, soms onbegrijpelijk, soms bulderend, vreeswekkend en afwezig, was de catecheet mild en vriendelijk, welhaast frivool in zijn blijdschap over het blijde. Hij had al opzien gebaard door te verkondigen dat dansen in principe geen zonde hoefde te zijn of een gevaar zou vormen voor de vooruitzichten van de jeugd op de dag des oordeels, zijn woorden haalden zelfs de krant; het ging er meer om wíé er danste en met welk dóél, en in tegenstelling tot de dominee sprak hij nooit over de wraakzuchtige, prachtvolle en onverzoenlijke God die we allemaal uit de bijbelse geschiedenis kenden, die oorlogszuchtige bulderbas van een god der woestijnen, van Israël en de zeven plagen, maar sprak over liefde en blijdschap, zodat je je kunt voorstellen dat het uiterlijk van de catecheet in feite op zijn karakter leek, blond en zuiver, heel mooi, maar met een beetje kwijl om zijn mond als hij het over de blijdschap had.

Dankzij mijn lezen en eigenhandige wetenschappelijke opleiding had ik God eigenlijk al afgeschaft, of Hem op zijn minst verwezen naar de afdeling voor interessante, maar onbeantwoordbare vragen. Toch, gewoonte is een tiran, *usus est tyrannus*, de macht der gewoonte is groot, en hoewel mijn vader niet bepaald met zijn religie te koop liep, was het ondenkbaar dat ik iets anders zou doen dan wat alle anderen deden en wat er verwacht werd. Daarentegen verbaasde het hem dat ik catechisatielessen samen met de anderen wilde volgen; ik geloof dat hij er min of meer op had gerekend dat ik me met privélessen op de confirmatie zou voorbereiden. Dus zat ik daar, achter in de zaal, met een half oor te luisteren naar de heldere stem van de catecheet, die maar doorratelde als een pas geolied spinnewiel, over de catechismus en de verlossing en de bruiloft te Kana, terwijl ik enerzijds half versuft speculeerde over de vraag wat voor soort god dat wel niet moest zijn om zulke eigenaardige dingen jegens mij persoonlijk uit te voeren, en anderzijds verbluft was over mijn steeds groter wordende vermogen om de bedoelingen en wensen van mensen te voorspellen, helemaal uit mezelf, vrijwel zonder me te hoeven inspannen. Of misschien was het wel zo dat ik me er nu van bewust werd dat ik over dat vermogen beschikte. Mogelijk hadden de gebeurtenissen in Kopenhagen, die lange, heldere zomer die achter ons lag, en alles wat Eva Grjothornet had gezegd en verteld, mijn bewustzijn rond die dingen aange- scherpt, me wakker geschud op een manier die andere mensen pas later in het leven overkomt, en me bewuster gemaakt van mijn eigen situatie.

In zekere zin gebruikte ik de catecheet aanvankelijk als lees- materiaal, bijna als proeflectuur, aangezien ik al op het moment dat hij bij aanvang van elke les zijn mond opendeed, kon vermoe- den waar hij die dag met zijn woorden naartoe wilde, en meestal had ik gelijk. Ik besefte dat hij onzalig veel tijd nodig had om tot de kern van de zaak te komen; hij gebruikte soms wel drie uur om ons uit te leggen, met tal van gelijkenissen en eindeloos veel korte en lange verhalen, waar en onwaar, grappig en plechtig, dat wij, tijdens het overhoren, bijvoorbeeld simpelweg moesten ant- woorden dat het zevende gebed in het Onze Vader luidt 'leidt ons niet in verzoeking', waarna we de hele rimram moesten opratelen om de catechismus uit te leggen, als een lange staart zonder kat, wat ik natuurlijk al van buiten had geleerd, *namelijk: dat God ons wil bewaren en staande houden, opdat de duivel, de wereld en ons vlees ons niet bedriegen en verleiden tot ongeloof, vertwijfeling of andere grote en verschrikkelijke zonden en opdat wij, indien wij daardoor aangevochten worden, ten slotte toch overwinnen en de zege behouden mogen.*

Ik weet nog steeds niet wat dit betekent, maar aangezien ik achteraan zat, kon ik Arvids nek zien die nog steeds bruin was van de zomer, en ik kreeg zin mijn tanden erin te zetten, zijn nek te zien spannen en ontspannen, telkens weer, in de maat met de rest van hem. Wat ook de reden was dat ik tot verbazing van mijn vader samen met de anderen had willen gaan en geen privéles wilde hebben; waaruit ik de volgende kleine catechismus kon afleiden, *namelijk: dat je je vader moet verbazen en plezieren zodat hij geen flauw idee heeft waar jij mee bezig bent, maar je overlaadt met geschenken;* ik had een nieuwe najaarsmantel en een nieuwe atlas gekregen, ook al was de oude mantel niet afgedragen en waren in de nieuwe atlas de grenzen amper verplaatst ten opzichte van de oude; er waren op dit moment onvoldoende oorlogen in de wereld.

Onze dis is reeds met zorg bereid:
O God voor Uw barmhartigheid
zegen nu deze gaven
opdat wij ons lichaam kunnen laven!
Hongerigen moge Hij met voedsel vervullen
zodat zij geen honger lijden zullen!

Wat, en dat fluisterde ik naderhand om de hoek giechelend en aanhalig in Arvids oor, ook anderszins kan worden uitgelegd, namelijk: Onze pik en kut zijn reeds bereid, we danken voor onze geheimzinnigheid, zegen nu deze knaap met macht opdat zijn lichaam krijgt de kracht! Moge God me royaal gaan vullen opdat zijn pik me bevredigen zal zullen.

Toen moest hij zo lachen dat hij bijna dubbel lag, en zijn ogen werden nog groter en ongeloviger van lust, want Arvid wachtte altijd op me, telkens op andere plaatsen, nadat de les voorbij was, ik hoefde niet bang te zijn, hij was er, hij stond op me te wachten en liep met me mee naar huis terwijl ik mijn fiets aan de hand had, of als de les vroeg was afgelopen, op een wandeling in de duisternis, die vaak achter het pakhuis op het station eindigde, waar we elkaars mond konden openen en onze handen hemelse hoogten konden laten bereiken. Zijn smalle glimlachje als hij me zag maakte een diepe opening in mijn hart.

Wat voldoende had moeten zijn, als mijn belangstelling voor

menselijke lectuur niet dermate was gewekt. Het papier kan niet blozen, en ik ook niet. Hoewel ik dat strikt genomen wel zou moeten kunnen.

De catecheet had grote belangstelling voor de meisjes, dat was volslagen duidelijk. Vooral voor één meisje. Ze heette Inger en was een van die langbenige, in God vervolmaakte individuen, blond als een berk, blauwogig als een omslag om een boek over de Noorse Jeugd; met een daarbij horend karakter van onbewuste liefalligheid en passende bedachtzame gedachteloosheid; zij was een van degenen die altijd iets verstandigs te zeggen had als ze haar hand opstak, en dat deed ze met de regelmaat van de klok. Zo was ze in de klas ook, en bovendien was ze een koopmansdochter, zodat je je wel kon verbeelden dat ze er beeldig uitzag. Zich kleden kon ze uiteraard; niet dat ze zo extravagant gekleed ging, of exclusief, want dat was niet zo. Nee, het was meer dat ondefinieerbare vermogen dat sommige mensen hebben, onbewust en onverklaarbaar; een vermogen tot schoonheid. Dat moet aangeboren zijn. Ook dát moet aangeboren zijn, moet ik zeggen. Zodat sommigen, zonder het zelf te willen en zonder te weten dat ze dat kunnen, gewoon een wollen sjaal om hun nek kunnen gooien en in staat zijn het geheel er verbazingwekkend fraai uit te laten zien, en met eenvoudige, miraculeus eenvoudige middelen, zichzelf voor de spiegel kunnen transformeren, met de volstrekt juiste kleur, de volstrekt juiste kleurschakering zoals dat heet, een strik, een blauwe broche, vrolijke pumps, en weet ik veel wat nog meer; en deze wondermensen, die op zich niet klassiek knap hoeven te zijn, ze zíjn gewoon zo, zij kunnen een oude onderbroek over de rug van een houten stoel gooien, en het publiek is sprakeloos over hoe prachtig dat stilleven zich toont; nu ja, ze wás ook mooi, die Inger, dat was het ergst. Mooi en verre van dom, ze gaf altijd de juiste antwoorden, en had bovendien een fraai zangstemmetje. Sprakeloos werden ze, jongens en mannen, volkomen sprakeloos. Ook Arvids blik werd verward en vreemd als hij haar zag, rank en mooi en glad en wit, en ik had de pest in en keek naar mijn behaarde handruggen, en wanneer zij de sopraanpartij zong van 'Gij poorten, heft uw hoofd omhoog, aloude deur, maak wijd uw boog', met haar blauwe kijkers in verrukking van bovenaardse blijdschap, dan hinnikte de catecheet welhaast van genot en werden zijn ogen bleek. Alsof er melk in kwam. Was ik ouder en wijzer geweest, dan had ik wellicht aan mijn vriendin Eva Grjothornet, geboren Heiberg, gedacht, dat zou vanzelfsprekend zijn geweest, maar in plaats daarvan vond ik het voldoende om Inger te verafschuwen, niet meer en niet minder. Ik verafschuwde haar schoonheid en ik vond het verschrikkelijk dat Arvid en de andere jongens in de pauzes en tijdens de les om haar heen cirkelden als motten om een kaars. Maar daarna liepen we altijd naar huis en Arvid haalde me onderweg altijd in. Er zou waarschijnlijk niets gebeurd zijn als de catecheet niet op het idee was gekomen een kleine groep van confirmandi samen te stellen om een soort voorstelling voor ouders, broers en zussen te geven die in Fredheim moest plaatsvinden – een prográmma, noemde hij dat – een potpourri, zou ik gezegd hebben, maar potpourri is een woord dat je gedachten naar bloemen en wufte versieringen en andere goddeloze bezigheden laat gaan, dus noemde de catecheet het een 'programma'. Zoiets was in ons plaatsje nog nooit eerder onder aanstaande volwassenen uitgeprobeerd, en het plan leidde tot discussie en enthousiasme, vooral dat laatste, want we leefden nu eenmaal in een nieuwe wereld, met radiofonie, grammofoonplaten en onwaarschijnlijk goede schoenpoetsmiddelen, dus keek men in die liberale geest tegen de ideeën van de catecheet aan en zag ze als een uiting van het nieuwe, en het programma kwam er. Daarvoor had hij vrijwilligers nodig. Hij had, zo bleek, vooral jonge, mooie zangstemmen nodig. Om goede redenen vielen daarom de meeste jongens buiten de boot. Dat doelbewust toevallig om zich heen speuren zoals de catecheet deed toen hij dit voornemen aan de confirmandi bekendmaakte, heb ik sindsdien uitsluitend bij bekwame goochelaars en valsspelers gezien: hoe hij zijn blik als het ware doelloos van de een naar de ander liet glijden, voordat die op exact het juiste moment op Ingers blauwe ogen bleef rusten, na even daarvoor het woord 'vrijwilligers' te hebben genoemd, en ze keek hem aan met een blik die een kip zonder kop waardig was, als gemesmeriseerd stak ze haar hand op, en ze was de eerste vrijwilliger. Omdat ik veel over het wezen van de mens had gelezen, riep dit behoorlijk veel ergernis bij mij op. Niet zozeer omdat ik de wens koesterde aan zijn programma deel te nemen, maar omdat het aperte voor alle anderen verborgen bleef.

Natuurlijk gleed zijn blik aan mij voorbij toen die vervolgens de aanwezigen op meer vrijwilligers afzocht, hij bleef geen moment op mij rusten, en dat met een vanzelfsprekendheid die even duidelijk was. Diverse meisjes volgden uiteraard de hoofdkip en staken hun lange, slungelige armen in de lucht. Hij moest ook een paar jongens hebben, ondanks het weinig bruikbare stemmateriaal, omdat het programma natuurlijk een paar sketches moest bevatten, waarvan eentje een piepkleine aanval op de heersende maatschappelijke verhoudingen in ons stadje moest verbeelden, alsmede enkele voorstellingen van meer opbouwende aard. Mijn schrik was groot toen ik zag dat mijn Arvid meteen zijn hand opstak. Arvid was weliswaar niet van een zeker komisch talent gespeend en leuk om te zien was hij ook, vond ik, maar die beide eigenschappen had hij zijns ondanks, dus ik zag die ontwikkeling met groot ongenoegen aan.

De programmagroep kwam op de woensdagavonden na de lessen bijeen, en ook op de zaterdagavonden, en ik sloop naar buiten; er kwam in elk geval een eind aan het gezamenlijk wegsluipen met Arvid, want hij zat nu midden in de voorbereidingen van een voorstelling over het wonder van het Geloof (de scripts werden geleverd door de Missiebond van Handelsreizigers), waarin hij een volwaardige handelsreiziger speelde, die in toenemende mate klanten, werkgever, geld, vrouw en kinderen kwijtraakt, en dat allemaal door de fles. Die rol vervulde Arvid betrekkelijk goed. Want soms ging ik stiekem op een kist voor het raam van Fredheim staan om te zien hoe dat dramatische avondwerk voortschreed. Hij waggelde in het rond, dronken en ellendig, met een aktentas vol onverkochte garenklossen in de ene hand en een limonadefles in de andere hand, en hij werd steeds ongelukkiger. En steeds meer aangeschoten. Dat beeldde Arvid prachtig uit. De scène waarin hij, helemaal aan de grond, een lekenpriester van de Missiebond van Handelsreizigers ontmoet en eindelijk het licht ziet, was daarentegen iets te veel gevraagd voor zijn talent. De daaropvolgende scènes, waarin onze bekeerde held door Jezus' tussenkomst alles wat hij heeft verloren in snel tempo terugkrijgt, garenklosklanten, garenklosfabrikanten, garenklosgeld, garenklossen enzovoort, bereikte het hoogtepunt toen de handelsreiziger werd herenigd met de spring-in-'t-veld zelve, zijn lieftallige en geliefde vrouw, die als een *Gretchen am Spinnrade* had gewacht tot haar man weer tot zijn verstand kwam, een motief dat in de werelddramatiek uitentreuren is behandeld, in elk geval door de mannelijke dramaturgen. Tijdens de repetities viel de handelsreiziger keer op keer aan de voeten van zijn vrouw en smeekte keer op keer om vergeving, hij zwoer dat van nu af aan de Bijbel zijn garenklossen zou vergezellen en niet de fles, die met de kracht van de overtuiging in de coulissen werd gesmeten (pas bij de eigenlijke opvoering zou de limonadefles worden vervangen door een leeg artikel van een edeler karakter, welwillend ter beschikking van de Kerk gesteld door redacteur Jahnn); en zijn lieftallige vrouw vergaf hem keer op keer, hij viel haar om de hals, keer op keer. Alles ijverig ingestudeerd door de catecheet, die daar waar mogelijk en indien gewenst enkele plaatsvervangende handelingen en handgrepen uitvoerde, want de trouwe echtgenote van de ongelukkige handelsreiziger werd uiteraard door Inger gespeeld. Dat sprak voor zich. Omringd door lachende, gelukkige jongelingen instrueerde hij keer op keer hun toneelomhelzingen, en opnieuw zaten zijn ogen vol melk.

Stond ik buiten in het donker te wachten. Stond ik buiten, in de schaduwen in het donker, en zag hen na de repetitie huns weegs gaan, het handelsreizende echtpaar lachend, kletsend, arm in arm, samen met de andere vrolijke, gelukkige jongelui. Fluisterde ik naar hem, sissend, tussen ademende herfstschaduwen door, zodat het een boom kon zijn die praatte in de wind, ons geheime signaal en zijn naam. Ik fluisterde, en hij hoorde het, dat zag ik. Hij deed echter alsof hij niets hoorde, hij keek geschrokken, ietwat geïrriteerd naar de schaduw waar hij wist dat ík moest staan, en wierp een priemende blik die zei: Nu niet.

Nu niet. En hij liep verder met de anderen, maar bood haar niet zijn arm; hij wist dat een schaduw hem zag. De schaduw die de sleutel tot de beschutte genoegens van de locomotiefloods bezat.

Nu niet, dus wanneer dan wel. Wanneer kon elk willekeurig moment zijn, maar nooit op dát moment, en altijd in een schaduw, achter een muur, in een portiek, ja, zoals gezegd in de locomotiefloods, want ik wist waar de reservesleutels hingen, maar nooit toen, en altijd schaduw, alsof onze door de zon verwarmde, lichte steen verdwenen was, opgeslokt, en slechts de bodemloze, koude duisternis van het bosmeertje resteerde en de zon voor altijd achter de horizon was verdwenen. Maar in het licht van Fredheims toneel instrueerde de catecheet vol goede moed verder, en Inger zong dat het achter de dubbele ramen waar ik stond te horen was; mooi, zuiver en helder, ook al was het een beetje iel, Onder alle landen in Oost en West, is het Vaderland het allerbest.

De catecheet raakte meer aangedaan door het kijken dan door het luisteren, en een paar maal vroeg hij haar na afloop nog even te blijven voor enkele kleine extra instructies, of ze verscheen voordat de anderen kwamen en op dat ogenblik in die merkwaardige ontwikkeling voelde ik dat ... hoewel, nee, ik vóélde niet, ik hándelde: *amare et sapere vix deo conceditur*, zelfs een god vindt het moeilijk op hetzelfde moment lief te hebben en verstandig te zijn. In elk geval was het onmogelijk voor mij, het werd vooral onmogelijk nadat ik zijn hand op haar onderrug had gezien, haar hand op zijn onderrug, zijn onderrug onder haar hand, zijn hand op haar onderrug, enzovoort, enzovoort, (mogelijk bestonden er ook andere combinaties, maar die zag ik niet, daarentegen zag ik dat Arvid Inger kuste, ik zag het vanuit een schaduw waarvan zij dachten dat er niemand stond, voorzichtig en verlegen, het leek in het geheel niet op de gulzige jongen die ik kende), waarna ik hándelde, gekrenkt handelde, in feite meer om Arvid dan om mezelf, omdat hij niet wist wat er zogezegd achter zijn eigen onderrug gebeurde. Gekrenkt, en dus onverstandig, dat was ik, en ik verhief daarom bij het volgende psalmgezang mijn stem op een wijze die Ingers kinderlijke sopraan liet verbleken als een anemoontje in de hoogzomerzon. Ik herinner me zelfs welke psalm het was, ik had geluk, want het was 'Ik ben een engel van de Heer, daal uit de hemel tot je neer', dus had Bach het grove werk reeds voor me gedaan; cantor Swammerdamm zou mijn formuleringen waarschijnlijk absoluut niet dauwfris origineel hebben gevonden, maar de catecheet verkeerde, muzikaal gezien, in de diepste onschuld en keek naar mij alsof ik vanaf de Maan naar beneden was gevallen, of dus in dit geval vanuit de hemel.

Het werd geleidelijk aan stil toen ik zong, toen ze gingen beseffen waar dat ongewone geluid vandaan kwam, stem na stem verstomde, en toen ik afsloot met een mooie kleine barokcadens die Swammerdamm me met pijn en moeite had geleerd, kon je een speld horen vallen. Ze staarden me aan. Zoiets hadden ze nog nooit gehoord. Ik deed alsof er niets aan de hand was, keek niemand aan, ook Arvid niet, want wat de mensen nog niet over anderen wisten, ging hun niet meer aan, enkel en alleen omdat ze er eindelijk achter waren gekomen, dat is althans mijn mening. Eerder het tegenovergestelde.

Maar inderdaad, de les was nog niet ten einde of de catecheet landde, terwijl de anderen de klas verlieten, met een wankele sprong voor mijn neus, en vroeg of ik me wellicht kon voorstellen … ja, dus, voor het programma …

Hij keek me onzeker aan, naar mijn gezicht dat hij niet goed kon zien, en ik antwoordde zo argeloos mogelijk dat ik me dat heel goed kon voorstellen, en er gebeurde iets in zijn ogen, bijna onmerkbaar, en ik zei dat het uitsluitend van belang was de juiste psalm te vinden, bijvoorbeeld 'Here God Uw dierb're naam en eer', stelde ik voor, want die leek me gepast wraakgierig en on-verzoenlijk, maar de catecheet zei: 'Ik vind dat je die psalm van nu, "Ik ben een engel van de Heer", moet zingen.'

'Ja', zei ik.

'En het moet … hoe zeg je dat … alleenzang zijn', zei hij.

'Solo', zei ik.

'En dan moeten we een accompagnateur zoeken', zei hij, 'op de piano, dat zal mooi zijn, hoe zit het met …' En ik zei niet 'Swammerdamm', zoals ik had kunnen doen, wat vanzelfspre-kend zou zijn om te zeggen, ik keek hem strak aan en zei: 'Ik wil graag dat u, ik bedoel, jij mij accompagneert.'

'Ja', zei de catecheet en hij slikte.

'Ik zal het arrangement schrijven', zei ik.

'We moeten een tijdstip zoeken om te oefenen', zei hij. 'Mis-schien nu, voordat de anderen met hun repetities beginnen?'

'Nee', zei ik. 'Dat gaat alleen maar ten koste van de tijd van de anderen, en bovendien moet ik naar huis, maar misschien morgenavond?'

'Om zeven uur', zei de catecheet, zonder een kik te geven.

'Prima', zei ik. Daarna vertrok ik en ik liet de anderen in alle rust op hun programma oefenen, en ik stond niet meer door het raam naar binnen te kijken of buiten te wachten, in een donkere herfstschaduw, maar ik ging naar huis en stelde een simpel pi-anostuk samen voor de catecheet. Eenvoudig genoeg, maar te-gelijkertijd ook uitdagend genoeg, zodat hij zijn wenkbrauwen een beetje moest fronsen, in overeenstemming met zijn ritmische en onvervalst natuurlijke pianospel. Ik besteedde veel aandacht aan de noten, noteerde ze mooi en leesbaar en maakte de vol-gende avond om zeven uur mijn opwachting in Fredheim. Hij wachtte me vlak achter de deur op, nam onhandig mijn mantel aan, waarna we meteen naar de piano liepen.

'Ik had geen flauw vermoeden dat je zo goed kon zingen', zei hij toen hij achter het klavier plaatsnam.

'Nee', zei ik slechts en ik zette het arrangement voor hem neer.

'Dit gaat een fraai onderdeel van het programma worden', zei hij.

'Ja', zei ik en ik vouwde de muziek voor hem open toen hij geen aanstalten maakte om dat zelf te doen. Hij keek me aan, wilde iets zeggen, iets vragen, ik wist wat het was, dus ik zei: 'Moet u ... ik bedoel jij ... de klep niet openen?'

Hij opende de klep, bijna een beetje schuldbewust, en tuurde naar de noten.

'Dat is niet gek', zei hij. 'Dat is niet gek.'

'Je moet het volgens mij eerst een paar keer doorspelen.'

Hij knikte, en met dappere doelbewustheid begon hij zijn spel, terwijl ik stilletjes en beleefd van het klavier weggleed. Ik zweefde even door het vertrek, door de grote zaal van Fredheim. Keek naar portretten en muren en wandlampen en in feite nergens naar, als een god voor wie alles onmogelijk is, en ik liet hem zich drie keer door het stuk heen worstelen; toen hij voor de vierde keer begon, gleed ik naar de piano terug; ik boog me over het instrument en bleef daar staan, de armen over elkaar geslagen, en keek hem vol bewondering aan.

'Nu klinkt het echt goed', zei ik, op een toon waarvan ik wist dat hij de oprechtheid ervan niet kon vaststellen, en hij tilde zijn hoofd op, bloosde waarachtig, maar ging gewoon door met spelen en ik viel in met het lied. Meteen bleef hij steken, hij sloeg onmiddellijk zijn ogen naar me op, met dezelfde, stomverbaasde blik, en ik moest hem weer op gang helpen.

Op de een of andere manier lukte het ons alle verzen door te nemen, en toen we klaar waren, juichte hij enthousiast: 'Dit moet in het begin van het programma! Of helemaal aan het eind!'

'Vind je het niet een beetje ongepast dat ... iemand als ik staat te zingen dat ik een engel van de Heer ben?'

Over die vraag dacht hij geruime tijd na, en ik kwam tot de slotsom dat hij werkelijk oprecht over de probleemstelling nadacht.

'Nee', concludeerde hij bedachtzaam. 'Eenieder behoort de

Heer toe. Het zal slechts …' hij keek me wat onzeker aan, '… aangrijpend zijn.'

Ik knikte terug, bedachtzaam, en tevreden over zijn antwoord begon hij weer met het accompagnement, even ritmisch en vlot. Hij had problemen met een klein, contrapuntisch motief dat ik boven in de bas had aangebracht, om met de eerste en tweede vingers van afwisselend de linker- en rechterhand te spelen, en met hier en daar een kleine tussenstem, want hij was gewend aan religieuze muziek, terwijl dit Bach was. Ik moest hem helpen. Ik boog me over zijn linkerschouder en liet hem zien hoe het moest.

'Prachtig,' zei hij, 'heb jij dit echt zelf geschreven?'

Zijn stem klonk als van ver, hoewel hij vlak bij mijn schouder zat. Ver weg, als van de andere kant van Fredheims grote zaal; hij klonk trillend en vlak.

'Ja,' zei ik, 'ik heb dit geschreven.' Mijn stem nu ook afwezig, vanaf de andere kant van alles.

'Wat knap', zei hij.

'Ja, ik ben knap', zei ik en ik toonde hem de vingerzetting. Maar toen rechtte ik mijn rug weer en zong.

Hij speelde.

'Je zingt wonderbaarlijk mooi', zei hij, toen we het voor de twee keer voltooid hadden. Onderruggen, dacht ik, maar ik vermande me.

'Dank je', zei ik.

'Het is fascinerend', zei hij en hij keek me onderzoekend aan en ik wist, nu komt het, wat hij eigenlijk wil vragen, dat moest immers wel komen, en hij vroeg en ik antwoordde automatisch, en de hele tijd dacht ik aan monocliene en tricliene kristallen, aan de asstelsels en de hoeken daarin, en toen hij klaar was met vragen en werkelijk praalde met zijn pas verworven kennis over *hypertrichosis lanuginosa congenita*, zei hij: 'Het is soms vast wel moeilijk, alsof God je heeft gestraft, soms. Heb je weleens van die gedachten, Eva?'

'Hoezo?' zei ik, dom, want ik wilde hem zijn luchtkasteel

graag zo hoog mogelijk zien bouwen, en hij zei: 'Alsof God je in een moeilijke positie heeft gebracht, Eva', en zijn stem kreeg weer die intense klank.

'Tja ...' zei ik en ik aarzelde.

'Heb je God tijdens het bidden nooit gevraagd: waarom juist ik?' zei hij en hij ging verder met het bouwen van zijn luchtkasteel, het was een waar paradijs.

'Jawel', zei ik. 'Natuurlijk wel, ik, natuurlijk, waarom juist ik en juist op deze manier, maar ...'

'Ja, nietwaar,' viel hij ijverig bij, 'nietwaar, nietwaar ...'

'... maar', zei ik, 'ik heb het God niet gevraagd.' Ik liet die laatste woorden ernstig, zwaar, met een donkere, trieste nadruk op de 'o' in God klinken.

'O nee?' zei hij, zakelijk belangstellend, alert, bijna zoals een politieagent of verslaggever zou hebben gevraagd en niet een catecheet.

'Nee', bekende ik op zachte toon. 'Dat lukt me niet.'

'Dat lukt je niet', zei hij, even zacht.

'Ik kan het niet', zei ik. 'Ik kan niet bidden.'

Hij zweeg. Hij keek me even ernstig aan als een arts die een patiënt een ongelooflijk verontrustend symptoom hoort beschrijven, iets wat hij het liefst niet wil horen, maar wat tegelijkertijd zijn professionele ambities prikkelt; hij wordt geroepen, nu moet hij handelen, eindelijk bestaat er behoefte aan zijn duur verworven kennis, serieuze behoefte, en hij pakt zijn stethoscoop, zijn aantekenblokje, zijn katheter; de catecheet pakte mijn harige hand en zei, met een stem waar professionele, docerende en intense ernst in doorklonk: 'Is het misschien zo, lieve Eva', en ik dacht, nu volgt de conclusie, gelooft hij dit werkelijk zelf, het bestaat, dacht ik, in de wereld van de kristallen, veertien principieel verschillende ionenroosters en tweeëndertig verschillende kristalklassen, 'is het misschien zo', doceerde hij, 'dat jij niet kunt bidden ... omdat je bóós bent op God?'

'Zo zit het niet in elkaar', zei ik verdrietig.

'Het gebed is onze communicatie met God', zei de catecheet

ernstig. 'Met de eeuwige, enige, werkelijke en ware zaken', zei hij.

In het isometrische kristalstelsel staan drie even lange assen loodrecht op elkaar. Zo is het altijd. In het tetragonale stelsel staan drie assen loodrecht op elkaar, maar slechts twee zijn even lang.

'Je weet wat "communicatie" betekent, Eva', zei hij.

'Dat geloof ik wel', zei ik onschuldig.

'"Communicatie" betekent met elkaar praten', zei hij.

'O', zei ik.

'En dat woord, moet je weten, Eva, is verwant met het woord "commune", wat leefgemeenschap betekent', zei hij ernstig. 'Ja, het woord ken je wel.'

Zit dat zó in de kerk, dacht ik en ik knikte belangstellend.

'Gemeenschap met God ... en gesprek met God. Begrijp je wat ik zeg, Eva', zei hij, opeens indringend, met de trieste blik van de tuberculosedokter boven een röntgenfoto met weinig toekomstperspectief.

'Nee', zei ik, want ik begreep het waarachtig niet.

'Je moet je naar Gods altaar begeven en des Heren Avondmaal ontvangen', zei hij, want hij had verstand van dat soort zaken. 'Dat is de communie. Maar als ik de indruk krijg dat een confirmandus, dat hij of zij niet in gemeenschap met God verkeert, maar zich integendeel wellicht verre van God bevindt, de weg naar God niet vindt, ja, dan ... dan, Eva, kan ik de dominee ook niet aanbevelen om betrokkene tot de confirmatie toe te laten. Begrijp je dat?'

'Ja', zei ik, zo serieus als ik kon. 'Ik geloof van wel.'

'Dit zijn serieuze zaken', zei hij. 'De confirmatie is geen loos ritueel of een familiefeest – hoewel het uiteraard ook een feest moet zijn, een feest voor het leven, een feest voor de jeugd, en de schoonheid, en het spannende, jongvolwassen bestaan dat jullie nu gaan betreden. Maar er is ook nog iets anders.'

'Mm', zei ik.

'Wanneer je de weg naar God niet kunt vinden, dan kun je

ook niet de sacramenten van de confirmatie ontvangen.'

'Ik wil graag de weg naar God vinden', zei ik, zo melancholiek als ik maar enigszins kon.

'Mooi', zei hij. 'Mooi, Eva. Dan vindt God de weg naar jou, wacht maar af. Want God ziet de mens die lijdt, en God hoort jouw stem, eh, jouw prachtige stem. Til er maar niet zo zwaar aan. In werkelijkheid is het eenvoudig. Eenvoudig. Eenvoudig om de weg naar God te vinden.'

'Denk je', zei ik weifelend.

'Ja', zei hij met nadruk. 'Ik zal je de weg wijzen.'

'Kunnen we het lied niet nog een keer zingen', zei ik snel, want ik was plotsklaps toch zenuwachtig geworden. 'Dan komen we in de juiste stemming.' Ik voelde aandrang om me te wapenen.

'Ja!' riep hij uit. 'Uitstekend. Uitstekend. Dat is een uitstekend idee.'

Onder het zingen moest ik goed op mijn ademhaling letten. Ik voelde dat alles opeens op mijn borst drukte, helemaal boven de *plexus solaris*, en dat mijn hele diafragma gespannen en gevoelig was. Ik liet mijn schouders zakken, bewust, en opende mijn borst, zoals dat genoemd werd, ik liet me vullen met lucht en hervond mijn kalmte; ik keek niet naar de catecheet, hoorde zijn ritmische, religieus getinte spel niet, *sempre stampando*, om het zo maar te zeggen; ik probeerde slechts mijn harmonieën te hervinden, mijn eigen harmonieën, ik keek weer naar mijn kristallen en werd rustiger, ik vond rust, vond de toon, en toen, toen het laatste akkoord verstomde, liet hij me zien, nee, instrueerde hij me hoe je de weg naar God vindt.

Het rombische kristalstelsel heeft drie assen van verschillende lengten die loodrecht op elkaar staan. Zo is het altijd.

Hij bad. Zakelijk als een chirurg en ijverig als een woerd. Hij knielde naast me en zei tegen me dat ik rustig moest zijn, de rust moest vinden, me moest openen, alsof Gods afwezigheid een soort ademhalingsprobleem was.

In het hexagonale stelsel staat een hoofdas c loodrecht op drie even lange assen die een hoek van 120 graden met elkaar vormen.

Op dat moment voelde ik zijn hand in mijn nek. Eigenlijk zat ik daar al op te wachten, want ik had al geleerd dat heren om de een of andere reden hun hand graag op mijn nekharen legden. En dat ze vervolgens hun hand graag over mijn rug lieten glijden en dan verder naar de plek waar ook deze man van God zijn hand nu liet gaan.

Toen zijn hand mijn onderrug had bereikt en daar lang genoeg had gelegen, keek ik hem aan met een blik die naar ik hoopte duidelijk genoeg was en zei: 'Ik begin me nu beter te voelen.'

Hij glimlachte. Deed zijn hand weg, tilde die op, als een presse-papier van een door een kind geschreven brief.

'Eén ding tegelijk,' zei hij, 'kijk maar, het is echt niet moeilijk.'

'Mm', zei ik. 'Maar nu moet ik gaan.' Ik stond op, liep naar het klavier, pakte de muziek bijeen, daarna mijn tas, deed alsof ik de muziek daarin wilde stoppen, maar liep in plaats daarvan naar de catecheet, die ook in de benen was gekomen, en overhandigde de vellen papier aan hem. Toen glimlachte hij, hij snapte overduidelijk wat de bedoeling was.

'Hier', zei ik. 'Misschien wil je oefenen. Voor de volgende keer.'

'Ja', zei hij. 'Ja, natuurlijk. Dat is het beste. Dit is bepaald niet eenvoudig.'

'Je bent heel goed', zei ik. 'En je bent zo aardig voor me. Ik voel me nu heel anders.'

'Is dat zo', zei hij. 'Is dat zo. Nou, dan moeten we vaker praten.' Hij streelde mijn wang en zei vaarwel, meer zei hij niet, maar ik kon voelen, nee, ik kon zien dat hij inwendig zijn God verzocht me te zegenen; ik deed mijn mantel aan, ging rustig weg, en pas een eind de heuvel bij Fredheim af gaf ik over, een beetje maar, er kwam niets uit mijn mond, in elk geval niets noemenswaardigs.

In het tricliene stelsel zijn er drie assen van verschillende lengte die scheve hoeken met elkaar vormen. Zo is het gelukkig altijd.

Naderhand ben ik meer dan eens bij mezelf te rade gegaan of ik op dat punt niet een slechte strategie koos, of die strategie me niet verder weg voerde van wat mijn doel hoorde te zijn, en dat doel daardoor voorbijschoot. In de eerste plaats was het, zoals al eerder gezegd (dat wil ik wel even benadrukken), niet ík die de strategie bepaalde, maar de strategie koos míj, onverstandig of niet. Zoals gezegd: *amare et sapere vix deo conceditur.* En in de tweede plaats had ik geen doel en geen plan met mijn handel-wijze, niet anders dan wraak te kunnen nemen.

Wraak. Dat is trouwens helemaal niet zeker. Het woord klinkt veel te doelmatig, veel te veel alsof er voorbedachte rade in het spel was. De waarheid is dat het papier niet bloost en ik ook niet, het wordt zoals ik schrijf, en niemand kan protesteren, dus laten we het zo zeggen: ik wachtte niet langer in de diepste schaduw van de duisternis op iemand, ik liet iemand niet meer doen wat hij wilde, arm in arm lopen en een hand leggen op mijn onder-rug en blonde haar, geen gefluister zacht als herfstbladeren be-reikte nog iemand, en tevergeefs zocht iemand mijn hand, mijn blik, mijn mond, mijn zachte plekje; het was afgelopen met dat gehannes, de reservesleutel van de locloods werd opgehangen en tot eeuwige rust veroordeeld, en ik stond nooit meer op een kist door de ramen van Fredheim naar iemand te kijken; in plaats daarvan ging ik vrijmoedig naar de bijlessen van de catecheet, om de twee avonden, en hij verloor alle belangstelling voor die Inger. Hetzelfde met Arvid, vermoed ik, ook al was ze nog zo knap en vrouwelijk-meisjesachtig lief, dus ze moet wellicht een paar minuten het gevoel hebben gehad dat ze helemaal niet meer meetelde; dat hoopte ik althans. Hoewel ze misschien ook he-lemaal geen verschil voelde, maar de wereld en het leven aan-vaardde zoals het was (wat voor verstand heb ik er ook van?), zoals verstandige en evenwichtige mensen doen; juist dát maakt hen zo aantrekkelijk, heb ik begrepen. Reeds op dat premature moment in het volwassen leven begreep ik helaas dat er twee soorten mensen bestaan: degenen die opgewonden raken, subsidiair gelukkig met zichzelf, en degenen bij wie dat dus niet het geval is. Zoals wanneer de catecheet mompelde dat ik als een poesje was, zo zacht en week, dan wist ik exact waar hij op uit was, maar blij was ik niet. Hoewel ik mijn ogen kon sluiten en me kon voorstellen dat ik Inger was, kleine, blonde Inger, lief, langbenig en rank, die haar gladde lieftalligheid te bieden had, of ik deed alsof ik Eva Grjothornet was, of niemand, terwijl hij mij de weg naar God wees.

Terwijl ik bezig was een weg naar de Hemel te vinden langs een met slechte bedoelingen geplaveide weg, had ik minder aandacht voor wat er verder om me heen gebeurde. Thuis op het station kwam en ging ik nu min of meer zoals het me uitkwam. Mijn vader was een schaduw van zichzelf, alsof de langzame erosie die in Kopenhagen op gang was gekomen, dankzij al die in de zomer genuttigde modder slechts was bemest en verergerd, en het merkwaardige was – of misschien was het niet merkwaardig, maar slechts de arrogante nonchalance van de jeugd, of die van mijzelf – dat ik dat volkomen terecht vond, ik stond er niet van te kijken, *nahm es hin*, zoals de Duitsers zeggen, ik nam het voor kennisgeving aan, zonder dat het veel indruk op me maakte. Gescheld en vermaningen van Hanna gleden langs me heen als pluisjes over kale bergen, ze beklijfden niet. De enige die nog enigszins gezag over me had, in de zin dat hij me nog tot de orde kon roepen, of op zijn minst in een normaal gesprek mijn aandacht wist te trekken, was Vonk.

Groot was mijn verbazing toen ik op een dag thuiskwam uit school en het station in een vreemde situatie aantrof, het huis stond op zijn kop, de volwassenen liepen met samengeknepen mond rond, alsof ze in zichzelf betreurenswaardige dingen fluisterden, de deur naar het kantoor van mijn vader zat dichter dan gewoonlijk, maar daarbinnen waren stemmen te horen die helemaal niet fluisterden, die juist heel luid spraken, indringend en op een verwijtende, ernstige toon, zodat het stemgeluid helemaal tot in de expeditie te horen was, zonder dat ik echter kon onderscheiden waarover ze spraken.

Als ik iemand van het personeel vroeg, keken ze slechts spijtig en knepen hun lippen nog stijver op elkaar over die betreurenswaardige zaken. Vonk, dacht ik, hij weet het wel.

Ik glipte het telegraafkantoor binnen, maar geen Vonk te bekennen, alleen een totaal onbekende, worstkleurige jongeman die ik nog nooit had gezien, en die me verschrikt aankeek toen ik binnenstormde; om de waarheid te zeggen, schrok hij zo dat hij van zijn stoel dreigde te vallen.

Ik stotterde iets wat op een verontschuldiging moest lijken, draaide me snel om en rende naar de eerste verdieping. Maar daar was geen Hanna en ik liep weer naar beneden, bleef als een kip zonder kop door de gang heen en weer banjeren. Niemand kwam me halen. Als iemand van het personeel langsliep, vroegen ze me zelfs niet om ergens anders heen te gaan. Het volume van de stemmen in het kantoor van de stationschef veranderde voortdurend. Na een tijdje werden de stemmen daarbinnen zachter, ze leken helemaal te verstommen, en ik kreeg de indruk dat er iets werd opgeschreven, ik weet niet waarom, het was een soort grauwe stilte. Toen ging de deur open en stormde Vonk naar buiten, hij keek me even aan, snel en vreemd, en glipte langs me heen, zonder een woord. Hij verliet het stationsgebouw door de expeditie. Vlak daarna verschenen Knudtzon en mijn vader, Knudtzon met een gezicht als een oorwurm, helemaal menierood in zijn gezicht, met wasgele vlekken op zijn voorhoofd, van zorgen en woede; mijn vader een beetje blauwbleek, met flakkerende ogen, heel merkwaardig. Ook zij deden niets anders dan een snelle blik op mij werpen. Dit duo werd gevolgd door twee mannen die ik onmiddellijk herkende, het waren die twee onderscheidingsloze controleurs uit de hoofdstad, ook zij keken me zonder enige uitdrukking op hun gezicht aan, ze waren waarschijnlijk zelfs niet verbaasd, alsof ze veel dramatischer sommen en cijfers hadden gezien dan zo'n nulletje als ik; mijn vader en Knudtzon leidden hen langs mij heen, het perron op. Door de glazen deur kon ik de vier zien praten, terwijl ze op de trein in oostelijke richting stonden te wachten. Kort, ernstige woorden. Mijn vader zag er verlegen uit en had klaarblijkelijk het minst op het hart. Ik snapte er niets van, maar toen kwam Vonk zijn kamer boven het magazijn uit, nu in burgerkleren gehuld, in een trui, anorak en kniebroek, met een grote plunjezak en een versleten, enorme leren koffer die hij aan de rand van het perron op de grond kwakte. Toen hij de vier norse heren passeerde, keek hij niet naar hen, maar beende hij in een grote boog om hen heen. Daarna ging hij de stationshal binnen. Daar zag ik hem van zijn eigen geld een kaartje kopen. Hoewel ik de waarheid besefte, wilde ik die op dat moment niet accepteren, maar ik bekeek hem door het glas en liep hem achterna toen hij het telegraafkantoor binnenging, ik was net bij hem toen hij weer op het punt stond naar buiten te gaan, nu met een paar persoonlijke spullen in zijn handen, een boek, een leerboek radiofonie, zijn schrijfetui, een fotootje van zijn moeder in een eenvoudig bakelieten lijstje, zijn notitieboekje had hij in het borstzakje van zijn anorak gestopt, samen met de rekenliniaal en de lange pauwenveer die met een punaise aan de muur had gezeten. Zo kwamen we elkaar in de deuropening tegen, en ik kon niets anders uitbrengen dan een stotterend, welhaast in morse gesproken: 'Ga je weg, Vonk?'

Hij keek me lang en met een vreemde blik aan, stak snel zijn hand naar voren en streelde me over mijn haar.

'Ja,' zei hij, 'nu vertrek ik inderdaad.' Hij trok zijn hand terug, zei verder niets, keek me slechts wonderlijk verbaasd aan en opende zijn mond, ik opende mijn mond ook, wilde iets zeggen, of misschien ook niet, maar toen gierden buiten opeens de remmen, Vonk keek me een laatste maal aan, mompelde iets, fluisterde iets, iets wat ik graag had willen horen, willen weten wat dat was, maar ik hoorde slechts mijn naam, de twee klinkers en die ene, langgerekte medeklinker. Toen liet hij mijn blik los en glipte langs me heen alsof ik hem de weg versperde, hij liep snel en vastberaden door de gang, het perron op, deed geen moeite om de deur goed achter zich te sluiten, maar liet hem als het ware in de zwakke, koele herfstwind klapperen. Ik liep achter hem aan, wilde eigenlijk het perron op rennen, hem tegenhouden, hem uitvragen, hem verhoren en een verklaring eisen wat dit allemaal te betekenen had. In plaats daarvan bleef ik in de deuropening dralen, alsof ook ik zachtjes in de wind klapperde, terwijl ik naar zijn rug keek; mijn vriend, dacht ik, zijn rug in de grijze anorak, doelbewust, rank, het rode haar recht omhoog, terwijl hij een nieuwe, lange boog om de ernstige heren heen maakte, naar zijn koffer en plunjezak. Op hetzelfde moment gleed de trein binnen, hij kwam tot stilstand en bleef zoals gewoonlijk staan tikken en hijgen, de deuren gingen open, net als altijd, maar het was niet net als altijd. Vonk, dacht ik, toen ik hem zijn spullen in de derdeklas wagon zag smijten, hem de treeplank op zag stappen zonder om te kijken, zonder naar het stationsgebouw, de vier heren of iets anders te kijken, of naar iemand die in de herfstwind stond te deinen. Mijn vader had zijn gezicht van de twee onderscheidingsloze figuren afgewend, hij keek met een merkwaardige blik naar Vonk, maar werd vervolgens naar zijn verplichtingen teruggeroepen, hij nam afscheid van de twee met een korte, ernstige handdruk, tikte even met zijn hand aan zijn pet, een beetje halfhartig vond ik, waarna Knudtzon en hij de heren het korte stukje naar de coupédeur van de eersteklas begeleidden.

Ze bleven niet wachten tot de trein vertrok, maar slenterden de kant van het stationsgebouw op. Mijn vader wierp opnieuw een lange blik in de richting van de derdeklas wagon, Knudtzon en hij kwamen mijn kant op, ze zagen me nauwelijks in de deuropening staan, ze maakten een ietwat bedremmelde indruk; jij hoort hier niet te staan, bromde mijn vader uit gewoonte, maar ook dat maakte zo'n halfhartige indruk dat ik begreep dat hij dat eigenlijk niet meende, en toen ik niet antwoordde en ook geen aanstalten maakte om in beweging te komen, zei hij niets meer, maar liep langs me heen, het gebouw in, samen met Knudtzon, en ik bleef achter. Ik bleef naar de wagon aan het eind van het perron kijken. Door daggrijs glas kon ik zijn profiel ontwaren, ik herkende hem aan zijn haar, hij had plaatsgenomen. Hij was aan het lezen, leek het. In het leerboek radiofonie, nam ik aan. Voor hem was de reis reeds begonnen; dat de trein nog op het station stond, was niet van belang. Zo staarde ik strak zijn kant op, terwijl de trein zes ondraaglijk lange minuten bleef wachten. Hij draaide zich geen enkele keer om, maar zat de hele tijd zo dat ik zijn profiel kon zien. Ik kwam niet dichterbij. Knudtzon kwam naar buiten en floot zodat de trein kon vertrekken; er kwam een nieuwe reeks gebruikelijke geluiden, nu in omgekeerde volgorde, de trein zette zich in beweging, gleed het station uit, langs het gebouw, langs mijn ramen en mijn blik, en ik zag hem, nog steeds in profiel, en weg was hij, zonder zich ook maar één keer omgedraaid te hebben.

Uit mijn dagboek 5

Simson. Twintig jaar lang Israëls rechter. Simson had een dikke bos mooi, lang haar, in zeven vlechten geweven. Een zeer onaangenaam mens, moet je eigenlijk zeggen. In elk geval heel akelig om mee in aanraking te komen. Vooral als je iets had gedaan wat hem ook maar enigszins zou kunnen beledigen. Ik wed dat de Israëlieten hem als rechter kozen omdat ze niet anders durfden. Want hij staat niet in de eerste plaats bekend als jurist, maar als beul. Als pugilist. Simson is namelijk sterk. En zijn kracht neemt steeds meer toe, hij is als een eenmansleger, hij vecht en moordt zonder met zijn ogen te knipperen als iemand iets heeft gedaan wat hem niet aanstaat of hem krenkt. Dat gebeurt dan ook regelmatig. Het mooie van Simson is dat hij er geen moment aan twijfelt dat hij een rechtvaardige zaak dient. Dat is heel iets anders dan die wat slappe Esau. Simson slaat van zich af als je hem beledigt. Hij vraagt geen twee keer, hij huilt en jammert niet, en hij is ook niet bepaald in zichzelf gekeerd. Hij slaat zijn vijanden tot moes, simpel en duidelijk, en datzelfde gebeurt met een aantal mensen met wie hij iets te verhapstukken heeft. Misschien moet ik maar niet meer in de Bijbel lezen.

Want opnieuw laat de Heer zien waartoe Hij in staat is, de sterke Simson is niet meer dan een werktuig van Gods klauwen, God wil om de een of andere reden een oorlog ontketenen tussen de rechtschapen Israëlieten en de onbesneden Filistijnen die in hetzelfde land wonen.

En kijk, daar heb je de jonge Simson. Simson is sterk, hij hoort Gods geest, Simson wordt Gods werktuig. Omdat, zoals gezegd, GOD EEN OORLOG WIL ONTKETENEN. GOD HEEFT ZIN IN OORLOG. Eerst wordt Simson verliefd (op Gods aansporing) op een Filistijnendochter. Dat valt bij een van de aanstaande schoonouders niet in goede aarde; ze smeken hem, beste Simson, kun je niet iemand van je eigen volk zoeken? Nee hoor, zegt Simson, háár wil ik hebben. Op weg om een aanzoek te doen komt hij een jonge leeuw tegen, die hij in een onbewaakt ogenblik met zijn blote handen aan stukken scheurt 'toen de Geest des Heren over hem kwam', maar zonder het aan iemand te vertellen, waarna het kadaver van de leeuw door wilde bijen tot een bijenkorf wordt omgetoverd en als honingdepot voor Simson dient.

Het feestmaal met de nieuwe bondgenoten onder de Filistijnen levert al de nodige problemen op, aangezien Simson hun een raadsel opgeeft waarvan ze de oplossing niet kunnen vinden. Dat is ook niet zo vreemd. Het raadsel luidt: 'Spijze ging uit van de eter, en zoetigheid van de sterke.' Los dit op, zegt Simson slinks tegen zijn dertig volksgenoten van Filistijnse origine, dan trakteer ik jullie allemaal op een nieuw pak! Maar als jullie de oplossing niet kunnen vinden, dan zal ik in mijn eentje dertig nieuwe pakken van júllie krijgen! Het is niet alleen zo dat uitsluitend Simson het antwoord op het raadsel weet, het is volslagen onmogelijk voor de anderen om het raadsel op te lossen; je moet namelijk het verhaal van de leeuw kennen. Simson heeft met andere woorden een slimme manier gevonden om aan een nieuwe garderobe te komen. Mooi zo, daar komen we wel achter, zeggen de Filistijnen, maar ze vinden geen oplossing. Dan vragen ze Simsons vrouw hem de oplossing te ontlokken, en door 'zeven dagen bij hem te wenen', zoals geschreven staat, krijgt ze die ten slotte: 'Wat is zoeter dan honing, wat is sterker dan een leeuw?'

Triomfantelijk komt ze de zevende dag met het antwoord bij haar mannelijke verwanten aan zetten, maar Simson beseft dat hij voor de gek is gehouden. Niemand anders dan hij zou de oplossing van zo'n armzalig raadsel hebben geweten. We vermoeden al dat Gods plannen voor een volledige burgeroorlog tussen Israëlieten en Filistijnen een warme en vruchtbare voedingsbodem hebben gevonden in deze Simson, die nu een beetje geïrriteerd raakt. 'Hadt gij niet met mijn kalf geploegd (hij bedoelt zijn echtgenote), gij hadt mijn raadsel niet geraden.' Daarop ging hij naar Askelon, slaat dertig ándere Filistijnen dood en keert terug naar het bruiloftsfeest met de kleren van de slachtoffers;

'alsjeblieft', zegt hij en hij werpt de met bloed besmeurde boven-
kleren voor de ogen van de geschokte gasten neer: 'Hier hebben
jullie de afrekening van de weddenschap!' Pas nú, op dát punt,
staat in de tekst, ontbrandt zijn toorn, hij verlaat feest, bruid en
alles en keert terug naar het huis van zijn vader.

Maar na enige tijd, ergens in het najaar, houdt hij op met
mokken, en dringt het tot hem door dat hij eigenlijk een bruid
te goed heeft. Hij neemt een geit mee als geschenk om het weer
goed te maken en begeeft zich weer naar het huis van zijn schoonouders, en eist om onmiddellijk tot de slaapkamer van zijn vrouw
te worden toegelaten.

Schoonpapa, bezorgd over de nachtmerrieachtige gang van
zaken, strekt verontschuldigend zijn armen uit en zegt dat 'ik
dacht stellig, dat gij in het geheel niet om haar gaaft, na dat
domme gedoe op de bruiloft, dus ik ... eh ... heb haar aan uw
metgezel gegeven ... maar, maar, maar, nee, beste schoonzoon,
ga niet zo tekeer ... eh ... ik ik ik heb een jóngere dochter, kijk,
daar is ze, is ze niet schoon? Is het zusje niet veel schoner dan
haar grote zus? Véél schoner! Laat die toch in haar plaats de uwe
worden. Alsjeblieft. In Gods naam ... Simson! Símson!'

Maar nu is Simson – eindelijk maar toch – pas écht boos. Hij
vindt dat er grenzen zijn aan de beledigingen waaraan hij wordt
blootgesteld, en verklaart: 'Níémand kan zeggen dat ík ergens
schuld aan heb als ik nú wraak neem op de Filistijnen.' Namelijk
op de Filistijnen als gehéél. Iedereen wordt aan zijn haat onderworpen. Dan gaat hij het bos in om vossen te vangen. Niet één
vos, niet vijf vossen, maar driehonderd vossen! Die bindt hij met
de staarten aan elkaar, twee aan twee, en in de knoop tussen de
staarten bevestigt hij een fakkel.

Het staat niet in de tekst, maar ik stel me zo voor dat het
nacht was toen hij de vossen meenam naar het gebied van de
Filistijnen, de fakkels in brand stak en de dieren losliet op de
akkers, waarna de pret begon. Als de nacht voorbij is, is er niet
veel meer van het eens zo vruchtbare boerenland over. De héle
tarweoogst is afgebrand, evenals álle olijfgaarden; het duurt zes-

tig jaar voordat olijfbomen vrucht dragen, dus is het begrijpelijk dat juist dat laatste voor de Filistijnse dorpsgemeenschap een ramp van ongekende omvang is. Helemaal van de kaart verlaten de Filistijnse mannen hun woningen en vragen anderen in de buurt wie dit kan hebben gedaan. En Simson is niet een man die zijn licht onder de korenmaat stelt, dus de mensen weten het: ha, zeggen ze, Simson heeft het gedaan omdat zijn schoonvader zijn vrouw aan zijn bruidsjonker heeft gegeven!

Dan doet de dorpsbevolking iets merkwaardigs, iets schokkends; in hun wanhoop proberen ze een eind aan het conflict te maken en ze begeven zich naar de boerderij van de schoonvader. Ze steken het huis met daarin de schoonvader en zijn dochter, Simsons vrouw, in brand! Vermoedelijk proberen ze Simson tevreden te stellen. De kern van het conflict te vernietigen. De woesteling te laten zien dat ze begrijpen hoezeer hij gekrenkt is. Hem toe te spreken in de enige taal die hij lijkt te begrijpen, namelijk extreme, op anderen gerichte en oeverloze wraakhandelingen.

Maar nee. Als Simson hoort dat ze zijn vrouw hebben verbrand, wordt hij nog bozer en zegt: 'Indien gij zó doet, waarlijk, dan zal ik niet ophouden, vóórdat ik me op u gewroken heb!'

Dan slaat hij erop los, vermorzelt hen en vermoordt velen.

In een melancholieke stemming trekt hij zich vervolgens terug in een rotsspleet. Er zijn drieduizend mannen voor nodig om hem uit die kloof te krijgen, dat wil zeggen drieduizend man van Simsons eigen volk (de over het land regerende Filistijnen hebben de Israëlieten wijselijk voor zich uit gestuurd); hij laat zich vastbinden en gaat nogal gedwee met hen mee, na eerst een verklaring te hebben afgelegd dat hij de Filistijnen niets anders heeft aangedaan 'dan wat ze hem hebben aangedaan'. Wanneer dan de stam van Simson met de gebonden Simson bij de Filistijnen aankomt om de brandstichter uit te leveren, komt de Geest des Heren nogmaals over de gevangene, hij spant zijn spieren zodat de touwen knappen; hij ziet een ezelskaak op de grond liggen, die pakt hij en vrolijk werpt hij zich in zijn eentje op de

Filistijnen. Met het kaakbeen vermoordt hij duizend man.

Op dat moment in het verhaal, na de massaslachting met het kaakbeen, treedt een pauze van twintig jaar in, een soort gewapende neutraliteit tussen de Filistijnen en Simson. Simson wordt tot rechter van de Israëlieten gekozen. Rechter nog wel. Het staat niet in de tekst, maar je krijgt toch het gevoel dat hier verstandige lieden in het diplomatieke korps van beide kanten tot een soort stilzwijgende overeenkomst zijn gekomen: geef de man een functie, eentje met grote waardigheid waar een mooi ambtskleed bij hoort, maar houd hem in vredesnaam uit onze streken vandaan, dan kunnen we allemaal in vrede naast elkaar voortleven.

Die regeling functioneert twintig jaar lang, maar na al die jaren als jurist heeft Simson behoefte aan een beetje pret en gaat hij op bezoek bij de Filistijnen in Gaza, waar hij naar een hoer gaat. Blijkbaar voelt hij zich permanent tot de vrouwen van het vijandelijke volk aangetrokken. De Filistijnen verzamelen zich rond haar woning om hem een kopje kleiner te maken als hij naar buiten komt, maar in plaats daarvan verlaat Simson rond middernacht het huis, alsof het niets is breekt hij de hele stadspoort naar de stad Gaza af en draagt die op zijn schouders mee. Pas een heel eind de heuvel op gooit hij het ding weg.

Enige tijd later wordt hij op de derde Filistijnse vrouw verliefd, zij heet Delila en woont op het platteland. Met haar heeft hij kennelijk een langdurige, stabiele en vertrouwelijke relatie. De stadsvorsten van de Filistijnen hebben echter genoeg van die onberekenbare kerel, en ook de Israëlitische opperhoofden voelen niet langer de drang om die combinatie van rechtsgeleerde en loopse vuurwerkraket te beschermen, dus gaan de stadsvorsten van de Filistijnen naar Delila en bieden haar een volslagen waanzinnige som geld als ze Simson zover kan krijgen haar het geheim van zijn kracht te vertellen.

Je kunt je voorstellen dat Delila, die in haar eentje ver van andere mensen in een dal woont, nu voor een groot dilemma staat. Wellicht is Simson op zíjn manier vriendelijk als hij zijn zin

krijgt, maar de som geld die haar wordt aangeboden is zo onge-
hoord hoog dat ze niet anders kan doen dan hem aannemen. Het
geld biedt de mogelijkheid om het dal Sorek achter zich te laten.
Dat is de naam van dat achtergebleven gebied.

Dus vraagt ze Simson, laat op de avond, hoe het toch komt
dat hij zo mateloos sterk is. Simson ruikt vast wel onraad, want
hij antwoordt dat wanneer ze hem gewoon met zeven verse pezen
bindt die nog niet verdroogd zijn – een soort twijgen, mag je aannemen – hij dan net zo zwak wordt als alle andere mensen.

De stadsvorsten van de Filistijnen komen meteen met zeven
pezen aan zetten, en diezelfde nacht bindt Delila haar minnaar
in zijn slaap vast. Dan maakt ze hem wakker met de alarmerende
woorden: 'De Filistijnen over u, Simson!'

Simson schiet omhoog en verscheurt de pezen met zijn spieren, ze barsten als strootjes in een vuur.

Gek genoeg wordt Simson niet boos wanneer Delila hem de
volgende nacht dezelfde vraag stelt, maar hij antwoordt dat hij
net zo zwak wordt als een gewoon mens als hij met geheel nieuwe
touwen gebonden wordt, touwen die nog nooit ergens voor zijn
gebruikt.

'De Filistijnen over u!' roept Delila bij het krieken van de
dag, na haar slapende minnaar met spiksplinternieuwe touwen
te hebben vastgebonden. En de touwen breken als draadjes. De
volgende nacht houdt hij haar werkelijk gigantisch voor de gek,
want dan zegt hij namelijk dat ze een weefsel van zijn haar moet
maken, met een scheiding en zo, dan wordt hij net als een gewone kerel. Maar ook haar nachtelijke weefkunst vermindert
zijn kracht allerminst. Dit lijkt wel wat op dat sprookje over de
reus die geen hart in zijn lichaam had.

De vierde nacht echter lukt het de reus Simson niet zich nog
langer te beheersen; Joost mag weten wat Delila met hem doet
of tegen hem zegt, want eindelijk opent de booswicht zijn hart
voor haar en vertelt haar dat al zijn kracht in zijn haar zit. Als ze
dat afscheert, wordt hij zo zwak als ieder ander mens. Zijn hoofd
heeft geen scheermes gezien sinds hij werd geboren. Intuïtief be-

grijpt ze dat hij nu ten langen leste de waarheid spreekt, ze roept de stadsvorsten erbij die de mateloos hoge beloning meebrengen en ze zorgt er dan voor dat de haren van de slapende man worden geschoren. Die wordt meteen normaal en laat zich bedwingen en vangen. In grote triomf wordt Simson vervolgens gedwongen de molensteen van een molen in Gaza-stad in het rond te draaien. Daar loopt hij dan, telkens rondjes makend, als een getemd dier, als een leeuw die niet meer weet dat hij een leeuw is.

De Filistijnen houden een feest om hun dank uit te spreken dat hun god hen eindelijk in staat heeft gesteld de gek te bedwingen, en in hun overmoed laten ze de gevangene naar het plein voor de tempel brengen waar het feest in volle gang is, om hem vernederende kunstjes te laten doen, terwijl ze op het dak staan toe te kijken. Waar ze echter geen rekening mee hebben gehouden is dat Simsons haar intussen weer is aangegroeid. Simson weet de jongen die op hem past over te halen om tegen twee van de zuilen te mogen leunen waarop het gebouw rust. Waarop hij de Heer smeekt om een laatste krachtsinspanning van boven, wat wordt ingewilligd, en daarna gooit hij de twee zuilen om (het lijkt alsof hij wist wat de zwakke plek van de constructie was), zodat de hele tempel boven hem in elkaar stort en het dak met al die triomfantelijke Filistijnen naar beneden valt. Op die manier neemt hij, zoals geschreven staat, bij zijn dood veel meer mensen mee de dood in dan hij tijdens zijn leven vermoordde. En dat waren er al behoorlijk wat.

Simson had met de oude Kelten gemeen dat hij dacht dat zijn kracht in zijn haar zat. Er zijn twee mogelijkheden. Ofwel is dit slechts iets wat hij zich inbeeldt, ofwel is het de waarheid. Er staat niets over geschreven dat de Heer hem onomwonden heeft verteld dat zijn kracht in zijn haar zat. Dat was vooral iets waarvan hij overtuigd was. Hij gelóóft dat hij onoverwinnelijk is en daardoor wórdt hij onoverwinnelijk. Om diezelfde reden geven ze jonge, onvolgroeide, kinderlijke mannen natuurlijk ook een mooi uniform als ze moeten sterven. Het is een soort placebo-effect.

Tot dus Delila, die eerste herenkapster uit de wereldgeschiedenis, zijn zelfbeeld aan diggelen slaat. Maar Simson keert terug, en zijn razernij is machtig en onoverwinnelijk, hij sterft van woede, als een lemming, als een god, hij sterft en hij is woedend, en hij vindt niet dat hij voldoende wraak heeft genomen.

Kort filosofisch gesprek over wereldse zaken

'Is Vonk ontslagen?'

'Hm?'

'Is Vonk de laan uit gestuurd?'

'De laan uit? De laan uit? Nee, helemaal niet. Helemaal niet. Wil je me het zout aanreiken?'

'Waarom is hij dan niet langer in dienst?'

'Het zout, graag. Verdikkeme. Hanna. Hanna!'

'Ik zei, waarom is hij dan niet langer in dienst?'

'Hanna! Het is verdorie ook wat dat het zoutvaatje nooit vol is als je aan tafel zit.'

'Dat komt doordat er te veel zout in het eten gebruikt wordt, vader, dat is bekend.'

'Nonsens. Bovendien is hij niet … de laan uit gestuurd, zoals jij dat noemt. Hij is zelf vertrokken, uit eigen, vrije wil.'

'Zo.'

'Zo. Ja.'

'Te veel zout is niet goed voor je bloeddruk, dat heeft dokter Levin gezegd.'

'Onzin.'

'Je hebt er al te veel van, dat heeft hij gezegd.'

'O, daar ben je, Hanna. Wil je het zoutvaatje even bijvullen? Hartelijk dank … Dus dat heeft de dokter gezegd?'

'En waarom is hij vrijwillig gestopt?'

'Wie? Dokter Levin is toch niet …'

'Doe niet alsof je niet weet wie ik bedoel.'

'Niet dat toontje graag, jongedame. Er was een boekhoudcontrole. Een interne controle. Er was geld uit de kas van het station verdwenen, zoals je wellicht weet. Dank je, Hanna …'

'Ja?'

'En … tja … hij heeft alle kaarten op tafel gelegd. Heeft alle schuld op zich genomen. Ik en Knudtzon, hm, dat wil dus zeggen, Knudtzon en ik hebben een goed woordje voor hem gedaan. Uiteindelijk is het in der minne geschikt.'

'Maar hij is zijn baan kwijt?'

'Ja, die is hij kwijt. Dat was een deel van de afspraak. Zo hebben we een proces voorkomen. Dat zou vreselijk vervelend zijn geweest.'

'Voor jou en voor het station.'

'Voor iedereen, vooral voor Vonk. Dus. Laten we het er niet meer over hebben. Ik begrijp dat het voor jou niet gemakkelijk is, Eva, omdat hij zo aardig voor je was, maar je moet proberen het ...'

'Ja?'

'Het filosofisch te bekijken.'

'Ja. Filosofisch. Dat is een goed idee.'

'Niet dat toontje, zoals gezegd. Ironie helpt niet. Dit soort dingen gebeurt nou eenmaal in het leven. Je bent nog te jong om dat te begrijpen. En het eind van dit liedje had veel erger kunnen zijn. Voor iedereen. Voor Vonk. Filosofisch, zoals gezegd. Dus. Laten we het er niet meer over hebben.'

'Waarover moeten we dan praten?'

'Geen idee. Dank je, Hanna, we zijn uitgegeten. Het was erg lekker.'

'Erg lekker.'

'Over je confirmatie, misschien? Heb je misschien nieuwe kleren nodig?'

'Misschien.'

'Welk cadeau wil je hebben voor je confirmatie?'

'Een kristalgoniometer.'

'Ja ja.'

'Die is wel een beetje duur, maar ...'

'En waar wordt dat instrument voor gebruikt?'

'Dat is een beetje moeilijk uit te leggen. Simpel gezegd kun je stellen dat het wordt gebruikt om de onderlinge verhouding van de hoeken in een kristal te bepalen om daarmee vast te stellen tot welke kristalorde dat behoort. Deze verhoudingen zijn altijd gelijk, begrijp je, terwijl de zijden van de kristallen van grootte en onderlinge verdeling kunnen wisselen, afhankelijk van de vraag hoe het kristal is gegroeid.'

'Ja ja.'

'Anders kun je ze niet bepalen.'

'Jij bent een merkwaardig iemand, Eva.'

'O.'

'Een kristal...'

'Goniometer.'

'Goniometer. Wel, we zullen eens zien. Heb je dan kristallen om te meten?'

'Vonk en ik waren van plan een keer naar de molybdeniet-groeven te gaan om er een aantal te zoeken.'

'Juist. Ik begrijp het.'

'Een kristalgoniometer is een soort instrument waarmee je filosofisch naar de dingen kijkt. Daarnaast heb ik nieuwe laarzen nodig. Ze moeten lang zijn, zoals de laarzen die ik net in een tijdschrift zag. Hanna kan het je laten zien. En ik moet een parelketting hebben om in de kerk te dragen. Maar met grote parels, dus, zodat ze niet in al mijn nekharen verdwijnen. Ze moeten zichtbaar zijn.'

Natuurwetenschap is mooi

Daar is ze, niet ik. Eva. Ik zie haar, maar begrijp haar niet. Eva beziet de dingen filosofisch. Elke avond … nee, niet elke avond, maar om de dag of om de twee dagen gaat ze naar speciale les over de werkelijk eeuwige grootheden, dat was ze helemaal niet van plan geweest, het zou slechts een korte wraakactie zijn, maar is nu verworden tot iets wat haar helemaal in beslag neemt, elke avond, nee, om de dag of om de twee dagen, met dezelfde permanentie en groeiende lichtsterkte als de herfststerren, elk etmaal een beetje hoger boven de horizon, koud. Ze houdt helemaal niet van deze mens, met zijn jongemannenachtige, innige vurigheid. Maar hij verkiest háár tenminste boven die jonge Inger, dat is een feit, hij bedriegt niet en verloochent niet, hij gaat niet weg en onderneemt geen poging zich vrij te kopen, hij denkt dat hij dit gewoon krijgt en gelooft, is er blijkbaar van overtuigd dat hij hier voor God gevallige daden uitvoert. Bovendien beschikt hij over een grote, zeer bereidwillige pik. Ze mist Vonk en zijn kleine, veilige berichten op de avonden, ze denkt aan alle kristallen die ze gaat meten, nu is ze alleen, als ze die goniometer die ze zo graag wil hebben, maar krijgt; die zal een ware vriend worden. Ze denkt niet, ze sluit haar ogen.

Kleine Heerlijkheid, roept een stem in de verte.

'Mijn soort is onvruchtbaar, we kunnen geen nakomelingen krijgen.'

Terwijl ze op die manier de tijd doodt en vol verlangen op haar instrument wacht, zit ze te lezen in een nieuw biologieboek van een beroemde Noorse erfelijkheidsonderzoeker dat ze te pakken heeft gekregen. Ze leest over de minderwaardige soorten die zich binnen elke afstammingsreeks bevinden, en met welke drang tot zelfbehoud – de kracht van het leven – ze hun uiterste best doen het geslacht in het verderf te storten.

Neem nou een eend.

'De woerd is', staat er, 'een uitgesproken trouw, monogaam dier dat zijn hele leven met zijn vrouwtje getrouwd blijft. Maar hij is ook uitgesproken jaloers en waakt met fanatieke agressie over de deugd van zijn wijfje. Een sterke woerd met grote overlevingsdrang zal zich over het algemeen van een vrouwtje hebben voorzien dat ook in de ogen van andere woerden aantrekkelijk zal zijn.

Voordat ze voor het eerst genesteld zijn, moet het mannetje echter ijverig over de integriteit van zijn echtgenote waken, aangezien zíj helemaal niet alleen maar van hém onder de indruk zal zijn, niet net zoals hij van haar, maar integendeel voor allerlei mannetjes beschikbaar is, ook als die van een minderwaardige soort zijn (zie Von Mautenberg: *Die Rasse als biol. Auswahlsfaktor*, p. 229-237). Rond een heel gewone eendenvijver kun je daardoor in het voorjaar de meest dramatische scènes van jaloezie waarnemen, als afkomstig uit het eeuwige schrift der natuur over Othello, aangezien de mannetjeseend de hele tijd de aanval opent op minderwaardige mannetjes, en hun pogingen om in de buurt van zijn verloofde te komen, verhindert.

Dat continu wegjagen van indringers brengt hem echter soms een heel eind bij de vijver vandaan, en zo ontstaat er een riskante afstand tussen hem en zijn bruid, waarvan weer andere, vaak nóg minderwaardiger mannetjes zonder scrupules misbruik maken, aangezien ze hun kans schoon zien in een goed blaadje te komen bij het op dat moment verlaten vrouwtje, dat zich helemaal niet onwillig toont om er met haar nieuwe aanbidder vandoor te gaan. Wanneer dan de jaloerse eerste minnaar van zijn vorige interventie terugkeert, volgt nieuwe dramatiek, met daaropvolgende verjaging van de nieuwe "huisvriend", met veel gepik, getrap en geklapwiek enzovoort. Het is duidelijk dat het bestaan van de hoogwaardige woerd bepaald geen luilekkerland is, maar uit steeds weer nieuwe gevechten bestaat om zijn recht jegens inferieure rivalen te doen gelden. Bij de mensen is het niet anders, ook al zijn de patronen daar veel complexer, en zie je hoe minderwaardige soorten en rassen, zelfs sporadisch – als afzonderlijke individuen opgesloten in een verder homogene, gezonde maatschappij – tot het uiterste zullen gaan zich te vestigen op de plaats waar de levensvoorwaarden (dankzij het superieure organisatietalent van het verheven ras) beter zijn geregeld, en zodoende zekerder materiële en geestelijke condities voor de individuen bieden. Typische voorbeelden daarvan zijn bijvoorbeeld de Joden, die door hun historisch bepaalde ontheemding en uniek ontwikkelde assimilatievermogen in staat lijken te zijn in vrijwel elke maatschappij wortel te schieten, en die daar opvallend snel hun eigen levensbasis creëren, met daaropvolgende biologische vermenging met de endogene bevolking als onvermijdelijk resultaat. De strategie van zigeuners en nomaden is heel anders, aangezien ze deze vorm van assimilatie helemaal niet beheersen, gevangen als ze zijn in een veel primitiever stadium, maar in plaats daarvan hun bloed door de endogene bevolking verspreiden door het gebruik van geweld of goedkope verleidingskunsten om erbij te gaan horen – een minder snode, maar dankzij haar dramatiek uiteraard veel opvallender en opzienbarender uitdrukking van levenswil dan de wijze, simulerende, discrete tactiek van de Joden.

De ogenschijnlijk aangeboren methoden op dit gebied van zigeuners en nomaden doen bovendien niet zo'n klein beetje denken aan de gedragspatronen van andere bevolkingsgroepen – Lappen, Hongaren, sommige slaven en, iets verder weg, de minderwaardige latino's.

Er valt veel te zeggen over het uiterlijk en de anatomische karakteristieken van de minderwaardige groepen, maar duidelijk is wel dat de woerd een eenvoudiger taak heeft bij het identificeren van zijn rivalen, aangezien alleen al de tekening van de vederdracht hem veel dingen vertelt (zie fig. 29-33). Voor de mensen is dit meteen veel complexer, aangezien een ogenschijnlijk superieur type (zoals op fig. 34-39) pas bij nader onderzoek, zoals met behulp van nauwkeurige metingen van de onderlinge verhoudingen tussen de hoeken van de schedel en andere anatomische dimensievergelijkingen in ontklede toestand, van minderwaardige aard blijkt te zijn (fig. 40-46). Dan pas, zoals op deze afbeeldingen aangegeven, openbaren zich de verborgen afmetingen en verhoudingen die met rotsvaste zekerheid de grote afwijkingen tonen van de norm voor de verheven, Scandinavische mens, maar die voor de esthetisch vooringenomen, rechtstreekse aanschouwing verborgen kan zijn – door mooi haar, een op zich indrukwekkend vormgegeven neus, de ogenschijnlijke grootte van de ogen, enz. Maar wanneer men, zoals geïllustreerd, deze toevallige, uiterlijke omstandigheden niet in aanmerking neemt, bestaan dezelfde verhoudingsgetallen in de hoeken van de schedel toch – onmiskenbaar, hoewel niet onmiddellijk voor de hand liggend. Een heel andere zaak is natuurlijk dat binnen de afzonderlijke minderwaardige soortgroepen relatief verheven individuen kunnen optreden.'

*

Ja. Ja en ja. Natuurwetenschap is mooi. Dat moet die Eva hebben gedacht. Ze vond het leuk dat een van de toegevoegde illustraties ontbrak, zodat ze zich er zelf een voorstelling van moest maken en de minderwaardige en hoogwaardige verschijningsvormen zich voor ogen moest toveren. Ze vond het, dat weet ik me te herinneren, een leuke gedachte dat men de mensensoorten onderling kon classificeren met behulp van verhoudingsgetallen en hoeken, precies zoals bij de kristallen, met onwrikbare zekerheid. Daarvoor had men, wellicht, een antropogoniometer nodig. Dat instrument, dacht ze, zou iemand moeten uitvinden, zodat men heel snel en met grote precisie dat soort dingen voor eens en voor altijd kon vaststellen. Dat kwam haar, weet ik nog, niet alleen voor als een nuttige gedachte, maar als overduidelijk correct, een mooie gedachte. Zelf stond ze als het ware een beetje aan de kant van dit alles toe te kijken, zoals altijd.

Zo zou je je de organisatie van de wereld kunnen voorstellen, als de wereld van edelstenen, waarin alles en iedereen fonkelde, volgens zijn eigen karaat en zijn eigenwaarde, zijn kristalorde en zijn onderlinge hoekverhoudingen. Zoals gegeven door God, of door de natuur. Bovenaan de hoogwaardigsten, schitterend en zuiver, in aparte groepen; zij die begrepen en vaardig waren, zoals Vonk, dokter Levin en zijzelf, en dan verder neerwaarts naar de minderwaardige groepen, zoals de catecheet, de controleurs (er was iets met de hoek van de neusrug van een van hen), haar vader en mogelijk Arvid.

*

Arvid: Verduiveld! Hou je je met dat soort smerigheid bezig!? Verduiveld. Verduiveld. Verduiveld.

Want de ramen van Fredheim zijn op tal van manieren te gebruiken, ze werken beide kanten op, en ook Arvid kan op een kist staan.

Hij deed echter niets wat ook maar in de buurt komt van wat een dominante woerd zou hebben gedaan, hij draaide zich gewoon om en vertrok, zonder om te kijken.

Een divertimento

Zo, door die viervoudige aanroeping van Satan, verloor de confirmatie haar betekenis voor mij, ook al bleef er wel een beetje van hangen, en ik kondigde aan dat ik afstand nam van het hele kerkelijke systeem – niet door middel van een plechtige proclamatie, maar door, heel simpel, niet meer naar de lessen te gaan. Ik ging niet meer naar de algemene lessen en ook niet meer naar de privélessen waar ik met mijn zangstem en mijn vacht een soort van bijslaapster was. De catecheet, die stakker, deed alsof er niets aan de hand was, hij durfde niet anders, en hij stelde natuurlijk geen vragen, maar ging verder met zijn prográmma dat, naar ik aanneem, een succes was, ook zonder het bedoelde muzikale hoogtepunt. Toch was er iets uitgelekt, als een geur, als een lichtschijnsel uit een goed verduisterde kamer, want zijn populariteit nam af. Er werd nu over hem gefluisterd, en het zou, naar later bleek, zijn eerste en laatste confirmatieseizoen in ons stadje zijn.

Mijn vader nam mijn plotselinge afkeer voor kennisgeving aan, zoals dat zo mooi heet, zonder verder commentaar of vragen.

Mijn goniometer kreeg ik tóch, net als een jurk en parels.

Hoewel de eerste, de kerkelijke confirmatie zodoende haar betekenis voor mij verloor, beleefde ik een ander soort confirmatie, wat ik mijn geestelijke of noodlotsconfirmatie zou willen noemen. Voor die ritus kon je geen lessen volgen, de voorbereidingen vonden op een heel ander en veel fundamenteler, langduriger en onzichtbaarder niveau plaats. Zodat mijn aanvalspoging op de goochelaar in mijn jeugdjaren, het bijhouden van mijn dagboek, mijn wetenschappelijke interesse, mijn muziekonderricht – alles, alles opeens bij elkaar kwam en de weg wees naar dat ene, spectaculaire, schokkende, verwoestende, maar tegelijkertijd vreemd stichtelijke en bevestigende noodlotsuur: mijn werkelijke confirmatie.

Mijn werkelijke confirmatie verscheen op wielen, in de vorm van een zilverglanzende tourneebus en een vrachtwagen, en het programma was als volgt:

KOMT DAT ZIEN – KOMT DAT ZIEN

Rechtstreeks uit tal van Europese Hoofdsteden
(waar de spelers furore hebben gemaakt,
ook in Wetenschappelijke Kringen)
Presenteert Doctor Johannes Joachim
(Leipzig en Kopenhagen)
Zijn unieke, poëtische en leerzame

VOORSTELLING
OVER DE MENSELIJKE VERSCHEIDENHEID

N.B. ALLEEN DEZE ENE AVOND!

In de Zalen van 'Fredheim',
Zaterdag de 13de December
Om 20.30 uur

Ook geschikt voor kinderen

ENTREE:
Volwassenen 2 Kronen – Kinderen 75 Øre
Kinderen alleen onder begeleiding van hun ouders
Meer dan drie (3) kinderen samen met hun ouders:
Toegang 50 øre per kind

Hoe ik die merkwaardige avond en daaropvolgende dag, met alles wat er gebeurde, moet beschrijven, weet ik niet. *Multa paucis.* Veel zeggen met weinig woorden.

Het was natuurlijk zo, blijkbaar, dat de lucht in Fredheim zinderde van verwachting van 197 kinderzieltjes en hoog opgestookte kachels, want het was 's nachts koud geworden. Het kleine podium van Fredheim was enkele meters verlengd met ervóór gelegde vloerplaten, en opgetuigd met een volledig, inklapbaar proscenium, een purperen toneeldoek en verlichting. Aan stuurboordkant zat een klein vijfpersoonsorkest. Twee geurgolven verspreidden zich door de zaal. De onmiskenbare geur van provincie en dorp steeg op vanaf de rijen banken, gleed verder de zaal in en vermengde zich met de zoetige, bijna vanilleachtige geur van de grote wereld en showmanship die zich vanaf het geavanceerde toneel verspreidde, van schmink, decoratieverf en vreemde talen. En ongeveer op de plek waar die twee geurgolven bij elkaar kwamen, zaten mijn vader, Hanna en ik, even vol verwachting als alle anderen; ik in een nieuwe jurk, met een hoedje en een allesverhullende sluier (daar had mijn vader op gestaan, niet in de hoedanigheid van vader, want dat kon hij niet meer, maar als stationschef).

Ik weet niet helemaal wat ik had verwacht – de verwachting is de schoot aller teleurstellingen – maar ik kan je verzekeren dat ik totaal van slag was. Ik liep al dagenlang met een onrustig, bevend gevoel rond, alsof ik iets onaangenaams voorvoelde, iets wat je wilt vermijden, maar waaraan je je genoodzaakt ziet je te onderwerpen, als een bezoek aan de tandarts of je eigen executie. Daar zat ik dus in de zaal van Fredheim naar het voordoek te staren, vanaf de vierde rij, in mijn nieuwe jurk en mijn sluier, en opeens kreeg ik zin op te staan en weg te lopen van dat intens rode, glanzende, gesloten toneeldoek voor me dat daar als een ongeopende pijn hing. Me een weg naar buiten te banen, zoals gezegd – maar ik zat stevig tussen mijn vader en Hanna in, en bovendien was ík degene die hiernaartoe had willen gaan.

Ja, ík had willen gaan. Mijn vader had niet geweigerd; hij weigerde me sowieso helemaal niets meer.

Toen kwam het tromgeroffel, de fanfare met die eigenaardige, schallende, grote intervallen, en ik schrok op; een witte hand, krijtwit, kwam in de opening van het voordoek tevoorschijn. Hoewel het vermoedelijk maar een paar seconden duurde voordat de eigenaar van de hand zijn extremiteit volgde en voor het publiek naar voren trad, staat dat ene moment, met die witte hand voor die zware, glanzende fluwelen stof, mij voor ogen alsof het even lang duurde als de rest van die afschuwelijke avond.

Die witte hand, gespreid, met lange, elegante, goedgevormde vingers. Het rood. De kier in het voordoek. De kier. Glimmende, goed gemanicuurde vingernagels. Slechts dat ene beeld.

Toen stond hij daar, zijn gezicht bleek als de hand, met het gitzwarte haar achter de wijkende haargrens gepommadeerd en achterovergekamd, en de V-vormige, geheven wenkbrauwen boven de blauwgrijze, grote ogen. In zwart pak met een grote vlinderdas maakte hij een goedgeklede indruk, en straalde hij die mengeling van diepe ernst en frivoliteit uit waartegen het publiek in alle landen, dat is uit ervaring bekend, geen weerstand kan bieden. Ik wel.

In een iets te foutloos Noors begon die gestalte nu aan zijn presentatie die suggestief en hypnotiserend was – maar niet voor mij, zoals gezegd, ik zat totaal onverschillig naar zijn goedgevormde, bleke handen te staren. Aan de ringvinger van zijn rechterhand glinsterde een grote, zwarte, tetraëdrisch geslepen steen in een gouden ring. Als zijn handen niet als puntige, witte kroonbladeren gespreid waren, hield hij ze losjes samengebald; ontspannen en gespannen tegelijk. Dat was alles wat ik zag en opmerkte. Daardoor was ik geheel onvoorbereid toen het doek voor een nieuwe fanfare opzij gleed; de man met de handen leek in het niets te verdwijnen (of wellicht was het eerder zo dat de schijnwerper opeens uitging), en werd vervangen door een duister podium, soffieten en zwarte zijdoeken. Twee lieftallige, in het wit geklede meisjes, met blauwe strikken in het haar, zaten half van het publiek afgewend op een pianokruk achter de piano van Fredheim, die voor de gelegenheid met een wit, gehaakt kleed met gouddraad was afgedekt. Ze begonnen meteen vierhandig te spelen. Of wellicht moet je zeggen driehandig, want het ene meisje hield een hand om de rug van het andere meisje, ook onder het spelen. Dat was wel een beetje eigenaardig, maar zo speelden ze nu eenmaal, en voor hun leeftijd bepaald niet slecht – ze zagen eruit als tweelingzusjes, jonger dan ik, een jaar of elf, twaalf – maar ietwat mechanisch, iets te veel uit het hoofd; *Frühlingsrauschen*. Pas toen ze overeind kwamen, begreep ik het, drong het tot me door, als een merkwaardige, vochtige en plotseling misselijkmakende geur, dat die twee met hun middel met elkaar vergroeid waren en helemaal niet anders konden dan vierhandig spelen, dat wil zeggen driehandig, want de arm van het ene meisje zat, als gevolg van de aard van de vergroeiing, onherroepelijk gevangen achter de onderrug van haar tweeling-zusje, in een eeuwigdurende omhelzing. Met frappant gemak kronkelden ze zijwaarts van het krukje af, wendden zich tot het publiek en maakten een buiging. Daarna pakten ze een ukelele en een fluit en zetten een nieuwe muzikale demonstratie in. Nu het publiek eenmaal van hun situatie was doordrongen, maakte het niet meer uit wat ze speelden; het maakte niet uit dat die twee lieftallige meisjes met lange pijpenkrullen die twee instrumenten veel minder goed beheersten dan het klavier. Want de inhoude-lijke kern van het nummer was nu dat ze langzaam in het rond draaiden terwijl ze speelden, als een merkwaardige, menselijke, tweekoppige krab.

De in het zwart geklede man verscheen weer op het podium, deze keer met een lange, dikke aanwijsstok in zijn witte hand. Die aanwijsstok was buitengewoon suggestief, aangezien die in dit verband zowel een professoraal, serieus indicatie-instrument was als in combinatie met de schijnwerpers herinneringen opriep aan de gesel van de dierentemmer en de bamboezweep van de kameeldrijver.

Slechts als van verre hoorde ik brokstukken van de voordracht van de bleke man, terwijl ik naar die twee staarde, die zo lief-lijk en meisjesachtig glimlachten dat het publiek als betoverd zuchtte. Ik zag nu dat dit wezen in totaal maar drie benen had, maar dat is toch meer dan de meesten van ons hebben, tenminste normaal gesproken.

Aldus geboren … en gedoemd zo te sterven – zei de stem van de bleekscheet, indringend en licht nasaal – want dit is hun lot, aangezien ze een gemeenschappelijke bloedsomloop hebben. De een zal het eerst overlijden, om welke reden dan ook, en na heel korte tijd zal de ander langzaam maar zeker verkoelen en volgen, met elkaar in de dood verbonden als tijdens het leven.

Met een behendige beweging met de aanwijsstok haakte hij twee lussen achter op de speciaal genaaide dubbele jurk van de tweeling los, zodat een rechthoekige flap van het rugpand naar beneden viel en op de grens van het toelaatbare liet zien hoe de twee met elkaar verbonden waren. De huid van hun voeg was glad, zacht, naadloos en natuurlijk. Nu kon je ook een verschrompeld, heel klein vierde been ontwaren dat tussen hen in bungelde.

Een nieuwe zucht van het publiek. Een damesstem zei iets, halfluid en verontwaardigd, een heer achter ons fluisterde – ongetwijfeld tegen een andere heer – dat trouwt ge met d'een, krijgt ge d'ander op de koop toe – moet je je voorstellen … De gebroeders Bunker, zei de bleekscheet, alsof hij precies wist waar de gedachten van het publiek op dat moment onontkoombaar moesten vertoeven – Chang en Eng Bunker, de allereerste Siamese tweeling, trouwde met een andere tweeling, weliswaar een tweeling die niet met elkaar vergroeid was, en ze brachten om de dag hun tijd in ieder hun eigen warme familieschoot door, de ene dag als oom, de andere dag als pater familias. Geschikt voor kinderen, was opnieuw de halfluide, verontwaardigde damesstem ergens in het publiek te horen, en andere stemmen mompelden even verontwaardigd, maar niemand stond op om te vertrekken, kinderen noch volwassenen, want nu veranderde de voorstelling. De twee dubbel lieftallige meisjes verdwenen, en in plaats daarvan stond er een gewone, goedgebouwde man op het podium, gekleed in een tricot van luipaardvel en met een brandende fakkel in de hand; meteen begon hij vuur te spuwen en vuur te doven zodat het in de hele zaal naar petroleum stonk, waarna hij een aantal messen, zwaarden en ander bestek doorslikte, wat een algemene geestdrift opriep, maar ik had mijn gedachten er niet helemaal bij. Ik dacht aan de twee Siamezen en hun gruwelijke, gemeenschappelijke dood. De man op het podium had, zo bleek, naast zijn dagelijkse beslommeringen met zijn dieet ook werk als slangenmens. Nu begon hij zijn lichaam op te vouwen in een lange reeks merkwaardige en oncomfortabele posities, wat stille, maar intense bijval onder het vrouwelijke deel van het publiek oogstte, en alle ergernis was verstomd, in elk geval voor dat moment.

Zijn opvolger op het podium daarentegen maakte veel meer indruk op mij. De man was ook jong, maar iel en ietsje ziekelijk van uiterlijk – maar hij kon voor een heel gewone neuroticus worden gehouden, ware het niet dat er twee extra benen uit zijn buik staken en een extra arm uit zijn heup. Die overdaad aan lichaamsdelen was allemaal van kinderlijk formaat, alsof een jongetje van een jaar of vijf met een koprol pardoes in zijn buik was beland en daar was komen vast te zitten. Het zag er eigenaardig uit, vooral omdat die extra ledematen dezelfde kledij droegen als hun gastheer, namelijk een zwarte smokingbroek met fluwelen rand, en een lichtblauw zijden overhemd, en nóg vreemder was dat ze zelfs eigen aparte bewegingen konden maken. De bleke man verscheen weer met zijn aanwijsstok, nieuwe flappen vielen neer en werden weer vastgehaakt, na de verbanden zichtbaar te hebben gemaakt.

Uit de schouder van de tengere jongeman stak een klomp omhoog, bedekt met een zwarte zijden zak, en nu werd de inhoud daarvan aan het publiek openbaar gemaakt. Het was een klein, verschrompeld, afschuwelijk uitziend kinderhoofd, glimmend en oranjerood, met een verwrongen, verstijfde uitdrukking en haar dat als varkenshaar alle kanten op stak. Het korte ogenblik dat het publiek dit te zien kreeg, gilde het van afschuw, en die glimp was zo kort – zo snel ging de kap er weer overheen – dat ik meteen het duistere vermoeden kreeg dat het hoofd op de schouder een *attrape*, een vervalsing was, in tegenstelling tot het extra stel ledematen dat kennelijk echt was. Die gedachte kwam echter niet bij de rest van het publiek op. Hanna verbleekte, greep naar haar keel, mijn vader kreunde. Het geheel stelde me enigszins teleur.

De bedoeling van die nogal goedkope stemmingmakerij werd echter al snel duidelijk. Toen dat groteske kopje met het borstelige varkenshaar weer was toegedekt, en het in het zwart geklede heerschap zijn kleine, quasimedische voordracht over de fysiologische achtergrond van de vergroeiing had gehouden, ging hij over tot het vertellen van minder wetenschappelijke sprookjes.

'Ja, mijne dames en heren, hoewel van deze resten van een mens die hier uit onze beste Michel steken, niet gezegd kan worden dat die een eigen leven hebben, in elk geval niet volgens de medische wetenschap – vraag je je dan toch niet onwillekeurig af, als je die blinde, automatische, onvrijwillige schokken en bewegingen ziet, als van een gevangene die nog zwakjes aan zijn ketenen rukt – en wanneer je dat gedeformeerde hoofdje ziet, met die afgetobde uitdrukking – vraag je je dan toch niet onwillekeurig af: is hier sprake van leven? Zo ja, wat voor leven dan? En als er leven is, is er dan ook bewustzijn? Zo ja, wat voor bewustzijn? Michel, die nu zevenentwintig jaar is, beweegt zich, zoals u ziet, mijne dames en heren, uitermate behoedzaam, en u kunt ook zien dat hij anemisch is. Hij heeft namelijk een zwak hart; dat is overbelast doordat het voor twee moet kloppen, op zijn minst voor anderhalf. Hoe die twee bloedsomlopen verband met elkaar houden hebben de artsen nog niet helemaal kunnen achterhalen, en Michel is een veelvuldige en graag geziene gast op medische vakcongressen over de hele wereld. Ondanks zijn voorzichtige en langzame manier van doen is hij intelligent en pienter, hij is een jaar geleden zelfs getrouwd. Het paar heeft een kind dat helemaal gezond en normaal is. Kijk, nu schokken de beentjes weer. De vraag is of hier ook sprake is van bewustzijn, en zo ja, wat voor bewustzijn dan? Een bewustzijn op het randje van het bewuste, zou je wellicht kunnen denken, op de grens van het besef van de menselijke gedachte, zijn bewustzijn van zichzelf, in dat nevelige, angstaanjagende grensland naar de twee grote metgezellen en broers, Thanatos en Hypnos, de Dood en de Slaap, – en wie weet wat dáár wel niet gebeurt? Ook al kan de medische wetenschap deze fenomenen niet erkennen, toch heeft onze vriend Michel als klein jongetje al vreemde dingen meegemaakt. Hij groeide op in Puy in Zuid-Frankrijk, in een arm, maar goed gezin dat hem zo goed en zo kwaad als het ging prima verzorgde. Toen al merkte hij dat zijn ongeboren, halfgeboren, ongestorven broer als het ware probeerde iets tegen hem te zeggen, hem dingen te vertellen. In het gezin waren nog drie kinderen, die volkomen normaal waren, en zoals dat zo vaak met broertjes en zusjes gaat, ze kibbelden met elkaar en waren soms boos, of de grotere kinderen hadden geheimen voor de kleintjes, enzovoort. Dan gebeurde het weleens, mijne hooggeëerde dames en heren, dat Michel het gevoel had dat zijn merkwaardige metgezel via hem mee wilde doen aan het leven van de broers en zussen en deel wilde uitmaken van het groepje kinderen waaraan dit halve wezen niet mocht participeren, gevangen als het was in zijn lichaam. Kortom: het was alsof het, vanuit zijn schemerige, onbewuste grensland, de gedachten en geheimen van zijn broers en zussen kon lezen, alsof die door middel van piepjes en kreetjes tot hem kwamen, uitsluitend door Michel zelf te begrijpen. Niet alleen de gedachten van de broers en zussen trouwens, ook die van hun ouders, en in de loop der jaren ook de gedachten van andere mensen. Door de jaren heen zijn de jammerkreetjes die in zijn jeugd alleen voor Michel zelf hoorbaar waren, iets sterker geworden, zodat ze nu ook enigszins voor anderen waarneembaar zijn. Maar nog steeds verstaat alleen Michel wat ze betekenen, zonder dat hij uit kan leggen hoe die bijzondere, primitieve taal voor hun tweeën is ontstaan, laat staan dat hij die kan vertalen. Wanneer ik nu een vrijwilliger uit de zaal vraag, moet ik tegelijkertijd verzoeken om de grootst mogelijke stilte, zodat zowel Michel als u, mijne dames en heren, de geluidjes hoort die dit wezen onder de kap op de schouder van onze vriend maakt …'

Als betoverd zat ik naar deze kletspraat te luisteren, meer gefascineerd door de vertoning en de manier van vertellen dan door de inhoud, want ik weet uit ervaring dat het lezen van andermans gedachten, zelfs die van onbekende mensen, helemaal niet moeilijk is, als je je ogen maar goed de kost geeft en maar goed luistert naar je gevoel, en dat een extra hoofd niet nodig is, alleen maar aandacht en inzicht.

Toch maakten de gedachtenleesexperimenten van die Michel & Halfbroer wel indruk. Die experimenten werden uitgevoerd met de bleke presentator als tolk, aangezien Michel uitsluitend Frans kon spreken, en zijn kleine compagnon onder de kap een nóg exotischer taal, als je het die naam kon geven. De zwarte bult liet iele, knorrende, ietwat klagende geluidjes horen, terwijl verschillende vrijwilligers uit de zaal aan eenvoudige en aan geavanceerde gedachtenleesexperimenten werden blootgesteld – het hele scala van het ontdekken van getallen en figuren vanaf kaarten en borden tot het uithoren over kleine, privéomstandigheden. Een brief die het subject verwachtte, een som geld die onderweg was, een zorg hier, een pleziertje daar, nóg een serie met denk-aan-een-getal; piep-piep klonk het jankend op Michels schouder, *soixante-neuf* mompelde Michel, het getal is 69, zei de bleekscheet triomfantelijk. Het applaus na dit nummer was groot en hartelijk, open en bewonderend; men had langzaamaan sympathie opgevat voor die anemische, bescheiden jongeman en het groteske, parasitaire extrabewustzijn van dat broederlijke aanhangsel van hem, en men verbaasde zich buitengewoon over de geloofwaardige pogingen om gedachten te lezen. Het publiek was klaargestoomd voor meer, je kon welhaast zeggen voor wat dan ook maar, en dat kwam. Maar eerst kwam een van de sterkste mannen ter wereld (ja, wie weet of die man ook niet écht de sterkste man van de wereld was), in een rood tricot, en hij voerde in hoog tempo en heel opgewekt een nummer uit, waarbij hij de sterkste kerels van ons stadje een voor een op het podium haalde, hen uitdaagde, optilde, met hen jongleerde, ja, ik weet niet wat hij níét deed, het publiek hinnikte het uit van het lachen toen het zag hoe de anders zo ruige stadsgenoten door een van de sterkste mannen ter wereld als ballast werden gebruikt. Híj had in elk geval geen slechte bloedsomloop. Een voor een complimenteerde hij de overwonnen woestelingen, zodat ze zich toch een beetje trots konden voelen, voordat hij hen bedankte en van het podium stuurde, hij eindigde met het verbuigen van een paar hoefijzers en het doorbijten van enkele spijkers, toen was hij klaar en werd het voordoek dichtgetrokken. Korte pauzemuziek terwijl achter het doek gestommel klonk.

De bleekscheet verscheen weer voor het publiek.

'Het volgende nummer', kondigde hij eenvoudig aan, 'is de voorstelling van een appositie!'

Ook al begreep niet iedereen in het publiek meteen wat daarmee werd bedoeld, het zou ons allemaal even later toch duidelijk worden. Het doek gleed opzij en een ameublement kwam tevoorschijn, net als in een gewone woonkamer. Leunstoel, sofa, tafel met een fruitschaal. Staande lamp. Coulissen met behang en opgeschilderde wandklok. Een papegaaienkooi met opgezette papegaai. Vloerkleed. Een lage plank met boeken. In de leunstoel een porseleinen poppetje dat tegen een geborduurd kussen leunde. Een kapstok.

Ergens op het podium was een zwak geluid hoorbaar, aanvankelijk zo zwak dat je kon denken dat het van een of ander elektrisch apparaat afkomstig was, misschien van een van de peertjes in de zoemende schijnwerpers, maar toen werd het geluid krachtiger; enkele ogenblikken lang klonk het als het scherpe neuriën van een mug, daarna meer als een iel vogelgezang, en ten slotte hoorde men dat het menselijk geneurie was, een mooi, schitterend geneurie, fijntjes, iel, kristalhelder, dat vervolgens overging in gezang. Het was echter een vreemd gezang, het klonk als een krekel met stembanden en lippen.

Nur, wer die Sehnsucht kennt, weiß was ich leide; in het donker werd ik de zielstevreden zucht van herkenning van cantor Swammerdamm gewaar. Het volgende moment liet het hele publiek een opgewonden kreet horen. Het poppetje op de stoel was opeens in beweging gekomen. Daarna kwam het met een elegant sprongetje op de vloer terecht. Daar bleef het staan, met de hand op de armleuning, terwijl het doorging met zingen.

Nu zagen we allemaal dat het geen pop was, het was een klein meisje, of beter gezegd, een piepklein vrouwtje, helemaal goed

386

geproportioneerd, met gewone, vrouwelijke vormen en de juiste onderlinge afmetingen. Ze was gracieus en slank, maar zo klein dat het onmogelijk zou zijn geweest om je van tevoren zo'n klein, menselijk wezen voor te stellen. Zij was degene die met dat tere, dunne, fluitachtige stemmetje zong, en het publiek was nu volkomen sprakeloos, de vrouwen zuchtten als betoverd en een kindje riep: moet je eens kijken, mama! Zoals ze daar tegen de stoel geleund stond, leek ze maar amper dertig centimeter groot te zijn, maar met het lichaam van een volwassene, en ze had niets van dat bolle van een kind of het houterige van een dwerg. Ik kreeg zelfs meer de indruk dat ze ouder was dan ze op het eerste gezicht leek – iets aan haar handen, iets rondom de grote, geprononceerde blauwe ogen wees daarop. Die ogen waren bijna het meest menselijke en meest aangrijpende van heel haar persoontje, doordat ze aan de te grote kant leken voor de schedel en haar V-vormige poppengezichtje volledig domineerden. Ze zong haar Schubert ten einde. Groot applaus.

Opnieuw verscheen de bleekscheet op het podium, maar hij bleef achter op het proscenium staan, zodat het vrouwtje helemaal tot haar recht kwam in de voorstelling (en, vermoedde ik, een nóg kleinere indruk maakte dan ze wellicht in werkelijkheid was). Bovendien had hij van aanwijsstok gewisseld, hij had er nu eentje die dikker en langer was, maar ik weet niet of dat behalve mij ook anderen opviel.

'Het lilliputvrouwtje Nicoline Federle, mijne dames en heren', zei hij, 'is een van de kleinste vrouwen ter wereld. Ik durf niet te beweren dat ze de allerkleinste is, want in Amerika zouden er nog een of twee bestaan die nog kleiner zijn, maar zij is gegarandeerd, hooggeëerde dames en heren, de kleinste persoon die u ooit hebt aanschouwd, aangezien ze nog nooit eerder Scandinavië heeft bezocht, maar uitsluitend hier zal optreden, deze ene keer, en daarna in de hoofdstad in vier voorstellingen, en daarna in Kopenhagen en Stockholm. U hebt vanavond dus buitengewoon veel geluk! Mejuffrouw Nicoline heeft opgetreden voor de koning van België, de koning van Italië, de prins van Asturië, de vorst van Monte Carlo en een hele reeks andere vooraanstaande personen, en zelfs, toen ze nog heel jong was, voor de keizerlijke familie in Petrograd en Berlijn. Ze is een medisch wonder, een fysiologisch unicum, en heeft met haar getalenteerde gezang en haar beschaafde, aantrekkelijke en vriendelijke karakter de wereld aan haar voeten gebracht. Haar piepkleine voetjes, ja, want mijne dames, Nicoline past, kunt u dat raden? Schoenmaat …? Ik zal u het gepieker besparen, want u raadt het toch niet – maat twintig, en ze moeten speciaal gemaakt worden, want haar voeten zijn te smal en te rank voor gewone kinderschoenen. Gelukkig bestaat er een meesterschoenmaker in Parma die haar verafgoodt, haar aanbidt – hij maakt ook het schoeisel voor de hertogin van Parma, dus we hebben het hier niet over een gewone schoenlapper, maar over een echte modekunstenaar – en hij voorziet mejuffrouw Federle van alle schoenen die ze begeert, in alle kleuren en varianten, voor allerlei gelegenheden en jaargetijden, helemaal gratis, als ze in ruil daarvoor een heel enkele keer voor hem en zijn familie optreedt. Ze is sowieso erg geliefd bij de meest vooraanstaande leden van de kleermakersgilden op het hele continent, die, *con amore*, en door er veel tijd en moeite aan te besteden, de kostbaarste kledingstukken voor haar ontwerpen en vervaardigen, omdat ze dit zien als een unieke vakinhoudelijke en artistieke uitdaging. Haar prachtige jurk van witte zijde die u nu ziet, mijne dames, is gecreëerd door Drollinger in Parijs, en is een exacte miniatuurkopie van een feestjurk die hetzelfde modehuis in 1863 voor keizerin Eugenie creëerde. Laat ons daarom, mijne heren, mijne dames, Nicoline Federle een hartelijk applaus geven, voordat ze opnieuw een nummer voor ons gaat zingen, deze keer van het lichtere genre.'

De hele tijd, terwijl de ceremoniemeester zijn korte causerie hield, aanschouwde ik dat wezentje op het podium, dat van haar kant haar blik strak leek te richten op een ver punt, achter de achterste rij, aan gene zijde van dit provinciale publiek. In Petrograd, dacht ik, of nog verder weg. Ze glimlachte de hele tijd, met gesloten lippen, en haar blauwe, bovenmatig grote ogen straalden en fonkelden. Maar het geheel had iets afwezigs en automatisch. Die afwezigheid, die ontzielde onaangedaanheid en onaantastbaarheid raakte mij diep. Langzaam draaide ze van de ene kant naar de andere, zodat het publiek haar van verschillende kanten kon bekijken.

In haar moedertaal begon Nicoline Federle een nieuw lied te zingen, rustig, heel rustig begeleid door het kleine orkest; het was het vrolijke, oude liedje 'Die Klappmühle', dat mijn meeste landgenoten zullen kennen als een drinklied, met als refrein *schaam je als je niet* ... Het was lieflijk, snoezig en raar om haar iele, glasachtige stemmetje te horen als ze bij het klipklap van het liedje was aangekomen. Dan lachten de toehoorders goedmoedig, en Nicoline Federle glimlachte en fonkelde, met haar blik op de zalen van het Winterpaleis gericht.

In het vierde couplet gebeurde er iets onverwachts. In plaats van haar lieflijke 'klipklap' te laten horen, sloot Nicoline Federle haar lieftallige lipjes en luisterde, met haar lieflijke handje tegen haar lieflijke oortje, in een even lieflijke, ietwat overdreven houding, naar wat er tussen de coulissen gebeurde. Daarvandaan was nu een diep brommend, bijna donderend 'klipklap' te horen. Het effect van die basstem was erg komisch en iedereen lachte. Hetzelfde herhaalde zich met het volgende klipklap, waarop de donderende stem bij het refrein inviel met een diepe, niet helemaal zuivere tweede stem. Toen het volgende couplet was ingezet, gebeurde het. Aan de linkerkant van het podium werd iets zichtbaar, en dat was zwart en glom; even dacht ik dat een nieuwe coulisse ter decoratie werd binnengebracht. Toen zag ik het, de brommende stem maakte zijn entree, gehuld in rokkostuum en hoge hoed. Hij was zo groot dat hij moest bukken om het podium op te komen; toen rechtte hij zijn rug en stond daar in al zijn volle glorie en lengte, terwijl hij in diepe ernst het liedje voltooide, een paar passen vóór Nicoline Federle, en het publiek barstte in een spontaan, enthousiast applaus uit. Als men al niet had begrepen wat de conferencier met zijn aankondiging 'voorstelling van een appositie' had bedoeld, dan begreep men het nu wel. Zodra het lied ten einde was, begonnen de twee figuren op het podium onder een oorverdovend applaus aan het volgende nummer; de muziek zette een langzame wals in en de naamloze reus stapte klunzig op het miniatuurvrouwtje af, lichtte zijn hoge hoed en vroeg haar ten dans. Ze neeg terug.

Het was een onbegrijpelijk gezicht, aangezien de dame haar cavalier amper tot de knieën reikte. Hij moest kromgebogen dansen, en dan nog had hij bepaalde problemen om met zijn enorme poten haar handen te bereiken.

'Mijne dames en heren!' klonk het luid van de annonceur, die nu stilletjes weer op het podium was verschenen, maar deze keer bijna helemaal achteraan: 'Laat mij u met veel genoegen en trots voorstellen aan de grootste man van Europa, gevierd en gefêteerd over de hele wereld, uw eigen Simson Grimson uit onze eigen provincie Telemark!'

Eindeloos gejuich. Alsof de buitengewone lengte van die persoon een deel van de eervolste eigenschappen van de natie weerspiegelde. De twee, Nicoline Federle en Simson Grimson, waggelden nog even op het podium heen en weer, zongen nog een liedje, en de conferencier voorzag ons van feiten uit hun biografie en fysiologie, alsmede van het opmerkelijke feit – en dat bracht hij doelgericht op hetzelfde moment als waarop Simson Grimson dat sierlijke figuurtje met zijn grote, gele handen naar zijn gezicht optilde, voorzichtig en vol verwondering, alsof hij een kind was dat een kristallen schaal optilde of Hamlet die de schedel van Yorick optilde – op dat moment liet de conferencier, met de weergaloze timing van de grote showmaster, ons dus weten dat die twee, Simson en Nicoline, in Brussel waren verloofd en binnenkort in Stockholm zouden gaan trouwen.

Geestdrift overviel de schare toehoorders als wanneer de windlade van het orgel een aanloop neemt en de allergrootste orgelpijpen vult, de mensen schreeuwden het uit van enthousiasme over die verlovingsaankondiging, over het feit dat twee mensen gingen trouwen. Dat begreep ik niet helemaal: ook al vormden ze nóg zo'n macaber paar, ik vond het niet alleen een privé-aangelegenheid, maar bovendien een zaak die met de allerveelvuldigste veelvuldigheid voorkomt. Het was net als bij een prinselijk huwelijk. Toen de aanstaande, piepkleine bruid gracieus haar tengere, amper duimbrede hand uitstrekte en de grote, kostbare verlovingsring met diamant van juwelierszaak Geiger in Brussel toonde, wilde aan het enthousiasme maar geen einde komen. Zelfs de anatomisch gekleurde opmerkingen van de heren op de achterste rijen gingen volkomen ten onder in de algemene vreugde over dit ongelijke paar, dat zo vriendelijk, geslaagd, goedmoedig en harmonieus te midden van al die lichamelijke disharmonie leek. Zoals wanneer het monster de schoonheid krijgt, de ijsbeer de prinses, de jongen de pop in het gras, Simson Delila (of dus Nicoline); het was ongelooflijk. Zelfs mijn eigen vader leek bijna gelukkig bij die verlovingsaankondiging en hij glimlachte enthousiast naar Hanna en mij. Ik dacht aan Andreas Bauer in Kopenhagen, en ik vroeg me af of Simson Grimson even groot toegerust was als je je kon indenken, en of Nicoline Federle prijs stelde op zo'n grote ptak.

Nicoline en Simson eindigden hun voorstelling met het zingen van een duet, nu en face, naar het publiek gericht; *Mann und Weib und Weib und Mann, reichen an die Gottheit an*, in een iets vereenvoudigde en verkorte versie, de muziek van de goddelijke Mozart, met de tekst van de iets minder goddelijke Schickaneder, en wat Simson Grimson overduidelijk aan intonatie en gehoor miste, maakte hij goed door zich helemaal aan het eind tot het opgezweepte publiek te wenden en te zeggen, in een Noors dat al een lange weg had afgelegd, in vele landen: 'Hatelijk, hatelijk dank.'

Waarop hij zijn hand hief, als een zware steen, en zo bleef staan terwijl hij stijf en langzaam naar de mensen wuifde en glasachtig glimlachte, en toen gleed het doek dicht. Daverend applaus, nieuwe muziek van het orkest als onderbreking tussen twee akten, maar toen werden de lampen gedimd, het licht veranderde van kleur; de bleekscheet had nóg een hoogtepunt in voorraad.

De muziek ging over in langzaam, diep tromgeroffel. Boven de trommels uit was een hobo te horen, die een wilde, maar tegelijkertijd melancholieke enkele stem in mineur speelde.

'In de jungle van Borneo,' begon de doctor met zalvende stem en hij had het publiek nu volledig in zijn greep zodra hij zijn mond opendeed, 'in een van de meest afgelegen en ontoegankelijke oorden van onze aarde, leven nog steeds onontdekte volken en stammen, met de vreemdste gewoonten en rituelen, en met de opzienbarendste uiterlijkheden en fysiologische degeneratie. Waarachtig, waarachtig: de mens is, in al zijn gedaanten, veelzíjdig. Veelzijdiger dan hij zichzelf kan voorstellen ...'

Het doek gleed opzij voor een donker podium, waar men de omtrek van coulissen kon vermoeden die waren uitgesneden als palmbomen, lianen en bamboestruiken, mangroves en andere exotische vertegenwoordigers van de junglebotanica, en op hetzelfde moment vulde het podium zich met een nevel, vermoedelijk afkomstig uit emmers vol droog ijs aan beide kanten van het podium, want de mist gleed als een dikke, witte vloeistof over de podiumvloer. Vanuit de coulissen waren nu zwak getjilp en dierenkreten te horen, heel geloofwaardig door het personeel ten gehore gebracht, en op het achterdoek doken flakkerende schaduwen van gebladerte op. Het was prachtig uitgevoerd. Naarmate het licht op het podium een ietsje feller werd, of je ogen aan de duisternis gewend raakten, kon je meer details van de aankleding op het podium ontwaren – een lange, overwoekerde boomstam die overdwars in een licht hellende hoek lag, verschillende struiken en bosjes, en een rots, kunstzinnig gemaakt van papier-maché, aan de rechterkant van het toneel. De hele tijd stroomde de nevel over de vloer, en alles wat ik in me opnam had iets vulgairs, half mistigs, en dat verblufte me en maakte het geheel nog onwerkelijker, avontuurlijker en realistischer tegelijk. Pas na een tijdje drong het tot me door dat voor het hele podium een strakgespannen, doorzichtige doek zat – ik weet nu dat dit canvas heet – die bij belichting vanaf de achterkant doorzichtig wordt, maar bij belichting vanaf de voorkant verbleekt en zijn opaciteit verliest. Dankzij telkens onderbroken schijnwerpers was het alsof de jungle telkens uit de golven opkwam en er weer in wegzakte, tevoorschijn kwam, verdween, en door het canvas ontstond er op hetzelfde moment een diffuus onderwatergevoel.

'In het regenwoud van Borneo leven luiaards en halfapen, maki's, leguanen, zeeschildpadden en reuzenslangen, en hier deed in 1909 een groep Australische ontdekkingsreizigers de volgende buitengewone en schokkende ontdekking, toen ze in opdracht van de houtindustrie van Borneo het gebied in kaart probeerden te brengen. Binnen een uiterst primitieve stam van junglebewoners die nog zo achtergebleven leefden dat ze in grotten en bladerhutten woonden, en waarvan de oudste stamleden nog met het kannibalisme bekend waren, ontmoetten de verblufte, geciviliseerde heren het volgende wezen, het vreemdste wezen dat ze ooit in hun leven hadden gezien ...'

Binnen in de opening van de papier-machégrot kon je beweging waarnemen, daarbinnen bewoog een figuur en de muziek veranderde van karakter – de trommels namen in volume toe, ze gingen sneller en het geluid werd nog donkerder. Ook het licht wisselde, werd nog roder. Het publiek keek zich de ogen uit.

Uit de kunstmatige grotopening stak nu een hand naar voren. Wederom stond de tijd die avond stil, als de maan in het dal van Ajjalon, en ik zal dat nooit vergeten, hoewel ik het eigenlijk op exact dat moment juist wel wilde vergeten, maar ik kan het niet, wil het misschien toch ook niet, dat is het punt; een lange, rimpelige, op een klauw lijkende hand die zich uitstrekt in het rode licht, de jungle van Borneo in, en vervolgens de gestalte, die met een sprong buiten de grot staat. Een aap, nee, een monster was het, met gespreide benen, in een dreigende houding. Tromgeroffel. De mensen gilden van afschuw, dames vielen flauw. Een aap, nee, een monster. Nee. Een halfnaakt vrouwenlijf met een gedeformeerde schouderpartij, gehuld in een paar eenvoudige huiden die slechts het allernoodzakelijkste bedekten. Een vrouw met een groot, afschuwelijk hoofd, waarin een halfopen mond ons de tanden liet zien, als de mensaap in het apenverblijf in Kopenhagen – maar dit was een aapmens in het mensenverblijf van ons stadje – een blootgelegde rij tanden midden in een gezicht dat was bedekt met een ruige, zwarte, stijve baard en haar, een beharing die haar weg vervolgde langs de hals en de gedeformeerde schouder, en verder naar de bedekte borsten. Ook de benen hadden hetzelfde zwarte ruige haar, tot ver op de dijen. Alleen in het midden was haar hirsutisme iets minder. De mensen gilden van afschuw en verbijstering. Is dit een dier? Is dit een vrouw?

'Is dit een dier,' vroeg de scherpe stem van onze dienaar retorisch, 'of is dit een vrouw? Of is het iets daartussen in, een overgangstoestand tussen de twee, overgeleverd en overgeërfd door een vorm van atavisme, onder de meest primitieven van alle primitieven? Deze vraag stelden de ontdekkingsreizigers zichzelf ook, ja, dat móésten ze zichzelf wel afvragen, toen ze voor de eerste keer oog in oog kwamen te staan met dit merkwaardige wezentje.'

Als op commando stootte dat merkwaardige wezentje een onmenselijke, wilde kreet uit, zodat de mensen opschrokken van hun stoelen, en het leek wel alsof het een soort krijgsdans uitvoerde, maar dan wel log en onhandig, ogenschijnlijk ietwat onwillig, op het ritme van de ophitsende trommels.

'Dier of mens? Dat was alleen bij nadere toetsing vast te stellen.'

Zelfs in het donker kon ik zien dat mijn vader krijtwit en stijf op zijn stoel zat, net als Hanna. Helemaal kleurloos, in het gekleurde licht.

Een stem, halfluid, ergens achter in de zaal: 'Wij hebben er ook zo eentje!' Gelach. De sfeer werd ietsje luchtiger, er klonk gemompel, zelfs bijna geen gemompel, maar nogal luid, eigenlijk, hoorde ik mijn eigen naam als een echo tussen Borneo's rotsen. Ik bekeek het monster dat daar op het podium in het rond waggelde, halfnaakt, met haar gedeformeerde gezicht en gebochelde schouder.

De conferencier had het publiek weldra weer in de hand,

haalde ons in, proclameerde: 'Dier of mens, u kunt het zelf zien, mijne heren, mijne dames …'

Nu werd duidelijk waar de ijsnevel, het gedimde licht en het voor het podium gespannen canvas voor dienden. Fatsoenlijk half verborgen door dit alles begon het wezen zich van enkele kledingstukken van dierenhuid te ontdoen, terwijl het haar suggestieve dans voortzette. De schending van haar kuisheid bleef binnen de proporties en men kon juist voldoende van haar naaktheid zien. Het enige wat nog in dit junglescenario ontbrak was de Borneose versie van hoofdzuster Holmboe.

'Het mensdier Arbora, mijne dames en heren!' verkondigde de stem, toen niemand meer aan haar vrouwelijkheid kon twijfelen, en wederom hoorde ik mijn naam door de zaal gonzen terwijl zij haastig haar kledingstukken weer aantrok, om de algemene moraal niet langer dan luttele seconden te krenken.

'Zo, helemaal wild, werd ze gevonden, en zo kwam ze naar Europa, en later, langs vreemde omwegen, naar mij, volledig zonder taal en beschaving, een kant van haar wezen die in hoge mate onveranderd is gebleven. Er was er echter één in mijn etablissement die in staat was haar te verstaan, haar wensen en lusten te begrijpen, ook al gebeurde dat langs bovennatuurlijke, of laten we liever zeggen, langs telepathische weg. Hij werd ook de man in haar leven, verloste haar van het dierlijke uiterlijk, werd haar beschermheer en echtgenoot. Mijne dames en heren, ik heb het nu natuurlijk over niemand anders dan onze vriend van eerder deze avond – Michel.'

Michel maakte opnieuw zijn entree onder een verward, ongelovig applaus. In profiel stak zijn extra set ledematen hoog in de lucht voor hem uit, hij liep naar zijn echtgenote die nu weer volledig gekleed was, dat wil zeggen met het weinige dat ze bezat, en die een kokette reverence voor hem maakte. Waarop hij zonder verdere concessies aan de etiquette de twee uitstekende, extra benen, over haar schouders slingerde; de trommels gingen opeens op een ander ritme over, de blazers volgden, en plotseling bevonden we ons, muzikaal gezien, niet langer in een antipodische jungle, maar midden in een ontstellend brutale en frisse shimmy, en die absurde wisseling werd nog absurder doordat het mensdier Arbora nu luchtig en wiegend dicht tegen haar man aan danste, die even wiegend met haar leek te dansen en tegelijkertijd schrijlings over haar schouders leek te zitten, als een incubis op zijn slachtoffer. Misschien heeft ie er twee, riep een stem ergens in het donker, zodat hij op twee plaatsen tegelijk kan stoten. Gelach. Opnieuw hoorde ik mijn eigen naam als droog gebladerte in de nachtwind van de losbandigheid ritselen, het ritme werd ietwat *accellerando*, de blazers zetten harder aan, jankend; het nummer naderde zijn hoogtepunt, toen de twee voetjes in lakschoenen op de schouders van het mensdier ook begonnen te shimmyen; springend, wrikkend, wiegend, alsof een hand in de soffiet aan onzichtbare marionetdraden trok, onder lachsalvo's van de toeschouwers. De rest merkte ik echter niet meer, en helaas ook niet de apotheose van de voorstelling, de *grande finale*, want mijn vader en Hanna waren eindelijk en gelijktijdig bekomen van hun verdovende schok door die zeer kindonvriendelijke voorstelling, in elk geval voor poezenkinderen; mijn vader pakte me resoluut bij de hand, nee, om mijn pols, Hanna legde de sjaal over mijn rug en zo, enigszins struikelend in het donker langs de nauwe rij stoelen, schoven en trokken ze me Fredheim uit, weg van dit alles, van de turende blikken en de ophitsende muziek en al die menselijke veelvoud die we nu hadden aanschouwd, de koele, mistige winternacht in, even ijsachtig nevelig als Borneo's theaterjungle, leek me; weg en op huis aan.

Ik kreeg de finale dus niet mee, zoals gezegd, maar ik ben ervan overtuigd dat die groots en fantastisch was, werkelijk fantastisch.

Toegift

Een stille, ijskoude nevelige stille ochtend zonder wind. Treinen razen voorbij. Maar die wekken haar niet. Ze wordt wakker van stemmen in het huis. Ze ontwaakt uit een droom, er is iets walgelijks en plakkerigs in haar vast gaan zitten, in haar vacht, tussen haar borsten. Ze glijdt het witte ochtendlicht binnen. Ergens achter haar, waar dat plakkerige vandaan komt, deint een grote duisternis. Nu glijdt ze naar binnen, of naar buiten, het witte ochtendlicht in, er is niet meer van de droom te merken dan dat kleverige, plakkerige gevoel aan de voorkant. Ze heeft gezweet. Ze is wakker geworden van stemmen. Ver weg, in een andere kamer. De stem van haar vader, en toen nog eentje, die ze niet kent, niet eerder thuis heeft gehoord, maar die toch zo vreemd bekend overkomt. Slechts als een gezoem, ver weg, twee toonhoogten door muren en behang heen. De woorden kan ze niet onderscheiden. Ze staat rustig op, slaat haar duster om zich heen, sluipt op geluidloze poten door de goed dichtzittende deur naar haar kamer, die ze zonder enig gepiep opent; ze heeft hem zelf gesmeerd, zowel de hengsels als het deurklinkmechanisme, om zichzelf nooit te verraden. Het geluid komt uit de woonkamer, aan het eind van de gang. De woorden kan ze niet onderscheiden, maar ze weet, zonder te weten waarom ze het weet, dat die stemmen van haar zijn, over haar gaan, van haar zijn. Erheen. Over de loper in de gang, op voeten licht en stom als vallende sterren, in de richting van de kamerdeur, het oor ertegenaan, kom dichterbij, de stem van haar vader: '... geen sprake van, absoluut niet. Ik kan alleen herhalen wat ik u al heb gezegd. Bij twee eerdere gelegenheden.'
    De andere stem, de vreemde, met zijn zangerige, zachte toon: 'Zoals gezegd, meneer Arctander, ik ben heel deze lange weg gekomen om nogmaals met u te spreken. Ik ben open en eerlijk tegen u geweest, heb u gisteravond precies laten zien wat haar

te wachten zou staan. Niet meer en niet minder. In goed en kwaad.'

'In al zijn gruwelijkheid, zult u bedoelen', spoot de stem van haar vader.

'Wel … dat is úw mening. Die mag u hebben. Maar was datgene waarvan u gisteravond getuige was eigenlijk gruwelijker dan vele andere dingen, bijvoorbeeld een medisch theater, met artsen en professoren – zoals in Kopenhagen?'

'Onsmakelijk, dat was het!'

'Maar de mensen vermaakten zich, meneer Arctander. Ze vermaakten zich. En met dat woordje "vermáák" bedoel ik veel dingen: ze werden geamuseerd, verstrooid, verschrikt, geëngageerd, een klein uurtje. Ze raakten ontroerd, verrast, wellicht ook verbijsterd of gechoqueerd of geïrriteerd – jawel – maar niemand van de aanwezigen bleef onverschillig bij wat hij zag. Anders zou het immers een gewone, doodse, onfeestelijke winteravond zijn geweest in dit kleine, charmante, maar uitermate, als ik het zo mag zeggen, provinciale plaatsje. Begrijpt u, meneer Arctander? De mensen willen het zo; ze mogen zo geschokt zijn als ze maar willen. De mensen willen het zo. Ze willen het zo. Ze vinden het leuk. Sommige dingen kunnen wel een schok zijn voor tere zielen, de *beaux-esprits*, of de moralisten, maar ook zo'n schok maakt deel uit van het amusement. Zo hou je beaux-esprits, moralisten en academici namelijk bezig: men schokt hen. Dat is hun vorm van vermaak. Diep in hun hart vinden ze dat leuk, dan krijgen ze namelijk iets om zich aan te ergeren.'

Ze hoort haar vader diep, diep ademhalen, voordat hij antwoordt: 'Wat u zegt, is lariekoek, niets anders. Voor dat soort dingen moet u verder achtergebleven gebieden in …'

'Meneer Arctander, ik bén in het meest achtergebleven gebied dat maar enigszins mogelijk is …'

'U drijft graag de spot met dingen. Ik vind u behoorlijk schaamteloos.'

'Het was absoluut niet mijn bedoeling impertinent te zijn. Maar wanneer ik een nogal dure voorstelling naar zo'n klein plaatsje als dit breng, buiten de goede manieren en het seizoen en alles om, doe ik dat natuurlijk niet omdat het rendabel is, helemaal niet, maar uitsluitend met het doel u te laten zien ...'

'Dit gesprek gaat in een kringetje, meneer Joachim. Net als vele jaren geleden. Hoe u zich ook wendt of keert, daar heb ik niets mee te maken. Volgens mij kunt u nu beter gaan.'

'U kunt rijk worden, meneer Arctander. Uw dochter ook. In elk geval heel, heel welgesteld.'

'Vaarwel, meneer Joachim. Wat denkt u dat haar moeder zaliger gezegd zou hebben? Of wat men hier ter plaatse over mij zou zeggen, als ik me met zoiets zou inlaten?'

'U hebt geen idee, meneer Arctander, werkelijk geen idee over de honoraria die men op het continent in rekening kan brengen ...'

'Geen sprake van.'

'Of in Amerika. Wat kan het u dan schelen wat men er hier van vindt? Meneer Arctander, ik bied u goud en u denkt dat het glimmende steentjes zijn. Uw dochter kan de wereld zien. Amerika. Amerika! Berlijn, Parijs, Londen. Welke mogelijkheden zal ze, realistisch gezien, híér hebben?'

Haar vader haalt weer hijgend adem, maar hij antwoordt niet.

'Ze zal samenzijn met anderen die – niet als zij, want zij is uniek, uitzonderlijk – maar met anderen die gemeenschappelijkheid vinden in juist het feit dat ze allemaal anders zijn, ieder op hun eigen manier. In mijn troep zit niemand die zijn wenkbrauwen ophaalt omdat iemand anders is. Ze zal niet langer eenzaam zijn. Ze zal de wereld te zien krijgen. En ik kan u verzekeren dat ze geen enkele overlast zal meemaken. Vraag al mijn protegés – vraag wie u maar wilt! – of ze onder mijn bescherming ooit overlast hebben ondervonden. Het antwoord zal altijd hetzelfde zijn. Ze wonen goed, eten goed, reizen eersteklas, verdienen goed en ontmoeten prominente personen in Oost en West, edelen, vorsten en vorstinnen, koninklijke hoogheden, ministers, kunstenaars en wetenschappers. Ik zorg er altijd voor dat de jongsten in de troep een opleiding krijgen, met goede leraren, ze leren talen, manieren, etiquette, muziek, dans. Talen leren ze trouwens vanzelf, bereisd als ze worden. Het mensdier van gisteren, ha, u zou haar in persoon moeten ontmoeten, ze is in werkelijkheid een uitermate geciviliseerde mens die helemaal niet uit de jungle van Borneo komt, maar uit Portugal, en ze spreekt Frans en Fins.'

'Het doet er niet toe wat u zegt, mijn dochter heeft Fins noch Frans nodig en is toch niet te koop.'

'Daarvan is toch helemaal geen sprake, luister: kijk naar mij. Kijk. Ziet u deze dasspeld? Ja, dat is echt een robijn. En de manchetknopen. Kijk ernaar. Ik ben hier rijk van geworden. Maar mijn protegés krijgen altijd uitbetaald en zijn even rijk geworden. Ze zijn op een eerlijke manier aan hun geld gekomen. Als u eens wíst wat voor geld er in deze business omgaat, nou ja, maar het is eerlijk werk, zoals gezegd, dat verzeker ik u. En om heel eerlijk te zijn: ook heel eenvoudig en weinig vermoeiend werk. Stel u eens voor, dat u in uw levensonderhoud kunt voorzien en nog meer ook, gewoon *door uzelf te zijn*, elke avond een kwartier lang. Alleen door, bijvoorbeeld, uw snor te laten zien – ja, nee, meneer Arctander ...'

'Ik denk dat u nu moet gaan, meneer Joachim. Het spijt me dat u zich de moeite hebt getroost heel deze lange weg te komen met al uw personeel en die hele uitrusting, maar ik ben écht niet degene die u heeft gevraagd om...'

'*De rien, de rien!* Meneer Arctander, u hebt mijn adres, mijn telegramadres en dat van mijn agenten. Wanneer u op enigerlei wijze uw mening over de zaak mocht herzien ... Ik verzoek u, dringend: denk aan het geluk van uw kind, aan haar toekomst.'

'Die heb ik juist in gedachten.'

'Maar daarover hebt u toch, neem me niet kwalijk, helemaal geen gedachten! Wat gaat u doen? Haar naar een klooster sturen? Haar hier gevangen houden in dit gehucht, op haar kamer? Neem me niet kwalijk dat ik zo vrij ben, maar u bent een bejaarde man. Op een dag kunt u haar niet langer beschermen of troosten.'

'Nu moet u gáán', zegt haar vader. 'Eva wordt zo meteen wakker. Ze mag u hier thuis niet zien. Het was al moeilijk genoeg om haar gisteravond te kalmeren – we hadden nooit moeten gaan – en als ze dan ook nog moet zien hoe u …'

'Mag ik haar ontmoeten?'

'Nee. Onder geen beding. Vaarwel.'

Zware stappen in de richting van de deur. Snelle voeten reppen zich door de gang, de deur valt achter haar dicht. Terwijl ze het geluid van hakken op de trap naar beneden hoort, ligt ze onder de deken, op haar buik, en hoort haar eigen hart zo bonken dat haar hele lijf beeft en trilt.

*

Sluipt ze naar buiten, na een zondagsontbijt dat nooit helemaal plaatsvond, omdat ze aangaf misselijk te zijn?

Maakt ze een omweg naar het hotel, bibberend in de witte ochtend?

Als ze dichterbij komt, ziet ze van een afstand dat buiten een kleine samenscholing van nieuwsgierige mensen staat, ze verbergt zich onmiddellijk in een portiek. Via binnenplaatsen en over omheiningen kruipt ze in de richting van de tuin van de kantonrechter recht tegenover het hotel, en sluipt waakzaam de toegangspoort binnen. Daar gaat ze op haar hurken achter enkele afvalhopen zitten en gluurt naar het statige hotelgebouw. In de eetzaal zitten de gasten nog aan het ontbijt, ze kan zien hoe de ober achter de ramen heen en weer loopt.

Heeft ze het koud?

De mensen in de kleine menigte rekken hun hals uit om zo mogelijk een extra, gratis glimp op te vangen van die merkwaardige lieden daarbinnen. Ze begrijpt dat zij niets te zien zal krijgen zonder zelf gezien te worden. Ze is opgewonden, nerveus, geagiteerd, ze snapt niet waarom ze hierheen is gegaan.

Ik ben opgewonden, nerveus, geagiteerd. Ik begrijp niet waarom ik hierheen ben gegaan. Maar ik móést hierheen.

De zilverkleurige tourneebus is al voor de ingang gereden, en het hotelpersoneel is al bezig koffers en reiskisten in te laden. Vanuit haar schuilplaats achter de afvalhopen van de kantonrechter kan ze bijna alleen maar de ruggen van de menigte ontwaren, maar ze hoort dat de bus de motor start als hij volgeladen is. Dan rijdt hij achteruit naar de ingang. Ze ziet niet maar vermoedt dat de toegangsdeur opengaat; en uit de reactie van de te hoop gelopen mensen, uit hun kleine, bijna jammerende o en ah maakt ze op dat ze nu hun kortdurende toegift krijgen, waarbij de vreemd uitziende mensen haastig naar buiten worden geschoven, ongetwijfeld gehuld in sluiers en andere bedekkende, mystificerende kleren, ze ziet het voor zich, de paar meters van de stoep naar de bus, waarin de gordijntjes voor de ramen al van tevoren door de chauffeur routineus zijn dichtgetrokken. Ieders aandacht is deze paar seconden gericht op dat spitsroedenlopen tussen deur en deur; als er nu een nijlpaard door de Storgate zou lopen, zou niemand dat zien, dus verzamelt ze moed om omhoog te komen om te spieden, maar toch wordt haar zicht niet beter. Haar hart bonkt in haar keel. Het ergert haar dat ze het niet kan zien, maar ze begrijpt niet waarom haar dat ergert.

Ik begrijp niet waarom me dat ergert.

Dan draait iemand aan de rand van de mensenmassa zich om.

Ze heeft hem de hele tijd gezien, zijn rug, hem herkend aan zijn kuif die onder de puntmuts vandaan steekt, hem juist aan de rug herkend, maar er geen aandacht aan willen besteden. Hij draait zich om, alsof hij precies wist waar ze staat, en richt zijn blik opeens recht op haar, ernstig, gevaarlijk. Precies op het moment dat de bus in beweging komt, wendt ze zich af; ze holt, nee, ze rent over binnenplaatsen en andere afgelegen plekken, waar alleen zij de geheime weggetjes en onzichtbaarheid scheppende

topografie kent, want het is niet zo dat ze alleen maar opgewonden, nerveus en geagiteerd is, ze weet nu ook dat hij haar
achtervolgt, ergens achter haar is, of ze denkt dat ze dat weet,
maar ze heeft een voorsprong. Bovendien weet ze opeens waar
ze heen moet, weet het zodra ze begint te rennen, ze gaat naar
Fredheim, en het is van het grootste belang daar te zijn voordat
de bus arriveert, die een omweg moet maken, terwijl ze als een
konijn langs hagen en struiken snelt, door omheinde stukken
land en achtertuinen, de heuvel op en dan opnieuw ineengedoken, buiten adem, achter de jeneverbesstruiken op het heuveltje
in de tuin van Fredheim staat, juist op het moment dat de bus
schokkend in de laagste versnelling aan komt rijden.

Zoals ze al dacht staat daar de tweede wagen van het gezelschap, de vrachtwagen voor de coulissen en de toneeluitrusting,
te omvangrijk om in de bagageruimte van de bus te kunnen. De
leden van het technisch personeel, alsmede van het orkest, bergen daar nu de laatste kisten en zakken in op. De kleine stoet zal,
zoals ze al vermoedde, hier worden herenigd, om samen verder
te rijden.

Om haar heen geuren jeneverbessen en vorst. De zilvergrijze
bus stopt kop aan kop met de vrachtauto, de chauffeur trekt
de handrem aan. De deur gaat open en de passagiers stromen
naar buiten, opmerkelijk snel, alsof ze urenlang onderweg zijn
geweest; ze is getuige van de rationele tijdsbesteding van professionele reizigers – dat begrijpt ze, ze is immers aan een perron
opgegroeid. Wanneer grote delen van het leven in een coupé
worden doorgebracht, wordt zelfs een vijf minuten durend verblijf in de frisse lucht een belangrijke en welkome aangelegenheid
van enkele ogenblikken in een tot stilstand gekomen werkelijkheid; ze heeft de handelsreizigers gezien die op het perron hun
benen strekken, een sigaret in de mondhoek. Hoe ze bedaard
naar buiten stappen, hun rug rechten, even stilstaan, om zich
heen kijken, omhoogkijken, een stilstand, een rust, een stukje
aanwezigheid heroveren, waarna ze de sigaretten tussen de rails
smijten op het moment dat het fluitje voor vertrek klinkt, altijd

met datzelfde nonchalante knipje van de vingers, de rug resoluut naar hun korte verblijf wenden en de trein binnenstappen, zonder om te kijken.

Zo, precies zo, gedraagt het merkwaardige reisgezelschap bij Fredheim zich, terwijl ze wachten tot de laatste kisten in de vrachtauto worden gepropt. Ze steken sigaretten op en strekken hun benen, begroeten hun muzikale en technische collega's, vriendelijk maar kort en op afstand – ze bewaren sowieso onderling een zekere afstand, want in een coupé word je toch al zo opeengepropt; dat alles begrijpt ze meteen, alsof ze het altijd heeft geweten. Nu nemen de vrouwen daarginds – op één uitzondering na – hun sluiers en hoeden af. De kleine Nicoline Federle neemt haar pruik van haar hoofd. Kort, roodgrijs, weerbarstig haar komt tevoorschijn, voordat ze het kleine bonthoedje weer opzet. Ze steekt een sigaret op die veel te groot voor haar lijkt, en neemt enkele diepe trekken. Haar aanstaande, Simson Grimson, besteedt geen aandacht aan haar, maar staat daarentegen een eindje verderop met Michel te praten.

Het dringt tot Eva door dat ze nu getuige is van het vertrek, het éígenlijke moment van afscheid; de kleine scène voor het hotel was slechts een onvermijdelijke toegift. Dat beseft ze als ze Michel, die veel kwieker en minder lethargisch lijkt dan de vorige avond, met een vastbesloten en geroutineerde beweging onder zijn jas ziet grijpen, onder de schouder om de riemen los te maken die zijn extra hoofdattrape op zijn plaats houden dat uit een gat in de mantelschouder steekt. Michel sjokt de bus in met het voorwerp, komt onmiddellijk terug terwijl hij met de schouder rolt.

Doctor Joachim loopt in het rond, wisselt een paar woorden met de leden van de troep, legt zijn hand zorgzaam op de schouder van iedereen, luistert begripvol naar hen, naar hun kleine klachten en vragen; dat neemt ze althans aan, want zo lijkt het.

Dan laat iemand, namelijk Simson Grimson, zijn sigaret zakken en staat stil. Fixeert zijn blik. Wellicht ziet hij extra goed op grote afstand doordat hij zo lang is en gewend om in Telemark over de heuveltoppen te kijken. De reus stoot de Siamese twee-ling aan, die met vier blauwe ogen in de richting blijft staren die hij aanwijst. Dan trekt dat ook Joachims aandacht.

Ze weet dat ze ontdekt is.

Ik ben ontdekt. Om mij heen geuren jeneverbessen en winter. Doctor Joachim legt zijn hand vlak boven zijn ogen om beter te kunnen zien in het grauwe licht. Dan doet hij langzaam zijn hand omhoog.

Loop ik naar hen toe. Bevrijd ik me uit mijn verstikkende, nooddruftige schuilplaats om naar die kleine, merkwaardige kudde te gaan waarmee ik niets te maken wil hebben, maar te-gelijkertijd wil kennen. Laat ik mijn sjaal die mijn gezicht half bedekte, vallen.

Das muß man aber wirklich sagen, piept Nicoline Federle. *Aber wirklich.*

Ze kijken me allemaal in mijn gezicht.

Dan glimlachen ze, bijna verlegen vrolijk.

De gestalte die het verst weg staat, die zelfs nu haar sluier nog voorheeft, waggelt dichterbij. Voor haar ben ik bang, en ik ben blij dat haar gezicht bedekt is. Ze loopt recht op me af. Blijft staan. Kijkt naar me, zonder een woord. Dan trekt ze mijn ene want uit, zonder om toestemming te vragen. Kijkt naar mijn behaarde handrug. Laat de want op de grond vallen. Zegt nog steeds niets, schudt slechts haar hoofd. Raakt mijn arm aan. Dan trekt ze zich terug.

Johannes Joachim glimlacht ook. Het is me toch waarachtig wat, zegt hij ook.

Dan legt hij zijn hand op mijn schouder, zorgzaam, trekt me vriendelijk en met een verontschuldigend knikje naar de ande-ren, opzij. De aanraking kriebelt en mijn hart klopt als een be-zetene. Zijn stem golft nog lang in me na.

Je moet de groeten hebben, zegt hij, van iemand die veel over je heeft verteld.

Dan gaan ze. Simson Grimson kust me op beide wangen. Je bent heel zacht, bromt hij vriendelijk. Michel zegt iets elegants in het Frans, maakt een buiging.

De bus en de vrachtauto kruipen de helling af. Een hand wenkt van achter een gordijntje.

Ik draai me om. Wankel. Loop langzaam de weg terug waarlangs ik ben gekomen, over percelen en terreinen. Ergens in de buurt van Fredheim ligt mijn want nog steeds in de modder, als een geworpen handschoen.

Hij staat achter het erf van klokkenmaker Jensen, in de beschutting van de hoge stapels hout.

Daar ben je, zegt hij. Staart haar vijandig aan. Mij. Haar. Loop ik vrijmoedig op hem toe. Steek een hand uit. Trek zijn puntmuts af. Zeg iets, ik weet niet wat. Trek hem mee achter de houtstapels, open zijn kleren, bedek de mond met de mond en woorden met meer mond. Laat hem zijn gang gaan. Schreeuw ik woordeloos van genot omdat we er allebei zijn, ik schreeuw de blijdschap uit over die merkwaardige, unieke, eigenaardige en onaangename dag.

Hij sprak geen woord toen ik hem verliet. Half liggend, geleund tegen de houtstapel. Besmeurde anorak en kniebroek. Zijn ogen branden me in mijn rug.

Maar meer. Meer. Zij. Ik. Het wil. Het mensdier.

Het is alsof er een beweging is ontstaan, een niet te stoppen momentum, diep in het middenrif, dat voortschrijdt tot in de benen, tot in de voeten. Het is alsof het leven zelf in de voeten zit. Waarom zou anders de weg bij Arvid vandaan en al dat slanke, jonge, mooie verdergaan, via omwegen, anders zelden betreden omwegen, als in dwaling, voet voor voet, tot opeens de catecheet daar staat met zijn sleutelbos in de hand, op weg om de deur naar zijn kuise, eenzame kamer bij transportondernemer Gundersen te openen, ingang door de keuken.

De stem van een jong meisje fluistert 'kóm'. Samen gaan ze

naar binnen. Hij beeft. Hij blijft beven, merkt niet waar ze al is geweest, wat ze al heeft gedaan, merkt niets anders dan zijn bevende ik. Zij voelt zich echter zeker, beeft niet. Ze schreeuwt weer. Maar dat verschaft haar geen enkel, geen enkel genot.

Is dat het ogenblik waarop hij mij nogmaals ziet, als ik laat in de middag in de vroege avondschemering, niet hongerig maar ook niet verzadigd, de kamer van de christenman uit kom?

Zijn blik brandt vanuit alle donkere schaduwen en blauwe sneeuwhopen.

*

Omne animal post coitum triste.

De schaar

Het gebeurde in de tweede week na Nieuwjaar. Ze kwamen in het donker. Wanneer een dergelijk voornemen komt, is dat meestal in het donker, alsof het de duisternis nodig heeft om te leven. Het heeft iets geruststellends dat het de duisternis behoeft, omdat het wellicht nog duidt op de aanwezigheid van een zeker schaamtegevoel, een zekere verlegenheid, een zweem van slecht geweten, een fractie van beschaving. Ik besef dat het woord 'geruststellends' hier foutief wordt gebruikt, want het heeft natuurlijk niets geruststellends. Maar het duidt nog op een zekere aanwezigheid van fatsoen. Een restant. Maar ook dat restant kan onder bepaalde omstandigheden verbazingwekkend snel in het niets verdwijnen; op dat soort zaken hoeft niet veel geoefend te worden voordat ze simpelweg aan de duisternis ontstijgen en de lichte dag binnengaan en men al vóór de lunch winkelruiten begint in te gooien, of een van de smeerlappen in een lantaarnpaal klimt, terwijl de krantenjongen langsloopt alsof er niets aan de hand is, slechts een klein voorval op zijn route, geen tijd om er aandacht aan te besteden, want de middagkranten moeten bezorgd worden bij betalende abonnees, fatsoenlijke lui allemaal, even fatsoenlijk, kennelijk, als volwassenen, sterke, verantwoordelijke mannen, ambachtslieden en boekhouders en masseurs, die er totaal onaangedaan getuige van zijn dat een groep opgeschoten knapen het haar van een lichtzinnige dame bewerkt, wellicht hadden ze zelf ook mee willen doen; een van hen draait een sigaret terwijl zijn blik voortdurend heen en weer flitst – exact even aandachtig – tussen de gebeurtenissen op het trottoir en zijn kleine, eigengemaakte handenarbeid; dan steekt hij hem op, hij ademt de rook rustig in, diep, ontspannen, blaast hem uit, kijkt bedaard naar wat er gebeurt, de rookwolk stijgt omhoog naar de hemel boven de straat, de heldere dag in en lost op.

Maar het begint in het donker. Zulke voornemens. Deels zijn ze in het donker ook feestelijker, net als tal van andere menselijke bezigheden – drinken, gesprekken, hoererij, verbranding van boeken uit bibliotheken; niets van dit alles is even kleurrijk en grappig midden op de dag.

Ik was op weg naar huis en begreep pas wat er gebeurde toen het al bijna voorbij was. Vier gedaanten in de duisternis, vier schaduwen, vier zuilen van zwarte stof in de winteravond, zwarter dan de hemel, opeens voor en achter me, uit het niets.

Ik sloeg mijn ogen neer, weg van de gezichten die ik niet wilde zien en die er daarom niet waren, ik begreep dat ik niet weg kon rennen, stond in feite geresigneerd, afwachtend, rekende op een gewone, grondige inzeping, net als toen ik jonger was. Het was eigenlijk al een hele tijd geleden sinds de laatste keer, maar waarom zou er nu iets zijn dat voor het láátst was?, dus boog ik nederig het hoofd, werd inderdaad op de grond gelegd, redelijk gerieflijk, en was daardoor volslagen onvoorbereid op wat er toen kwam.

Ze gingen methodisch en geluidloos te werk; mijn muts en sjaal werden afgetrokken, hou haar vast, siste het grauw boven me, een jonge stem, een lange hand, hard als een haaienkaak, greep mijn haar, midden op mijn schedel, sloeg mijn hoofd hard achterover zodat ik het uit kreunde; toen kwam het eerste, zachte, nerveuze gelach, gelach om het verbodene in het donker, en toen pas besefte ik dat er nu iets anders kwam dan sneeuw; ik opende mijn ogen. Ik had kunnen besluiten hun gezichten te zien, in plaats daarvan koos ik voor de schaar, de lange, smalle papierschaar, die al vol verwachting halfopen boven mijn neus hing, glanzend en glimmend in de winterduisternis. Ik worstelde uit alle macht, haalde diep adem om te gaan schreeuwen, maar op dat moment legde iemand een zware hand in een gebreide want over mijn mond, zo zwaar dat ik het gevoel had dat mijn voortanden uit hun stand werden gedrukt, achterover mijn keel in, en toen begon de schaar aan zijn taak.

Op dat ogenblik besloot ik niet naar de schaar te kijken en

deed daarom mijn ogen weer dicht. Maar ik kon mijn óren niet sluiten en het scherpe, knippende geluid bevond zich overal om me heen, soms heel dicht bij mijn oren en soms verder weg, snip-snap, tjiptjap, flink snel en nonchalant, en toen de schaar me een paar maal had geprikt, dwong ik mezelf me niet meer te verzetten en stil te blijven liggen, hoewel elke vezel in mijn lichaam, ja, mijn hele lijf en mijn vacht zich wilden verzetten, want het was een papierschaar, zoals gezegd, ongeschikt voor dit doel en bovendien van tweederangs kwaliteit, dat gevoel had ik heel sterk; het was beter geweest als ze een schapenschaar hadden gebruikt, dacht ik terwijl ik daar lag. Mijn haar, dacht ik. Mijn vacht. Mijn gezicht, mijn masker, mijn bescherming en mijn schild; wat dóén jullie in vredesnaam?

Nu knipten ze dichter op mijn huid, heel dicht, tot aan mijn vreemde, tere, gevoelige huid die weinig kan verdragen, langs mijn wangen en hals. Ik kon de gladde, koude punten van de schaar tegen mijn huid voelen, als een boosaardige liefkozing, en ze prikten me meerdere keren, ook al lag ik nu doodstil en huilde ik alleen maar, zonder geluid of gesnik, uit geslo-ten ogen. Zelfs toen de aambeeldzware wollen want van mijn mond en kin werd verwijderd om mijn nachtelijke lustscheer-ders beter bij mijn snoet te kunnen laten komen, liet ik geen kik horen, zwijgend bleef ik naar het snipsnap van de schaar luisteren.

'Zo ziet ze er dus uit', zei een stem hoog boven me, bijna bij de sterren, en murmelend kwam er een ander geluid, het kon gelach zijn, het kan een verbitterd gesnuif zijn geweest, het kan hoon, plezier en wraak zijn geweest; verdulleme, zei iemand; hoer, zei een ander, ik opende mijn ogen en keek hem aan, maar besloot zijn naam niet te zeggen; ze sloegen niet en schopten niet, ze bevoelden me niet, en slechts één korte klodder speeksel, als een snelle vallende ster, schoon, helder en slijmloos, trof me in mijn naakte gezicht, recht op mijn bovenlip; het smaakte lekker. Toen verdwenen ze de duisternis in en een vreemd geluid volgde me door de straten, volgde me de hele weg naar huis, als een lange, piepende, gierende toon; ik was bijna thuis toen het tot me doordrong dat het mijn eigen gehuil was, zonder snikken en eindeloos, dat me tot aan de deur begeleidde.

Die deed ik goed achter me dicht.

Woord van dank

Graag wil ik prof. dr. Ole Fyrand bedanken voor zijn vriendelijke hulp bij enkele medische details die in dit boek voorkomen. Fouten of verkeerde interpretaties zijn uitsluitend aan mij te wijten, niet aan hem.

Erik Fosnes Hansen